Heike Rommel
Schattenleben

Von der Autorin bisher bei *KBV* erschienen:

Nacht aus Eis
Das fremde Grab
Zwischen Schatten und Licht
Zerrissene Wahrheit
Kalte Liebe

Heike Rommel, geb. 1962 in Olpe, hat Psychologie und Visuelle Kommunikation studiert und lebt seit über 40 Jahren in Bielefeld. Sie arbeitet seit über fünfundzwanzig Jahren in verschiedenen Einrichtungen für Menschen mit Behinderungen. Ihre ersten Schreiberfahrungen machte sie beim Verfassen eines Fantasy-Romans, bevor sie zum Krimi-Genre wechselte, das ihr als leidenschaftlicher Krimileserin und Tochter eines Kriminalbeamten und einer Polizeiangestellten naheliegt. *Schattenleben* ist bereits der sechste Kriminalroman um Kommissar Dominik Domeyer und sein Bielefelder Ermittlerteam. www.heike-rommel.de

Heike Rommel

Schattenleben

*Unser herzlicher Dank
geht an den Emons Verlag in Köln,
der nichts gegen die Nutzung des bereits
von seiner Autorin Christine Sylvester
verwendeten Titels »Schattenleben«
einzuwenden hatte.*

Originalausgabe

www.kbv-verlag.de
E-Mail: info@kbv-verlag.de
Telefon: 0 65 93 - 998 96-0
Umschlaggestaltung: Ralf Kramp
unter Verwendung von © Lars - stock.adobe.com
Lektorat: Volker Maria Neumann, Köln
Druck: CPI books, Ebner & Spiegel GmbH, Ulm
Printed in Germany
ISBN 978-3-95441-628-8

Für Willy
Und für meinen Vater

Prolog

Montagmorgen, Schneeregen. Schon beim Aufstehen hätte sie eine Bombe werfen mögen. Allein der Gedanke an den öden Tag, der vor ihr lag … Man durfte sich nur nichts anmerken lassen, musste Interesse heucheln, wenn man die Meisterschaft in Selbstverleugnung gewinnen wollte. Also lächelte die junge Praktikantin ihrer Praxisanleiterin zu, einer biederen, mittelalten Frau, die sich ihr heute Morgen als »Frau Becker« vorgestellt hatte, und folgte ihr zu einem 50er-Jahre-Mehrfamilienhaus, das nach Wohnungsbaugesellschaft aussah. Die hölzerne Haustür war nur angelehnt. Frau Becker klingelte an einer der beiden Türen im Erdgeschoss.

Als sich nichts tat, schloss sie die Wohnungstür auf. Ein undefinierbarer, leicht muffiger Geruch entströmte der Wohnung, außerdem Geigenmusik. Mozart? Die Praktikantin war sich nicht sicher. Egal, sie nahm alles, wie es kam, es ging schlicht darum, jeden einzelnen Tag zu überstehen. Sie durfte nur nicht an die Zukunft denken, an endlose Jahre mit dieser geistlosen Art von Arbeit. Es gab kein Entkommen, wenn man Geld brauchte, so einfach war das. Sie ging mit Frau Becker durch den Flur und betrat hinter ihr den Raum, den die Praxisanleiterin als Frau H.s Wohnzimmer bezeichnete.

In dem kleinen, mit Möbeln vollgestopften Zimmer klang das Violinkonzert aufdringlich laut. Eine dürre Gestalt mit strähnigen, langen Haaren saß in einem Sessel und starrte unverwandt aus dem einzigen Fenster im Raum. Der Blick hinaus zeigte eine einsame Amsel, die über eine sterile Rasenfläche hüpfte. Trübes Winterlicht fiel auf Bücherregale. Neben Romanklassikern, die in keinem bildungsbürgerlichen Haushalt fehlen durften, entdeckte die Praktikantin medizinische Fachbücher. Daneben war eine ganze Wand mit kryptischen Zeichen bekritzelt. Wie ein Familienmitglied thronte eine Geige auf dem Sofa, nur dass drei der vier Saiten gerissen waren und traurig herunterhingen. Auf dem Couchtisch lag ein zerlesener Wälzer über *Allgemeine Anatomie,* in dem zahlreiche Lesezeichen steckten.

Frau Becker folgte ihrem Blick. Sie senkte die Stimme. »Frau H. glaubt manchmal immer noch, sie würde Medizin studieren und müsste eine Prüfung absolvieren. Das belastet sie, die Arme.«

»Spielt sie Geige?«

»Sie hat früher Geige gespielt, ziemlich gut sogar, ich habe das noch mitbekommen. Sie wollte mal Konzertgeigerin werden.«

»Und dann ist ihr die Krankheit dazwischengekommen?«

»Na ja, sie hat mal erzählt, dass ihre Eltern darauf bestanden hätten, dass sie Medizin studiert. Nach zwei oder drei Semestern kam dann die erste Psychose. Vielleicht war der Druck einfach zu hoch.« Mit einer Kopfbewegung bedeutete ihr Frau Becker, sie zum Sessel vor dem Fenster zu begleiten.

»Guten Morgen!«, brüllte sie der Frau ins Ohr, die ihnen wie in Zeitlupe ihr hageres, fast faltenloses Gesicht zuwandte und durch sie hindurchstarrte. Auf den ersten Blick hatte die Frau älter gewirkt, doch sie musste wie Frau Becker in den Vierzigern sein.

»Ich habe heute eine junge Frau mitgebracht, sie absolviert ein Praktikum in der ambulanten Betreuung. Sie macht eine Ausbildung zur Pflegefachkraft … Ach, das hat doch keinen Zweck«, schimpfte Frau Becker, ging zur Hifi-Anlage und stellte das Violinkonzert ab. »Bei der Lautstärke kann man sich doch nicht unterhalten«, fügte sie etwas leiser hinzu. Frau H. schloss die Augen, als erwartete sie etwas, das sich nur so ertragen ließ.

Frau Becker holte ein Dosett aus ihrer Jackentasche. »So, jetzt wollen wir mal unsere Medizin nehmen, das kennen Sie ja schon.« Die Frau presste die Lider zusammen und wimmerte leise.

»Sie wollen doch nicht wieder in der Geschlossenen landen, oder?« Frau Becker flüsterte: »Frau H. trickst gerne herum, deswegen muss sie ihr *Zyprexa* unter Aufsicht einnehmen. Eigentlich wäre eine Depot-Spritze die beste Lösung, aber sie hat panische Angst vor Spritzen. Ich kann verstehen, dass sie das Zeug nicht nehmen will. Früher bekam sie *Haldol,* das hat aber noch mehr Nebenwirkungen. Wenn sie kein Neuroleptikum bekommt …«, sie deutete auf die Kritzeleien an der Wand, »dann geht allerdings die Post ab.«

Die Praktikantin verspürte wenig Lust, Frau Becker bei der Zwangsverabreichung der Tabletten zuzusehen. Sie ließ ihren Blick über die mysteriösen Zeichen und Symbole an der Wand wandern, bis er an einigen gerahmten Fotos hängen blieb, die auf einer Kommode standen. Eines davon nahm sie in die Hand. Tiefblauer Himmel, türkises Wasser, ein Hafen irgendwo im Mittelmeer, im Vordergrund ein Motorkatamaran mit einer Familie in Bikini und Badehose, ein Mädchen mit Strohhut sonnte sich neben einer Frau in den Dreißigern, offenbar ihre Mutter, am Steuer ein etwas älterer Mann, neben ihm ein Junge, der ihm auffallend ähnelte: schöne Menschen, lächelnd und braun gebrannt – einen krasseren Gegensatz zu der Stimmung in dem düsteren, kleinen Zimmer hätte sie sich kaum vorstellen können.

Sie hob den Blick und sah gerade noch, wie Frau H. sich rasch eine Tablette aus dem Mund holte, um sie unter dem Kissen, auf dem sie saß, verschwinden zu lassen. Wie viele Pillen mochten bereits darunter kleben? Frau Becker schien es nicht bemerkt zu haben, sie lächelte der Praktikantin zu.

Die erwiderte das Lächeln. Sie wollte das Bild gerade wieder zurückstellen, als sie stutzte. Dieser Mann da am Steuer – wie die anderen trug er eine Sonnenbrille – aber … seine Züge kamen ihr bekannt vor. Konnte das sein? Sie schaute genauer hin. Sie war ihm als Kind nur ein paar Mal begegnet und kannte ihn nur mit dunklen statt mit grauen Haaren – aber ja, kein Zweifel, das war er! Und er hatte … eine Familie, eine *richtige* Familie! Sie warf einen Blick auf die anderen Fotos, die alle dieselben vier glücklichen Menschen zeigten; in einem gepflegten Garten, vor einem großzügig geschnittenen, modernen Haus, auf einem Reiterhof, beim Skifahren, beim Tennis … Es war nicht zu fassen! Was hatte sie erwartet? Sie wusste es nicht, aber *das* hier …?! Ihr wurde schwindelig. Sie stützte sich an der Kommode ab.

»Das sind die Fotos von Angehörigen.« Frau Beckers Lächeln erlosch. »Sagen Sie … geht es Ihnen nicht gut?«

Die Bilder gerieten ins Wanken, einige fielen um. Die Beine drohten ihr wegzusacken, sie kämpfte um ihr Gleichgewicht.

»Um Gottes willen, was ist mit Ihnen?«

»Es geht schon wieder, alles gut.« Nichts war gut, im Gegenteil …

Sonntag, 15. Dezember 2013

... *denn er selbst, der Satan, verstellt sich als Engel des Lichts. Aber durch des Teufels Neid ist der Tod in die Welt gekommen.* Erstaunlich, welches Stimmvolumen Sarahs ausgemergelter Körper entwickelte. Ihre Stimme hallte laut wie in einer Kirche, wehte das hellblaue Papierschirmchen seiner Piña Colada fort. Sie trat so dicht an ihn heran, dass ihre spitze Nase fast die seine berührte, und sah ihn aus ihren tiefliegenden Augen eindringlich an. Der Partylärm war verstummt, alle schauten jetzt zu Sarah. Eine tiefe Stimme, die nicht zu ihr zu gehören schien, dröhnte in seinen Ohren. *Und er wird kommen und dich holen ...* Eine Schlange entschlüpfte ihrem Mund, und einer der Luftballons, die von der Decke hingen, platzte. Mit einem Schrei fuhr Jakob auf. Sein Herz hämmerte, sein Mund war trocken, und das Morgenlicht, das durch die halb heruntergefahrenen Rollläden schien, stach direkt in seinen Kopf. Mit dem Ärmel seines Schlafanzugs wischte er sich den Schweiß von der Stirn. Was für eine Nacht!

Als er sich aufsetzte, wurde ihm übel. Vorsichtig, so als könnte bei einer unbedachten Bewegung sein Schädel platzen, tappte er ins Bad nebenan und wühlte im Spiegelschrank nach Aspirin. Er schluckte gleich zwei und trank das Wasser direkt aus dem Hahn. Nach einer heißen Dusche fühlte er sich etwas besser. Er zog sich an und verließ das Zimmer. Im Flur stolperte er über eine Bodenvase mit geschmücktem Tannengrün. Zwei goldene Weihnachtskugeln fielen auf den Teppich. Fluchend befestigte er die Kugeln wieder an den Zweigen. Die Vase hatte gestern noch nicht dort gestanden, wenn er sich recht erinnerte. Die Zahl der Deko-Objekte wuchs exponentiell, je näher Weihnachten rückte. Seine Mutter zelebrierte das regelrecht. Er versuchte, die Lichterkette wieder so zu drapieren, wie sie vorher um die Zweige geschlungen war, und gab dann gähnend auf. Erst mal einen Kaffee zum Wachwerden.

Unten rumorte Elisabeth Schröder, genannt Elsbeth, in der Küche. Klapperte das Geschirr heute besonders laut, oder lag es an seinen Kopfschmerzen? Als er die Küche betrat, rammte die Haushaltshilfe gerade die Spülmaschine mit Wucht zu. War Elsbeths Laune so schlecht, weil sie die Trümmer der Party, mit der er in seinen 18. Geburtstag reingefeiert hatte, beseitigen musste?

»Morgen, Elsbeth.«

Sie fuhr herum. »Mein Name ist Elisabeth! Na, auch schon auf?«

Das klang vorwurfvoll. Und er erinnerte sich dumpf, dass es eine Auseinandersetzung zwischen Elsbeth und seiner Mutter gegeben hatte. Da war irgendwas mit Elsbeths Mann, weshalb sie früher gehen wollte, was natürlich nicht ging wegen der Party. Er wusste, er sollte sie nach ihrem Mann fragen, aber er mochte nicht, weil Elsbeth dann nicht mehr aufhören würde, ihn mit Krankheitsgeschichten zuzutexten. Alte Leute waren nun mal so. Er war allerdings überrascht gewesen zu erfahren, dass Elsbeth im selben Alter wie sein Vater war.

Sie wirkte so viel älter, und das nicht nur wegen der unmodischen Klamotten.

Jakob lief zum Kühlschrank, nahm eine Packung Orangensaft heraus und trank direkt aus der Tüte. Elsbeth klapperte mit Tellern, warf sie schon fast auf den Tisch. Sie kam nicht mal darauf, ihm zu seinem Geburtstag zu gratulieren. Oder dazu, dass er den Medizinstudienplatz in Heidelberg bekommen hatte. Seine Eltern waren sehr stolz gewesen, als die Nachricht pünktlich zum Tag seiner Party gekommen war. Schließlich hatten sie sich an der Uni Heidelberg kennengelernt, Familientradition sozusagen. Heidelberg ... zum Sommersemester würde er dort hinziehen. Schon komisch, dass er Bielefeld, wo er sein gesamtes bisheriges Leben verbracht hatte, in wenigen Monaten verlassen würde. Vermutlich für immer.

Manches ließ er gerne hinter sich, aber Antonia würde er vermissen. Sie hatte einen Studienplatz in Hannover bekommen. Am besten, sie würde nach ein oder zwei Semestern nach Heidelberg wechseln. Er hoffte sehr, dass das möglich sein würde. Antonia war Heimat, egal wo. Er lächelte bei dem Gedanken an seine Freundin und setzte sich an den Esstisch. »Aber immerhin bin ich der Erste, der auf ist, oder, Elsbeth?«

»Tja, ich glaube, deine Eltern schlafen noch. Der arme Lucky hätte fast auf den Teppich gepinkelt, wenn ich nicht mit ihm rausgegangen wäre.« Auch das klang schnippisch, so als ob sie nicht genau dafür bezahlt würde.

»Kaffee und Toast ... bitte«, fügte er hinzu. »Wo ist Lucky überhaupt?«

Kurz darauf ertönte das Geräusch von Krallen auf Fliesen. Der Golden Retriever hatte offenbar seinen Namen gehört und tappte schwanzwedelnd in die Küche, um sich von Jakob kraulen zu lassen, bevor das Tier es sich unter dem Tisch bequem machte. Elsbeth beugte sich über die Kaffeemaschine, die Härchen in ihrem fleischigen Nacken klebten vor Nässe, ihre helmartige Bobfrisur war in Auflösung begriffen. Die Frau schwitzte, wo sie ging und stand. Sie war genauso fett wie ihr Mann, der irgendeine Herzgeschichte hatte. Selbst schuld, dachte Jakob. Sie wandte sich um und goss ihm schwungvoll Kaffee ein, der über den Rand des Bechers schwappte. Dann legte sie ihm zwei getoastete Scheiben Weißbrot auf den Teller. Er massierte sich die Schläfen, trank Kaffee und knabberte mit wenig Appetit am trockenen Toast.

»Hast wohl 'nen Kater, was?« Elsbeth lächelte, als freute sie dieser Umstand. »Und – wie seid ihr deine Tante Sarah gestern Abend wieder losgeworden? Das ganz große Aufgebot?«

»Ja, die Polizei war da, ein Krankenwagen und der gesetzliche Betreuer. Tantchen ist jetzt wieder in Gilead IV.«

»Da wird sie sicher 'ne Weile bleiben. Hat ihre Medikamente wieder nicht genommen, wie?«

Jakob zuckte mit den Achseln.

»Und sonst – war die Party nach deinem Geschmack?« Ihr Blick aus den unnatürlich verkleinerten Augen hinter der dicken Brille hatte etwas Stechendes.

»Klar, nachdem Sarah weg war … super Nacht.« Er hob den Daumen. Er würde ihr ganz sicher nicht auf die Nase binden, was noch alles passiert war. Zum Glück hatten seine Eltern, die früh zu Bett gegangen waren, nichts davon mitbekommen. Und noch wichtiger: Nachdem sie Lukas endlich rausgeworfen hatten, zog sich seine Schwester Maja mit ihren kichernden Girlie-Freundinnen in ihr Dachzimmer zurück und merkte nicht, was später unten vor sich gegangen war. So war sie wenigstens eine Weile abgelenkt von ihrem Kummer.

Elsbeth schob ihm die aufgeschlagene Zeitung hin und tippte mit ihrem dicken Finger auf das Tageshoroskop. »Das solltest du besser lesen.«

Jakob seufzte. »Okay, okay.« Elsbeth mit ihrem Astrologie-Tick, sie ging nicht aus dem Haus, ohne vorher ihr Horoskop konsultiert zu haben. Er wusste, sie würde nicht lockerlassen, also griff er zur Zeitung. *Vormittag: Der Mond im Widder lässt Sie aktiv werden und stärkt ihre Willenskraft, ihren eigenen Weg zu gehen. Nachmittag: Der Mond kann aber auch zu Ungeduld und Selbstüberschätzung führen. Hüten Sie sich vor unüberlegten Handlungen. Und beachten Sie: nicht jedem Menschen in Ihrer Umgebung ist zu trauen.*

»Elsbeth, ist schon Nachmittag?«

»*Elisabeth!* Den Vormittag hast du verschlafen. Es ist gleich halb zwei.«

»Oh nein! Ich habe noch eine Verabredung, und da muss ich erst mal hinkommen.« Diese unangenehme Geschichte hatte er schon halb verdrängt.

»Nimm doch den MINI, den du zum Geburtstag gekriegt hast.«

»Haha, wie witzig, meine Fahrprüfung ist in drei Wochen.« Er stand so schnell auf, dass ihm schwindelig wurde. Auch sein Magen rebellierte, dafür hatten die Kopfschmerzen nachgelassen.

Die Tür öffnete sich, seine Schwester kam herein und setzte sich schweigend an den Tisch. Die Augen in dem blassen Gesicht waren rot und geschwollen. Er lehnte sich hinüber zu ihr und drückte ihre Hand. »Maja, wir finden schon eine Lösung, versprochen.«

Elsbeth, die Maja gerade Orangensaft eingoss, sah auf. »Probleme?«

Das hättest du wohl gerne, dachte Jakob. »Alles bestens.« Er lächelte Maja zu und verließ die Küche. Auf dem Flur rief er ein Taxiunternehmen an, eilte danach die Treppe zum Arbeitszimmer seines Vaters hoch. Bevor er die Tür öffnete, hielt er inne. Die Schlafzimmertür seiner Eltern stand offen. Vorsichtshalber warf er einen Blick hinein. Die Decken waren zurückgeschlagen, seine Eltern mussten bereits aufgestanden sein. Als er wieder auf den Flur trat, hörte er ihre Stimmen von unten. Sie hielten sich offensichtlich im Erdgeschoss auf. Rasch schlüpfte er ins Arbeitszimmer, holte einige Bücher aus dem Eichenregal an der Wand und gab die Zahlenkombination des Tresors dahinter ein. Wie erwartet entdeckte er neben Schmuck und Uhren auch einen Umschlag mit Bargeld im Tresor. Er zählte die Hunderter, schob sie zurück in den Umschlag, nahm ihn an sich und schloss den Tresor. Das sollte reichen. Er würde seinem Vater das Geld später zurückgeben. Der konnte sich ohnehin kaum beklagen, sondern würde ganz genauso handeln.

Geld regierte die Welt. Er war fast sicher, dass es funktionieren würde. Jakob räumte die Bücher wieder vor den Tresor, verließ das Arbeitszimmer, polterte die Treppen hinunter, riss seine *Wellensteyn*-Jacke vom Garderobenhaken im Flur und warf sie sich im Laufen über. Er stürmte aus der Haustür, knallte sie hinter sich zu und blieb dann abrupt stehen. Die aufgeregten Stimmen seiner Eltern drangen von der Einfahrt zur Garage herüber. Sie beugten sich über den schicken rot-schwarzen MINI, den er zum Geburtstag bekommen hatte, und stritten sich.

Sie hatten ihn noch nicht bemerkt, also sprintete er den Weg durch den Vorgarten entlang, bis die Stimme seiner Mutter ihn stoppte. »Guten Morgen, Jakob. Wir … ich … es ist etwas passiert!«

»Morgen, okay, aber ich hab's eilig, also …« Jakob klappte der Mund auf. Schon von Weitem erkannte er, dass sein funkelnagelneuer MINI über und über von Kratzern bedeckt war. »Was … was ist denn das?«

Sein Vater stand mit verschränkten Armen vor dem Wagen und schüttelte den Kopf. »Hast du eine Ahnung, wer das gewesen sein könnte?«

Jakob trat näher und fuhr mit der Hand über die Kratzer. Da hatte sich jemand regelrecht ausgetobt.

Sein Vater legte ihm die Hand auf die Schulter. »Der Wagen muss vollständig neu lackiert werden, würde ich sagen. Aber keine Angst, Jakob, das wird vermutlich die Versicherung zahlen.«

»Auch im Fall von Vandalismus? Erst der Einbruch vor sechs Wochen und jetzt das!« Seine Mutter zitterte und zog ihre Wolljacke enger um die schmalen Schultern. Der Wind zerrte an ihren langen, blonden Locken. »Jakob, gab es Streit gestern Nacht? Ist die Party irgendwie aus dem Ruder gelaufen?«

»Nein, Mama.« Er überlegte, was er ihr erzählen konnte. »Na ja, ein bisschen schon, Lukas ist gestern Nacht aufgeschlagen. Er hat Stress gemacht, wollte unbedingt mit Antonia reden. Aber irgendwann haben wir ihn dann beruhigt, und er ist abgedampft.«

Sein Vater kratzte sich den angegrauten Dreitagebart. »Da hörst du es, Kerstin, Lukas war da. Und Einbrüche gibt es öfter, als man denkt. In Kirchdornberg hat es schon zwei Einbrüche gegeben und …«

»Und damit ist alles gut, oder wie?« Seine Mutter verzog das Gesicht.

Sein Vater legte den Arm um ihre Schultern. »Schatz, wir erstatten Anzeige gegen unbekannt. Und die Polizei wird überprüfen, ob Lukas das mit dem MINI war.«

»Ob die ihm was nachweisen können?« Sie seufzte. »Vielleicht sollten wir eine Kamera aufstellen. Das kann doch nicht so weitergehen.«

»Bitte, Mama, das wird neu lackiert, und dann vergessen wir die Sache, ja? Oh, da ist mein Taxi. Ich muss los.«

Der Fahrer des langsam rollenden Taxis schaute sich suchend um, und Jakob winkte ihm, woraufhin er das Taxi vor der Einfahrt parkte.

Seine Mutter hob die Brauen. »Wozu ein Taxi? Wo willst du denn hin? Jakob, ich kann dich doch fahren.«

»Nein, Mama, schon gut … ihr habt ja noch nicht mal gefrühstückt!«

»Das macht doch nichts. Ich bringe dich gerne … Wo möchtest du denn hingefahren werden?«

»Ich kann den Taxifahrer nicht einfach wieder wegschicken, und ich muss jetzt wirklich los, also …« Er brach ab. Seine Eltern starrten ihn an. »Ich will zu einem Schulfreund.« Er hasste es, sie anzulügen. Aber die unappetitliche Wahrheit konnte er ihnen auch nicht stecken.

Sein Vater fuhr sich über den kurzen, mit Gel gestylten grau melierten Schopf »Du weißt aber, dass um vier Uhr Opa und Oma kommen.«

»Punkt vier werde ich wieder da sein, versprochen.« Genaugenommen wünschte er sich nichts sehnlicher, als die Sache schon hinter sich gebracht zu haben und gemütlich mit den Großeltern am Kaffeetisch zu sitzen. Hoffentlich ging alles gut.

* * *

Sonntagabend

Der Bewegungsmelder auf der Terrasse beleuchtete kurz den Schneeregen, der in schrägen Lagen fiel, bevor er wieder erlosch und draußen alles in Dunkelheit versank. Vermutlich hat irgendein Tier ihn ausgelöst, dachte Kommissar Dominik

Domeyer. Das Spiegelbild in der Scheibe zeigte zwei Kerle im mittleren Alter und einen jungen Mann mit zurückgebundenen Dreadlocks, die in einem steifen Busch von seinem Hinterkopf abstanden. Alle drei saßen um einen mit Kerzen illuminierten Esstisch. So betrachtet, wirkte das Ganze recht heimelig. Widerwillig richtete Dominik seine Aufmerksamkeit wieder aufs Essen, genauer auf die Pampe, die sich zu einem Berg auf seinem Teller türmte. Er legte seine Gabel beiseite und griff nach dem Brot. Sein Sohn Robin stocherte im Essen herum. Dann hob er die Serviette mit den aufgedruckten Weihnachtssternen vom hübsch gedeckten Tisch und ließ sie wieder fallen, als wollte er sagen: Was soll ich damit? »Frank, was ist das eigentlich?«

»Eine Serviette«, gab Frank zurück. »Völlig unbekannt in deiner Generation? Es ist eine Frage des Stils. Man nimmt Serv…«

»Ich meine das Essen.«

Vielleicht war es doch keine so gute Idee gewesen, darauf zu bestehen, dass alle – auch sein neuer Mitbewohner und alter Kollege Kommissar Frank Tillman Herbst – reihum kochen sollten, damit mal etwas anderes als TK-Pizza auf dem Tisch landete.

Frank massierte sich das Kinn. »Ja … ähm … das ist eine Spezialität aus Lippe … ähm … der genaue Name … also … ähm … Datschi.«

»Matschi trifft es besser.«

Dominik hörte auf zu kauen. »Robin!«

Sein Sohn zwirbelte eine seiner schwarzen Dreadlocks und grinste. »Lippisch passt jedenfalls, zu geizig zum Einkaufen, dafür ein totgekochter Matsch aus Resten.« Robin erhob sich. Inzwischen überragte er Dominik um einige Zentimeter. »Ich muss sowieso los, eine Aktion vorbereiten.« Er winkte ihnen kurz zu. Die Tür fiel hinter dem langen Schlacks ins Schloss.

»Eine Aktion, soso.« Frank stützte das Kinn in die Hand. »Ich möchte lieber nicht wissen, was für eine. Dodo, dein Jüngster wird immer radikaler.«

»*Datschi*?«

»Na ja, so eine Art Datschi, nur ohne Pflaumen. Eine Eigenkreation.« Frank hob die Hände. »Ich hatte keine Zeit zum Einkaufen, weil ich kurz nach dieser Fortbildung einem hysterischen Ehepaar in die Arme gelaufen bin. Mir schwirrte noch der Kopf von den aktuellen, sicherheitsrelevanten, globalen und lokalen Entwicklungen und der Standortbestimmung der Kriminalistik als Wissenschaftsdisziplin und blablabla, als diese Leute mich krallten. Ich habe versucht, ihnen klarzumachen, dass ich nicht dafür zuständig bin, Vermisstenanzeigen aufzunehmen, aber die haben auf mich eingequasselt, als gäb's kein Morgen.«

»Ach was. Sonntags haben doch sowieso die Geschäfte zu. Oder wolltest du einen Großeinkauf an der Tanke machen?«

»Ähm … gestern lief die Fortbildung ja auch schon den ganzen Tag. Egal, was ich sagen wollte, vor allem der Mann klebte an mir: Er wäre Arzt und so weiter … wichtig, wichtig.« Frank winkte ab. »Es war praktisch unmöglich, denen zu vermitteln, dass ihr erwachsener Sohn selbst bestimmen kann, wann und ob er nach Hause kommt. Okay, nach 24 Stunden sieht das eventuell, aber auch nur ganz eventuell anders aus, doch dieser Typ … oh, Jacqueline!« Sein Gesicht hellte sich auf. Er fuhr mit den Fingern durch seine fusseligen, blonden Haare, in dem vergeblichen Versuch, seine Boris-Johnson-Frisur zu bändigen.

Die neue Putzfrau Jacqueline Oehrlein, die Dominik an die Elfenfiguren aus einem alten Kinderbuch seiner Tochter Lissa erinnerte, lugte mit einem entschuldigenden Lächeln ihrer rosa geschminkten Lippen durch die halb offene Tür zum Esszimmer. Frank nannte sie treffend »unsere Putzfee«, nachdem er Dominik überzeugt hatte, sich von der früheren Putzfrau, dem »Putzteufel«, zu trennen.

»Ich wollte nicht stören.« In der linken Hand trug die zierliche Dame einen Wischeimer, in der rechten einen Packen Tarotkarten, mit denen sie Frank zuwedelte. »Ich dachte nur wegen … wir wollten doch …«

»Tarotkarten legen, aber sicher doch.« Frank winkte sie heran.

Jacqueline warf Dominik einen unsicheren Blick zu, strich sich einige Strähnen der rotblonden Haarmähne hinter die Ohren und tippelte in ihren maigrünen Lederschuhen ins Esszimmer. Der Saum ihres blau-grünen, kimonoartigen Oberteils aus gefilzter Wolle lief in Zacken aus. Wo bekam man nur solche Kleidung? Oder hatte sie alles selbst angefertigt?

»Frank, seit wann bist du esoterisch veranlagt?«

Frank grinste. »Achte nicht auf ihn, setz dich einfach, Jacqueline. Wir wollen doch wissen, wer Dodos Neue wird, jetzt, wo er frisch geschieden und wieder auf dem Markt ist! Möchtest du von dem … Datschi?«

»Äh … nein danke.« Jacqueline lächelte.

Frank schob die Teller beiseite. Jacquelines Blick huschte zwischen den beiden Männern hin und her, dann mischte sie die Karten und breitete sie aus. »Soll ich für Sie das *Keltische Kreuz* legen, Herr Domeyer? Vielleicht haben Sie ja eine Frage … oder Sie möchten klären, was gerade ansteht, dafür …«

»Eigentlich nicht.«

»Hey, das funktioniert! Jacqueline hat mir neulich das *Keltische Kreuz* gelegt, und stell dir vor, was dabei rauskam …«

»Ein Sechser im Lotto?«

»Nein, es gäbe in meiner Familie ein Familienmitglied, von dem ich nichts wüsste. Und tatsächlich, meine Eltern haben sich einen Hund angeschafft, ohne mir davon zu erzählen!«

»Wow.« Dominik stand auf und räumte die Teller aufs Tablett. Zum Glück war Frank abgelenkt und bestand nicht darauf, dass das Datschi aufgegessen wurde.

»Es muss ja nicht gleich das *Keltische Kreuz* sein. Versuchen wir es mit *einer* Karte.« Ihre Augen funkelten. »Lassen Sie Ihre Hand über die Karten kreisen und wählen Sie die, die Ihnen einen energetischen Impuls gibt.«

»Komm schon, Dodo, es tut nicht weh.«

Zögernd streckte Dominik die Hand aus, fuhr über den Kartenfächer und tippte auf eine der Karten.

Jacqueline nahm sie auf. »Schau an, der Eremit. Eigentlich eine positive Karte, aber hier liegt sie andersrum, also …«

Frank runzelte die Stirn. »Also negativ?«

Jacqueline nickte mit bekümmerter Miene. »So bedeutet sie Einsamkeit oder Angst vor der Einsamkeit. Können Sie da was mit anfangen?«

»Ähm …«

»Na ja, frisch geschieden, Kinder bis auf Robin aus dem Haus …«, antwortete Frank an seiner Stelle. »Und jetzt wollen wir aber wissen, wann eine neue Liebe in sein Leben tritt.«

Lächelnd deutete Jacqueline auf die Karten.

Dominiks Handy klingelte. »Sorry, aber da muss ich rangehen«, behauptete er und verließ rasch das Wohnzimmer. Er hatte vor, das Gespräch in der Küche zu führen, doch aus der Küche drang gerade ein lautes, fassungsloses »*Was*?« von Robin. Dominik drückte das Gespräch weg und klopfte leise an die Tür, die einen Spaltbreit offen stand. »Robin?«

Schwer atmend lehnte sein Sohn an der Wand. »Du hast ihr gesagt, dass du sie gesehen hast? Und was hat sie gesagt?«

Dominik schloss die Küchentür, um Robin nicht bei seinem Telefonat zu stören, doch auch im Flur war Robins Stimme nicht zu überhören. »Scheiße, das glaub ich einfach nicht!« Es klang verzweifelt.

Danach drang kein Laut mehr aus der Küche. Dominik warf einen Blick auf das Display seines Handys. Seine Tochter Lissa, die zurzeit ein High-School-Jahr in Neuseeland verbrachte, hatte versucht, ihn zu erreichen. Er wollte gerade zurückrufen, als Robin aus der Küche stürmte.

»Robin, was ist denn passiert?«

»WAS?« Robin riss seine Jacke vom Garderobenhaken.

»Ich wollte doch nur …«

»JETZT NICHT!« Robin lief zur Haustür, riss sie auf und knallte sie hinter sich zu.

Frank betrat den Flur. »War das Robin?« Er grinste schief. »Ich meine, sooo schlecht war das Essen doch auch wieder nicht. Weißt du, was er hat?«

Dominik schüttelte den Kopf. »So habe ich ihn schon lange nicht mehr erlebt, nicht seit …« Er brach ab.

»Seit dem Tod von dieser Anna? Hey, Dodo.« Frank klopfte ihm auf den Rücken. »Erst mal abwarten. Der kriegt sich schon wieder ein. Nichts wird so heiß gegessen, wie es gekocht wird.«

Das wollte Dominik auch gerne glauben. Doch er kannte seinen Jüngsten.

* * *

Sonntagnachmittag

Der Taxifahrer hatte ihn irgendwo auf der Hünenburgstraße abgesetzt. Es sei nicht mehr weit bis zum Fernsehturm, hatte er gesagt. Jakob stieg einen Waldweg bergan. Obwohl nicht mehr viel Laub an den Bäumen hing, ließ der Teuto nur fahles Dämmerlicht durch. Ein Blick aufs Handy zeigte, dass er ein paar Minuten zu spät war, aber er müsste die Stelle bald erreicht haben – und alles wieder in Ordnung bringen, sodass das Ganze bald nur noch eine schlechte Erinnerung sein würde.

Geld zu haben, war praktisch. Die meisten Menschen seien käuflich, hatte sein Onkel Paul, ein Investmentbanker, ihm mal erklärt. Aber ob alle so dachten? Er schob die Zweifel beiseite und ging weiter. Außer dem Rascheln des trockenen Laubs unter seinen Schuhen und dem einsamen *Kraah Kraah* einer Krähe hoch über ihm war nichts zu hören. Als er auf eine überfrorene Pfütze trat, brach das Eis mit einem Knacken. Aufgeschreckt huschte ein Eichhörnchen den Stamm einer Buche hinauf.

Ein mit Graffitis besprühter, kleiner Betonbau kam in Sicht. Dahinter lag ein Platz, an dessen anderem Ende der Fernsehturm aufragte. Jakob warf einen Blick in den Bau, der zum Platz hin große Öffnungen und einen türlosen Eingang besaß. Bierdosen und Styroporpackungen quollen aus dem Mülleimer davor. Auch drinnen war alles mit Graffitis bedeckt, und es roch schwach nach Urin. Ein Gartenstuhl mit kaputtem, weißem Plastikgeflecht lag umgedreht in einer Ecke. Komischer Treffpunkt.

»Hallo?«, rief Jakob mit belegter Stimme und räusperte sich. »Hallo?« Er zog sein Handy aus seiner Jackentasche, aktivierte die Taschenlampenfunktion und ließ das Licht über das Innere des Baus wandern, wo es nur auf eine Ratte fiel, die eilig davontrippelte. »In der Nähe des Fernsehturms« – was für ein alberner Blödsinn, eine so unpräzise Ortsangabe zu machen! Er trat aus dem Bau auf den Platz und schaltete seine Taschenlampenfunktion wieder aus. »Hallo, wo bleibst du, verdammt? Ich habe das Geld dabei, hörst du?«

Trotz der frühen Stunde wurde es zunehmend düster, Wolken türmten sich am Himmel. Für den Nachmittag gab es eine Gewitterwarnung. Er zog den prallen Umschlag hervor, der kaum in seine Jackentasche passte, und näherte sich dem Fernsehturm, der von kahlen Bäumen umgeben war. In der Eile hatte er auch noch seine Handschuhe vergessen. Wenige Meter vom Turm entfernt blieb er stehen, steckte sich den Umschlag unter den Arm, hauchte in seine kalten Hände und rieb sie aneinander.

»Willst du das Geld jetzt oder nicht? Hey, das ist doch Mist!« Jakob drehte sich einmal um sich selbst, aber es war nirgendwo jemand zu entdecken. Gleich würde ein Mega-Schauer runterkommen, und er stand sich hier frierend die Beine in den Bauch!

Nach ein paar Minuten schaute er wieder auf sein Handy. Das akademische Viertelstündchen war längst herum. Wie lange wollte er sich hier noch zum Narren machen? Er war im Begriff, den Rückweg anzutreten, als ihm im schwindenden Licht am Fuße des Fernsehturms ein großer, schwarzer Stein ins Auge fiel. Als er näher trat, stellte er fest, dass es sich um ein Kleiderbündel handelte. Er schüttelte den Kopf. Sollte das für ihn sein? Eine Botschaft, oder wie?

Zögernd trat er näher, beugte sich hinunter, als plötzlich Leben in das Bündel kam. Im nächsten Moment spürte er einen heftigen Stoß und starrte in ein Totengesicht. Er begriff, dass das, was er für ein Bündel gehalten hatte, ein kauernder Mensch gewesen war, der sich unter einem schwarzen Umhang verbarg. Ein weiterer Schlag ließ ihn taumeln, doch da, wo der Tod ihn geschlagen hatte, färbte sich seine helle *Wellensteyn*-Jacke rot.

»W-wieso?«, brachte er heraus und sah ein Messer aufblitzen.

Der Umschlag mit dem Geld fiel zu Boden. Er hob die Arme, versuchte vergeblich, das Messer abzuwehren, schrie: »Ich habe das Geld doch dabei!«

Weitere heftige Schläge ließen ihn in die Knie gehen, er gurgelte mit seinem eigenen Blut, spürte warme Feuchte auf seinem Oberkörper, während das schwarze Kostüm mit dem weißen, aufgedruckten Skelett vor seinen Augen verschwamm und dann alles dunkel wurde.

* * *

Sonntagnacht

Als der Anruf des Mordkommissionsleiters Bent Andersen ihn erreichte, schreckte Dominik aus einem unruhigen Schlaf hoch. Der Wecker zeigte 23:17 Uhr. Er stieg rasch in seine Kleider, warf einen Blick in Robins Zimmer – sein Sohn war noch immer nicht nach Hause gekommen – und trat nur wenige Minuten später hinaus in die eisige Nacht, um sein Auto aus der Garage zu holen und zum Präsidium zu fahren.

Die Hände in den Taschen seiner Daunenjacke vergraben, wartete Bent bereits auf dem Parkplatz des Präsidiums auf ihn. Dort, wo das Licht der Parkplatzlampen hinreichte, wirbelten Schneeflocken in einem rastlosen Tanz durch die Nacht. Die Statur des blonden Nordlichts aus Flensburg erinnerte Dominik an einen Quarterback aus dem American Football. Doch Bent hatte mal was von Eishockey erwähnt zu einer der seltenen Gelegenheiten, bei denen der reservierte Mordkommissionsleiter etwas über sich preisgab. Ob die Narben in seinem Gesicht vom Eishockey stammten? Dominik hatte nicht danach fragen wollen.

»Nett, dass du auf mich wartest, Bent.«

»Ich brauche deinen ersten, frischen Eindruck vom Tatort.« Bent öffnete die Beifahrertür des Dienstwagens für ihn.

»Oh, danke für die Blumen.«

»Schön … du weißt, dass ich dich für einen guten Ermittler halte«, sagte Bent steif, bevor sie in den Wagen stiegen.

Als er den Motor startete, ertönte *Last Christmas* …

Bent schaltete das Radio aus. »Kaum zu glauben, nur noch zehn Tage bis Weihnachten.« Er fuhr vom Parkplatz.

»Und pünktlich zum Fest noch ein neuer Fall.«

»Genau das Richtige für Weihnachtshasser.«

Hatte Bent ihm zugezwinkert? Er ging ja geradezu aus sich heraus.

»Für die betroffene Familie dürften das allerdings schlimme Weihnachten werden«, fuhr Bent fort.

»Ich weiß bisher nur, dass die Leiche eines jungen Mannes gefunden wurde. Beim Geocaching, richtig?«

»Von einem jungen Pärchen, ja. Es gibt tatsächlich Leute, die bei diesem Schietwetter abends auf Schatzsuche durch die Landschaft streifen.«

»Die ganz besondere *Challenge*. Und – wo geht es hin?«

»Der Junge ist beim Fernsehturm aufgefunden worden. Er hat ein kleines, aber charakteristisches Tattoo am Unterarm. Seine Eltern hatten ihn erst heute Nachmittag als vermisst gemeldet und auf das Tattoo hingewiesen. Wir haben sie noch nicht benachrichtigt. Wir müssen erst sichergehen, dass es sich wirklich um den Vermissten handelt.«

»Um was für ein Tattoo geht es?«

»Ein Keltenkreuz. Er hatte wohl vor, das entfernen zu lassen, war aber noch nicht dazu gekommen.«

»Aha?« Das *Keltische Kreuz* schien Dominik zu verfolgen. »Vielleicht ist das Opfer Teil einer Eso-Szene …«

»Das Keltenkreuz wird auch in der rechtsextremen Szene benutzt.«

»Oha. Handelt es sich beim Fundort auch um den Tatort?«

»Bella Schnathorst und ihre Leute haben das bereits bestätigt. Der Junge hat zahlreiche Verletzungen am Rumpf, an den Armen und Kopfverletzungen. Er hat vor Ort einiges an Blut verloren. Laut Vermisstenanzeige ist er gerade achtzehn geworden.«

Wie Robin, schoss es Dominik durch den Kopf. Sein Jüngster war nun erwachsen – zumindest auf dem Papier. Große Schneeflocken zerplatzten und schmolzen auf der Windschutzscheibe, während sie durch die Nacht fuhren.

Bent schaltete die Scheibenwischer ein. »Ich werde Ernst fragen, ob ich Frank bekommen kann. Wir brauchen ihn hier dringender.«

Frank gehörte zur »Soko Altfälle« und bearbeitete einen Mordfall, der gerade neu aufgerollt wurde, aber wie Dominik den Kommissariatsleiter Ernst Meyer zu Bargholz kannte, würde er einen Wechsel befürworten. Die ersten 48 Stunden waren bei einem Mordfall für den Ermittlungserfolg entscheidend.

»Ottfried Weber wird den Aktenführer machen«, fügte Bent hinzu.

Bei Quelle fuhren sie vom Ostwestfalendamm auf die Osnabrücker Straße ab.

»Du kannst das Navi ausschalten, Bent. Ich kenne die Strecke. Eine Bergstraße hinter Zweischlingen.«

»Zweischlingen?« Bent warf ihm einen fragenden Blick zu.

»Ich vergesse immer, dass du ja erst seit einem Jahr bei uns bist. In Zweischlingen kann man essen gehen, Kaffee trinken, tanzen gehen, Kulturveranstaltungen besuchen und so weiter.«

Bent nickte. »Kaum zu glauben, vor einem Jahr haben wir uns kennengelernt.«

Das klang so bedeutungsschwanger. Dominik dachte nicht so gern an das erste Kennenlernen zurück. Bent hatte ihn nach kurzer Zeit aus der Mordkommission geworfen, und sie waren ernsthaft aneinandergeraten.

»Siehst du, da kommt Zweischlingen.« In dem großen Gebäude brannte noch Licht. Ein paar Autos warteten an der Einmündung, um auf die Straße einzubiegen. »Und danach ist es die erste Straße, die rechts abgeht.«

Hinter Zweischlingen bog Bent in eine schmale Straße ab und fuhr die Anhöhe des Teutoburger Waldes hinauf. Der Schneefall ließ allmählich nach. Vorsichtig nahm er eine enge Kurve.

»Ist Nina dabei?«, fragte Dominik. Seine Kollegin Kommissarin Nina Tschöke war erst vor zwei Wochen braun gebrannt aus dem Urlaub zurückgekommen.

»Ich hätte ihr lieber noch eine längere Auszeit verordnet, aber sie besteht darauf, wieder voll einzusteigen. Ich bezweifele, dass sie schon verarbeitet hat, dass der letzte Einsatz sie fast das Leben gekostet hätte. Anscheinend ist sie nicht bereit für eine Therapie, abgesehen von den wenigen Gesprächen mit dem Polizeipsychologen.«

»Wenn man sich eingehend damit beschäftigt, was alles Schlimmes fast passiert wäre oder hätte passieren können, macht man keinen Schritt mehr vor die Tür. Vielleicht ist es besser, einfach weiterzumachen.«

Bent warf ihm einen zweifelnden Blick zu.

Auf einem ungepflasterten Platz in der Nähe des Fernsehturms parkten einige Einsatzfahrzeuge mit kreiselnden Blaulichtern. Bent parkte hinter ihnen, und sie stiegen aus. Es schneite nicht mehr, aber der Wind wehte ihnen eisig ins Gesicht. Sie stapften ein paar Schritte durch den Wald, bis sie den Turm erreichten. Das Licht von Dominiks Taschenlampe streifte Sträucher, Bäume und eine Krähe, die kurz erstarrte, bevor sie davonflatterte. Auf dem alten Herbstlaub lag eine dünne Schneeschicht. Dominik steckte seine Taschenlampe wieder ein, als sie ins Licht der Schweinwerfer der Spurensicherung traten. Die Kollegen in den weißen Overalls waren noch dabei, den Boden abzusuchen. In einem erleuchteten Zelt am Fuße des Turms beugte sich ein Schatten über etwas, das am Boden lag. Einer der Overalls ging ihnen entgegen. Darin steckte Sascha Sudhölter, ein Kollege vom Erkennungsdienst, der ihnen Schutzanzüge, Gummihandschuhe und Schuhüberzieher reichte.

»Und?«, fragte Bent, während sie die Overalls überstreiften.

»Wir haben einen sehr gut erhaltenen Sohlenabdruck im Schlamm gefunden und ausgegossen. Heute Nachmittag herrschten noch Plusgrade, danach ist die Temperatur gefallen und der Schlamm gefroren, besser geht's nicht. Die Schuhe des Opfers weisen ein anderes Profil auf, also könnte der Abdruck vom Täter stammen. Keine Spur von der Mordwaffe, es sei denn … in der Nähe haben wir einen großen, blutigen Stein gefunden, der schon mit Bella auf dem Weg ins Labor ist.«

Bella Schnathorst, die Leiterin des Erkennungsdienstes, hatte den Tatort also bereits verlassen, was Dominik ganz recht war, da die Nachricht von seiner Scheidung Bella elektrisiert zu haben schien und ihm ihre Flirtversuche allmählich zu viel wurden.

Sie näherten sich dem Zelt, aus dem gerade ein Mann seinen Kopf steckte. Dessen Overall-Kapuze war so fest zugezogen, dass nicht viel mehr als ein grauer Bart und eine ziemlich große Nase herausschauten.

»Kripo?«

Sie nickten, und er verließ das Zelt, um ihnen Platz zu machen. Bei Sudhölters Hinweis auf einen großen Stein hätte Dominik aufmerksam werden sollen, doch der Anblick des zertrümmerten Gesichts des Jungen traf ihn unvorbereitet. Neben ihm zog Bent scharf die Luft ein. Dominik würgte, er hatte sofort einen sauren Geschmack auf der Zunge, zwang sich, ruhig zu atmen, bis er sich etwas besser fühlte. Die Züge des Toten waren nicht mehr zu erkennen, sein Gesicht eine einzige blutige Masse. Das Rot von großflächigen Blutflecken hatte das Weiß der hellen Jacke fast verschwinden lassen. Blut färbte stellenweise auch das Laub auf dem Boden, vor allem in der Nähe der Körpermitte der Leiche.

Bent legte Dominik kurz die Hand auf die Schulter. »Ich habe so was auch noch nie gesehen«, sagte er leise. »Er hat sich jedenfalls gewehrt. Gegen Stichverletzungen, nehme ich an.«

Dominik nickte nur, er kämpfte weiter mit seiner Übelkeit. Hinter ihnen räusperte sich der Mann mit dem grauen Bart und der Adlernase und stellte sich als Rechtsmediziner Dr. Dr. von Ascheberg vor. »Ich möchte gerne nach Hause. Also: Der Todeszeitpunkt liegt nicht länger als sieben bis zehn Stunden zurück, die Kopfverletzungen sind vermutlich postmortal zugefügt worden, denn sonst würde man einen höheren Blutverlust im Bereich des Kopfes erwarten. Der Löwenanteil des Blutes, das er verloren hat, stammt aus den Wunden in Brust und Bauch.«

Dominik atmete tief durch. Er stand jetzt mit dem Rücken zu der Leiche, definitiv eine Verbesserung. »Können Sie schon Näheres zur Tatwaffe sagen?«

Dr. Dr. von Aschebergs graue, buschige Brauen ruckten nach oben. »Kann ich zaubern?«

Bent seufzte. »Schön … wann obduzieren Sie?«

»Nicht mehr heute Nacht, falls Sie das denken. Morgen ist auch noch ein Tag. Ich melde mich.« Dr. Dr. von Ascheberg stapfte davon.

»Diese Jacke ist ja regelrecht zerfetzt, das Gesicht … das sieht aus …« Dominik stockte.

»Wie *overkill*«, ergänzte Bent.

»Genau. Der Täter hat offenbar noch auf ihn eingestochen und eingeschlagen, als er längst tot war. Aber nicht nur das. Es sieht aus, als hätte jemand mit dem Gesicht die Identität des Opfers auslöschen wollen. Das deutet auf eine persönliche Beziehung. Und der Täter muss das Opfer irgendwie hierhergelockt haben, um ungestört zu sein. Ich meine, im Sommer ist das ein nettes Ausflugsziel, aber im Winter ist hier nicht viel los.«

Bent nickte. »Täter und Opfer kannten sich also und haben sich verabredet.«

»Vielleicht gehörten sie ja zur selben Clique.« Ninas Stimme.

Dominik und Bent wandten sich um. Die sportlich schlanke Frau, die auf sie zukam, versank fast in ihrer dicken Daunenjacke.

Dominik lächelte. »Hallo, Urlauberin. Richtig braun gebrannt bist du, Nina. Man sieht das selbst im Licht der Spurensicherung.«

»Danke, Dodo.« Nina lächelte und nahm ihre modische Hornbrille ab, um sie zu putzen. Sie hatte nicht nur Farbe bekommen, sondern wirkte auch entspannt und gut gelaunt. Ein leichter Duft nach einem herb-frischen Parfüm streifte seine Nase, er tippte auf Zitrone und Zedernholz. Der Lippenstift, den sie in letzter Zeit öfter trug, stand ihr. Sie schien mehr Wert auf ihr Styling zu legen als früher – und er ahnte, wieso.

»Bist du schon länger vor Ort?«, fragte Dominik.

»Ja, ich habe mir die Leiche schon angesehen.« Sie setzte sich die Brille wieder auf, fegte sich Schnee aus ihren kurzen, dunkelblonden Haaren und wickelte sich den Schal fester um den Hals. »Wie wir wissen, bringen sich gerade junge Männer oft in Schwierigkeiten. Statistisch gesehen ist der Täter ein junger Mann aus dem Umfeld des Opfers. Und statistisch gesehen besteht für Jungen und junge Männer ab der Pubertät auch das größte Risiko, selbst zum Opfer zu werden.«

Dominiks Handy klingelte. Es war Frank. »Entschuldigung.« Er entfernte sich ein Stück von den beiden und nahm den Anruf an.

»Dodo, ich würde dich nicht stören, wenn es nicht wichtig wäre …«

»Sag schon!«

»Robin ist gerade nach Hause gekommen, und er sieht nicht gut aus …«

* * *

Nachdem Bent ihn wieder im Präsidium abgesetzt hatte, stieg Dominik in seinen Citroën und beeilte sich, nach Hause zu fahren. Frank öffnete ihm die Tür. Anstelle einer Begrüßung sagte er: »Er ist oben in seinem Zimmer.«

Ohne seinen Mantel auszuziehen, eilte Dominik die Treppe hoch und klopfte an Robins Tür. Er klopfte noch einmal, und als er keine Antwort erhielt, drückte er die Klinke hinunter. Die Tür war verschlossen. »Robin!«, rief er. »Ich bin's, mach bitte auf!« Er hörte ein Geräusch hinter der Tür, dann einen Schlüssel im Schloss, bevor die Tür geöffnet wurde und sein Sohn mit einem zugeschwollenen, blauen Auge und einer Platzwunde an der Stirn zum Vorschein kam. Die Haut auf Robins Handknöcheln war ebenfalls aufgeplatzt und blutig.

»Himmel! Was ist denn mit dir passiert?«

»Papa, mach bitte keinen Stress, ich bin mit dem Rad gestürzt. Ist ja auch glatt draußen.«

»Ach wirklich? Statistisch gesehen hat dich ein anderer junger Mann vermöbelt.«

»Statistisch? Papa, was redest du denn da?«

»Jedenfalls muss die Wunde an deiner Stirn genäht werden.«

Robin stöhnte. »Es ist spät, ich wollte gerade ins Bett.«

Dominik ging an ihm vorbei in das nach kaltem Rauch riechende Zimmer. Auf dem Boden lagen Kleidungsstücke, auf Robins Schreibtisch stand zwischen Papier- und Bücherstapeln ein überquellender Aschenbecher, aber jetzt war nicht der Zeitpunkt, das Thema Rauchen zu behandeln. »Rob, du musst ins Krankenhaus! Ich kann dich fahren.«

»Nein, Papa, ich will schlafen! Echt jetzt. Ich klebe mir 'n Pflaster drauf.«

»Und Tetanus? Wie lange ist deine letzte Tetanus-Impfung her, wenn ich mal fragen darf?«

»Woher soll ich denn das wissen?«

»Das geht aus deinem Impfpass hervor.«

»Oh Mann.« Robin ließ sich in einen Korbsessel fallen. »Ich habe keine Ahnung, wo dieser blöde Impfpass ist! Es ist schon fast ein Uhr, und ich muss morgen früh raus, in die Schule.«

»Vergiss die Schule. So gehst du mir nicht dahin!«

Robin verdrehte sein nicht zugeschwollenes Auge. »Das glaub ich einfach nicht.«

»Glaub's ruhig. Los jetzt, wir fahren!«

* * *

Gegen drei waren sie wieder zu Hause. Tatsächlich hatte die Wunde genäht werden müssen, und eine Tetanus-Spritze hatte Robin auch bekommen. Auf dem Weg versuchte Dominik, aus ihm herauszukitzeln, was wirklich geschehen war, aber sein Sohn mauerte. Nachdem Dominik die Haustür aufgeschlossen hatte, verabschiedete sich Robin sofort ins Bett.

Aus dem Wohnzimmer kam ein gähnender Frank und blinzelte mit kleinen Augen im Licht der Flurlampe »Ich bin vorm Fernseher eingeschlafen. Und – hat er ausgespuckt, was passiert ist?«

»Da kennst du Robin schlecht, obwohl ich gedacht hätte, er wäre mit seinen achtzehn Jahren vernünftiger geworden.« Dominik zog seine Winterstiefel aus. »Bent will dich übrigens für den neuen Fall haben.«

»Wegen meiner überragenden Kombinationsfähigkeiten wahrscheinlich ... tja, zu dumm, ich bin leider schon mit dem Altfall ausgelastet.« Mit einem Mal wirkte Frank wacher. »Der will mich doch nicht wieder als Aktenführer?!«

»Nein, das macht Weber. Das Opfer ist genauso alt wie Robin.« Dominik fröstelte.

»Ist dir kalt? Komm, wir gehen kurz nach nebenan, da ist es wärmer«, schlug Frank vor, und Dominik folgte ihm zum Sofa ins angrenzende Wohn-Esszimmer. Auf dem Couchtisch standen zwei Bierflaschen einträchtig nebeneinander. Sie nahmen Platz.

»Ist der Tote schon identifiziert worden?«, fragte Frank.

»Das wird morgen anhand eines Zahnabgleichs passieren.«

»Warum denn das? Liegt der schon so lange da?«

»Nein, aber ... egal, es handelt sich vermutlich um einen Jungen, der Sonntagnachmittag vermisst gemeldet wurde. Er hat ein charakteristisches Tattoo.«

Frank riss die Aufgen auf. »Der Arztsohn?«

»Sein Vater heißt Dr. Heitbreder. Weißt du was? Lass uns doch tauschen. Ich arbeite an deinem Altfall und du ...«

»Ähm ... stopp mal ...«

»Frank, ich sollte mich um Robin kümmern. Damals, als das mit Anna passiert ist, habe ich alle Warnzeichen übersehen. Robin ist impulsiv und sehr emotional und ... manchmal frage ich mich heute noch, ob ich diese Geschichte auf Sylt hätte verhindern können.«

»Du willst also eine ruhige Kugel schieben, einen Altfall bearbeiten ohne Zeitdruck, keine Überstunden, kein Chef, der dir Feuer unterm Arsch macht, keine Presse, die blöde Fragen stellt …«

»Genau, du hast es erfasst. Dann habe ich nämlich noch Kapazitäten, Robin im Auge zu behalten.«

»Dodo, ich versteh das ja, aber ganz ehrlich, für mich ist das kein so guter Tausch. Warum rufst du nicht … ruf doch Betty an, sie ist immerhin seine Mutter.«

»Die Sache ist die, erstens wohnt Robin bei mir, zweitens …«

Einer der Vorhänge bauschte sich im Wind. Im Garten duckten sich die Büsche in der Böe. Frank erhob sich, schloss das Fenster und zog die Vorhänge zu. »Also: zweitens?«

Dominik stand auf. »Zweitens muss ich jetzt ins Bett.«

»Zweitens: Du hast keine Lust auf diesen Fall. Das geht mir andauernd so, also …«

»Gute Nacht, Frank Tillmann Herbst.«

Montag, 16. Dezember 2013

Dominik schreckte auf. Verwirrt schaute er sich um. Die Umrisse der Dachfenster zeichneten sich durch fahle Lichtstreifen am Rand des Rollos von der Dunkelheit ab. Er hatte von einer blutigen Masse geträumt, die einmal ein Gesicht gewesen war. Die blaue Leuchtanzeige auf seinem Digitalwecker zeigte 05:36 Uhr. Er schaltete seine Nachttischlampe an, stand auf, tappte auf nackten Sohlen die Treppe hinunter und öffnete vorsichtig die Tür zu Robins Zimmer. Sein Sohn lag in seinem Bett auf dem Bauch, ein Speichelfaden lief aus seinem Mund, und Dominik hörte tiefe, regelmäßige Atemzüge. Was hatte er auch anderes erwartet? Behutsam schloss er die Tür, ging wieder hoch in sein Schlafzimmer und legte sich ins Bett, aber es dauerte eine Weile, bis er wieder in den Schlaf fand.

Als Dominik am nächsten Morgen in die Küche trat, empfing ihn Kaffeeduft. Ein etwas zerknitterter Frank stand an der Kaffeemaschine und goss sich Kaffee ein. Als er Dominik bemerkte, holte er einen weiteren Becher aus dem Schrank und füllte ihn. »Morgen, Dodo. Was ich dir noch sagen wollte: Du denkst wohl, bei einem Altfall ist alles easy oder so. Dabei haben wir schon in aller Herrgottsfrühe eine Besprechung.« Er machte ein leidendes Gesicht.

»Armer Kerl.«

»Nicht wahr?« Frank verschanzte sich am Küchentisch hinter der *Neuen Westfälischen.*

Dominik verließ die Küche mit seinem Becher, holte sein Handy heraus und rief seine Ex-Frau an.

Betty klang verschlafen. »Weißt du eigentlich, wie spät es ist? Was ist denn überhaupt so wichtig, dass du …«

»Es ist fast acht, und es *ist* wichtig!« Dominik berichtete ihr von dem Vorfall mit Robin. »Irgendetwas stimmt da nicht, er hat irgendeinen Kummer, und natürlich erzählt er mir rein gar nichts darüber. Auch nicht, mit wem er sich geprügelt hat. Er macht alles mit sich ab, Betty, ich komme nicht an ihn ran.«

»Wie der Vater so der Sohn.«

»Es geht gerade um Robin, nicht um mich! Was genau ist daran nicht zu verstehen?«

»Sicher. Und sosehr du es hasst, da geht es auch um Beziehung. Um *Gefühle*. Nicht gerade dein Gebiet.«

»Ach ja? Nur weil ich keine Lust hatte, endlose, fruchtlose Beziehungsgespräche mit dir zu führen? Betty, zum Glück …« Er brach ab.

»Sind wir geschieden. Das wolltest du doch sagen?«

»Ich will mit dir über unseren Sohn reden. Ist das möglich? Er blockt einfach ab, wenn ich versuche herauszufinden, was Sache bei ihm ist.«

»Das kommt mir so was von bekannt vor …«

Dominik seufzte. »Dazu kommt, dass ich mitten in einer Mordermittlung stecke und …«

»Auch das ist wahrlich nichts Neues. Sei doch ausnahmsweise mal ehrlich, dein Beruf ist dir eben wichtiger.«

»Betty!« Dominik hatte nicht übel Lust, sein Handy in die Ecke zu pfeffern. »Ich bitte dich doch nur, mit ihm zu reden!«

»Jens-Thorben und ich fahren heute für zwei Tage nach Hamburg, er hat da eine Fortbildung, und ich schaue mir die Stadt an. Danach sehen wir weiter.«

»Jens-Thorben?«

»Mein neuer Lebensgefährte Jens-Thorben Obermeier, und er ist übrigens Psychotherapeut. Er wird mit Robin reden, wenn wir wieder da sind. Ich glaube, er wird das sehr gut machen. Er kann wirklich gut mit jungen Leuten.«

»Oh, na, da bin ich ja beruhigt. Jens-Thorben wird's schon richten.«

»Deinen Sarkasmus kannst du dir sparen!«

* * *

Es war noch kälter geworden. Die Luft stach in Bents Nase, während er an seinem Dienstfahrzeug lehnte und sich die Hände massierte, die trotz der Handschuhe taub vor Kälte waren. Er warf einen Blick auf seine Uhr. Dominik war in der Regel pünktlich, doch heute ließ er sich Zeit. Die Nachricht von Jakob Heitbreders Zahnarzt, der die Identität des Toten anhand einer Gebissanalyse bestätigt hatte, war bereits um 8:30 Uhr bei ihm eingetroffen, woraufhin er den Kollegen benachrichtigt hatte. Aber wer riss sich schon darum, den Eltern des Jungen mitzuteilen, dass sich ihre Befürchtung in traurige Gewissheit verwandelt hatte? Als er wieder aufblickte, sah er Dominik mit wehendem Mantel über den Parkplatz des Präsidiums eilen. Dominik hatte ihn offenbar noch nicht bemerkt, und Bent wollte ihm gerade zuwinken, als der Kollege abrupt stehen blieb. Er holte sein Handy aus der Tasche und tippte eine Nummer ein. Eine seiner braunen Locken fiel ihm etwas wirr in die Stirn, unter seinen großen, braunen Augen lagen Schatten, was seinem fein und ebenmäßig geschnittenen Gesicht etwas Ätherisches verlieh.

»Robin, guten Morgen … *was*? … nein … ich bin dagegen! Du solltest wirklich zu Hause … ich habe Nein gesagt … *wie bitte*?«

Bent verlor sich in der Betrachtung seines Kollegen, bis das Gespräch so schnell endete, wie es begonnen hatte. »Nein, Robin! Und das ist mein letztes Wort!«

»Dominik?«

Dominik fuhr zusammen.

»Entschuldige, ich wollte dich nicht erschrecken. Können wir?«

»Ja sicher.« Er klang müde.

»Ich habe Nina zu Dr. Dr. von Ascheberg geschickt, der gerade obduziert. Glaub mir, da möchtest du auch nicht sein.«

»Habe ich mich beschwert?«

»Hast du nicht, aber … Probleme mit deinem Jüngsten?«, fragte Bent.

»Das wird schon wieder«, sagte Dominik, während er Bent zu dem Dienstwagen folgte. »Ich nehme an, dass die Heitbreders bereits ahnen …«

»Dass ihr Junge tot ist?«, fragte Bent. »Ja, vielleicht.«

Sie stiegen ein, und Bent startete den Wagen. Er war Dominiks jüngstem Sohn im Zusammenhang mit dem Fall Anna Borgstedt begegnet, seinem ersten Fall in Bielefeld. Erst lange nach Abschluss des Falls hatte er gehört, dass Robin damals nach dem Mord an seiner Freundin durchgedreht sein musste und seinen eigenen Bruder in einer Ferienwohnung auf Sylt mit einer Waffe bedroht hatte. Der Fall war eine Belastungsprobe für Dominiks Familie gewesen. War seine Ehe deshalb zerbrochen? Während der kurzen Fahrt über die Wertherstraße warf Bent ihm hin und wieder einen Seitenblick zu. Doch Dominik schien sich nicht weiter über seinen Konflikt mit Robin auslassen zu wollen.

Bent brach das Schweigen. »Bella hat mich vorhin angerufen: Die Spurensicherung hat dunkle Fasern an der hellen Jacke von Jakob Heitbreder gefunden, die dem ersten Anschein nach nicht von anderen Kleidungsstücken des Opfers stammen. Außerdem ein dunkles Haar mit Haarwurzel. Bella hat sich übrigens nach dir erkundigt. Schöne Grüße, und du sollst dich unbedingt bei ihr melden.«

»Seit ich geschieden bin, soll ich mich andauernd bei ihr melden.« Dominik stöhnte leise. »Bella steht auf mich.«

Wer nicht, dachte Bent.

»Bent, am Kreuzkrug musst du links abbiegen.«

Eine Reitschule und Felder zogen an ihnen vorbei, bis sie zu dem Örtchen kamen. »Hier war ich noch nie. Hübsch hier, dieses Kirchdornberg«, bemerkte Bent, während er eine Linkskurve zwischen Fachwerkhäusern nahm, um nach einer Weile rechts abzubiegen.

Das große Haus der Heitbreders lag am Hang, der zur Anhöhe des Teutoburger Waldes führte. In den bodentiefen Fenstern spiegelte sich die Morgensonne, die auch einige rote Weihnachtskugeln an einer Tanne im Vorgarten aufleuchten ließ.

Auf ihr Klingeln wurde die Tür sofort geöffnet, als hätte man sie schon erwartet. Ein hagerer Mann in den Fünfzigern mit randloser Brille starrte ihnen entgegen. Graue Bartstoppeln bedeckten seine Wangen, und er sah aus, als hätte er in der letzten Nacht kein Auge zugetan.

»Herr … ähm … Dr. Heitbreder«, begann Bent. »Wir …«

»Es ist wegen Jakob, nicht wahr? Er ist tot, oder?« Dr. Heitbreders Gesicht wurde noch eine Spur blasser.

Bent schwieg. Irgendwo aus den Tiefen des Flurs kam ein Schluchzen.

»Also ja. Kommen Sie rein.«

Bent nickte. Sie folgten Dr. Heitbreder in ein großes Wohn-Esszimmer. Im Kamin brannte leise knackend ein Feuer. Der geschmückte und mit einer Lichterkette illuminierte, hohe Weihnachtsbaum, der in einer Ecke des Raumes stand, verbreitete Tannennadel-Duft. Eine zierliche Frau mit zurückgebundenen, blonden Locken saß zusammengekrümmt auf der Kante eines Sofas. Sie nahm die Hände von ihrem verweinten Gesicht und stemmte sich hoch. Die geschwollenen Augenlider und die roten Flecken konnten nicht verbergen, dass sie eine gut aussehende Frau war, mindestens fünfzehn Jahre jünger als ihr Mann. Bent schätzte sie auf Anfang vierzig. Er stellte sich und Dominik vor.

»Kerstin Heitbreder«, sagte sie mit dünner Stimme und gab ihm die Hand, die für einen Moment kalt und schlaff in der seinen lag. »Darf ich Ihnen etwas anbieten?« In ihrem Blick lag Verzweiflung. Es gab Momente, in denen Bent seinen Beruf hasste.

Ihr Mann legte ihr den Arm um die Schultern. »Liebes, ich glaube nicht …«

»Nein, danke«, unterbrach Bent. »Vielleicht setzen wir uns erst mal.«

Sie presste die Lippen zusammen und nickte, woraufhin alle Platz auf der Sofalandschaft nahmen.

»Hat … hat er gelitten?«, fragte sie.

Bent räusperte sich. »Ich denke nicht.«

»Bei schweren Verletzungen schüttet der Körper Adrenalin aus, sodass die akuten Schmerzen nicht so stark sind«, erklärte Dr. Heitbreder. »Woran genau ist unser Sohn denn gestorben?«

»Es gab Stichverletzungen im Bereich des Oberkörpers, aber die Obduktion ist noch nicht … also, wir wissen noch nichts Genaues.«

»Wann können wir ihn sehen?« Sie zerknüllte ein Papiertaschentuch in ihrer Hand.

Bent wusste nicht, was er sagen sollte. Das zerstörte Gesicht des Jungen würde wohl auch der beste Bestatter nicht mehr rekonstruieren können. »Irgendwann nach der Obduktion, wenn seine Leiche freigegeben wird, nehme ich an.«

Eine Weile herrschte Schweigen. Das Wohnzimmer der Heitbreders war geschmackvoll und in warmen Naturtönen eingerichtet – ein Stilmix aus modernen Möbeln kombiniert mit altem Holz und Leder. Hier musste ein Innenarchitekt am Werk gewesen sein. An den Wänden hingen afrikanische Masken, auf einer Kommode standen Holzskulpturen, und neben dem Sofa befand sich ein Beistelltisch, dessen Sockel eine Löwenfigur bildete.

Dr. Heitbreder war Bents Blick gefolgt. »Ich habe ein paar Jahre als Arzt in Tansania gearbeitet.«

»Als er nicht wiederkam, wusste ich, es ist etwas Schlimmes passiert«, sagte Kerstin Heitbreder mit glasigem Blick.

Dominik beugte sich vor. »Welchen Anlass hatten Sie, das zu denken?«

»Weil es jemand auf unsere Familie abgesehen hat! Das ist nur der Endpunkt einer Reihe von unheilvollen Ereignissen. Erst der Einbruch, dann der zerkratzte MINI, und Sarah …« Sie schaute ihren Mann an. »Erinnerst du dich, was sie geschrien hat?!«

»Ach, Schatz.« Er nahm ihre Hand. »Sarah ist sehr krank, das weißt du doch.«

»Der Satan wird dich holen, Jakob! Der Satan!« Ihre Augen füllten sich mit Tränen.

Dr. Heitbreder umarmte sie. »Liebes, nun beruhig dich doch. Sie ist noch immer in Gilead IV, wie hätte sie Jakob töten sollen?«

»Aber sie weiß etwas, da bin ich sicher!«

»Wer ist Sarah?«, fragte Dominik. »Und warum glauben Sie, dass die ganze Familie in Gefahr ist, Frau Heitbreder?«

»Sarah ist meine Schwester, aber das ist absurd«, antwortete Dr. Heitbreder an ihrer Stelle. »Sie leidet unter paranoider Schizophrenie und hat einen religiösen Wahn ausgebildet. Sie ist harmlos, sie ist eher eine Gefahr für sich als für andere, sie redet nur ziemlich wirres Zeug, wenn sie einen psychotischen Schub erleidet. Und was soll sie schon wissen?«

Kerstin Heitbreder starrte vor sich hin. »Dass jemand unsere Familie zerstören will.«

»Schatz, das ist ...« Ihr Mann schüttelte den Kopf. »Hören Sie, es gibt da einen jungen Mann namens Lukas Dreesbeimdieke, der eifersüchtig auf Jakob ist, weil der ihm Antonia ausgespa... na, was heißt ausgespannt, Antonia hat sich eben für Jakob entschieden. Vielleicht hilft Ihnen das weiter.«

Dominik notierte den Namen auf einem Notizblock. Dann sah er auf. »Wann haben Sie Ihren Sohn das letzte Mal gesehen?«

»Das war am frühen Sonntagnachmittag. Es muss so gegen zehn vor zwei gewesen sein, da ist er mit einem Taxi los. Zum Abschied sagte er, dass er einen Schulfreund treffen wolle und er sei zum Kaffeetrinken wieder da. Wen er treffen wollte, hat er nicht verraten«, antwortete Dr. Heitbreder. »Wenn ich geahnt hätte, dass ich ihn nicht mehr lebend wiedersehen würde ...« Er blickte zu Boden und schluckte.

»Reinhold, wir müssen es Antonia sagen.« Frau Heitbreder sah ihren Mann hilfesuchend an. Er nickte und umarmte sie fest, presste die Lider zusammen, Tränen rollten über seine Wangen.

Bent wandte den Blick ab.

»Aber zuerst müssen wir es Maja sagen«, brachte sie hervor.

»Maja, oh Gott, ja, das werden wir wohl müssen«, sagte ihr Mann leise. »Das ist unsere Tochter, Jakobs …«

»Schwester, natürlich.« Bent lächelte. »Eine Frage noch: Haben Sie eine Idee, welchen Schulfreund Jakob vielleicht treffen wollte?«

Das Ehepaar tauschte einen Blick. »Lukas? Obwohl der kein Freund mehr ist.« Reinhold Heitbreder löste sich von seiner Frau. »Womöglich wollte Jakob ihm endgültig klarmachen, dass er sich von Antonia fernhalten soll. Ansonsten könnte es jeder aus seiner ehemaligen Jahrgangsstufe gewesen sein. Er hatte, glaube ich, keinen engen Freund mehr, nachdem die Freundschaft mit Lukas zerbrochen war.«

»Vielen Dank.« Bent stand auf. »Wir lassen Sie jetzt erst mal allein. Falls Ihnen noch etwas einfällt, wenden Sie sich bitte jederzeit an uns.«

Dominik erhob sich ebenfalls. »Könnten wir uns mal in Jakobs Zimmer umsehen?«

»Sicher.« Dr. Heitbreder gab seiner Frau einen Kuss auf die Wange und stand auf. Sie folgten ihm in ein großes, helles Zimmer im ersten Stock, das auf einen Balkon führte. Alles war an seinem Platz, nirgendwo lag auch nur ein Stäubchen. An einer Wand stand ein hohes, gut gefülltes Bücherregal.

Dominik schürzte die Lippen. »Ihr Sohn ist … war sehr ordentlich.«

»Es geht. Wir haben eine Haushaltshilfe.« Dr. Heitbreder lächelte schief.

»Die müssen wir auf jeden Fall sprechen. Kommt sie heute noch?«, fragte Dominik.

»Ich rufe sie an, dass sie gleich kommen soll.«

Bent trat an das Bücherregal. Klassiker der Weltliteratur, aber auch politische Literatur, Ernst Jünger, Carl Schmitt, Antonio Gramsci. »Hat er die alle gelesen?«

»Mein Sohn las viel, er hätte alles werden können, aber ...« Dr. Heitbreder brach ab, er rang um Fassung. »Schauen Sie sich einfach um.« Dann verließ er den Raum.

»Das ist sie wohl. Eine Afrodeutsche.« Dominik nahm ein gerahmtes Foto von einer Kommode und hielt es hoch.

»Wer? Ach so, seine Freundin Antonia.« Bent nahm ihm das Bild aus der Hand. Eine schöne Aufnahme von zwei eng umschlungenen jungen Leuten. Beide attraktiv und glücklich in die Kamera lächelnd, der blonde Jakob und die hübsche, dunkelhäutige Antonia mit einer ausufernden, schwarzen Lockenmähne. »Tja, wenn man so verliebt ist, glaubt man, dass es immer so weitergeht.« Bent musste an Andy denken, ihre Honeymoon-Phase hatte nicht lang gedauert.

»Mit so was rechnet wohl niemand. Nina sagte, das Handy sei schon sichergestellt worden.«

»Schön ... ja, es befand sich ausgeschaltet in seiner Jackentasche, und Weber überprüft gerade die Verbindungsdaten.«

Dominik zog die erste Schublade der Kommode auf, und sie begannen, das Zimmer systematisch zu durchsuchen.

Nach einer halben Stunde, die vergangen war, ohne dass sie abgesehen von einem Laptop etwas Nennenswertes gefunden hatten, unterbrach sie ein leises Klopfen. Bent stellte die Sporttasche mit dem Tennisschläger wieder in den Schrank. »Ja, bitte?«

Eine schmale, junge Frau, die Kerstin Heitbreder ähnelte, nur dass ihr die blonden Haare glatt auf die Schultern fielen, betrat das Zimmer. »Ich bin Maja.« Sie gab erst Bent die Hand, dann Dominik – etwas, das bei der jungen Generation aus der Mode gekommen war. Karierter Faltenrock, weiße Bluse, darüber ein dunkelblauer Kaschmirpullover – all das verstärkte den Eindruck der wohlerzogenen Tochter. Maja schien wie ihre Mutter geweint zu haben, auch ihre Augenlider waren gerötet und geschwollen. Ein Streifen schwarzer Wimperntusche zog sich ihre Wange hinunter.

»Darf ich?«, fragte sie, als ob sie nicht hier wohnen würde, und setzte sich dann in einen Sessel.

»Wir …«, begann Bent.

»Ich …«, sagte Maja Heitbreder zur selben Zeit.

»Schön … sprechen Sie doch weiter.«

Sie spielte mit ihrem silbernen Kettenanhänger. Der Opal darin schimmerte mal bläulich, mal grünlich. »Ich weiß, wer das getan hat.«

»Ach ja?« Bent nahm auf einem Zweiersofa Platz, Dominik setzte sich neben ihn.

»Als ob das mit Tante Sarah nicht schon peinlich genug gewesen wäre, hat auch noch Lukas Dreesbeimdieke die Party gecrasht. Er roch nach Wodka und taumelte auf Antonia zu. Er wollte sie dazu bringen, die …«, sie malte Anführungszeichen in die Luft, »›müde Party‹ zu verlassen und mit ihm in der Stadt einen draufzumachen. Dabei konnte er kaum noch stehen. Als Jakob versucht hat, ihn dazu zu bringen zu verschwinden, wurde Luke laut.«

»Es ging um Antonia?«, fragte Dominik.

Sie nickte. »Antonia wäre ja doch nichts Ernstes für Jakob und so weiter. Jakob meinte dann: ›Warum hören wir nicht auf mit dem Gequatsche und fragen sie, ob sie mit dir gehen will?‹ Natürlich wollte sie nicht. Dann haben alle Luke umringt und ihn zur Tür gedrängt. Wir haben ihn praktisch rausgeschmissen. Ich wollte ihm ein Taxi rufen, weil es ziemlich kalt war draußen, aber Jakob war total genervt und wollte das nicht. Luke sei in diesem Zustand hergekommen, also schaffe er es auch wieder zurück.«

Oberschenkel an Oberschenkel mit Dominik zu sitzen, war irritierend, Bent rückte ein Stück von ihm ab. »Haben Sie ihn später noch mal gesehen?«

»Ich habe nach etwa zehn Minuten noch mal rausgeschaut. Ich dachte, vielleicht liegt der jetzt betrunken im Gebüsch und erfriert noch, aber Luke war weg.«

»Was macht Sie so sicher, dass er es war?«, fragte Dominik.

»Luke war mal Jakobs bester Freund, und er hat Jakob bewundert. Das mit Antonia hat er Jakob nie verziehen. Außerdem ist er komplett besessen von ihr. Nachdem sie sich von ihm getrennt hat, ist er ziemlich abgestürzt, hat nicht mal mehr sein Abi auf die Kette gekriegt.«

Bent lehnte sich zurück. »Der Tatort befindet sich im Teutoburger Wald, um diese Jahreszeit eher einsam gelegen. Können Sie sich vorstellen, dass Jakob bereit war, sich mit Lukas an einem solchen Ort zu treffen?«

Maja zuckte mit den Achseln. »Ich meine, Jakob wollte natürlich, dass Luke ihn und Antonia endlich in Ruhe lässt. Vielleicht hat Luke ihn dorthin gelockt und vorgegeben, eine Aussprache zu wollen.«

Wieder klopfte es, kurz darauf trat Kerstin Heitbreder ein. »Unsere Haushaltshilfe kann frühestens gegen 17 Uhr kommen.«

»Schön … dann sind wir um 17 Uhr wieder bei Ihnen. Wir würden gerne Jakobs Laptop untersuchen.«

»Kein Problem, Herr Kommissar. Andersen, richtig?« Bent nickte.

Kerstin Heitbreder, die mittlerweile etwas gefasster wirkte, wandte sich an Dominik. »Könnte ich Sie einen Augenblick sprechen?«

Draußen auf dem Flur packte sie den überraschten Dominik am Arm. »Sie sind derjenige, der vorhin nachgehakt hat. Mein Mann glaubt das nicht, aber ich bin überzeugt, dass unsere Familie in Gefahr ist! Bei uns ist eingebrochen worden, es fehlten aber keine Wertsachen, sondern Pokale, die Maja bei Reitturnieren gewonnen hat, und ein Teil von Jakobs Tennispokalen. Außerdem hing ein großes Familienfoto an der Wand, ein Foto, das auf Leinwand gedruckt war. Die Leinwand war völlig zerfetzt, auch kleinere Familienfotos lagen zerrissen auf dem Boden. Tun so was normale Einbrecher – lassen den Flachbildschirm und die teure Hifi-Anlage links liegen und zerstören Familienbilder?«

»Haben Sie das der Polizei gemeldet?«

»Ja, aber wir haben nur noch von denen gehört, dass es keine verdächtigen Fingerabdrücke gäbe und sie bei der dürftigen Spurenlage wenig tun könnten.«

»Wissen Sie noch, ob es Einbruchsspuren an Türen oder Fenstern gab?«

»Nein!« Kerstin Heitbreder sah ihn eindringlich an. »Das ist es ja gerade, bei uns sind fast alle Türen mit einem Code gesichert! Wir haben den Code natürlich geändert und Sicherungen in die Fenster einbauen lassen.«

»Das war richtig von Ihnen. Es muss also jemand gewesen sein, der den Code kannte?«

»Um ehrlich zu sein, habe ich bei dem Einbruch zuerst an Sarah gedacht und dass mein Mann ihr mal den Code gegeben haben könnte. Aber Reinhold beteuert, das würde er nie tun. Und in der Nacht vor Jakobs Verschwinden wurde sein nagelneuer MINI zerkratzt. Aber Sarah war zu dem Zeitpunkt schon in Gilead IV. Das alles kann doch kein Zufall sein, das hängt zusammen, meinen Sie nicht?«

Der Druck um seinen Arm wurde stärker. »Ein Insider also …«, sagte Dominik.

»Glauben Sie mir jetzt?«

»Gut, ich sehe, das ist eine Möglichkeit.«

»Haben Sie Kinder? Können Sie sich vorstellen, wie das ist, wenn man das Liebste auf der Welt verliert? Können …« Sie brach ab, Tränen liefen über ihre Wangen. »Ich weiß nicht, wie ich weitermachen soll. Aber da ist noch Maja. Für Maja müssen wir stark sein.« Sie zog die Nase hoch und umklammerte seinen Arm. »Helfen Sie uns?«

Dominik zog sanft seinen Arm zurück, als könnte er sich anstecken an ihrem Elend. Sich auch nur ansatzweise vorzustellen, dass seinen Kindern etwas Derartiges passierte, ließ ihn schaudern. »Wir tun, was wir können«, brachte er steif hervor.

»Jakob wird nie wieder lebendig. Aber der Gedanke, dass Jakobs Mörder frei herumläuft, während wir ... das macht mich wahnsinnig! Ich habe Angst um uns ... dass alles auseinanderbricht, unsere Familie ... unser Leben ... Können Sie das verstehen?«

Dominik holte tief Luft. Er kannte die Statistik. Fast alle Paarbeziehungen zerbrachen am Tod eines Kindes. Und die Heitbreders hatten einen langen Weg vor sich. »Natürlich.«

Sein Handy klingelte. »Entschuldigung.« Er trat ein paar Schritte zurück und nahm den Anruf an.

»Hallo, Dominik.« Das war die Stimme des Kommissariatsleiters Ernst Meyer zu Bargholz. »Ich sollte dich zurückrufen. Habe ich das richtig verstanden, du willst von dem Fall abgezogen werden?«

»Ich ... also ...« Er begegnete Kerstin Heitbreders forschendem Blick.

»Ich kann dich nicht gegen Frank austauschen, weil ich Frank ohnehin für den Mordfall Heitbreder einsetzen werde. Das ist jetzt dringlicher als der Altfall. Du weißt, wir stehen unter Zeitdruck, und ich hätte dich gerne dabei. Aber du hast noch nie darum gebeten, von einem Fall abgezogen zu werden und ...«

»Schon gut, Ernst.« Wieder begegnete er ihrem Blick. »Hör zu, ich mache das, ich bin dabei.«

»Sehr gut, ich finde das gut! Wir brauchen dich da. Viel Erfolg.«

»Danke.« Dominik beendete das Telefonat.

»Etwas Neues?«

»Nein, nur … nicht so wichtig.«

Kerstin Heitbreder lehnte sich ans Treppengeländer und starrte mit traurigem Blick aus dem Fenster, vor dem einzelne weiße Flocken vorbeitrudelten. Dann holte sie eine Tablettenschachtel aus ihrer Hosentasche, drückte mit zitternden Fingern eine Tablette aus der Blisterverpackung und schluckte sie trocken. Ihr Mann war Arzt, vermutlich hatte er ihr ein Beruhigungsmittel verschafft.

Falls ihre Befürchtung zutraf, dass es jemand auf ihre Familie abgesehen hatte, dann war das hier womöglich erst der Anfang …

* * *

Ein fieser Piepton schrillte durch Franks und Dominiks Büro. Frank fluchte, wedelte erfolglos durch die Nebelschwaden, die er im Laufe des Nachmittags produziert hatte, sprang auf und stieg auf den Besucherstuhl, um den Rauchmelder abzuschrauben. Hektisch fummelte er an dem Ding herum. Das schrille Piepen endete erst, nachdem er die Batterie entfernt hatte.

Dominik räumte die Pflanzen von der Fensterbank und riss die Fenster sperrangelweit auf. Sofort strömte eisige Luft ins Zimmer.

»Willst du mich umbringen?«, raunzte Frank.

»Es war nicht meine Idee, dass du für den Fall Heitbreder eingeteilt wurdest. Ich arbeite ja auch daran weiter.«

»Aber Ernst hat es dir freigestellt. Mich fragt keiner: Na, wie hättest du's denn gern?«

Dominik hatte keine Lust mehr auf das Genörgel. »Wir müssen jetzt los, die Haushaltshilfe befragen.«

»Haushaltshilfe? Da fällt mir ein, Jacqueline wollte mir heute noch mal die Karten lesen. Wir sind um halb sechs verabredet.«

»So ein Pech aber auch, dann liest sie dir eben morgen aus dem Kaffeesatz.«

»Du mich auch, Dodo.« Frank stand auf und riss seine Daunenjacke von der Rückenlehne seines Schreibtischstuhls.

Während der kurzen Fahrt nach Kirchdornberg strafte sein Kollege, Freund und Mitbewohner ihn mit Schweigen und schaffte es, zwei Zigaretten zu rauchen. Immerhin fuhr Frank die Scheibe auf seiner Seite ein Stück herunter.

Dr. Heitbreder öffnete ihnen. »Frau Schröder ist vor einer Minute gekommen.« Er führte sie ins Wohnzimmer, wo eine füllige, ältere Frau mit dicker Brille steif auf der Kante eines Ledersessels saß. Sie trug eine karierte Wolljacke und spielte mit dem Griff einer abgeschabten, altrosafarbenen Kunstledertasche auf ihrem Schoß.

Dr. Heitbreder stellte sie vor und wies auf die Sofalandschaft. »Bitte nehmen Sie doch Platz.«

Dann setzte er sich, und sie taten es ihm nach.

»Ähm … Dr. Heitbreder … wir möchten Frau Schröder befragen … ganz gerne allein«, sagte Dominik.

Er runzelte die Stirn. »Ach … ach so? Ich dachte, weil es doch mein Sohn ist, um den es hier geht …«

»Ihr Sohn und *unsere* Ermittlungen, Dr. Heitbreder«, bemerkte Frank.

Etwas in den durch die Brille stark verkleinerten Augen der Frau flackerte auf, sie begann, kaum merklich zu lächeln.

Der etwas strenge Zug um Dr. Heitbreders Mundwinkel verstärkte sich. »Tun Sie, was Sie tun müssen.« Abrupt stand er auf und verließ mit schnellen Schritten das Wohnzimmer.

»Frau Schröder«, begann Dominik. »Wir sind dabei, die letzten Stunden im Leben von Jakob zu rekonstruieren. Sie waren zur Zeit seiner Geburtstagsparty hier im Haus, richtig?«

»Richtig. Ich sollte mithelfen, das Buffet vorzubereiten, mit Sekt herumgehen, zwischendurch aufräumen und so weiter. Und das, obwohl ich lieber bei meinem Mann geblieben wäre. Wissen Sie, er ist wegen seiner Herzkrankheit frühverrentet und war in letzter Zeit sehr kurzatmig. Und nachher hat sich dann herausgestellt, dass ich wirklich besser bei ihm geblieben wäre. Wissen Sie, was passiert ist, als ich nach Hause kam?« Ihr Gesicht hatte sich gerötet, sie walkte ihre Tasche durch.

»Nein, aber wir sind ganz Ohr«, sagte Frank.

»Ein Krankenwagen stand vor dem Haus. Meine Nachbarin hat meinen Mann auf der Treppe gefunden und den Notarzt angerufen, Verdacht auf Schlaganfall! Ich bin dem Krankenwagen noch hinterhergefahren, aber ich durfte meinen Mann in der Nacht nicht mehr sehen.« Sie blinzelte. »Er hat von dem Sturz wohl auch eine Kopfverletzung davongetragen und …« Sie krallte ihre Hände in die Tasche. »Er ist operiert worden und liegt immer noch im künstlichen Koma. Ich war heute Nachmittag wieder bei ihm.« Sie nahm ihre mittlerweile beschlagene Brille ab und zog ein Taschentuch aus ihrer Tasche, um sich die Nase zu putzen.

»Das … ist wirklich tragisch. Das tut uns leid, Frau Schröder«, sagte Dominik.

Frank lehnte sich vor. »Haben die Heitbreders darauf bestanden, dass Sie arbeiten?«

Sie straffte sich und setzte ihre Brille wieder auf. »Ich hatte Kerstin gesagt, dass es meinem Mann nicht gut geht!« Sie verzog das Gesicht und spitzte den Mund, um Kerstin Heitbreders Tonfall mit gezierter Stimme nachzuäffen. »›Aber Sie wissen doch, wie wichtig diese Feier für Jakob ist. Der Termin steht schon so lange fest, und man wird nur einmal im Leben achtzehn. Dafür können Sie ein anderes Mal freinehmen.‹ Als ob mir das irgendwas brächte. Ich meine, Kerstin ist doch außer mit ihrer *Kunst*«, sie spuckte das Wort förmlich aus, »nur noch mit Blumen umdekorieren beschäftigt. Die hätte doch auch mal mit anpacken können, aber nein …«

Frank nickte. »Also, ich an Ihrer Stelle wäre ja stinkwütend auf meinen Arbeitgeber.«

»Niemand kann sagen, wie lange mein Mann schon auf der Treppe gelegen hat, bevor er gefunden wurde. Und bei einem Schlaganfall muss man schnell reagieren, dazu die Kopfverletzung …« Sie presste die Lippen zusammen und starrte ihre Schuhspitzen an. Dann schaute sie wieder auf. »Und für den Herrn Doktor muss alles perfekt sein. Wenn nicht alles genau nach seiner Nase läuft …«

Frank lächelte. »Zum Beispiel?«

»Zum Beispiel der junge Mann, der Maja Englisch-Nachhilfe gegeben hat. Frau Heitbreder hat den eingestellt, weil der Herr Doktor selbstverständlich keine Zeit hat, sich um so was zu kümmern. Er ist ihm nie begegnet, weil Manuel Buck immer am Donnerstagnachmittag kam, da ist Dr. Heitbreder normalerweise in seiner Praxis. Aber dann hat er einmal früher Schluss gemacht und den Jungen getroffen. Egal, was Maja oder Kerstin dazu sagten, der Doktor hat Manuel gefeuert, kaum, dass er ihm das erste Mal begegnet war.«

»Wie lange ist das her, dass er ihn gefeuert hat?«, fragte Frank.

»Ein oder eineinhalb Monate vielleicht«, gab Frau Schröder zurück.

»Und warum hat er ihn sofort rausgeworfen?«

»Ach, was weiß denn ich, er wollte jedenfalls keinen männlichen Nachhilfelehrer mehr.«

»Frau Heitbreder erzählte mir, dass es vor einiger Zeit einen Einbruch gegeben habe. Es seien zum Beispiel Tennispokale von Jakob entwendet worden, aber keine Wertsachen. Und es gab keine Einbruchsspuren. Haben Sie eine Idee, wer das gewesen sein könnte?«, fragte Dominik.

Frau Schröder zuckte mit den Achseln. »Da fragen Sie mich zu viel. Aber ich denke, es könnte ja jemand gewesen sein, den Jakob beim Tennis um den Pokal gebracht hat, oder?«

Dominik runzelte die Stirn. »Und der ganz zufällig auch den Türcode kennt?«

»Vielleicht haben Maja oder Jakob den Türcode mal an Bekannte weitergegeben.«

»Sagen Sie … ist irgendetwas Ungewöhnliches vorgefallen auf dieser Party, etwas, das in einem Zusammenhang mit Jakobs Tod stehen könnte?«, fragte Dominik.

»Na ja, das mit Jakobs Tante wissen Sie sicher schon. Wie es so ihre Art ist, hat sie die Party ordentlich aufgemischt.« Frau Schröders Mund verzog sich zu einem kurzen Lächeln.

»Ein gewisser Lukas Dreesbeimdieke muss wohl aufgetaucht sein, haben Sie das mitbekommen?«

»Nein, tut mir leid, ich bin dann auch gegangen, nachdem ich das Buffet abgeräumt habe. Am nächsten Mittag habe ich Jakob noch gesehen, er war verkatert, aber ansonsten … Natürlich frage ich mich genauso wie Sie, wer dem armen Jakob so was angetan hat. Ich meine … der Junge war vielleicht manchmal etwas egozentrisch und arrogant, aber das ist doch kein Grund für einen Mord.« Sie schüttelte den Kopf.

Frank wickelte sich ein Bonbon aus. »Und wo waren Sie am Sonntagnachmittag, als Jakob verschwand?«

»*Ich*?« Sie schaute ihn ungläubig an. »Wollen Sie etwa …?«

»Wo, Frau Schröder?«

»Na, im Krankenhaus bei meinem Mann, was glauben Sie denn? Ich bin gegen zwei nach Bethel gefahren und war so um zwanzig nach zwei dort. Sie können die Pfleger von der Stroke Unit in Gilead I fragen, die …«

»Machen wir. Kennen Sie eigentlich den Türcode dieses Hauses?«, fragte Dominik.

»Sicher, ich bin ja hier das fleißige Heinzelmännchen. Es muss alles sauber sein, und das Essen muss auf dem Tisch stehen, wenn die Herrschaften nach Hause kommen.«

Ein melodisches Klingeln hallte durchs Haus, dann noch ein paarmal. Elisabeth Schröder erhob sich schwerfällig. »Sehen Sie, schon geht es los«, sagte sie kühl. »Glauben Sie nicht, dass die Heitbreders auf die Idee kämen, selbst aufzumachen. Ich wette, das ist diese Verena. Maja ist ganz versessen auf ihre neue Nachhilfelehrerin. Dabei hätte sie der doch an einem Tag wie heute wirklich mal absagen können.«

Sie folgten ihr zur Haustür, wo sie einer jungen Frau öffnete.

»Hallo, Elisabeth.« Die Nachhilfelehrerin lächelte mit rot geschminkten Lippen und zog sich die Mütze von den zerzausten, kurzen, braunen Haaren. »Bin ich zu früh?« Sie warf Dominik und Frank, die hinter der Haushaltshilfe standen, einen fragenden Blick zu. »Störe ich?«

»Kommen Sie rein, Verena, Maja müsste …« Frau Schröder brach ab, als die verheulte Maja die Treppe hinunterstürzte und sich in Verenas Arme warf. Sie standen einen Moment eng umschlungen, dann löste sich Maja wieder.

»Meine arme Maja …«, sagte Verena mit bekümmerter Miene. »Wie schrecklich das alles ist!«

»Komm!« Maja nahm ihre Hand und zog sie die Treppe hoch. Verena warf ihnen noch einen letzten neugierigen Schulterblick zu, dann waren die beiden verschwunden.

»Das war Verena Scholl«, erklärte Elisabeth Schröder mit säuerlichem Ausdruck. »Hat sich schon unentbehrlich gemacht.«

Dienstag, 17. Dezember 2013

Die morgendliche Besprechung verlief kurz. Auf Bent Andersens Pult am Kopf der U-förmig aufgebauten Tische in dem grauweißen, sterilen Besprechungsraum hatte jemand ein Adventsgesteck platziert und drei Kerzen angezündet. Dominik tippte auf Nina. Ottfried »Shanty« Weber, der so lange krank wegen »Rücken« gewesen war, dass man schon munkelte, er träume nur noch von der Pension, verteilte offensichtlich gut gelaunt seine Eukalyptusbonbons, stöpselte sich die Kopfhörer seines MP3-Players aus den Ohren und setzte sich an seinen PC. Lutschend lauschten Dominik, Bent und Frank den Ausführungen Ninas, die gerade erklärte, dass die Todesursache von Jakob Heitbreder nun feststehe: ein Stich ins Herz. Insgesamt seien 32 Stiche gezählt worden.

Bent stand von seinem Platz auf. »Das Blut auf dem am Tatort gefundenen Stein wird noch analysiert. Ebenso das Haar, das auf Jakobs Jacke gefunden wurde. Ich habe es dringlich gemacht, aber laut Auskunft des Labors kann das ein paar Tage dauern. Ich schlage vor, Dominik und ich befragen diesen Lukas Dreesbeimdieke, und Nina und Frank überprüfen das Alibi von Frau Schröder.« Bent beugte sich vor und stützte sich auf seinem Tisch ab. »Laut Dr. Dr. von Ascheberg liegt das Zeitfenster für Jakobs Tod zwischen 13 und 16 Uhr an dem betreffenden Sonntagnachmittag. Da Jakob das Haus seiner Eltern gegen 13:50 Uhr mit dem Taxi verlassen hat und der Taxifahrer außerdem angab, ihn gegen 14:05 Uhr im Teutoburger Wald in der Nähe des Fernsehturms abgesetzt zu haben, lässt sich das Ganze auf die Zeit zwischen 14:05 Uhr bis 16:00 Uhr eingrenzen. Schön ... ja, denkt ihr wirklich, Frau Schröder könnte etwas damit zu tun haben?«

Frank lutschte schmatzend. »Sie hasst die Heitbreders, oder, Dodo? Du hast sie doch auch gehört.«

»Sie ist zurzeit ziemlich wütend auf ihre Arbeitgeber, ganz klar. Aber ich kann mir nicht vorstellen, dass diese Frau deswegen mit einem Stein auf Jakob Heitbreder einschlägt.«

Frank nahm die Arme auseinander. »Die Dame strahlt doch eindeutig negative Energie aus!«

Darüber hatte er also heute Morgen so lange mit Jacqueline konferiert. Die anderen starrten ihn an. Nina grinste. »Negative Energie? Hast du schon ihre Aura analysiert?«

»Spotte nur, La Niña, nicht jeder besitzt die Gabe, bestimmte Schwingungen wahrzunehmen und einfühlsam ... äh ...«

»Schön ... ja.« Bent schob die Papiere auf seinem Pult zusammen. »Wir haben zum jetzigen Zeitpunkt leider noch keine richtige Spur, geschweige eine heiße. An die Arbeit, Leute.«

* * *

Ein Geruch nach kaltem Zigarettenrauch hing in der Luft des Wohnzimmers von Frau Dreesbeimdieke im dritten Stock eines Mehrfamilienhauses. Dominik trat an das schräg gestellte Fenster, durch das frische, kalte Luft und der Lärm der Automassen drangen, die sich über die Babenhausener Straße unweit der Kreuzung zur Jöllenbecker Straße schoben. Es war kaum zu verstehen, worüber Bent und die Mutter von Lukas gerade sprachen. Er schloss das Fenster und wandte sich um.

»Ich denke schon, dass Sie in sein Zimmer dürfen. Er hat bestimmt nichts dagegen. Er wird sowieso gleich da sein. Um diese Zeit kommt er immer aus der Schule.« Frau Dreesbeimdieke, eine schmale Frau mit fahlem und vorzeitig gealtertem Gesicht, die Dominik auf Mitte vierzig schätzte, steckte ihre zittrigen Hände in die Taschen ihres Hoodies und führte sie zu einem kleinen Raum, der mit einer Bettcouch, einem Schrank und einem Schreibtisch bereits gut gefüllt war. Ein Skateboard stand an ein Regal mit Schulbüchern und Kladden gelehnt. Die Wände waren mit gerahmten und vergrößerten Selfies von Antonia und einem jungen, gut aussehenden Mann bedeckt, der Lukas sein musste. Beide lächelten in die Kamera. Ein Teil der Aufnahmen war offenbar in diesem Zimmer entstanden, ein weiterer Teil in einem Park, einmal tauchte der Obersee im Hintergrund auf. Nichts Spektakuläres, aber die schiere Zahl wirkte obsessiv. Wollte Lukas sich bestätigen, dass es einmal so und nicht anders gewesen war und wieder so sein konnte?

Frau Dreesbeimdieke lehnte mit verschränkten Armen am Türrahmen. »Das mit Jakob tut mir wirklich sehr leid.«

Dominik, der einen Blick auf die Papiere auf Lukas' Schreibtisch geworfen hatte, wandte sich um. »Lukas und Jakob waren mal befreundet, nicht?«

»Ja, daher kenne ich Jakob auch. Eine Zeit lang haben sie fast alles zusammen gemacht. Lukas hat ihn bewundert, ihm nachgeeifert. Jakob war sehr selbstbewusst, und gerade in diesem Alter sind das viele ja noch nicht. Und er wusste, was er wollte, alles schien ihm leichtzufallen.«

»Das war bei Lukas anders?«, fragte Bent.

»Vielleicht lag es daran, dass sein Vater und ich uns getrennt haben. Das hat ihn mitgenommen, er ist ein sensibler Junge. Mein Ex-Mann und ich waren eine Zeit lang sehr mit uns beschäftigt. Ich denke, Lukas ist einfach zu kurz gekommen.«

Dominik löste seinen Blick von einem mehrseitigen, eng beschriebenen Brief auf Lukas' Schreibtisch, der an Antonia gerichtet war. »Und wie hat sich das bemerkbar gemacht?«

»Na ja, als er noch mit Antonia zusammen war, hat sie vieles aufgefangen, vermutlich, weil sie selbst ein Trennungskind ist. Lukas hat klar gesagt, dass er null Lust hat, mal bei mir und mal bei seinem Vater zu wohnen. Er plante, mit Antonia zusammenzuziehen. Mit ihr wollte er alles anders machen als seine Eltern. Sie sei die Frau seines Lebens. Etwas naiv, aber ... kann man ja auch verstehen.« Sie lächelte dünn. »Wir waren wirklich kein Vorbild, haben uns oft gestritten. Er brauchte ein Gegenbild zu uns, schätze ich.«

»Und dann hat Jakob dieses Gegenbild zerstört?«

Sie zuckte mit den Achseln. »Lukas stellt sich immer noch vor, dass sie wieder zusammenkommen. Ich habe versucht, ihm beizubringen, dass sie sich nun mal für Jakob entschieden hat, aber er ...« Sie schüttelte den Kopf. »Er wird sauer, wenn ich das anspreche. Es ist so quälend zu sehen, wie er weiter an ihr hängt, statt sich ein anderes Mädchen zu suchen. Das hat ihn völlig aus der Bahn geworfen.«

»Darf ich?« Bent deutete auf das Bettsofa. Sie nickte, und er setzte sich. »Und wie wurde aus Jakob und Antonia ein Paar, obwohl sie doch mit Lukas zusammen war?«

»Mein Sohn und sie wollten in den Sommerferien eine organisierte Reise mitmachen, so eine Jugendreise nach Kreta, aber Lukas bekam eine Blinddarmentzündung und musste notoperiert werden. Es war ziemlich knapp. Antonia ist dann auch nicht gefahren, um Lukas im Krankenhaus besuchen zu können. Die Heitbreders planten, eine knappe Woche später eine Rundreise durch Norwegen anzutreten. Jakob hat Antonia gefragt, ob sie nicht Lust hätte mitzukommen. Da ging es Lukas schon etwas besser, wenn auch nicht gut genug, um mit ihr zusammen zu reisen. Er hat sie auch noch bestärkt. Er wollte, dass sie Spaß hat. Den hatte sie dann – mit Jakob.« Sie schnaubte. »Und so was nennt sich bester Freund.«

Dominik nahm auf dem Schreibtischstuhl Platz. »Ziemlich bitter. Hat Lukas mal davon gesprochen, sich an Jakob zu rächen?«

»Machen Sie Witze? Er hat Jakob auf dem Schulhof die Nase gebrochen und ist dafür von der Schule geflogen.« Sie zog eine Packung Zigaretten aus der Tasche ihres Hoodies. »Haben Sie was dagegen, wenn ich rauche?«

Bent lächelte. »Es ist Ihre Wohnung.«

Sie zündete sich eine an und ließ sich neben ihm auf der Couch nieder. »Mein Sohn musste dann auf ein anderes Gymnasium. Er ist immer ein guter Schüler gewesen, aber dann ist er abgesackt, und jetzt muss er die Klasse wiederholen. Neue Freunde hat er da auch nicht gefunden, und die alten haben sich abgewendet, als er die Beherrschung verlor und Jakob verprügelte. Das war eben auch Jakobs Clique.« Sie zog die Brauen zusammen und nahm einen tiefen Zug aus ihrer Zigarette. »Lukas hat alles verloren, was ihm wichtig war.«

Ein Geräusch vom Flur ließ sie aufblicken. »Ah, er ist gekommen.«

Einen Moment später stand ein athletisch wirkender, blasser, junger Mann im Türrahmen, schaute fragend in die Runde und stellte langsam seine Schultasche auf den Boden. Dominik erkannte den Jungen von den Fotos mit Antonia, nur dass dieses Mal kein Lächeln, sondern ein trotziger Zug um seinen Mund lag.

Seine Mutter angelte eine Untertasse vom Fensterbrett, um sie als Aschenbecher zu benutzen. »Das sind die Herren von der Polizei. Du weißt schon.«

Lukas blieb im Türrahmen stehen. Im Zimmer waren ohnehin schon alle Sitzplätze belegt. »Und? Wenn Sie von mir hören wollen, dass ich todtraurig darüber bin, dass es Jakob erwischt hat, können Sie lange warten!«

»Wie kannst du so was sagen?!«, mahnte seine Mutter.

»Wir möchten Ihnen nur ein paar Fragen stellen, Herr Dreesbeimdieke. Sie sind uneingeladen auf Jakobs Geburtstagsparty aufgetaucht. Es gab Streit, nicht wahr?«, fragte Bent.

»Großer Fehler. Ich war hackedicht, sonst wäre ich da sicher nicht aufgeschlagen. Ich wollte mit Antonia reden, ich wollte sie fragen, ob wir uns treffen könnten, aber Ich-bin-der-coole-Arztsohn-und-komme-aus-reichem-Hause musste sich natürlich einmischen. Dann wurde es laut, und die haben mich rausgeworfen. Wissen Sie eigentlich, mit was für Typen der früher unterwegs war?«

»Was haben Sie nach der Party gemacht?«

»In den Vorgarten gereihert.« Er grinste. »Geschieht denen nur recht. Wahrscheinlich hätte ich mich da noch zum Schlafen hingelegt, aber dann ist diese Dienerin von denen rausgekommen. Die war auf dem Weg zu ihrem Auto und hat mir angeboten, mich mitzunehmen. Hätte ich, ehrlich gesagt, nicht gedacht, aber die war ganz okay, hat mich sogar nach Hause gebracht.«

»Ja, Glück gehabt, Lukas. Betrunken in der Eiseskälte. Das hätte auch anders ausgehen können!«, warf seine Mutter ein.

Er verdrehte die Augen.

»Wo haben Sie sich letzten Sonntag zwischen 14 und 16 Uhr aufgehalten?«, fragte Bent.

»Wo schon? Hier natürlich. Ich hatte einen Kater.«

Frau Dreesbeimdieke nickte. »Er lag den ganzen Nachmittag lang auf dem Sofa und hat ferngesehen. Ich war auch die ganze Zeit über zu Hause.«

»Schön … ja, Herr Dreesbeimdieke, wären Sie bereit, eine DNA-Probe abnehmen zu lassen?«

Lukas' Mutter stach mit ihrem nikotingelben Zeigefinger in Bents Richtung. »Sie glauben mir wohl nicht, oder wie?!«

»Schon gut, Mama, das ist kein Problem, Sie kriegen Ihre Probe.«

Bent nickte. »Wir schicken einen Kollegen vorbei. Schön, dann sind wir hier auch fertig und …«

»Moment mal«, warf Dominik ein. Die Haushaltshilfe hatte angegeben, nichts von Lukas mitbekommen zu haben. »Frau Schröder hat Sie also nach Hause gebracht?«

Lukas nahm die Arme auseinander und lächelte. »Elisabeth, genau. Das war echt nett von der, auch wenn sie mich die ganze Fahrt über zugetextet hat.«

»So? Womit denn?«, fragte Bent.

»Oh … ähm … wie gesagt, ich war ganz schön betrunken, also … ach ja … die erzählte zum Beispiel, dass Jakob zum Studieren nach Heidelberg geht und …«, er grinste, »Beziehungen auf Distanz würden in die Brüche gehen. Was noch?« Er kratzte sich am Kopf. »Vielleicht wollte die einfach nur nett sein, aber zum Abschied hat sie mir gewünscht, dass Antonia zu mir zurückkommt. Und dann hat sie noch was …«, er kniff die Augen zusammen, »irgendwas von Kotzen gesagt, aber sie hat mir keine Vorwürfe gemacht von wegen in den Vorgarten göbeln … ach so: ›Sie sind nicht der Einzige, der kotzen muss. Sie haben ja keine Ahnung, was sich hinter diesen Mauern abspielt.‹«

* * *

Schade, nur die Mobilbox von Jakob. Hey, ich bin gerade nicht da, aber ich freue mich über deine Nachricht! – Schade, nur die Mobilbox von Jakob. Hey, ich bin gerade nicht da, aber ich freue mich über deine Nachricht! – Schade, nur die Mobilbox von Jakob. Hey, ich bin gerade nicht da, aber ich freue mich über deine Nachricht!

Kerstin Heitbreder seufzte und stellte das Telefon wieder auf die Ladestation. Sie sollte wirklich aufhören damit. Sie musste sich damit abfinden, dass sie diese muntere Stimme nie wieder hören würde, so unbegreiflich das war. Allmählich wurde es schon wieder dunkel, und das Heulen des Windes war das einzige Geräusch im Haus. Sie streckte die Hand nach dem Telefon aus und zog sie wieder zurück. Schluss jetzt! Sie lauschte. Der Wind pfiff und das Heulen schwoll an und ab. Aber dann – ein Knacken. War das ein Knacken an der Tür gewesen? Sie hielt den Atem an. Als nichts mehr folgte, atmete sie geräuschlos wieder aus.

Tagsüber im Hellen war das noch halbwegs zu ertragen gewesen, zumal sie sich erst spät hatte überwinden können aufzustehen. Doch mit der zunehmenden Dunkelheit draußen wuchs ihr Unbehagen. Sie wanderte durch das verwaiste Haus und schaltete alle Lichterketten und Stehlampen an, ebenso das Radio in der Küche, um das mulmige Gefühl zu vertreiben. Am liebsten hätte sie Elsbeth angerufen und sie unter einem Vorwand hergebeten. Das Silberbesteck musste geputzt werden, auf den Schränken musste sauber gemacht werden, irgendwas. Aber Elsbeth, die sonst immer Zeit hatte, war mit ihrem kranken Mann beschäftigt. Nur Lucky leistete ihr Gesellschaft, hatte es sich auf einem Schaffell vor dem Kamin bequem gemacht. Einen Einbrecher würde der gutmütige Golden Retriever aber sicher nicht abwehren.

Sie setzte sich an den Küchentisch und schaute auf die Wanduhr. Immerhin würde gleich Antonia kommen, um ihre Kleidungstücke, Bücher, die Zahnbürste, alles, was sie bei Jakob deponiert hatte, abzuholen. Gestern hatte sie das Zimmer ihres Sohnes betreten und es gleich darauf wieder verlassen. Sie ertrug den Anblick seiner Sachen kaum. Sie ertrug vieles nicht mehr. Nicht die fahle Morgendämmerung, die sie aufwachen ließ aus der gnädigen Betäubung, die ihre Schlaftabletten brachten. Nicht die Finsternis der kurzen Tage, nicht die süßlichen Weihnachtslieder aus dem Radio, die ihr falsch und verlogen vorkamen.

Sie hatte keine Ahnung, wie ihr Mann es fertigbrachte, noch zur Arbeit zu gehen. Heute Morgen, als sie noch im Bett lag, hatte er sich mit einem Kuss von ihr verabschiedet, er müsse in die Praxis, vermutlich werde er heute länger arbeiten, um ein paar von den gestern ausgefallenen Terminen nachzuholen. Offenbar lenkte er sich mit der Arbeit ab, beneidenswert. Versuchsweise hatte sie sich am Mittag an die Staffelei gestellt, weil das Malen sie immer entspannt hatte. Doch statt zu malen, starrte sie die weiße Leinwand nur an und wurde mit einem Mal von einem Weinkrampf geschüttelt. Sie konnte kaum aufhören damit. Was sollte das alles noch? Schließlich packte sie Pinsel und Farben wieder weg, nahm noch eine von den Pillen, die Reinhold ihr gegeben hatte, und legte sich aufs Sofa. Sie gestand sich ein, dass sie sich von ihrem Mann allein gelassen fühlte mit ihrem Kummer – und mit Maja, der es alles andere als gut ging. Aber wie sollte sie ihrer Tochter eine Zuversicht vermitteln, die sie nicht empfand?

Plötzlich hörte sie erregte Stimmen, die von draußen, von der Straße kamen. Sie schaltete das Radio und das Licht in der Küche aus und ging zum Fenster. Antonia und Lukas standen auf dem Bürgersteig, Lukas trat auf die junge Frau zu, die abwehrende Gesten machte und zurückwich. Ohne nachzudenken, stürmte Kerstin aus der Küche und aus dem Haus. Die Kälte durchdrang sofort sämtliche Schichten ihrer Kleidung.

»Verfolgst du mich?« Antonias Stimme klang schrill, eine Tonlage höher als sonst.

Lukas schüttelte den Kopf. »Was willst du denn noch hier? Jakob ist tot, vergiss ihn endlich!«, rief er.

Kerstin stürzte auf Lukas zu, der zwei Köpfe größer war als sie, und stieß ihn mit aller Kraft vor die Brust, dass er nach hinten taumelte. »Das kommt dir zupass, nicht wahr, Lukas, dass mein Sohn tot ist?!«

Lukas, der mit offenem Mund dastand, hatte keine Zeit, sich von seiner Überraschung zu erholen.

Kerstin ballte die Fäuste und ging auf ihn zu. »Und wer weiß, vielleicht warst du das ja! Glaubst du, dich will hier noch irgendwer sehen? Warum verschwindest du nicht und lässt Antonia in Ruhe! Ein für alle Mal! Hau endlich ab, sonst mache ich dir Beine!«

Kerstin spürte Hitze in ihrem Gesicht, sie zitterte am ganzen Körper.

Lukas schaute Antonia an, die hinter Kerstin stand. »Antonia ...«

Kerstin war kurz davor, auf ihn loszugehen. »Wenn du jetzt nicht gleich verschwindest ...«

Lukas wich zurück und schwang sich auf sein Rad, das am Zaun lehnte. »Wir sprechen uns noch, Antonia!« rief er, bevor er davonradelte.

Kerstin atmete schwer.

»Kerstin?« Zaghaft berührte Antonia sie an der Schulter. »Gehen wir rein, es ist saukalt.«

Lucky begrüßte sie und Antonia stürmisch, als wären sie nach langer Abwesenheit endlich heimgekehrt. Antonia verwuschelte sein Fell. Tränen standen in ihren Augen.

»Er hört nicht auf damit, was?«

»Ach, Kerstin!«

Sie umarmte Antonia, streichelte ihr über den Rücken. Nach einer Weile löste sich die junge Frau und putzte sich die Nase. »Jakob ist noch nicht mal unter der Erde. Und Lukas glaubt tatsächlich, dass ich jetzt mit wehenden Fahnen zu ihm zurückkehre? Das ist doch krank, oder? Komplett gaga!«

»Du hast völlig recht, Antonia. Der Junge ist ein Stalker und wer weiß, was noch alles. Am besten, du hältst dich von ihm fern.«

»Das brauchst du mir nicht zu sagen. Ich hab nämlich Angst vor ihm. Der ist mir bis hierher gefolgt. Das eben war sehr mutig von dir.«

»Nein, nicht mutig. Ich war nur noch nie im Leben so wütend, ich zittere immer noch.« Kerstin versuchte ein Lächeln. »Möchtest du einen Tee?«

»Nein, ich … sei nicht böse, aber ich würde das gerne hinter mich bringen. Ich versuche gerade, mich abzulenken und nicht mehr an Jakob zu denken.« Antonia lächelte schief. »Klappt eher nicht so gut.«

»Komm, dann gehen wir hoch. Ich verstehe das, meine Liebe, bei mir klappt es auch nicht.« Während sie die Treppe zu Jakobs Zimmer hochstiegen, wurde Kerstin bewusst, dass sie noch jemanden verloren hatte: Antonia, die sie gerne als Schwiegertochter gehabt hätte.

In Jakobs Zimmer zog Antonia eine der Schubladen der Kommode auf und räumte T-Shirts und einen Kulturbeutel in ihre Umhängetasche. Kerstin betrachtete einen Tennispokal von Jakob in der Glasvitrine. Das war der Einzige, den der Einbrecher übersehen hatte. Und sie erinnerte sich noch genau an den Sommer, als Jakob ihn gewonnen hatte, an sein glückliches Gesicht, an die Feier in ihrem Garten … Sie schluckte die aufkommenden Tränen hinunter.

»Ähm …«, begann Antonia.

Kerstin wandte sich um. »Fehlt was?«

»Ja … ich habe so einen rosa Kapuzenpulli hiergelassen.« Antonia zog weitere Schubladen auf. »Hm … hier ist er auch nicht. Vielleicht hat Jakob ihn in der Kammer deponiert.«

Kerstin sah sich in dem ordentlichen Zimmer um und zwang sich zu einem Lächeln. »Gut möglich. Das war seine Art aufzuräumen, wenn's schnell gehen musste. Alles einfach in die Rumpelkammer stopfen.«

Sie verließen das Zimmer und gingen zu der Kammer, die nicht weit entfernt unter der Dachschräge am Ende des Flurs lag. Die Kammer war Jakob zugesprochen worden, denn sein Zimmer war etwas kleiner geschnitten als das seiner Schwester. Kerstin öffnete die Tür und schaltete das Deckenlicht ein, das das Durcheinander von Pappkartons, einem auseinandergebauten Mountainbike, einem Surfbrett, alten DVDs und Büchern beschien.

»Gott, sieht das hier aus«, entfuhr es Kerstin. Dass Jakob sich beharrlich vor dem Ausmisten der Kammer drückte, hatte immer mal wieder zu Auseinandersetzungen geführt. Auf vielen Kartons lag eine Staubschicht.

»Vielleicht ist der Pulli in einer der Kisten gelandet.« Antonia fegte ein paar Spinnweben beiseite.

Sie nahmen sich zuerst die Kartons vor, auf denen kein Staub lag, förderten Tischtennisschläger, ein Schachspiel, Tenniskleidung und Ähnliches zutage.

Kerstin wühlte in einem der Kartons. »Ob wir hier irgendetwas wiederfinden? Die Sachen sind, wie es aussieht, schon länger nicht mehr angerührt worden.« Irgendwann würden sie alles weggeben müssen. Ihr graute davor, sein Zimmer auszuräumen. All die Gegenstände, an denen Erinnerungen hingen …

»Was ist denn das?«, rief Antonia plötzlich.

Kerstins Knie knackten leise, als sie sich aus der Hocke erhob und zu Antonia ging. »Was hast du gefunden? Das sind … Bücher.«

»Ja, aber was für welche! Das kann doch nicht wahr sein!« Antonia machte ein angewidertes Gesicht. »Hast du das gewusst?«

Kerstin beugte sich über sie und schüttelte den Kopf, erst langsam, dann immer schneller. »Nein. Das … sind das … wirklich Jakobs …?« Sie brach ab. Unmöglich konnte sie das, was sie sah, mit dem Bild, das sie von ihrem Sohn besaß, zusammenbringen.

* * *

Als Dominik sein Büro betrat, roch er eine Mischung aus Zigarettenrauch und einem Hauch von Nina Tschökes Parfüm, das sie neuerdings auflegte.

»La Niña hat uns Lebkuchen geschenkt. Wohl als Ausgleich für ihre Schlechte-Laune-Phase. Zum Glück ist die vorbei«, sagte Frank mit vollem Mund. Er schob eine Blechdose mit Nikolausmotiven von seinem auf Dominiks Schreibtisch. »Sind auch selbst gebackene Kekse drin.«

Dominik hängte seine Jacke auf. »Seit wann backt Nina Plätzchen?«

»Seitdem sie sich wieder mit diesem Stefan trifft. Hoffen wir, dass das noch eine Weile hält. Sind lecker, die Kekse.« Frank leckte sich Schokolade von den Fingern. »Und? Ist stalking unlucky Luke unser Mann?«

»Seine Mutter hat ihm ein Alibi gegeben.« Dominik setzte sich an seinen Schreibtisch und probierte einen Keks.

»Meine Mama würde mir auch jederzeit ein Alibi geben. Der hat doch ein sehr starkes Motiv!«

»Frau Heitbreder glaubt, jemand hätte die gesamte Familie auf dem Kieker. Da war dieser Einbruch, bei dem sehr persönliche Dinge zerstört wurden, und …« Er stockte. Lukas hatte Antonia während eines Familienurlaubs mit den Heitbreders an Jakob verloren. Vielleicht machte Lukas die Familie verantwortlich. Andererseits … Er sprach seine Gedanken laut aus: »Dieser Einbruch und dann der Mord, bei dem Jakob an einen abgelegenen Ort gelockt wurde … das kommt mir gut geplant vor. Aber geht Lukas planvoll vor? Jemand, der besoffen eine Party crasht und den ebenso hilflosen wie aussichtslosen Versuch macht, seine Ex zurückzugewinnen?«

»Meinst du?« Frank beugte sich vor und angelte ein Lebkuchenherz aus der Dose. »Auf jeden Fall muss es jemand sein, der die Familie gut kennt.«

Das Schrillen des Diensttelefons ließ Frank zusammenzucken. »Arbeit.« Er verzog das Gesicht und hob ab. Franks Brauen wanderten höher, während er dem Anrufer lauschte. Dann reichte er Dominik das Telefon. »Für dich.«

»Domeyer.«

»Hier Neumann. Ihr Sohn hat die Reifen meines Volvos zerstochen. Ich habe ihn auf frischer Tat ertappt, wollte dazwischengehen, aber dann hat er mich angegriffen. Es kam zu einer … na ja, es war schon mehr als ein Handgemenge. Ich habe ihm eine verpasst, aber daran ist er selbst schuld. Was meinen Sie wohl, wie teuer solche Reifen sind? Ich habe versucht, ihn auf seinem Handy zu erreichen, aber er geht nicht ran. Und daher habe ich mich durchgefragt und Ihre Nummer …«

»Sind Sie sicher, dass Sie bei mir richtig sind? Ich habe zwei Söhne, Nils und Robin«, unterbrach Dominik.

»Über Robin rede ich gerade.«

Robin hatte nie jemanden namens Neumann erwähnt. »Woher kennen Sie ihn?«

»Über Jasmin.«

»Robins Freundin, verstehe. Gibt es Zeugen für den Vorfall?3«

»Jasmin hat das auch mitbekommen.«

»Haben Sie eine Ahnung, warum er das getan hat?«

»Weil er ein Problem hat? Aber das interessiert mich nicht, ich will nur wissen: Wer ersetzt mir den Schaden?«

»Ich spreche mit Robin und melde mich wieder bei Ihnen, einverstanden?« Dominik beendete das Gespräch und stöhnte. »Robin hat Reifen bei einem Volvo zerstochen.«

»Ach du Scheiße. Hoffen wir, dass er nicht an dieser Serie von Sachbeschädigungen beteiligt ist, abgebrochene Spiegel, sogar Brandstiftung. Alles Wagen der Oberklasse.«

»Ah ja? Weißt du, ob es da schon Verdächtige gibt?«

»Nee. Aber Bonzenautos abfackeln … Linksextreme, nehme ich an.«

»Na super. Und dann hat er sich auch noch mit dem Besitzer des Autos geprügelt!« Dominik vergrub den Kopf in den Händen. »Wann wird der Junge endlich erwachsen?«

»Spätestens dann, wenn er den Spaß bezahlen muss. Ich habe übrigens die Post aus deinem Fach mitgebracht.«

»Danke«, sagte Dominik tonlos.

»Ich habe da was entdeckt, das wird dich aufmuntern.«

»Wohl kaum.« Dominik sah auf, direkt in Franks grinsendes Gesicht. Der wedelte mit einem Umschlag und zog ein bedrucktes Blatt Papier heraus. »Der Umschlag war nicht zugeklebt und da …«

»Du sollst die Post nur holen, lesen kann ich sie selbst.« Dominik versuchte, sich das Blatt zu schnappen, doch Frank zog es weg.

»Hör zu«, begann Frank:

»Im Dezember träume ich vom Mondlicht in einer Mainacht,
in der alles passieren kann.
Oder nichts.
Ziehe meine Kreise, sterbe leise ab
an dir.
Rote Glut am Himmel,
Asche auf Schnee, dunkel wie meine Gedanken.
Meine Wärme, deine Kälte, mein Begehren.
Bittersüß, ein Schubertlied.
Weiter auf deinen Spuren, endlos ins Nirgendwo.

Krass, oder? Ich wette, das war Kollegin Ute Vienenkötter-Lange, neuerdings ja ohne Lange. Wie du weißt: Stille Wasser sind tief.«

»Vielleicht ist das nur versehentlich in mein Fach geraten. Neulich hatte ich Webers Gehaltsabrechnung drin. Sein Fach ist genau über meinem.«

Frank lachte auf. »Na klar, das Gedicht ist für Ottfried ›Shanty‹ Weber! In letzter Zeit hat er sich seine drei verbliebenen Haare immer besonders sorgfältig über die Glatze geklebt. Woran das wohl liegen mag? Wenn ich für Weber schwärmen würde, hätte ich's etwas maritimer formuliert. So was wie …« Er begann, ein Lied zu intonieren, wie immer leicht daneben: *»Das ist die Liebe der Matrosen, auf die Dauer, lieber Schatz, ist mein Herz kein Ankerplatz, es blühen an allen Küsten Rosen …«*

»Stopp! Vielen Dank für die Darbietung, du hast mich überzeugt: Es ist nicht für Weber.« Natürlich war es nicht für Weber. Die einzige Leidenschaft, die der ältere Kollege zu haben schien, war sein Shanty-Chor und seit einiger Zeit Countrymusik. »Okay, wie wär's dann mit Bella Schnathorst?« Schon während Dominik das aussprach, wurde ihm klar, dass Lyrik genauso wenig zu Bella mit ihrem dröhnenden Lachen und ihrer schnoddrigen Art passte wie zu Frank.

»Bella? Echt jetzt? Ich meine, sie ist hinter dir her wie der Teufel hinter der armen Seele, aber ...«

»Streichen wir Bella. Nina könnte das geschrieben haben und es ist für ihren Stefan bestimmt.«

»Erst denken, dann sprechen, Dodo. In dem Gedicht geht's um Liebeskummer, und Nina schwebt zurzeit auf Wolke sieben. Dieses depressive Geschreibsel klingt doch original nach Ute.«

Die sensible Kollegin, die Wirtschaftsdelikte bearbeitete, war vor nicht allzu langer Zeit Witwe geworden, und Dominik hatte ihr eine Weile zur Seite gestanden. Er schüttelte den Kopf. »Wir mögen uns, trinken schon mal einen Kaffee zusammen, wenn wir uns über den Weg laufen, aber das war's auch schon. Steht denn gar nichts auf dem Umschlag?«

»Nullkommanichts, *nada*. Ehrlich gesagt würde ich so was auch nicht unterschreiben.« Frank zwinkerte ihm zu. »Dann müssen wir wohl die Spurensicherung drauf ansetzen.«

* * *

Kerstin kniete sich zu Antonia auf den staubigen Teppichboden und legte den Arm um ihre Schultern. Eine Träne rollte über die Wange des Mädchens. »Antonia, ich kann mir nicht vorstellen, dass das irgendetwas anderes war als eine Dumme-Jungen-Phase. Er hat nie über so was mit uns gesprochen. Mag sein, dass er sich eine Zeit lang dafür interessiert hat. Oder ... ja genau, womöglich wurde das im Leistungskurs Sozialwissenschaften durchgenommen, und deshalb hat er all diese Bücher lesen müssen.«

»Das glaubst du doch selbst nicht!«

Kerstin drückte Antonias Schultern. Der gesamte Boden der Dachkammer war bedeckt mit Büchern und Heften. Antonia nahm das Buch *Das Heerlager der Heiligen* von Jean Raspail in die Hand, las den Klappentext und warf es auf einen Stapel *Compact*-Hefte, der daraufhin umfiel.

»Wie konnte er mit mir zusammen sein, wenn er so einen Mist gelesen hat?«

»Er hatte mal so einen Freund, der in diese Richtung tendierte.« Kerstin erinnerte sich dunkel an ihn, aber nicht mehr, warum sie das angenommen hatte. Es war ein höflicher, junger Mann gewesen, der ihren Sohn bis vor eineinhalb Jahren mehrmals besucht hatte. Einmal war er mit einer Camouflage-Hose und wuchtigen Stiefeln aufgetaucht. Aber konnte man daraus schon eine rechtsextreme Gesinnung ableiten? Abgesehen davon hatte sie den Jungen schon lange nicht mehr bei Jakob gesehen.

»Antonia, das ist schon eine Weile her. Wenn man in diesem Alter ist ... es war wohl eine Art Rebellion, das macht doch jeder Teenager mal durch, oder?«

Antonias Schultern zuckten, ihr Kinn bebte. Sie bedeckte das Gesicht mit den Händen und weinte lautlos. Kerstin umarmte sie fest.

Nach einer Weile löste sich Antonia und wischte sich die Tränen von der Wange. »Das Ganze hat angefangen«, begann sie mit brüchiger Stimme, »... kurz nachdem Jakob und ich zusammengekommen sind, also nach unserem Skandinavien-Urlaub.«

»Was meinst du mit ›das Ganze‹?«

»Zum Beispiel lagen einmal Bananen auf meinem Pult in der Schule. Ich habe erst gar nicht kapiert, was das sollte. Ich dachte, jemand hat Bananen als Pausensnack mitgebracht und sie aus Versehen da liegen lassen. Aber dann habe ich eine Affenmaske in meiner Schultasche gefunden, dann so ein uraltes Kinderbuch, die Geschichte von den zehn kleinen ... du weißt schon, das N-Wort.« Sie biss sich auf die Lippen.

Kerstin runzelte die Stirn. »Antonia ...«

»Irgendwann kapiert auch der Dümmste, was Sache ist!«

»Aber wer kann das gewesen sein? Lukas doch nicht?«

»Warum sollte er mich rassistisch beleidigen, wenn er mich zurückgewinnen will?«

Kerstin erinnerte sich an einen Streit auf einer von Jakobs Geburtstagspartys. Der junge Mann mit der Camouflage-Hose hieß Phillip, richtig, und er war mit einem anderen Freund von Jakob in Streit geraten. Jakob hatte versucht, die Wogen zu glätten, aber dieser Phillip war danach beleidigt abgerauscht.

»Das ist alles in der Schule passiert. Zum Glück muss ich da nicht mehr hin«, fuhr Antonia fort. »Ich weiß bis heute nicht, wer dahintersteckte.«

»Hör mal, Antonia ...« Kerstins rechtes Bein war eingeschlafen, und sie setzte sich anders hin. »Du weißt, du bist hier immer willkommen. Wir hätten dich eines Tages gerne als Schwiegertochter gehabt. Wenn also irgend so ein Idiot meint, dass er ...«

»Das weiß ich doch.« Antonia versuchte ein Lächeln. »Ich muss jetzt los. Vielleicht findest du meinen Pulli ja noch, oder ich habe ihn woanders gelassen.«

»Ich werde mich noch mal umschauen nach deinem Pulli. Komm, ich begleite dich nach unten. Aufräumen kann ich hier später.« Kerstin stand auf und ging Antonia voran über den Flur und die Treppe hinunter zur Haustür. Antonia warf sich ihre Jacke über und öffnete die Tür. Sofort wehte Schnee herein. Sie setzte ihre Kapuze auf und winkte Kerstin zum Abschied, bevor sie von der Dunkelheit verschluckt wurde.

Kerstin schloss die Tür hinter ihr, das Pfeifen des Windes war verstummt, aber irgendwo im Haus klapperte es. Sie folgte dem Geräusch bis zur Hintertür, die zum Garten führte. Der Wind ließ die Tür auf und zu klappen, dabei war Kerstin sicher, dass sie sie abgeschlossen hatte. War ihr Mann schon von der Arbeit gekommen und hatte den Hund in den Garten gelassen? Das Schneegestöber behinderte ihre Sicht. »Reinhold? Lucky?« Plötzlich löste sich die helle Gestalt des Retrievers von den Umrissen eines Buschs und Lucky rannte auf sie zu, begrüßte sie schwanzwedelnd. Sie tätschelte ihm das feuchte Fell. »Reinhold, hallo, bist du da?« Sie versuchte noch eine Weile, trotz der Dunkelheit und des Schneetreibens zu erkennen, ob jemand im Garten war, dann gab sie es auf. Sorgfältig schloss sie die Hintertür ab, drehte den Schlüssel zweimal im Schloss.

Hoffentlich kam Reinhold bald nach Hause! Noch vor Kurzem hatte sie die Zeit genossen, wenn die Familie morgens ausgeflogen war, in Ruhe einen zweiten Cappuccino getrunken, Zeitung gelesen und sich danach ungestört ihrer Malerei gewidmet. Herrlich, einen Tag ganz für sich allein zu haben. Heute fiel es ihr schwer, allein zu sein. Nachdem sie Lucky das Fell trocken gerubbelt hatte, machte er es sich vor dem Kamin bequem. Es war so leise, dass sie das Ticken der Küchenuhr bis ins Wohnzimmer hörte – und leise Stimmen irgendwo im ersten Stock. Vielleicht war ihr Mann doch schon zurückgekehrt.

Kerstin stieg die Treppe hoch. Die Stimmen drangen jetzt deutlicher aus dem Zimmer ihrer Tochter. Maja musste gekommen sein, während sie sich an der Hintertür aufgehalten hatte. Die Tür zu Majas Zimmer stand einen Spaltbreit offen, und Kerstin verstand jetzt jedes der lauten Worte.

»... immer nur Verena hier, Verena dort, ich hab's wirklich satt! Für mich hast du fast gar keine Zeit mehr!« Das war die Stimme von Majas Schulfreundin Sophia.

»Was erwartest du denn? Du kommst einfach vorbei, ohne dass wir verabredet sind!«

»Nachdem ich dir gefühlte hundert WhatsApp geschickt hab! Du hast es wohl nicht nötig, mir zu antworten, wie?«

»Mein Bruder ist tot, falls du es noch nicht weißt, und mein Gott, ja – Verena war gestern da, um mir zur Seite zu stehen! Na und?«

»Wie lange kennst du die denn schon? Ein paar Wochen oder so? Ich finde die komisch, und wie die sich hier einschleimt bei dir! Ich dachte, *ich* bin deine beste Freundin.«

»Es dreht sich nicht immer alles nur um dich. Und jetzt passt es mir eben nicht!«

»Danke, Maja, das hätte ich doch fast vergessen. Aber wenn das so ist, kann ich ja auch gehen!«

»Sophia, ganz ehrlich – niemand hält dich auf!«

»Glaub mir, das wirst du noch bereuen!«

Die Tür wurde aufgestoßen, und Sophia stürmte mit hochrotem Kopf an Kerstin vorbei.

»Sophia, du musst das ver… «, begann Kerstin, doch Sophia polterte die Treppe hinunter, und kurz darauf verriet ein Knall, dass sie die Haustür mit Wucht hinter sich zugeschlagen hatte. Das Mädchen begriff offenbar nicht, dass Eifersüchteleien das Letzte waren, das Maja jetzt gebrauchen konnte. Vielleicht hatte nicht nur Jakob die falschen Freunde gehabt.

Die Tür zu Majas Zimmer wurde geschlossen. Wollte sie lieber allein sein? Kerstin legte die Hand auf die Klinke. Sie sollte mit ihrer Tochter sprechen, ihr vermitteln, dass sie sich den Streit bloß nicht zu Herzen nehmen dürfe. Verena war mehr geworden als nur eine Nachhilfelehrerin, und das war offenbar genau das, was Maja jetzt brauchte: eine Vertraute, mit der sie über alles reden konnte. Plötzlich hörte Kerstin leise Stimmen hinter der Tür. Redete Maja mit sich selbst? Hatte sie das Radio eingeschaltet? Kerstin legte ihr Ohr an das Holz der Tür.

»… ist endlich weg.« Das war Majas Stimme.

»Aber ich muss auch gehen, Maja. Du weißt, warum.« Eine dunklere Stimme.

»Nein!« Maja schluchzte auf. »Was soll ich denn jetzt tun?«

Kerstin klopfte. »Maja?« Sie hörte ein Fluchen, dann Geräusche und öffnete die Tür. Ihre Tochter saß auf dem Bett. Tränen liefen über ihre Wangen.

»Maja, ich habe Stimmen gehört. Hier war doch eben jemand, oder nicht?«

»Sophia …«

»Ich meine nicht Sophia, ich …« Sie schaute sich um. Eine Tür von Majas großem Wandschrank stand weit offen, darunter entdeckte sie Füße in Turnschuhen. Kerstin zog die Tür zu. »Manuel?«

»Entschuldigung, Frau Heitbreder, ich weiß, ich hätte nicht herkommen dürfen. Aber Maja und ich hatten uns nicht so richtig verabschieden können, und Maja wollte mich noch ein letztes Mal sprechen.« Treuherzig schaute er sie an.

Manuel konnte sie in der Tat nicht böse sein. Was hatte er schon verbrochen? Mit seinen dunklen, verwuschelten Haaren, den sehr blauen Augen und der muskulösen Statur war er ein gut aussehender Junge. Als ihr Mann herausgefunden hatte, dass Maja Nachhilfe von ihm, einem fast gleichaltrigen Jungen bekam, hatte Manuel auf der Stelle gehen müssen. Kerstin fand das unangemessen. Sie hatte ihren Mann nicht für so konservativ gehalten. Anscheinend fiel es Reinhold schwer, sich daran zu gewöhnen, dass seine Tochter erwachsen wurde und eigene Wege ging. Kerstin konnte sich in der Tat gut vorstellen, dass Maja empfänglich war für Manuels Charme. Womöglich hatte sie sich ein bisschen in den Jungen verguckt.

Er lächelte unsicher. »Ich gehe dann besser mal.«

Kerstin erwiderte das Lächeln. »Ich bringe dich noch zur Tür, Manuel.«

Er nickte. »Tschau, Maja.«

»Tschau«, brachte Maja mit erstickter Stimme hervor, warf sich bäuchlings aufs Bett und schlug die Hände vors Gesicht. Ihre Schultern zuckten.

Kerstin nahm sich vor, später nach ihrer Tochter zu sehen. Gemeinsam stiegen sie und Manuel die Treppe hinunter. Als sie an der Haustür waren, drehte er sich um. »Passen Sie gut auf Maja auf, Frau Heitbreder. Sie vermisst Jakob, sie braucht Zeit, um das alles zu verarbeiten.«

Für seine geschätzten 17 Jahre klang er sehr erwachsen. Kerstin überkam einmal mehr das Gefühl, dass Reinhold und sie zu sehr mit ihrem eigenen Leid beschäftigt waren, um für Maja da zu sein. Manuel verließ das Haus, und Kerstin begab sich wieder zum Zimmer ihrer Tochter. Die Tür war abgeschlossen.

»Maja?« Keine Antwort. Sie klopfte. »Maja, bitte, können wir reden?« Es blieb still hinter der Tür – bis auf ein leises Schluchzen. »Maja? Schatz?« Ihre Tochter reagierte nicht, das war unmissverständlich.

Kerstin seufzte und ging zur Dachkammer, um die Bücher wieder in die Kartons zu packen. So bald wie möglich würde sie das Zeug entsorgen, besser nicht im Papiermüll, sondern auf dem Wertstoffhof. Reinhold musste nichts davon erfahren. Sie war fast fertig, als sie auf dem Boden des letzten Kartons ein in ein Küchentuch eingeschlagenes Notebook entdeckte. Gehörte dieses Notebook auch zu dieser »Phase« in Jakobs Leben? Am liebsten hätte sie das Teil wieder verpackt und ganz unten unter den Büchern begraben.

* * *

Es schneite stärker. Bent gähnte und schaltete die Scheibenwischer einen Gang höher. Er sehnte sich nach einem ruhigen Abend auf dem Sofa – gemütlich ein Glas Wein trinken, vielleicht einen Reisebericht anschauen, der ihn in irgendein warmes, exotisches Land entführen würde. Doch sein Heimweg gestaltete sich schwierig: Auf der Beckhausstraße staute sich der Verkehr parallel zu drei Straßenbahnen, die auch nicht vorwärtskamen. Durch den dichten Schneefall konnte er einen Krankenwagen und die kreiselnden Blaulichter mehrerer Polizeiwagen erkennen. Im Schritttempo ging es weiter. Offenbar hatte es auf der Höhe der Deciusstraße wieder einen Abbiege-Unfall mit der Linie 1 gegeben. Tatsächlich stand ein eingedellter Toyota quer über den Schienen. Bent drehte die Belüftung hoch, um die beschlagene Frontscheibe seines Volvos freipusten zu lassen. Er überlegte, ob er die paar Hundert Meter nicht einfach zu Fuß gehen sollte, aber es gab keine freien Parkplätze längs der Straße.

Fünfzehn Minuten später erreichte er seine Wohnung, durchgefroren und müde. Die roten Rosen in der Vase auf dem Küchentisch, die ihm Joe gestern als Blumengruß geschickt hatte, waren komplett vertrocknet. Wie konnte das sein? Er nahm sie aus der Vase und stellte fest, dass er wohl vergessen hatte, Wasser einzufüllen. Nachdem er den Strauß im Mülleimer entsorgt hatte, nahm er eine heiße Dusche. Gerade als er sich genüsslich von Kopf bis Fuß eingeseift hatte, schrillte der Klingelton seines Handys, der dem Klingeln eines altmodischen Telefons nachgeahmt war, durchs Bad. Bent duschte die Seife ab, hüllte sich in seinen Bademantel und rief seinen Freund Henning zurück.

»Bent, endlich! Ich stehe hier mit Ralf unten vor deiner Tür und frier mir den Arsch ab. Hast du das Klingeln nicht gehört? Dann habe ich auf deinem Handy angerufen …

egal, wir wollten dich überraschen, wir haben Pizza mitgebracht.«

»Ich komme gerade aus der Dusche. Gebt mir zwei Minuten.« Bent zog sich rasch an und öffnete ihnen.

»Am besten, wir packen die Pizza noch mal kurz in den Backofen«, sagte Henning zur Begrüßung und drückte ihm drei Pizzakartons und eine Flasche Beaujolais in die Hand.

»Schön … ja. Gehen wir in die Küche.« Bent ging ihnen voran und stellte die Pizza und den Wein auf den Küchentisch.

Ralf lächelte »Ich hoffe, wir überfallen dich nicht.«

»Nein, nein … setzt euch doch.« Er schob die Pizza auf drei Backbleche und in den Ofen.

Henning grinste. »Wir wollten mal nach dem Rechten sehen, du Einsiedler.«

Nach zehn Minuten war die Pizza fertig. Während des Essens eröffneten ihm die beiden, dass sie gerne ein Kind hätten, und zwar zusammen mit einem befreundeten lesbischen Paar. Das Für und Wider und die Art der Umsetzung wurden ausführlich erörtert. Ralf favorisierte die Lösung, dass sie alle unter einem Dach leben sollten, Henning war skeptisch, ob das gut ginge. Danach kreiste das Gespräch um Weihnachten.

»Bent, du kommst doch mit in die Hechelei zur Kult-Schlager-Party, oder?«

»Ähm … ich werde dieses Jahr Weihnachten wohl in Flensburg sein, bei meinen Eltern und meiner Globetrotter-Schwester. Sie ist ausnahmsweise auch mal dort.«

»Ach, wie schade.« Henning spülte einen Bissen Pizza mit Rotwein hinunter. »Aber Silvester bist du dann sicher wieder da.«

»Wieso? Macht ihr eine Party?«

»Wir nicht, aber Joe. Weißt du das denn gar nicht? Ihr habt wirklich nicht mehr viel Kontakt, wie?«

»Ich arbeite viel und …«

»Joe ist frustriert, weil du dich so rarmachst. Er glaubt, das mit deiner Arbeitsüberlastung wäre vorgeschoben. Bent, ihm fehlt deine emotionale Beteiligung.«

»Ich habe nie behauptet, dass ich ihn heiraten will. Schön … ja, wir sind nach längerer Zeit mal wieder im Bett gelandet, und vermutlich … war das ein Fehler.«

Henning betrachtete sein Stück Pizza Tonno von allen Seiten, bevor er es im Mund verschwinden ließ. »Sagen wir mal so, Bent: Traurig, aber wahr, du hängst immer noch an *toxic* Andy.«

Bent verschluckte sich an seiner Pizza. Dann brachte er ein rostiges, aber bestimmtes »Blödsinn!« heraus.

Ralf ließ den Wein in seinem Glas kreisen. »Joe sagt, er hätte dich vor Kurzem mit Andy gesehen. Joe wirkte nicht glücklich darüber.«

»Er kennt Andy doch gar nicht.«

»Außer von Fotos. Andy, wie er leibt und lebt: ebenso attraktiv wie durchgeknallt«, sagte Henning.

»Wo will er ihn denn gesehen haben?«

»Vorm Polizeipräsidium. Joe wollte dich eigentlich besuchen, ist dann aber wieder umgedreht.«

»Ach so. Das war nicht Andy, das war mein Kollege Dominik Domeyer. Henning, das müsstest du eigentlich besser wissen. Hat Betty Domeyer nicht ihre Heilpraktiker-Praxis Tür an Tür mit dir?«

Henning tauschte einen Blick mit Ralf. »Okay, das kann natürlich sein. Bettys Ex-Mann sieht Andy ziemlich ähnlich. Von Weitem könnte ich die beiden auch nicht unterscheiden.«

Ralf lächelte. »Gute Nachrichten für Joe, wir werden ihm die frohe Botschaft mitteilen, dass es nur Andys Doppelgänger war.«

»Ihr müsst mich nicht verkuppeln, also wirklich.«

Henning schnalzte mit der Zunge. »Immer nur die Arbeit, Bent, so kann das doch nicht weitergehen. Ach ja …« Er beugte sich vor. »Betty hat jetzt übrigens einen Neuen, optisch fällt er gegen den Ex allerdings deutlich ab …«

»Das ist nicht allzu schwer«, gab Bent zurück.

»Sie hat mir erzählt …«

Bent gähnte unterdrückt.

Henning zwinkerte Ralf zu. »Wir langweilen ihn, aber er ist zu höflich, es zu sagen. Ob Betty Domeyer einen Neuen hat oder in China ein Sack Reis umfällt …«

Bent grinste. Das Klingeln seines Handys enthob ihn einer Antwort. Er nahm an und Dominiks warmer Bariton drang an sein Ohr: »Hallo, Bent, kurz bevor ich nach Hause wollte, hat Frau Heitbreder ein Notebook ihres Sohns ins Präsidium gebracht.«

»Die Arbeit«, erklärte Bent seinen Gästen und ging mit dem Handy auf den Flur. »Dominik, du klingst so nasal.«

»Ja, ich kriege wohl eine Erkältung. Hör mal, ich habe Sven Lohmann noch in seinem Büro erwischt, und er hat sich das Ganze mal angeschaut. Jakob Heitbreder war in der Vergangenheit ziemlich häufig auf rechten Blogs. Vor etwa eineinhalb Jahren endete das. Was noch interessanter ist: Er stand in regem E-Mail-Austausch mit einem patriotphillip@gmx.de. Wir haben die Mails bisher nur überflogen, aber es macht den Eindruck, als ob Jakob in Verbindung mit einer rechtsextremen Gruppe stand, sich dann später absetzen wollte, was von den anderen nicht goutiert wurde. Bent, für die war Jakob ein Verräter!«

Mittwoch, 18. Dezember 2013

Dominik steckte sich eine Lutschtablette gegen die Halsschmerzen in den Mund, bevor er den Besprechungsraum betrat. Draußen war es noch dunkel, das gelbe Licht der Neonröhren ließ die Mitglieder der Mordkommission aussehen, als litten sie allesamt an einer Leberentzündung. »Morgen«, krächzte er und ließ sich neben Frank nieder. Auf seinem Platz lag ein Eukalyptusbonbon.

»Weber hat wieder welche verteilt«, flüsterte Frank ihm zu.

Dominik war der Letzte in der Runde und eindeutig zu spät. »Entschuldigung, ich …«

»Ich habe die Zeit genutzt, um den anderen von dem Notebook zu erzählen«, unterbrach Bent, der an der Magnettafel am offenen Ende der U-förmig angeordneten Tische stand. »Zusammen mit unserem IT-Experten habe ich den Inhalt des Notebooks heute früh genauer in Augenschein genommen.« Er nahm an seinem Pult Platz, setzte seine Lesebrille auf und studierte das oberste Blatt eines Stapels, der vor ihm lag. »Aus dem Mailkontakt mit diesem *patriotphillip* geht hervor, dass Jakob Heitbreder schockiert war zu erfahren, dass die Polizei Waffen bei einem Mitglied der Gruppe namens Gregor gefunden hat. Von wegen – angeblich gewaltlosen Widerstand leisten wollen und dann Waffen lagern, das sei doch wohl das Allerletzte. Das könne er nicht mittragen. Phillip schreibt daraufhin, Jakob solle den Ball flach halten, die Jungs seien nicht gut auf ihn zu sprechen. Darauf Jakob ...« Er zog ein anderes Papier hervor. »*Wieso haben die mich zu einer Aussprache ins Vereinsheim eingeladen? Worüber wollt ihr denn reden?*« Daraufhin warnt ihn Phillip. Augenblick ... hier haben wir es: *Überleg dir gut, ob du wirklich alles aufgeben willst, was uns verbunden hat. Wenn ja, dann solltest du besser nicht bei der Aussprache aufschlagen. Alle wissen, dass das mit der Empörung über den Waffenbesitz nur vorgeschoben ist. Es geht um was ganz anderes, richtig, Jakob?*« Bent ließ die Blätter sinken.

»Eine Aussprache im Vereinsheim.« Frank nahm einen Schluck aus seinem Kaffeebecher. »Klingt doch nett, so mit Stuhlkreis und Glatzen-Befindlichkeitsrunde, stell ich mir vor.«

»So dumm kann er nicht gewesen sein«, sagte Nina. »Zumindest, wenn er sich absetzen wollte.«

»Diese Gruppe nennt sich *Waldgänger-Jugend*.« Bent nahm seine Brille ab. »Ottfried?«

Ottfried Weber schaute von seinem PC hoch. »Jep?«

»Bring doch bitte in Erfahrung, was das für eine Gruppe ist. Die ist offenbar bereits aktenkundig geworden wegen unerlaubtem Waffenbesitz.«

Weber nickte.

Bent schob seine Papiere zusammen. »Eine Anfrage an den Provider zum Namen des Besitzers der Mailadresse *patriotphillip@gmx.de* ergab, dass es sich um einen gewissen Phillip Bökenbrink handelt. Die Analyse von Jakobs Laptop, den er aktuell nutzte, hat nichts weiter Auffälliges erbracht.«

»Und die Auswertung der Handydaten?«, fragte Nina.

»Jakobs Handyverbindungsdaten entsprechen dem, was man erwarten würde: Die meisten Telefonate führte er mit seiner Freundin Antonia Brüggesieker, etliche auch mit seiner Schwester und seinen Eltern, dann noch ein paar, die Mitschülern von ihm zuzurechnen sind. Ähnlich sieht die Verteilung bei WhatsApp-Nachrichten aus. Interessant ist, dass er einen bestimmten Kontakt blockiert hat. Die Nummer gehört einer gewissen Helene Bollhorst. Das muss nichts bedeuten, doch wir sollten dem nachgehen. Priorität hat jetzt aber erst mal diese *Waldgänger-Jugend*.«

»Ich kann …« Der Rest ging in einem Hustenanfall von Dominik unter.

Frank rückte ein Stück von ihm ab. »Dodo, du siehst echt scheiße aus.«

»Danke, Frank«, näselte Dominik. »Für Komplimente bin ich immer offen.«

»Dominik, fahr nach Hause und leg dich ins Bett«, sagte Bent.

Er putzte sich die Nase und sah Bent fragend an. »Jetzt?«

Frank boxte ihn gegen die Schulter. »Natürlich jetzt, oder möchtest du gern noch warten, bis wir alle die Rüsselpest kriegen?«

Dominik beeilte sich, den Besprechungsraum zu verlassen. Gerade jetzt, bei der ersten vielversprechenden Spur musste er krank werden. Auf der Treppe ins Erdgeschoss begegnete er Ute Vienenkötter, ehemals Vienenkötter-Lange. »Hallo, Ute.«

»Dominik, hallo. Bist du krank?«

»Ja, ich weiß, ich sehe schlimm aus.«

»Nein, gar nicht.« Eine leichte Röte überzog ihr Gesicht. »Nur … etwas blass.«

»Mal was anderes: Schreibst du zufällig Gedichte?«

»Oh.« Sie lächelte. »Woher weißt du das? Ich ... na ja ... ich lese gerne Lyrik und manchmal ... ja ... aber die sind nicht gut genug, um sie jemandem zu zeigen. Es ist mehr eine Selbsttherapie. Aber wie kommst du darauf?«

»Ach, ich hatte neulich ein Gedicht in meinem Fach, ohne Absender.«

»Was für eine nette Überraschung. Vom wem denn?«

»Tja, das weiß ich eben nicht. Ich dachte ...«

»Also von mir stammt das nicht. Wie gesagt, ich schreibe nur für mich. Gute Besserung, Dominik.«

* * *

Auf dem Weg nach Hause hielt Dominik noch bei einem Supermarkt, um Obst und Milch zu kaufen. Vitamine mussten her, gegen den Angriff der Killerviren oder was immer ihm zu schaffen machte. Er packte gerade Apfelsinen in eine Papiertüte, als er jemanden hinter sich bemerkte, eine kleine Person, die geduldig wartete, bis er fertig war. Als er sich umdrehte, sah er sich Robins Deutschlehrerin gegenüber.

»Ach, Frau Siekmann, Sie sind das. Robin wartet schon ganz gespannt auf das Ergebnis seiner Deutschklausur, die er Montag geschrieben hat. Was denken Sie denn, wann sind Sie so weit?«

Frau Siekmann hob die Brauen. »Ihr Sohn wartet also auf die Ergebnisse seiner Klausur?« Es klang zweifelnd.

»Äh ... ja ... er macht doch im Frühjahr Abi, und das Ergebnis der Klausur ist wichtig, also ...« Er brach ab. Warum schaute sie ihn so merkwürdig an?

»Ich bin schon einige Klausuren durchgegangen, auch die von ihrem Sohn. Ich habe ihn darauf angesprochen, weil ... nun ja, sein Ergebnis hat mich überrascht. Hat Robin Ihnen denn nichts davon gesagt?«

»Aha?« Dominik schüttelte den Kopf. Der Druck hinter seiner Stirn verstärkte sich. »Er hat nichts davon erzählt.«

»Wohl, weil er dieses Mal nur eine Vier minus bekommen wird. Er war sonst immer einer meiner besten Schüler. Irgendetwas stimmt da nicht: Er wirkte abwesend, als ich ihn ansprach, so als ginge ihn das alles gar nichts an. Herr Domeyer, das Ergebnis ist zwar nur ein Ausrutscher, aber am besten, Sie reden mal mit Robin. Sonst versaut er sich noch seinen Abi-Schnitt.«

»Das werde ich.«

Nachdem er den Einkauf bezahlt hatte, versuchte er, Robin zu erreichen, und erwischte nur die Mobilbox. »Hör zu, Rob, ruf mich an, sobald du das abhörst!«

Zu Hause kochte Dominik sich einen Kamillentee, schluckte eine Aspirin, legte sich aufs Sofa, sah den Anfang einer Sendung über schwarze Löcher, die er aufgenommen hatte, und schlief nach kurzer Zeit dabei ein. Das Klingeln des Festnetztelefons ließ ihn hochschrecken. Benommen richtete er sich auf und wankte in den Flur, um den Anruf anzunehmen. Es handelte sich um den Pächter der Tankstelle, in der Robin jobbte. Wo der Junge denn bleibe? Es sei jetzt schon halb vier, und er habe vor einer Dreiviertelstunde seinen Dienst antreten müssen!

Hatte er wirklich so lange geschlafen? »Kennen Sie seine Handynummer?«

»Sicher, ich habe es schon mehrmals probiert. Deswegen rufe ich ja die Festnetznummer an, die er angegeben hat.«

Dominik warf einen Blick auf das Schuhregal. Robins Winterstiefel, die er zurzeit ständig trug, standen nicht dort. »Tut mir leid, er ist nicht da, und ich kann Ihnen leider auch nicht sagen, wo er sich gerade aufhält.«

Er beendete den Anruf und legte sich wieder aufs Sofa. Er spulte die Aufnahme der Sendung über schwarze Löcher zurück zu der Stelle, an die er sich erinnern konnte, und ließ das Ganze noch einmal laufen, nur um nach einer Weile wieder einzunicken.

Die Sendung war längst zu Ende, als er vom Klappen der Haustür geweckt wurde. »Frank?«

»Ich bin's, Papa. Bist du krank?« Robin betrat das Wohnzimmer. »Wo ist denn Frank?«

»Der ist bei ... wie heißen sie noch? Ach ja, Waldgänger oder so, das ist so ein Verein ...«

»Waldgänger, klar, sind wohlbekannt in unserer Gegend.«

»Aha?«

»Die haben so ein Fascho-Nest im Wald.« Robin zog eine Grimasse und ließ sich in einen Sessel fallen. »Und – was haben die angestellt? Kriegen die Nazi-Ärsche jetzt richtig Stress?«

»Darüber darf ich nichts erzählen, Rob, das weißt du doch. Der Tankstellenpächter hat übrigens angerufen ...«

»Scheiße!« Robin schlug sich gegen die Stirn. »Die Tanke habe ich total vergessen.«

»Am besten, du rufst gleich an. Ach, und diese Deutschklausur ...«

»Papa, lass uns bitte morgen darüber reden.« Robin sprang auf. »Ich will nur kurz was essen, und dann muss ich auch schon wieder los.«

»Hey, Rob ...« Wohin willst du denn, hatte er fragen wollen, doch sein Sohn hatte das Wohnzimmer bereits verlassen. Wenn er sich nicht so lausig fühlen würde, wäre er Robin gefolgt. Stattdessen zog er sich die Wolldecke bis unters Kinn und hoffte, dass der Schüttelfrost nachließ.

Als er eine Stunde später aufstand, um sich noch einen Tee zu machen und Papiertaschentücher zu holen, war Robin schon wieder fort. Dominik zog die Schublade der Flurkommode auf. Tatsächlich fand er noch ein Päckchen Taschentücher. Während er sich die Nase putzte, fiel sein Blick auf das etwas verstaubte, gerahmte Foto des Dalai Lama. Eine Zeit lang hatte es an der Wand gehangen, dann hatte er es in der Kommode verstaut und vergessen. Mit dem weisen und verständnisvollen Dalai Lama hatte er früher stumme Zwiesprache gehalten. Sein freundliches Lächeln wirkte immer wieder eine Nuance verändert, wenn er es genau betrachtete. So auch heute … je länger er das Bild ansah, desto mehr umwölkte sich die Stirn des Dalai Lama, umso deutlicher schimmerte Sorge durch.

* * *

Obwohl es erst Nachmittag war, verschmolz das dunkle Band des Teutoburger Waldes zunehmend mit dem düsteren Himmel. Kerstin kehrte von ihrem Einkauf zurück und hörte Lucky schon hinter der Tür bellen. Er begrüßte sie schwanzwedelnd. Auf dem Küchentisch fand sie eine Nachricht von Maja: *Treffe mich noch mit Verena, bis nachher, Maja.*

Kerstin ballte die Faust um den Zettel. Am liebsten hätte sie Maja verboten, sich nach der Schule noch mit irgendwem zu treffen, wenigstens außerhalb ihres Zuhauses. Das war natürlich überzogen und neurotisch, aber auch Jakob hatte nur noch kurz weggewollt …

Wieder war es sehr still im Haus. Sie stellte das Radio an und verstaute ihre Einkäufe. War ihre Haushaltshilfe auch schon gegangen? Kerstin stieg die Treppe hoch in den ersten Stock. »Elsbeth? Hallo?«

Durch das große Treppenhaus-Fenster bemerkte sie eine Gestalt mit einer rosafarbenen Handtasche, die im Schein der Straßenlaternen davoneilte. Die dicke Daunenjacke ließ Elsbeth noch unförmiger wirken. Die hatte wohl nicht mitbekommen, dass sie zurückgekehrt war. Sie hatten sich gerade verpasst. Vielleicht war sie auch leise aus dem Haus gehuscht, während Kerstin ihre Lebensmittel in den Kühlschrank packte, aus Angst vor weiteren Aufträgen. Elsbeth machte sich zurzeit rar, ausgerechnet in ihrer jetzigen Situation. Dabei fiel es Kerstin zunehmend schwer, sich um die banalen Dinge des Alltags zu kümmern. Sie ertappte sich immer häufiger dabei, auf einem Sessel zu sitzen und aus dem Fenster zu starren. Langsam stieg sie die Treppe wieder hinunter. Unfassbar: Jakob war seit Sonntag tot, und Reinhold arbeitete seit Dienstag wieder ganz normal in seiner Praxis!

Ein leises Klappern ließ sie erstarren. Ihr Herz pochte. Dann gab sie sich einen Ruck und ging dem Geräusch nach. Wenn das so weiterging, würde sie noch vor ihrem eigenen Schatten Angst haben! Als Quelle des Geräuschs stellte sich ein weiteres Mal die Hintertür heraus, die der Wind auf- und zuschlagen ließ. Elsbeth hatte vermutlich vergessen, sie abzuschließen. Kerstin wollte das gerade nachholen, als sie noch ein Geräusch gewahrte: ein leises Schreien, das aus dem Garten kam. Vermutlich Katzen, dachte sie, doch dann hielt sie inne. »Lucky?«

Kurz darauf kam der Golden Retriever aus Richtung Wohnzimmer angetappt und blickte sie aus seinen braunen Hundeaugen treuherzig an. Das Schreien interessierte ihn nicht im Geringsten. Wenn es Katzen wären, dann würde Lucky sich anders verhalten. Das Problem mit dem zutraulichen Hund war, dass er vermutlich auch einen Einbrecher noch schwanzwedelnd begrüßen würde. Nur Katzen tolerierte er nicht. Kerstin zögerte, dann holte sie sich eine Taschenlampe aus dem angrenzenden Wirtschaftraum und ging widerstrebend in den Garten. Das Schreien kam aus dem Schuppen am Rand der Rasenfläche, in dem Gartenmöbel und -geräte aufbewahrt wurden. Wenn die Quelle des Geschreis keine Katzen waren, dann blieb nur noch eine Möglichkeit … ein Baby! Aber das konnte doch nicht sein?! Sie ließ ihre Taschenlampe über den Rasen wandern, der Schnee funkelte im Lichtstrahl. Zitternd vor Kälte ging sie auf den Schuppen zu. Das Vorhängeschloss baumelte geöffnet an der Metallkette, als hätte sich gerade noch jemand daran zu schaffen gemacht.

Das ist nur der Wind, machte sie sich klar. Mit jedem Schritt wurde das Schreien lauter. Sie stieß gegen die Tür, die mit einem Knarren aufschwang, der Lichtstrahl ihrer Lampe streifte gestapelte Stühle, einen Rasenmäher und … ein nacktes, blutüberströmtes Baby, das auf dem Boden lag!

Kerstin schrie auf. »Oh mein Gott!« Sie schwankte, musste sich am Türrahmen festhalten. Im nächsten Augenblick erkannte sie, dass es sich bei dem vermeintlichen Baby um eine lebensechte Puppe handelte. Und das Geschrei kam aus einer Soundstation, die halb hinter dem Rasentrimmer verborgen stand, einer Musikbox wie der, die Maja benutzte, um ihre MP3s abzuspielen. Stöhnend stolperte sie zurück. Ein Kälteschauer überrieselte sie. Wer tat so etwas? Und vor allem: warum?

Sie flüchtete zurück ins Haus und schloss die Tür zweimal ab. Die Polizei, sie musste die Polizei anrufen! Sie holte das Telefon von der Ladestation und ging damit ins Wohnzimmer, um sich am Kamin aufzuwärmen. Lucky hatte es sich wieder auf seinem Lieblingsplatz vor dem Kamin bequem gemacht. Als sie eintrat, hob er nur kurz den Kopf und klopfte ein paarmal mit dem Schwanz auf den Boden. Seltsamerweise brannte das Deckenlicht, das sie nie einschaltete, weil sie es zu grell fand. Kerstin machte ein paar Schritte in den Raum, sah aus den Augenwinkeln, dass etwas anders wirkte als sonst, und schaute sich um. Als sie das Blut an der Wand entdeckte, öffnete sie den Mund, ohne dass ein Laut herauskam. Ihre Taschenlampe fiel polternd zu Boden. Lucky sprang auf und begann zu bellen.

* * *

Frank und Nina fuhren zu dem Reihenhäuschen in Gadderbaum, wo die Bökenbrinks gemeldet waren, trafen aber nur Phillip Bökenbrinks Mutter an. Ihr Sohn sei im Vereinsheim der Waldgänger, teilte sie ihnen mit und gab ihnen eine schriftliche Wegbeschreibung zu dem Jagdhaus im Wald. Es liege am Zwergenweg, der sei aber nur ein Waldweg.

Hinter Brackwede bogen sie auf die Osningstraße ab, die Richtung Kamm des Teutoburger Waldes führte, und dann sehr bald nach rechts auf den Senner Hellweg. Nach kurzer Zeit verwandelte sich die asphaltierte Straße in eine Schotterpiste. Sie rumpelten den Weg entlang, vorbei an einem *Durchfahrt-verboten*-Schild, bis rechter Hand ein großes, rostiges Schild auftauchte mit der Aufschrift *Warnung: Das Betreten des Schießstandes ist verboten, Lebensgefahr!* Linker Hand führte ein Weg in den Wald hinein.

Nina hielt an. »Müssen wir nicht irgendwann links ab?«

»Ja, aber wann? Diese Wegbeschreibung ist doch für'n Arsch! Ich frage mich, ob wir heute noch mal Feierabend machen können.«

»Lass mal sehen.« Er reichte ihr die Beschreibung rüber. »Könnte passen. Versuchen wir's einfach.« Nina bog in den Waldweg ein. Kieferzapfen knackten unter ihren Rädern, der Wagen holperte mit 20 Stundenkilometern bergan. »Sie hat geschrieben, dass wir zu einer Kreuzung mit Wanderwegen kommen, und dann müssten wir der Richtung zum *Eisernen Anton* folgen.«

Nach einer Weile erreichten sie eine Kreuzung, und Nina brachte den Wagen zum Stehen. »Wir sind richtig!« Sie deutete auf einen Pfahl mit Hinweisschildern, die in verschiedene Richtungen zeigten. Frank stieg aus, um sich die Schilder anzuschauen. Dann begann er zu fluchen. Nina fuhr die Scheibe herunter. »Was ist denn? Gibt es keinen Hinweis auf den *Eisernen Anton*?«

»Doch, aber gleich zwei! Wir können links runter oder geradeaus. Hat Mutter Bökenbrink auch was dazu geschrieben?«

Nina studierte noch einmal den Zettel. »Nein. Wir fahren einfach geradeaus.«

Frank stieg wieder ein. »Und woher weißt du das?«

Sie grinste. »Hab's in den Tarotkarten gesehen.«

»Dominik hat über mich gelästert, wie?« Frank stöhnte. »Die wissen schon, warum sie ihr konspiratives Nest im Teuto verstecken. Und zwar so, dass keiner außer ihnen hinfindet!«

Nina ließ den Wagen an. »Na ja, sie nennen sich ja auch *Waldgänger-Jugend*.«

»Klingt so harmlos nach Naturliebhabern oder Vogelkundlern. Sind sicher ganz reizende Leute.«

»Vielleicht ist es ein Rundweg und wir kommen hin, egal in welche Richtung wir fahren.« Nina steuerte den Wagen bergauf und bog nach hundert Metern dann in einen engeren Waldweg links ab.

»*Hier*? Hast du das auch in den Tarot…«

»Klappe!« Zweige streiften die Scheiben des Wagens.

»Das ist eigentlich gar kein Weg. Das ist nur ein Trampelpfad, wir sind garantiert …«

»Ich glaube, wir sind da.«

Vor ihnen öffnete sich eine Lichtung. Warmes Licht fiel aus den mit Gardinen verhangenen Fenstern auf einen gekiesten Platz vor dem Haus. Über der hölzernen Eingangstür prangte ein Hirsch-Geweih.

»Sieh an, das Jagdhaus vom Papa des Patrioten Phillip. Ob der weiß, wie sein missratener Sohn und dessen Spießgesellen die Bude nutzen?«

»Davon gehe ich aus.« Nina parkte den Wagen neben einem alten Bundeswehr-Geländewagen und einem SUV, den einzigen anderen Fahrzeugen auf dem Vorplatz. »Die Mutter sprach doch davon, dass Phillip sich im sogenannten Vereinshaus in Senne aufhält. Und ich kann mir nicht vorstellen, dass sein Vater diesen Leuten einfach so sein Jagdhaus überlässt, ohne zu wissen, um was für eine Art von Verein es geht.«

Sie stiegen aus. Eine Klingel gab es bei den Waldgängern nicht. Frank wollte gerade an die Tür klopfen, als sie geöffnet wurde. Ein Junge mit kurz rasierten Haaren und Springerstiefeln trat ihnen in den Weg. Er steckte das Päckchen Zigaretten, das er in der Hand hielt, zurück in seine Jackentasche. »Und Sie sind …?«

Frank zeigte seinen Dienstausweis, Nina tat es ihm nach. »Wir möchten mit einem Phillip Bökenbrink sprechen. Er soll sich hier …«, begann Frank.

»Hey, Phillip, was stehst du so lange an der Tür rum? Es wird kalt«, ertönte eine Stimme hinter ihm.

Phillip Bökenbrink starrte Ninas Ausweis an. »Am besten kommen Sie rein«, sagte er zögernd und machte ihnen Platz.

Am Ende des Flurs, dessen Wände mit Plakaten von Rockbands geschmückt waren – Frank machte im Vorübergehen *Blitzkrieg* und *Sleipnir* aus –, stand ein großer, schlanker, junger Mann mit kurzen, blonden Haaren um die zwanzig, der mit dem akkurat gezogenen Seitenscheitel, dem Pollunder und dem Karo-Hemd mehr nach Schwiegermutters Liebling aussah als nach einem Rechtsextremen. Er blickte ihnen fragend entgegen.

»Das sind zwei unserer hochgeschätzten Ordnungshüter«, erklärte Phillip.

Die Augen hinter der Brille weiteten sich. »Was verschafft uns denn *die* Ehre?«

»Gregor, die wollen mich sprechen.«

Gregor streckte ihnen die Hand entgegen. »Gregor Herrmann, sehr erfreut.« Höflich gab er erst Nina, dann Frank die Hand. »Ich nehme an, es geht um die Waldgänger, nicht wahr? Wer wir sind, wofür wir stehen …«

»Wir möchten tatsächlich mit Herrn Bökenbrink sprechen«, sagte Nina.

Gregor Herrmann lächelte verbindlich. »Kein Problem, oder, Phillip? Aber wissen Sie was, ich zeige Ihnen erst mal unseren Jugendclub, wenn Sie erlauben.«

Nina tauschte einen Blick mit Frank. Der zuckte mit den Achseln. »Wieso nicht?«

Herrmann ging ihnen voran, und Phillip Bökenbrink, der offenbar in der Hierarchie unter ihm rangierte, dackelte hinterher. Herrmann führte sie durch einen Raum, der mit dem Biertresen und einigen Tischen und Stühlen wie ein kleiner Kneipenraum wirkte. Als sie eintraten, verstummte das Gespräch an den Tischen, zwei junge Männer drehten sich auf ihren Barhockern um. Gregor Herrmann grinste. »Kleine Führung für die Ordnungsmacht.«

Bis auf zwei ganz in Schwarz gekleidete Mädchen saßen nur Jungen an den Tischen. Eines der Mädchen, das seine weizenblonden Haare am Hinterkopf zu einem dicken Zopf gebunden trug, war auffallend hübsch. Sie starrte Frank mit ihren großen, blauen Augen an und flüsterte der anderen jungen Frau etwas ins Ohr. Die begann zu grinsen. Frank schätzte das Durchschnittsalter im Raum auf 17. Es ging weiter zu einem Billardraum, einem Raum mit Fitnessgeräten, einer Bibliothek mit Bücherwänden und Lesetischen und einer kleinen Teeküche. Der Rundgang endete in einem Büro.

»Na, die Toiletten spare ich mir mal, es sei denn, Sie verspüren ein dringendes Bedürfnis.« Herrmann zeigte ihnen ein strahlendes Lächeln. »Wie Sie sehen, verbringen wir hier unsere Freizeit miteinander, Sie wissen schon, geselliges Beisammensein. Zum Beispiel treiben wir auch Sport zusammen, haben Lesezirkel und Diskussionsrunden zu politischen Themen – ja genau, das ist einer unserer Schwerpunkte.«

»Das ist ja wundervoll«, sagte Frank. »Und jetzt würden wir gern Herrn Bökenbrink sprechen, und zwar allein.«

Phillip lächelte. »Also von meiner Seite aus kann Gregor dabei sein. Er leitet unseren Verein.«

»Sie haben meinen Kollegen gehört, Herr Herrmann«, sagte Nina freundlich.

»Kein Problem, wirklich überhaupt kein Problem. Natürlich können Sie ihn auch allein sprechen, wenn Sie so großen Wert darauf legen.« Gregor Herrmann verließ das Büro. Die Art, wie er das beteuerte, ließ Frank vermuten, dass es doch ein Problem war. Hatte Herrmann Angst, dass Phillip, der Patriot, der Polizei gegenüber ganz und gar unpatriotisch etwas ausplaudern könnte, das die Idylle des »Jugendclubs« in einem anderen Licht erscheinen ließ? Immerhin hatte Phillip Jakob davor gewarnt, zur angeblichen *Aussprache* herzukommen.

»Setzen wir uns doch.« Phillip Bökenbrink ließ sich auf dem Schreibtischstuhl nieder.

Frank und Nina nahmen auf Besucherstühlen Platz.

»Sie wissen, warum wir hier sind?«, fragte Nina.

»Kann ich mir denken. Aber ich habe schon lange keinen Kontakt mehr zu Jakob gehabt. Von seinem Tod habe ich aus der Zeitung erfahren.«

»Er war mal Teil dieser Gruppe?«

»Jakob war etwa zwei Jahre bei uns. Wir sind früher in eine Klasse gegangen, und ich habe ihn zu den Waldgängern gebracht. Er fand das cool hier, das war alles anders, als er das von zu Hause kannte. Seine Eltern wählen die Grünen. Sie können sich vorstellen, dass er dieses ganze verlogene, politisch korrekte Gutmenschentum bis obenhin satt hatte!« Phillips Wangen röteten sich. Er kam allmählich in Fahrt. »Er fand es auch gut, dass wir hier diszipliniert sind, Sport treiben, keine Drogen nehmen, höchstens mal ein Bier trinken. Außerdem gibt es hier eine gute Kameradschaft, jeder kann sich auf den anderen verlassen. Wo findet man das heutzutage noch?«

Frank verzog den Mund. Heutzutage? Das Jüngelchen war höchstens 18, ein bisschen jung, um der guten, alten Zeit nachzutrauern.

»Und wir lesen viel, arbeiten zusammen politische Bücher durch«, machte Phillip weiter. »Das war eine sehr inspirierende Zeit für Jakob, würde ich mal sagen. Das hat ihm mehr und mehr die Augen geöffnet. Er hatte sich für die rote Pille entschieden.«

»Wie in dem Film *Matrix*?«, fragte Frank.

Phillip nickte.

»Die Augen geöffnet ... worüber denn?«, warf Nina ein.

Er lächelte fein. »Ich schätze, Sie ahnen es schon. Sie kennen die Kriminalstatistik besser als ich. Sie wissen doch, was los ist auf unseren Straßen, in unseren Schulen, in unserem Land. Auch wenn die Systempresse der Polizei einen Maulkorb ...«

»Herr Bökenbrink«, unterbrach Frank, der keine Lust auf politische Erörterungen hatte, »wenn Jakob sich doch bereits im Stadium der ... wie soll ich sagen ... fortgeschrittenen Erleuchtung befand, wieso hat er dann den Kreis der Eingeweihten verlassen? Das hat er doch, oder?«

Phillip verschränkte die Arme und lehnte sich zurück. »Er hat nie zum inneren Kreis gehört. Aber er war engagiert und verlässlich bis ... ja, bis er diese ... wie sagt man das denn gerade politisch korrekt? Das ändert sich andauernd, deshalb verzeihen Sie bitte, wenn ich nicht auf dem aktuellen Stand bin.«

»Beantworten Sie die Frage«, sagte Nina kühl.

»Gern. Also, er lernte ein maximalpigmentiertes Mädchen mit afrikanischem Migrationshintergrund kennen.«

»Und das war ein Problem für Sie und Ihre Waldgänger?«

Oha, Ninas Stimme klang etwas schrill, gleich würde sie in den Ring steigen ...

»Dieses Superweib hat ihm total das Hirn vernebelt. Hormone, verstehen Sie? Kann ja mal passieren, aber gar nicht mehr zur Besinnung zu kommen ... traurige Geschichte. Er hat sich rausgezogen, sich am Telefon verleugnen lassen.«

»Vermutlich wusste er, dass er es mit waschechten Rassisten ...«, begann Nina.

»Dennoch«, unterbrach Frank rasch, »dennoch standen Sie noch länger mit ihm per Mail in Kontakt.«

»Ich war der Einzige. Wir haben uns ja auch noch in der Schule gesehen.«

»Sie haben ihn vor der«, Frank deutete Anführungszeichen an, »›Aussprache‹ mit den Waldgängern gewarnt. Warum?«

»Weil die anderen ihn hart angegangen wären.«

»Ah ja?« Nina beugte sich vor. »Wie hart? Gehören Tritte mit Springerstiefeln und Schlimmeres auch dazu?«

»Natürlich nicht! Wir lehnen Gewalt ab!« Das kam so prompt, als wäre es einstudiert.

Nina stach mit ihrem Zeigefinger in Phillips Richtung. »Und wie erklären Sie sich dann, dass Gregor Herrmann schon einmal eine Bewährungsstrafe für unerlaubten Waffenbesitz bekommen hat?«

»Natürlich nur zur Selbstverteidigung. Was denken Sie denn? Unser Arztsöhnchen Jakob hat das fürchterlich aufgeregt. Er sah wohl schon seine Zukunft schwinden, seine gutbürgerliche Karriere, wenn er bei uns bleibt. Er hielt seine Mitgliedschaft bei uns sowieso streng geheim. Meine Güte, hatte der die Hosen voll! Und dass er dann mit dieser Ne… Antonia zusammen war, habe ich auch nur zufällig rausgekriegt, weil wir auf dieselbe Schule gehen. Unfassbar eigentlich. Wir dachten, er wäre einer von uns. So kann man sich täuschen!«

»Ist Jakob denn zu dieser Aussprache gekommen?«, fragte Frank.

»Nee. War auch besser so. Obwohl ich mich noch eine Zeit lang bemüht habe, ihn wieder ins Boot zu holen. Ich meine, er war trotz allem ein guter Mann, ein kluger Kopf. Er hatte begriffen, was in unserem Land abgeht. Umso schlimmer, wenn sich so einer trotzdem für eine Existenz als Arschkriecher und Opportunist entscheidet.«

»Und dafür musste er büßen, nicht wahr?«, sagte Nina scharf.

»Ich hätte da so eine Idee, was Jakobs Mörder für einer gewesen sein könnte. Da gibt's doch solche, bei denen das Messer locker sitzt, habe ich mir sagen lassen. Solche, die gerne mal zustechen, wenn sie ihre nicht vorhandene *Ehre* verletzt glauben. Oder so aus Spaß sogenannte Ungläubige abschlachten. Und die dann noch kulturellen Rabatt vor Gericht kriegen, zum Beispiel …«

Ein Klopfen unterbrach seine Ausführungen. Gregor Herrmann steckte den Kopf durch die Tür. »Ach, Sie sind noch gar nicht fertig. Phillip, wir wollen gleich Billard spielen …«

Nina lächelte. »Gut, dass Sie da sind, Herr Herrmann, wir möchten von Ihnen beiden wissen, wo Sie sich am letzten Sonntag zwischen 14 und 16 Uhr aufgehalten haben.«

Gregor Herrmann und Phillip Bökenbrink tauschten einen Blick.

»Das ist einfach.« Herrmann grinste. »Wir waren hier. Wir hatten Gäste aus Österreich – und sehr anregende Gespräche. Von Mittag bis tief in die Nacht ging es um Aktionsformen des politischen Widerstands. Fast alle waren da und können das bezeugen.«

»Wir brauchen Namen«, sagte Nina.

»Aber sicher doch. Ich geh kurz eine rauchen und bringe Ihnen eine Liste mit.« Herrmann verschwand wieder.

»Gäste aus Österreich … gibt es da auch Waldgänger?«, fragte Frank.

»Nein, es waren welche von den Identitären.«

»Die Identitären?«

Nina setzte ihre Brille ab und fuhr sich über das Gesicht. »Frank, du willst gar nicht wissen, was das für Leute sind.«

»Doch. Nie gehört, Identitäre.«

Phillip lächelte. »Das erzähle ich Ihnen gerne. Möchten Sie vielleicht einen Kaffee?«

»Nein«, gab Nina barsch zurück.

Frank reckte sich. »Kaffee wäre nicht schlecht.«

»Bin sofort zurück. Wir haben eigentlich immer welchen fertig.« Phillip nickte ihm zu und verließ das Büro.

Franks Blick wanderte über die Fotos an der Pinnwand hinter dem Schreibtisch. Junge Leute beim Aufbau von Zelten, Lagerfeuerromantik, aber auch Fotos von Demonstrationen, kurz geschorene Typen hinter Transparenten: *Überlass dieses Land nicht den Feinden.*

»Wie nett du zu denen bist. Sind ja auch überaus höflich, die Jungs, so wohlerzogen.«

»La Niña, jetzt guck nicht so vergrätzt. Es war ein langer Tag, ich sollte längst zu Hause sein. Ein Kaffee tut gut, und wer weiß, wie lange dieser Gregor Herrmann noch braucht, um seine Liste zu basteln.«

An der Nordseeküste am plattdeutschen Strand … Nina holte ihr Handy aus der Jackentasche und nahm den Anruf an. Offenbar hatte sie sich von Ottfried »Shanty« Weber einen neuen

Klingelton aufschwatzen lassen. »Nein, Bent, wir sind immer noch hier … Okay, dann bis morgen.« Sie beendete das Gespräch. »Sag mal, Frank, du weißt also wirklich nicht, wer die Identitären …«

In diesem Moment ging die Tür auf und Phillip kam mit zwei dampfenden Kaffeebechern herein.

»Für mich nicht!«

»Frau Kommissarin, ich habe mir selbst auch einen mitgebracht, wenn's recht ist.«

Frank nahm seinen Becher entgegen und probierte. Der Kaffee war heiß und stark. »Herzlichen Dank.«

»Gerne.« Phillip setzte sich und begann, über den Ursprung und die Ziele der Identitären Bewegung zu erzählen, deren berechtigtes Anliegen der Erhalt der kulturellen Identität sei. Diese sei bedroht von … Ein Klopfen an der Tür unterbrach ihn zum Glück, denn Ninas Gesicht rötete sich zusehends.

»Ah, ich sehe, Sie haben es sich schon gemütlich gemacht«, sagte Gregor Herrmann zu allem Überfluss und wedelte mit einer Liste. »Ausnahmslos alle Namen, auch die von unseren österreichischen Freunden. Die kommen aus Graz, wenn Ihnen das weiterhilft.«

Frank trank einen weiteren Schluck Kaffee und nahm die Liste entgegen.

»Sind Sie bereit, eine DNA-Probe vornehmen zu lassen?«, fragte Nina.

»Brauchen Sie dafür nicht einen richterlichen Beschluss? Das hat zumindest unser Anwalt uns mal so erklärt«, entgegnete Herrmann zuckersüß. »Wir haben immerhin ein hieb- und stichfestes Alibi. Tja, tut uns wirklich leid, dass wir Ihnen da nicht mehr liefern können. Auch das mit Jakob … dass er so enden musste.« Er schürzte die Lippen. »Ich schätze, er ist in schlechte Gesellschaft geraten, nachdem er uns verlassen hat.«

Frank stand auf. »Vielen Dank für den Kaffee und die Liste.« Er steckte das Papier in seine Aktentasche, die am Stuhl lehnte.

»Keine Ursache«, gab Herrmann zurück.

Nina machte ein Gesicht, als hätte sie in eine saure Gurke gebissen. Zusammen mit den beiden Waldgängern verließen sie das Büro. Sie waren gerade am *Blitzkrieg*-Plakat angekommen, als Frank »Ach herrje!« rief. »Ich glaube, ich habe meine Tasche im Büro vergessen. Dauert nur einen Moment.«

Bevor sich jemand entschließen konnte, ihn zu begleiten, hastete er zum Büro zurück, holte Gummihandschuhe aus seiner Aktentasche, schnappte sich den Kaffeebecher, aus dem Phillip Bökenbrink getrunken hatte, vom Schreibtisch, kippte den Rest Kaffee in den Topf einer Zimmerazalee auf dem Fensterbrett, zog eine Plastiktüte aus seiner Tasche, ließ den Becher in die Tüte gleiten, streifte die Handschuhe ab und stopfte das Ganze in seine Tasche. Plötzlich stand Gregor Herrmann in der Tür. »Alles klar, Herr Kommissar?«

»Aber ja.« Frank setzte sein schönstes Lächeln auf.

Die beiden brachten Nina und ihn zum Ausgang. Nachdem sich die Tür hinter ihnen geschlossen hatte, holte Nina tief Luft. »Wie kannst du bloß so …«

»Stopp!« Er legte den Finger über den Mund und deutete auf den Standaschenbecher neben der Eingangstür.

Nina begriff sofort. Gemeinsam machten sie sich daran, Kippen aus dem Sand und Bierdosen aus dem Abfalleimer darunter zu sichern.

* * *

Bent schloss seine Wohnungstür auf, ging in die Küche und warf die Post auf den Tisch. Es roch noch immer leicht nach

Pizza, und er stellte das Fenster schräg. Im Mantel und im Stehen ging er den Stapel durch: Bausparkasse, die Krankenkassenzeitschrift, eine Karte von seiner Schwester aus dem Yosemite National Park – und ein Brief von Joe. Vermutlich hatten ihm Henning und Ralf bereits gesteckt, dass Joes Annahme, Andy sei wieder in Bents Leben getreten, auf einer Verwechslung beruhte. Er riss den Umschlag auf, und zum Vorschein kamen eine gedruckte Einladung zur Silvesterparty, eine Karte für das Neujahrskonzert in der Oetkerhalle und ein Zettel, beschrieben mit Joes schwungvoller Schrift: *Hoffe, wir sehen uns bald trotz all deiner Arbeit* 😉, *vermisse dich, Joe.*

Joe war wirklich hartnäckig. Aber so konnte das natürlich nicht weitergehen, denn Joe wollte offensichtlich mehr als nur eine Affäre und das … Das Schrillen seines Handys unterbrach seine Überlegungen.

»Hallo?« Die Frauenstimme am anderen Ende klang aufgeregt. »Hier Heitbreder. Ich wollte Herrn Domeyer anrufen, aber der geht nicht an sein Handy, und im Kommissariat hat man mir dann Ihre Nummer gegeben.«

»Da sind Sie richtig. Um was geht es denn?«

Es sprudelte nur so aus ihr heraus. Babypuppe, Satanismus, Blut …

»Ich komme sofort, Frau Heitbreder. Und ich verständige die Spurensicherung. Fassen Sie derweil bitte nichts an, ja?«

Sie versprach es hoch und heilig.

Ein Anruf bei Nina ergab, dass sie sich zusammen mit Frank noch immer im Vereinshaus der Waldgänger befand. Also würde er allein fahren.

Als er fünfundzwanzig Minuten später das hell erleuchtete Haus der Heitbreders erreichte, erwartete ihn Frau Heitbreder schon an der Tür.

»Herr Andersen, mein Mann ist inzwischen auch gekommen. Und die Leute von der Spurensicherung sind auch da. Vielleicht sehen Sie sich das Ganze mal an.«

Reinhold Heitbreder erwartete sie bereits im Wohnzimmer. Bent nickte ihm zu. Dr. Heitbreder wirkte etwas hilflos zwischen den Kollegen in den weißen Overalls. Die Scheinwerfer der Spurensicherung leuchteten drei riesenhafte mit Blut oder roter Farbe geschriebene Zahlen aus, die eine ganze Wohnzimmerwand bedeckten. Die rote Flüssigkeit war so großzügig aufgetragen worden, dass zahlreiche Abrinnspuren auf der weißen Tapete zu sehen waren. Teilweise hatte sie sich in Lachen auf dem Parkettboden gesammelt. Neben einer der Lachen kniete der Kollege Sascha Sudhölter und nahm eine Probe.

Frau Heitbreder klammerte sich an Bents Arm. »666 – ich habe das gegoogelt, das ist das Zeichen des Tiers in der Offenbarung des Johannes, gemeint ist der Antichrist! Es geht einfach immer weiter!« Sie ließ ihn los und schlug die Hände vor den Mund.

»Schatz ...« Dr. Heitbreder nahm seine Frau in die Arme.

Kerstin Heitbreder schluchzte auf und machte sich los. »666: Das war Sarah, das kann nur sie gewesen sein. Sie ist schon wieder aus Gilead IV entlassen worden, Reinhold, und du hättest dich darum kümmern müssen, dass sie drinbleibt, aber du denkst ja nur an deine verfluchte Arbeit, lässt mich hier allein in diesem leeren Haus!«

»Kerstin, meine Schwester ist zwar ziemlich verrückt, aber das würde sie doch nicht tun!«

»Und im Gartenhaus haben Sie noch etwas ...?«

»Ich zeig es Ihnen, Herr Andersen.« Frau Heitbreder ging ihm voran in den Garten. Bella Schnathorsts imposante Gestalt verdeckte den Eingang des Schuppens. Der weiße Overall ließ sie noch größer wirken. »Ah, Bent, schön, dass du kommst, aber … hör mal, wo ist denn Dodo? Ich sehe ihn gar nicht mehr in letzter Zeit.«

Babygeschrei drang hinter ihr aus dem Holzhäuschen. Babygeschrei? »Dominik ist krank. Was … was ist denn da drin?«

»Krank?« Ihre goldenen Ohrhänger schaukelten unter der Kapuze. »Was Schlimmes?«

»Grippaler Infekt oder so. Bella, was haben wir denn hier?«

»Wir sind fertig. Schau dir ruhig alles in Ruhe an.«

Als sie an ihm vorbeiging, streifte ihn eine Parfümwolke. Er trat näher, schaute ins Innere des Gartenhäuschens, erschrak kurz beim Anblick des »Babys« und ließ die Inszenierung dann auf sich wirken.

Frau Heitbreder blickte ihm über die Schulter. »Herr Andersen, meine Schwägerin ist von religiösen Wahnideen besessen. Ich begreife nicht, wieso die überhaupt so früh wieder aus der Psychiatrie entlassen wurde.«

»Ihre Schwägerin hielt sich definitiv in Gilead IV auf, als Ihr Sohn getötet wurde. Entweder das hier hat nichts mit seinem Tod zu tun …«

»Oh doch, das hier ist eine Drohung! Und wer sollte uns bedrohen, wenn nicht der Mörder meines Sohns?!«

»Das ist gut möglich«, sagte Bent leise. »Und ich könnte mir vorstellen, dass es jemand so aussehen lassen wollte, als wäre Ihre Schwägerin die Schuldige. Wissen Sie, ob das Gartenhaus vor Ihrem Fund abgeschlossen war?«

»Ja … also, ich denke schon. In der Regel ist das so.«

»Ihr Mann ist Gynäkologe, nicht wahr?«

»Ach so, und Sie denken …«

»Möglicherweise gibt es eine Verbindung. Oder haben Sie eine andere Idee, was diese Babypuppe bedeuten könnte?« Bent machte einen Schritt rückwärts und stieß gegen Reinhold Heitbreder. »Ah, Dr. Heitbreder …«

»Ich habe alles gehört. Mir fällt kein Grund für die Puppe ein, außer …« Er atmete schwer.

»Reinhold?« Kerstin Heitbreders Augen weiteten sich. »Außer was?«

»Schatz, beruhige dich, wir wechseln noch einmal den Türcode und alle Schlösser, die nicht durch den Code gesichert sind. Gleich morgen …«

»Ich soll mich beruhigen? Ist das dein Ernst?« Sie trat auf ihren Mann zu. »Hast du eine Ahnung, wie es ist, allein hier im Haus zu sein? Und dann passiert *so was*?«

»Frau Heitbreder, lassen Sie Ihren Mann bitte erzählen, falls er irgendeinen Verdacht hegt, wer das getan haben könnte.«

Dr. Heitbreder schluckte. »Vor etwa sechs oder sieben Wochen … gab es einen Fall von Präklampsie in meiner Praxis. Das ist eine Komplikation, die bei Schwangeren auftreten kann. Das Ganze war im letzten Schwangerschaftsdrittel passiert, und als ich die Frau ins Krankenhaus schickte, war es bereits zu spät: Plazentaablösung und keine Herztöne mehr beim Kind hörbar. Sie hat ihren kleinen Jungen verloren, und das ist meine Schuld.« Er ließ die Schultern hängen.

»Sie haben das Problem zu spät erkannt?«

Heitbreder nickte und schloss kurz die Augen. Er wirkte alt und erschöpft in diesem Moment.

»Hat die Frau Ihnen gedroht?«

»Das Ehepaar wollte gegen mich klagen, aber bis heute ist nichts dergleichen geschehen.«

»Das hast du mir ja gar nicht gesagt! Meinst du … du meinst doch nicht etwa, unser Junge … gegen ihren Jungen?« Frau Heitbreder legte sich die Hand auf den Mund, schüttelte den Kopf und starrte ihren Mann an. »Sag, dass das nicht wahr ist!«

»Kann mal jemand diese verdammte Soundbox abstellen?!« Trotz der Kälte stand Schweiß auf Dr. Heitbreders Stirn.

Bent ging in den Schuppen, zog sich einen Gummihandschuh an und drückte die Off-Taste. Das Babygeschrei verstummte. Er wandte sich um. »Dieser Einbruch, den es vor Jakobs Tod bei ihnen gegeben hat, wie lange ist der her?«

»Kann hinkommen«, sagte Heitbreder tonlos, bevor er zusammensackte.

* * *

Schneeregen pladderte gegen die Scheibe des bodentiefen Fensters in Antonias Zimmer. Natürlich war es schon wieder dunkel. Antonia ließ ihren Blick über die Lichterketten drinnen und draußen wandern, den beleuchteten roten Papierstern mit dem hübschen Muster, das Adventsgesteck, das ihre Mutter ihr ins Zimmer gestellt hatte. Nichts als Flitterkram, der darüber hinwegtäuschen sollte, dass dies die beschissenste Zeit des Jahres war. Noch immer stand auf ihrem Schreibtisch sorgfältig eingepackt und mit einer Schleife versehen das Weihnachtsgeschenk für Jakob. Er hatte sich einen neuen Tennisschläger gewünscht. Heiligabend waren sie bei seinen Eltern eingeladen, am ersten Weihnachtstag sollten sie bei ihrer Mutter essen, und dann am zweiten hatten sie mit Freunden ausgehen wollen.

Sie wandte sich wieder der offenen Sporttasche auf dem Sofa zu. Hatte sie noch was vergessen? Ach ja, alles eigentlich. Sie holte ihre Sportschuhe aus dem Schrank, warf sie in die Tasche, stopfte ein Sport-Shirt und Leggings hinein. *Toni, du warst jetzt schon sooo lange nicht mehr mit. Denkst du, es geht dir besser, wenn du immer nur trübselig zu Hause rumhockst?* Wenn sie nicht mit Emma verabredet gewesen wäre, hätte sie den Abend auf dem Sofa verbracht und versucht, sich die Zeit bis zum Schlafengehen mit einer Serie zu vertreiben. Doch in letzter Zeit legten sich Emma und Maxi mächtig ins Zeug, um sie mit gemeinsamen Aktivitäten abzulenken. Außer Nadine, die schon mit dem Studium angefangen hatte, waren die beiden die einzigen Freundinnen aus der alten Jahrgangsstufe, mit denen sie noch etwas zu tun hatte. Offenbar waren sie der Meinung, dass Aktivität die beste Strategie sei, über Jakobs Tod hinwegzukommen.

Ihre Mutter war auch dieser Ansicht. Sofern sie überhaupt zu Hause aufschlug und sich mal nicht um ihre drei Friseursalons kümmern musste. Antonia kam es vor, als sähe sie die Putzfrau öfter als ihre eigene Mutter. Man müsse in Bewegung bleiben, lautete Mamas Credo. *Als dein Vater uns für diese blutjunge Tussi aus einem seiner Trommelkurse verlassen hat, bin ich positiv geblieben. Ich hatte gar keine Zeit, mich hängen zu lassen. Erfolg ist die beste Rache, mein Schatz. Zeig dem Schicksal den Stinkefinger.* Tolle Weisheiten. Im Grunde waren die Heitbreders wohl die Einzigen, die nachvollziehen konnten, wie sie sich fühlte. Aber sie wollte Kerstin nicht auch noch belasten, die hatte genug mit ihrer eigenen Trauer zu tun.

Alles war so anstrengend in letzter Zeit … Antonia ließ sich aufs Sofa neben ihre Sporttasche fallen. Und dann hatte sie sich auch noch überreden lassen, Nadine übers Wochenende in München zu besuchen. Bestimmt tat ihr das gut, aber Lust hatte sie gerade keine. Und wenn sie Jakobs Mutter doch anrief? Die hatte ihr mehr als einmal versichert, dass sie sich jederzeit melden könne. Und vielleicht gab es ja Neuigkeiten und die Polizei wusste jetzt, wer Jakob umgebracht hatte. Sie zog ihr Handy aus der Tasche, spielte damit, tippte dann Kerstins Nummer ein.

Die meldete sich etwas atemlos. »Ja? Ach, Antonia, du bist es … du hast ja keine Ahnung, was heute bei uns passiert ist …« Dann sprudelte sie los: *Einbruch … blutige Babypuppe …*

das Zeichen des Tiers … Spurensicherung … Antonia schwirrte der Kopf. Das klang bedrohlich, und sie merkte, dass sie das alles gar nicht wissen wollte, weil es ihre eigenen Ängste nur verstärkte. Sie stellte Fragen an den richtigen Stellen und verabschiedete sich schließlich höflich.

Antonia fröstelte. Draußen blinkten unbeirrt die Lichterketten im Kirschlorbeerbusch. Dann ging der Bewegungsmelder an und tauchte die verschneite Rasenfläche in grelles Licht. Antonia richtete sich auf, doch sie konnte niemanden entdecken. Ein Eichhörnchen oder eine Katze musste ihn ausgelöst haben. Konnten das so kleine Tiere überhaupt? Sie war sich nicht sicher. Kerstin hatte erzählt, dass Jakobs Mörder noch nicht gefasst sei … Und so wie es aussah, bedrohte er Jakobs Familie … Antonia holte tief Luft. Sie musste gegen diese Paranoia ankämpfen. Sich klarmachen, dass nicht sie verfolgt wurde. Wenn das denn so war … »Stopp!«, rief sie laut. Sie sollte endlich aufhören, darüber nachzudenken! Das, was ihr in der Schule geschehen war, konnte man mit dem, was den Heitbreders gerade passierte, nicht vergleichen.

Trotzdem war sie froh, dass sie seit dem Sommer nicht mehr in diese Schule gehen musste, wo irgendwer Kaffee über ihr Referat schüttete, das sie kurz darauf halten sollte, Kunstobjekte von ihr zerstörte, die sie im Unterricht angefertigt und in der Schule gelassen hatte, und ihre Klamotten während des Sportunterrichts aus der Umkleide klaute. All das und noch mehr geschah, kurz nachdem Jakob und sie ein Paar geworden waren. Zuerst hatten sie Lukas in Verdacht gehabt, doch der musste die Schule nach seinem Angriff auf Jakob verlassen, und es lief trotzdem so weiter. Jakob hatte auch keine Idee, wer dahinterstecken könnte. Nur: Sollte sie das jetzt noch glauben? Nach allem, was sie über Jakobs »Phase« erfahren hatte?

Der helle Ton ihres Handys riss sie aus ihren Gedanken. *Freue mich auf Body Pump mit dir, LG Emma.* Antonia seufzte. Sie hatte so gar keinen Bock, aber wenn sie jetzt nicht endlich aufstand, würde sie zu spät kommen.

* * *

Eine halbe Stunde später traf sie ihre Freundin am Tresen des Fitnesscenters. Emma begrüßte sie überschwänglich, hakte sie unter und erzählte die neuste Episode aus der Reihe: mein peinlicher Cousin. Weihnachten würden sie und ihre Eltern mit Onkel, Tante und peinlichem Cousin ganz schick in einem Schloss-Hotel essen gehen. Unfallfrei werde das sicher nicht abgehen … weißt du noch, was er sich im letzten Jahr geleistet hat, und so weiter. Vielleicht redete Emma ohne Unterlass, weil sie sonst bemerkt hätte, dass Antonia ganz still war. Nein, sie war ungerecht. Emma meinte es gut, nur dass ihr Versuch, Heiterkeit zu verbreiten, etwas übertrieben wirkte.

Wider Erwarten konnte Antonia beim Body-Pump-Kurs abschalten. Sie konzentrierte sich auf die Übungen und spürte, dass diese Art der Anstrengung ihr guttat. Nach dem Training tranken sie und Emma noch einen Eiweißshake und gingen dann zu ihren Spinden, um ihre Duschsachen zu holen. Emma ließ ihren Spind mit der Sporttasche offen. Antonia hatte sich seit den Vorfällen in der Schule angewöhnt, alles abzuschließen, und nahm nur ihre Kulturtasche, ein Duschtuch und ihre Chipkarte mit, die sie zum Öffnen und Schließen des Spinds brauchte. Sie packte die Karte in den Kulturbeutel, nahm Duschgel und Shampoo heraus und ging damit in den Nebenraum, wo Emma schon unter der Dusche stand.

»Und?« Emma schaute sie von der Seite an, während sie sich einseifte. »War das eine gute Entscheidung herzukommen?«

»War es.« Antonia lächelte. »Nur das Aufraffen …« Sie krauste die Nase.

»Es wird immer ein bisschen leichter, Toni. Manchmal muss man sich überwinden, damit es einem besser geht. Sollen wir noch einen Saunagang machen?«

»Wenn schon, denn schon.«

In der Damensauna waren sie allein. Antonia stellte sich die Sanduhr und legte sich auf das Holzgestell. Emma drückte den Knopf für den automatischen Aufguss und legte sich ebenfalls hin. Fichtennadelduft breitete sich aus.

»Toni, wie sieht's aus am Freitagabend mit *Der Hobbit*, Teil 2? Wir wollen nachher noch um die Häuser ziehen. Vielleicht ins Elephant oder so.«

»Kino ist okay, aber dann muss ich nach Hause. Mein Zug geht am Samstagmorgen ganz früh: Ich besuche doch Nadine in München. Und meine Mutter kann mich nicht mal zum Bahnhof bringen, weil die am Freitagnachmittag für ein paar Tage nach Dresden zu meiner Tante fährt.«

»Du bist immer so vernünftig.« Emma kicherte. »Dann eben nur Kino. Grüß Nadine ganz lieb von mir. Sie soll fleißig studieren und nicht so viel Party machen.«

»Du, Emma, ich muss dir was voll Gruseliges erzählen.« Antonia berichtete Emma über den Einbruch bei den Heitbreders.

»Kraaass«, sagte Emma gedehnt. »Haben die Lukas denn noch nicht verhaftet?«

»Nee. Ich weiß, es klingt blöd, aber ich wünschte, sie hätten es getan. Der hat gestern wieder bei mir angerufen.«

»Kannst du da nicht irgendwas erwirken? Ich meine, rechtlich. Dass er sich dir nur noch auf soundso viele Meter nähern darf oder so.«

Antonia beobachtete den Farbwechsel der Hintergrundbeleuchtung von Helllila auf Orange. »Ich muss endlich meine

Simkarte austauschen. Wenn er nicht aufhört, gehe ich zur Polizei. Am besten direkt zur Kripo, wo sie den Fall bearbeiten.«

»Wenn er noch nicht in U-Haft sitzt, haben sie nicht genug gegen ihn in der Hand. Aber wie lange dauert es denn, die DNA vom Tatort mit Lukas' DNA zu vergleichen? Das geht doch heutzutage schnell. Und mit der Polymerase-Kettenreaktion kann man schon kleinste DNA-Mengen analysieren und …«

»Emma, bitte keinen Vortrag.« Emma war True-Crime-Fan, was Antonia nicht nachvollziehen konnte. Ihr waren schon fiktive Krimis viel zu aufregend.

»Toni, worauf ich hinauswill … vielleicht war es Lukas ganz einfach nicht. Womöglich war es diese durchgeknallte Tante von Jakob oder …«

Das Licht wechselte von Orange zu Rot.

»Oder?«

»Jakob hatte vor dir eine andere Freundin, das hat Phillip mal erzählt. Ich kenne die nicht, weil sie angeblich aufs Ratsgymnasium ging. Was, wenn sie sich rächen wollte, dass er sie verlassen hat für dich?«

Jakob hatte ihre Vorgängerin mal erwähnt und auch, dass er sich für sie von ihr getrennt habe. Viel mehr hatte er allerdings nicht verraten. Und wenn die ihn gestalkt hätte, so wie Lukas sie bedrängte, hätte sie das sicher mitbekommen. »Ich weiß, Emma. Sag mal, hast du etwa näheren Kontakt mit diesem Vollhonk Phillip?«

»Nee. Wir saßen nur früher im Geschichts-Leistungskurs nebeneinander. Und er jobbt genau wie ich zurzeit bei der Post. Phillip meinte, dass Jakob seine frühere Freundin krass kalt abserviert hätte.«

»Erstens würde ich diesem Phillip gar nichts glauben.«

»Er sieht gut aus, findest du nicht?« Emma grinste.

Antonia stöhnte. »Das ist jetzt nicht dein Ernst, oder? Der Typ hat voll einen an der Waffel. Was der für Ansichten vertritt …«

»Schon gut. Aber eine Spur ist eine Spur, sag ich dir.«

»Also: Jakobs Ex bringt ihn wie Superwoman eigenhändig um, dafür, dass er sie verlassen hat, und bedroht die ganze Familie? Klingt … na ja …«

»Etwas … overdosed? Okay, stimmt auch wieder. Dann eben doch die wahnsinnige Tante Sarah.«

Nach der Sauna duschten sie noch einmal und kehrten zu den Spinden zurück. Antonia zog ihre Sporttasche heraus und suchte darin nach ihrem Slip. Sie schrie auf. »Was ist denn das?« Sie hielt ihr T-Shirt hoch, auf das jemand mit roter Farbe *Mörderin* geschmiert hatte.

Emmas Augen wurden groß, ihr Mund klappte auf. »Das geht ja gar nicht!«, brachte sie nach einer Schrecksekunde heraus. »Wer macht denn so was?« Sie schaute sich um, und Antonia folgte ihrem Blick. Vor dem großen Spiegel föhnte sich eine ältere Frau die Haare, daneben schminkte sich ein Mädchen in ihrem Alter die Augen. Die war auch beim Body-Pump gewesen. Antonia wickelte sich ihr Duschtuch um den Körper und ging durch die anderen Teile der Umkleide. Es war nicht viel los. Die Zumba-Trainerin zog sich gerade aus, eine übergewichtige Frau im Badeanzug ging Richtung Duschen.

Jemand musste ihre Chipkarte aus der Kulturtasche genommen haben, während sie sich in der Damensauna aufhielt. Aber diese Person musste sie auch beobachtet haben, denn sonst hätte sie alle Spinde durchprobieren müssen. Antonia schloss die Augen und versuchte, sich zu erinnern, wer sich mit ihr in der Umkleide aufgehalten hatte. Durchschnittsgesichter tauchten vor ihrem inneren Auge auf, Leute, die sie nicht kannte. Sosehr sie sich auch bemühte, ihr war niemand besonders aufgefallen.

Donnerstag, 19. Dezember 2013

Das erste Mal wurde Dominik wach, als er das Rauschen der Dusche im Bad nebenan hörte und kurz darauf Frank ebenso laut wie falsch »*We skipped the light Fandango, Turned cartwheels cross the floor, I was feeling kind of seasick …*« intonieren hörte.

Das nächste Mal erwachte er erneut von Franks Stimme direkt vor seiner Schlafzimmertür. »Was? Eine neue Spur? Wir haben doch gerade erst … ich will mich ja nicht loben, aber ich würde sagen, das Labor hat jetzt jede Menge zu tun, und ich … okay, Bent, hab verstanden … tschau.« Frank fluchte.

Nach einem Blick auf die Uhr stellte Dominik fest, dass er rund elf Stunden geschlafen hatte. Seine Halsschmerzen waren verschwunden, sein Schnupfen noch nicht, aber er fühlte sich insgesamt deutlich frischer als am Vortag, und eine warme Dusche und eine Rasur taten ihr Übriges.

Frank klapperte unten in der Küche mit Geschirr, die Tür zu Robins Zimmer war geschlossen. Leise drückte Dominik sie auf. Wie immer roch es nach Rauch. Robin schlief noch, er lag auf der Seite, seine knochigen Schultern hoben und senkten sich regelmäßig. Aber was war mit seinen langen, dunklen Dreadlocks passiert? Dominik schlich näher heran. Robin hatte sich den Schädel kahl rasieren lassen! Damit wirkte der magere Junge seltsam schutzlos und zerbrechlich. Was hatte das wieder zu bedeuten? Dominik ließ die Rollläden ein Stück hochfahren und öffnete ein Fenster, um frische Luft hereinzulassen. Sein Sohn musste donnerstags erst zur dritten Stunde in die Schule. Trotzdem sollte er ihn wohl wecken, um ihn mit all dem zu konfrontieren, was er verbockt hatte. Oder auch nicht. Er zog die Daunendecke über Robins Schultern und verließ das Zimmer auf leisen Sohlen.

Als er in die Küche trat, ließ Frank die *Neue Westfälische* sinken. »Na, geht's besser?«

Dominik nahm sich einen Kaffee. »Bin wieder einsatzfähig. Halbwegs jedenfalls.«

»Fein, dann kannst du mich ja zu einer Befragung der Mosers begleiten. Die haben ein Kind verloren, und angeblich ist Dr. Heitbreder schuld daran.«

»Das hört sich nach einem Motiv an. Sag mal, Frank, hast du mitbekommen, dass Robin sich die Haare abrasiert hat?«

»Oh ja, das ganze Bad war voller Filzplacken. Robin hat zwar gefegt, aber die Hälfte lag noch drin. Die arme Jacqueline.«

»Hat er gesagt, wieso?«

»Ich dachte immer, Robin wäre einfach zu faul zum Kämmen, aber nein, Dreadlocks seien ›kulturelle Aneignung‹ und das ginge gar nicht.«

»Aha? Was hat er damit gemeint?«

»Keine Ahnung, Dodo, aber sei doch froh, dass er nicht mehr mit diesem Filz auf dem Kopf herumläuft. In zwei Monaten, wenn seine Haare nachgewachsen sind, sieht er besser aus denn je.«

Bevor sie aufbrachen, schrieb Dominik Robin eine Nachricht. Auf der Fahrt nach Schröttinghausen berichtete Frank ihm von den jüngsten Ereignissen, wobei der »gefährliche Einsatz bei den Waldgängern« besonderen Raum einnahm.

Dominik parkte den Wagen am Rand eines umgepflügten Feldes. Hinter der angegebenen Adresse verbarg sich ein altes Bauernhaus. Das von Brombeerranken und erfrorenen Brennnesseln überwucherte Grundstück wurde von einer bröckeligen Mauer begrenzt. Das rostige Törchen, das schräg in den Angeln hing und notdürftig mit einem Vorhängeschloss gesichert war, hielt wohl niemanden ab, den »Garten« zu betreten. Zwischen den Pflastersteinen auf dem Weg zum Haus wuchs verblichenes Gras, das wohl noch von den letzten Sommern stammte. Als Dominik und Frank über das Törchen stiegen, tauchte eine mittelgroße, kläffende Promenadenmischung auf und stürmte direkt auf Frank zu. Das Kläffen wurde zum Knurren, das Tier setzte zum Sprung an. Im nächsten Moment trat Frank dem Hund vor die Brust, der quietschte vor Schmerz und wich winselnd zurück.

Ein Hüne von Mann mit rotem Bart, der ähnlich wie Bent aus einem Wikingerepos hätte stammen können, ging auf sie zu. »Ivanhoe mag keine Fremden. Und wir auch nicht, vor allem nicht solche, die unseren Hund treten. Komm, Ivanhoe«, sagte er mit österreichischem Akzent. Der tapfere Ivanhoe trabte mit eingezogenem Schwanz zu seinem riesenhaften Herrchen und versteckte sich hinter ihm.

»Wir sind von der Kripo Bielefeld, und das nächste Mal halten Sie Ihren Köter gefälligst zurück!« Frank hielt dem Mann die Dienstmarke vor die Nase.

Der richtete sich auf, strich sich das halblange, blonde Haar aus dem Gesicht und studierte die Marke. »So ein Schmarrn! Ivanhoe wohnt hier – im Gegensatz zu Ihnen! Sie stiefeln hier einfach rein und erwarten …« Er schnaufte. »Kripo, sagen Sie? Nichts für ungut, wir haben nicht mit Besuch gerechnet.«

Das sollte wohl eine Art Entschuldigung sein. Angesichts des formlosen Strickpullis, der ausgebeulten Jogginghose und der verdreckten Gummistiefel, die der Mann trug, klang das glaubwürdig.

»Und Sie sind Herr Moser?«, fragte Dominik.

»Ludwig Moser.« Der Hüne nickte. »Was wollen Sie denn von mir?«

»Können wir das im Haus besprechen?«, fragte Frank. Der Wind frischte auf. Von irgendwo aus dem verwilderten Garten kam ein leises Kling-Klong, das zunehmend hektischer klingelte. In den kahlen Ästen eines Apfelbaums schaukelten Elfenfiguren und Traumfänger. Dominik schaute sich um und entdeckte jetzt auch Figuren unter dem Gesträuch: Trolle, Wichtel und noch mehr Elfen.

Moser war seinem Blick gefolgt. »Die hat meine Frau aufgestellt. Gehen wir ins Haus.«

Während sie Moser in einen engen, mit Schuhen zugestellten Hausflur folgten, hielt Ivanhoe sich dicht bei seinem Herrchen. Ein muffiger Geruch entströmte den halb hinter einem Vorhang verborgenen, zahlreichen Jacken und Mänteln an der Garderobe. Moser führte sie in eine Wohnküche, wo eine korpulente Frau von etwa dreißig Jahren neben einer schlafenden Katze auf einem durchgesessenen Sofa saß und strickte. Ivanhoe verschwand rasch unter dem Tisch, auf dem eine Teekanne auf einem Stövchen, ein dampfender Becher mit Tee und mehrere Kerzen standen. Eine weitere Katze strich um Mosers Beine.

»Jana, wir haben Besuch von der Polizei.«

»Wieso denn das?« Jana Moser legte ihr Strickzeug beiseite und warf ihre langen, braunen Haare zurück. »Worüber haben sich unsere Nachbarn dieses Mal beschwert? Hängt da irgendein Zweiglein von unserem Grundstück in deren Spießergarten?« Anders als ihr Mann sprach sie nicht mit Akzent. »So allmählich krieg ich die Krise. Das grenzt doch schon an Schikane!« Sie griff nach dem großen silbernen Anhänger, den sie an einem Lederband um den Hals trug. Er zeigte ein umgedrehtes Pentagramm.

»Nicht aufregen, Frau Moser, wir sind von der Kripo und möchten Ihnen einige Fragen zu Dr. Heitbreder stellen. Dürfen wir uns setzen?« Dominik lächelte.

»Oh ... ja dann ... bitte schön. Endlich, würde ich sagen. Dass dieser Kerl überhaupt noch praktizieren darf! Möchten Sie auch einen Gutes-Karma-Tee? Da ist Ingwer drin und Fenchel. Wärmt von innen.«

»Danke nein«, sagte Dominik. »Aber mein Kollege vielleicht, der liebt Gutes-Karma-Tee.«

Frank hob abwehrend die Hände. »Nur keine Umstände.«

»Das macht doch keine Umstände.« Moser holte einen weiteren Becher aus einem antiken Küchenschrank und goss Tee ein.

Sie nahmen Platz auf zwei wackeligen Holzstühlen. Ludwig Moser setzte sich neben seine Frau.

Jana Moser strich ihren Leinenkittel glatt und holte tief Luft. »Eigentlich habe ich eine natürliche Geburt gewollt in einem Geburtshaus ohne Arzt. Aber dann hat eine Freundin auf mich eingeredet, wie gefährlich das wäre und so weiter und ich müsste unbedingt wenigstens zu Vorsorgeuntersuchungen gehen, und dann hat sie mir diesen Pfuscher empfohlen, diesen Dr. Heitbreder.«

»Wollen Sie den Arzt verklagen?«

Frau Moser spielte mit ihrem Anhänger. »Das hat doch keinen Sinn. Wissen Sie, wie schwer es ist, einem Arzt einen Kunstfehler nachzuweisen? Da brauchen Sie ganz bestimmte Anwälte, und die sind sehr teuer.«

»Außerdem macht das unseren Sohn auch nicht wieder lebendig«, sagte Moser.

Jana Moser lächelte. »Trinken Sie, Herr …«

»Herbst. Frank Herbst.«

»Der ist sehr gesund. Der regt den Stoffwechsel an.«

Frank hob den Becher zum Mund und rümpfte dann die Nase. »Ist noch zu heiß.« Wie zur Bestätigung pustete er über den Tee und lächelte entschuldigend.

Ludwig Moser kämmte seinen Bart mit den Fingern. »Sie sind sicher hier, weil noch mehr Fälle wie unserer aufgetaucht sind bei diesem Arzt, wie?«

»Nein«, erwiderte Dominik. »Wir sind hier, weil wir zu dem Tod seines Sohnes Jakob ermitteln.«

Moser und seine Frau tauschten einen Blick. »Das … das wussten wir nicht«, sagte Jana Moser schnell und senkte ihren Blick auf ihre Hände, die auf dem Tisch lagen. »Ich wusste nicht einmal, dass auch er einen Sohn hatte. Dann hat das Schicksal ihn also bestraft.« Mit einem Finger fuhr sie einen Kratzer im Holz des Tisches nach, dann sah sie auf. »Wissen Sie, wir möchten uns so wenig wie möglich mit dem Thema Dr. Heitbreder befassen. Seine Chakren harmonieren nicht, da sind einige Blockaden. Glauben Sie mir, er hat irgendein dunkles Geheimnis, ich kann das spüren.«

Durch das Holzfenster mit der abblätternden, weißen Farbe beobachtete Dominik, wie sich die Büsche im verwilderten Garten der Mosers bogen. Ein Windzug, der seinen Weg durch das geschlossene Fenster fand, ließ die Kerzen flackern.

Frank nippte vorsichtig am Tee, verschluckte sich und hustete. »Was denn für ein Geheimnis?«

»Ist das nicht Ihre Aufgabe, das herauszufinden?« Jana Moser lächelte. »Sehen Sie, wir haben Dr. Heitbreder inzwischen vergeben. Ja, das haben wir, nicht, Ludwig?« Sie hakte ihre Finger in die ihres Mannes. Moser nickte. »Wir wollen uns nicht von schlechten Gefühlen vergiften lassen«, fuhr sie fort.

Dominik fragte das Alibi der Mosers ab. Statt der erwarteten Empörung herrschte eine Weile Stille. Sein Blick wanderte über eine Reihe von Kräutertöpfen auf der Fensterbank, über eine kleine Buddafigur und eine Salzlampe.

Jana Moser seufzte. »Ehrlich gesagt wundert es mich nicht, dass so was passiert ist. Dieser Mann zieht das Unglück an, verstehen Sie?«

»Wir wüssten trotzdem gerne, wo Sie sich …«

»Bei einer Séance.«

Frank verschluckte sich noch einmal an seinem Gutes-Karma-Tee. »Spi…« Er hustete. »Spiritistische Sitzung?«

Frau Moser nickte. »Ganz recht. Ist ja auch nicht verboten.«

Frank schob seinen Becher von sich, als befürchtete er, es könnte sich um einen Zaubertrank handeln. »Wir brauchen eine Liste der Leute, die das bezeugen können. Außerdem möchten wir einen DNA-Test bei Ihnen durchführen lassen.«

»Gentest? Was für ein *Schoaß*!« Ludwig Mosers Miene verfinsterte sich. »Die Liste kriegen Sie. Den DNA-Test können Sie vergessen.«

»Keine Angst, wir brauchen Ihre DNA nicht für Voodoo-Magie.« Franks Versuch, einen Scherz zu machen, schlug offensichtlich fehl. Frau Moser starrte ihn mit schmalen Augen an und bereute vermutlich schon, ihm überhaupt von ihrem Gutes-Karma-Tee angeboten zu haben.

»Dürfte ich kurz Ihre Toilette aufsuchen?«, fragte Dominik.

»Sicher, gehen Sie den Flur rechts herum, dann ist es die vorletzte Tür.«

Dominik erhob sich und verließ die Küche. Von dem langen, düsteren Flur gingen vier Türen ab, er fand das Bad auf

Anhieb. Rasch durchsuchte er einen hölzernen Hängeschrank mit halbblindem Spiegel, doch es fanden sich weder Haarbürsten oder Kämme mit verräterischen Haaren noch Zahnbürsten darin, dafür jede Menge verschreibungspflichtige Schmerzmittel, darunter das Opioid *Tilidin* sowie ein Antidepressivum. Nahm Frau Moser diese Medikamente als Folge der Fehlgeburt?

Dominik verließ das Bad und wandte sich der nächsten Tür am Ende des Gangs zu, die aus groben Holzlatten gezimmert war. Sie erwies sich als unverschlossen. Das spärliche, graue Licht kam aus einem kleinen, offenen Fenster am anderen Ende des Raumes. Dominik brauchte eine Weile, bevor sich seine Augen an das Dunkel gewöhnt hatten. In einer Ecke lehnte eine rostige Sense, daneben standen ein Handrasenmäher, Hacken und ein spinnwebenbedeckter, hölzerner Webstuhl sowie ein Holzstapel und ein alter Schrank. Sägen hingen an der Wand. Es schien sich um eine Art Schuppen oder Scheune zu handeln, die an das alte Haus grenzte.

Dominik schaltete seine Taschenlampe ein und fuhr im selben Moment zurück. Eine dunkelgraue Teufelsfratze mit gebogenen Hörnern, herausgestreckter, langer, blutroter Zunge und schwarzem Zottelfell starrte ihm entgegen. Er ließ den Lichtstrahl der Lampe weiter wandern, mehrere Dämonenmasken tauchten auf, eine furchterregender als die andere. Dominik hörte Schritte hinter sich.

»Haben Sie sich verlaufen, Herr Kommissar? Oder müssen Sie gar nicht aufs Häusl?«

Dominik roch den Schweiß des Mannes. Er schwenkte die Taschenlampe herum, und der Lichtstrahl traf Mosers bärtiges Gesicht von unten. In diesem Moment sah er kaum weniger unheimlich aus als die bösartigen Fratzen an der Wand. »Kennen Sie nicht den Krampusbrauch? Bei uns im Süden läuft das *Kramperl* mit dem heiligen Nikolaus. Was bei euch der Knecht Ruprecht ist.«

»Ah ja?« Eine ziemlich gruselige Variante von Knecht Ruprecht. »Na, da werden auch die aufsässigsten Kinder ganz schnell artig, was?«

»Allerdings.« Breit grinsend zeigte Moser seine gelben Zähne.

* * *

Dominik, Nina und Frank verließen den Besprechungsraum. Bent blies die Kerzen auf dem Adventsgesteck aus, und der Raum versank im düsteren Grau des spärlichen Tageslichts. Die einzige Lichtquelle bildete nun Ottfried Webers PC, der das Gesicht des Kollegen bläulich beleuchtete. Weber blickte kaum auf, als auch Bent den Raum verließ, um in sein angrenzendes Büro zu gehen. Bent setzte sich hinter seinen Schreibtisch und lehnte sich zurück. Der Regen, der in schrägen Lagen gegen die Fenster prasselte, verwandelte sich zunehmend in Schneeregen. Die Spurensicherung hatte sämtliche Türen und Schlösser der Familie Heitbreder eingehend untersucht, nirgendwo gab es Einbruchsspuren. Auch das Vorhängeschloss für den Gartenschuppen wies keinerlei Beschädigungen auf. Und die Fingerabdrücke waren sämtlich den Personen zuzuordnen, die im Haus berechtigterweise ein und aus gingen. Außerdem hatten Bella und ihre Leute einen Sohlenabdruck auf dem Wohnzimmerparkett sichern können. Hier war die vergleichende Analyse noch nicht abgeschlossen.

Teufelsmasken, die Zahl des Tiers, Séancen – der Fall wurde immer bizarrer. Bent hatte bisher vermutet, dass der Täter sich des religiösen Wahns der Schwester von Dr. Heitbreder bediente, um den Heitbreders Angst zu machen und den Verdacht auf die psychisch kranke Sarah zu lenken – vorausgesetzt, Jakobs Mörder kannte die Familie gut genug. Aber diese blutüberströmte Babypuppe wies in eine andere Richtung: Die Mosers besaßen unzweifelhaft ein starkes Motiv – und eine Affinität zum Okkulten. Er hatte die Kollegen ausschwärmen lassen, um das Alibi der Eheleute zu überprüfen. Es handelte sich immerhin um fünf weitere Personen, die an dieser Séance teilgenommen hatten. Nur: Waren solche Leute glaubwürdig? Und handelte es sich bei den Mosers wirklich nur um harmlose, esoterisch angehauchte Spinner? Und: Woher kannten sie den Türcode der Heitbreders? Hatten sie ihn während einer Séance mittels eines Glases ermittelt, das ein Medium über Zahlen wandern ließ?

Plötzlich streifte ihn ein kalter Hauch, und er beobachtete ungläubig, dass die Papiere auf seinem Schreibtisch zu flattern begannen. Dann schrillte der altmodische Klingelton seines Handys. Zögernd griff er danach. Doch statt der Botschaft aus dem Jenseits drang Joes muntere Stimme an sein Ohr. »Hallo, Bent, ich wollte nur mal hören, wie es dir so geht und ob die Konzertkarte und die Einladung bei dir angekommen sind?«

»Doch, ja, vielen Dank, ist alles angekommen.«

Bent schaltete die Schreibtischlampe ein, stand auf und drückte das nicht richtig geschlossene Fenster in der Nähe seines Schreibtisches zu.

»Und – wie sieht's aus, kommst du zu meiner Silvesterparty?«

Bent setzte sich wieder. »Schön ... ja ... danke für die Einladung, Joe. Ich ... ähm ... bin noch nicht sicher, ich verbringe Weihnachten ja mit meiner Familie in Glücksburg, und ich habe noch ein paar Urlaubtage. Ich weiß noch nicht ...«

»Willst du auf eine Sonneninsel fliegen?«

»Nein, aber … ähm …«

»Okay, ich habe schon verstanden. Du willst dich nicht festlegen. Das willst du ja nie.« Es klang enttäuscht. Bent hatte eigentlich nicht vor, länger als zwei Tage bei seinen Eltern zu verbringen. Und Silvesterparty klang unverfänglich.

»Also gut, ich komme.«

»Dann bist du Neujahr ja auch in Bielefeld.«

»Sicher … klar, das Neujahrskonzert.«

»Nicht vergessen, Bent. Ich hoffe natürlich, dass wir uns schon früher sehen. Wie wäre es am kommenden Samstag, ich lade dich zum Essen ein.«

»Ähm … schön … es ist nur so, da klopft gerade jemand an meiner Tür«, log er. »Ich rufe dich später wieder an, ja?«

»Warte nicht zu lang.«

»Bestimmt nicht, Joe, mach's gut.«

Bent ließ das Handy sinken und schüttelte den Kopf. Er ließ sich immer wieder hinreißen. Und wenn er Joe erst den kleinen Finger reichte … das musste aufhören. Vermutlich hatten Henning und Ralf Joe inzwischen gesteckt, dass es sich bei dem vermeintlichen Andy um seinen Kollegen Dominik gehandelt hatte. Die Haushaltshilfe, fiel ihm unvermittelt ein. Wer sonst sollte den Türcode der Heitbreders weitergegeben haben? Womöglich kannte sie die Mosers.

Das neuerliche Schrillen seines Handys riss ihn aus seinen Gedanken. Es war seine jüngere Schwester Maike, die Nachzüglerin, das Nesthäkchen der Familie.

»Maike, gut, dass du anrufst. Ich habe nicht die geringste Ahnung, was ich unseren Eltern schenken soll.«

»Pralinen, damit sich Mama nachher wieder beschweren kann, dass sie zu dick wird.« Maike kicherte.

»Wie wär's mal mit einem konstruktiven Vorschlag? Warte mal … Maike, du bist doch Reiki-Meisterin oder so was …

warst du schon mal auf einer Séance? Was sind das für Leute, die an solchen Sitzungen teilnehmen?«

»Das ist jetzt nicht dein Ernst, oder? Also wirklich, wie kommst du darauf, dass ich an Séancen teilnehme?«

»Nicht? War da nicht mal von einer schamanischen Schwitzhütte die Rede?«

»Du wirfst alles durcheinander, Bent! Übrigens, Oma Pernille möchte, dass du deinen Freund an Heiligabend mitbringst.«

»Welchen Freund?«

»Bist du etwa immer noch Single? Gibt's denn gar keine attraktiven Männer in Bielefeld? Das heißt ... stimmt ja, Bielefeld existiert ja gar nicht, also kann es dort auch niemanden für dich geben.«

»Sehr witzig.«

»Und welche Ausrede hast du dann?«

»Das ist kompliziert ... wenn es eine Droge gäbe, die dazu führt, dass man sich in denjenigen verliebt, der erreichbar ist, würde ich sie auf der Stelle nehmen.«

»Ich folgere, da gibt es jemanden Unerreichbares ...«

»Gibt es.« Bent seufzte.

»Und ich wette, du hast es noch nicht mal probiert.«

»Maike, hör auf mit diesem Du-kannst-alles-schaffen-wenn-du-nur willst-Quatsch!«

»Das hat damit nichts zu tun. Das Leben ist zu kurz, um feige zu sein. Er weiß es nicht einmal, oder?«

»Er weiß es nicht, richtig. Und das ist auch besser so.«

»Vielleicht fühlt er genauso wie du, traut sich nur nicht, sich zu offenbaren ...«

»Das ist ungefähr so wahrscheinlich wie die Existenz der berühmten Truhe aus höchst intelligentem Birnbaumholz, also lass es!«

»Seit wann stehst du auf Terry Pratchett? Erstaunlich, hätte ich dir gar nicht zugetraut. Bent, du musst ja nicht gleich mit der Tür ins Haus fallen, du könntest ja auch kleine Zeichen setzen, dich ein wenig vorwagen, ohne dich gleich zu weit aus dem Fenster zu lehnen.«

»Herzlichen Dank für deine wunderbaren Tipps, Maike, aber können wir jetzt bitte das Thema wechseln?!« Es war schon idiotisch genug gewesen, Dominik dieses selbst geschriebene Gedicht ins Fach zu legen. Nun gut, er hatte an dem Abend mit seinen Freunden Henning und Ralf eine private Party besucht, auf der es nur glückliche Paare zu geben schien, war sich wie der einsamste Mensch auf Erden vorgekommen und hatte zu viele von diesen süßen Cocktails getrunken. Die anderen wollten danach noch zum Tanzen auf eine *Magnus-Party* in der Hechelei gehen, aber all das interessierte ihn nicht. Er konnte an diesem Abend nicht aufhören, an Dominik zu denken, und hatte das Gefühl, irgendetwas tun zu müssen. Also nahm er sich ein Taxi ins Präsidium und verfasste dieses Gedicht. Niemand würde je darauf kommen, dass er es geschrieben hatte. Und das war auch gut so … Was hatte er sich bloß dabei gedacht?

* * *

Kerstin zündete die Kerzen auf dem Esstisch an und rückte die Weihnachtsdecke gerade. Aus den Schüsseln auf dem Tisch duftete es nach Grünkohl, Mettwurst und Backkartoffeln, Reinholds Lieblingsgericht. Doch ihr Mann saß am Tisch und starrte vor sich hin, ohne einen Blick für die Mühe, die sie sich gab. Auch Maja sah blass aus und wirkte niedergedrückt, aber ihr Vater war ja auch wahrlich keine Stütze.

»Wollen wir nicht anfangen?« Kerstin kratzte sich den hellen Farbfleck von der Hand. Nachdem die Spurensicherung das Wohnzimmer wieder freigegeben hatte, war der Maler gekommen, um die besudelte Wand neu zu streichen. Glücklicherweise hatte er den Termin so kurz vor Weihnachten noch möglich gemacht, vermutlich, weil sie gute Kunden waren, und Kerstin hatte beim Aufräumen versehentlich an die noch feuchte Wand gefasst.

Eine Weile war das einzige Geräusch das Klirren und Klicken des Bestecks auf den Tellern. Plötzlich hielt sich Maja eine Hand vor den Mund, riss die Augen auf, sprang auf und rannte aus dem Zimmer.

»Der Grünkohl ist doch in Ordnung, Reinhold, oder?«

»Völlig in Ordnung. Maja hat sich heute Morgen schon mal übergeben, vielleicht hat sie einen Infekt.«

»Oder es ist seelisch bedingt. Wir dürfen sie nicht vernachlässigen, weil sich alles nur noch um Jakobs Tod dreht.«

Reinhold nahm ihre Hand. »Du hast recht, Schatz.«

»Kannst du dir nicht einfach mal eine Weile freinehmen? Das werden deine Patientinnen doch verstehen. Maja braucht dich jetzt!« Und nicht nur Maja, fügte sie in Gedanken hinzu.

»Ich glaube, wenn ich nicht mehr jeden Morgen zur Arbeit gehe, werde ich in ein Loch fallen, so schwarz und tief, dass ich nie wieder hinausfinde«, erwiderte Reinhold.

Ich bin schon drin, dachte sie.

»Arbeit ist ein Stück Normalität, Kerstin«, fuhr er fort. »Eine Ablenkung von all dem.« Er machte eine ausholende Geste. »Nächste Woche ist die Beerdigung, ich habe jetzt schon Angst davor.«

Sie drückte seine Hand. »Ich auch. Aber wir müssen weiterleben, irgendwie, Tag für Tag überstehen. Und mehr als das: Wir müssen unserer Tochter ein echtes Zuhause bieten, Reinhold!«

»Ja.« Er drückte ebenfalls ihre Hand und ließ sie dann los. Kurz darauf betrat Maja wieder das Wohn-Esszimmer, setzte sich an den Tisch und stocherte lustlos im Essen herum.

»Geht es dir nicht gut? Hast du Bauchschmerzen, Maja?«, fragte Kerstin.

»Alles gut«, behauptete Maja, doch sie wirkte genauso elend wie vorher.

Nach dem Essen legte sie sich mit ihrem Tablet aufs Wohnzimmersofa. Kerstin brachte ihr eine Wolldecke. »Soll ich dir eine Wärmflasche machen?«

»Ach, nein, Mama, lass nur.«

»Eine Wärmflasche kann man immer gebrauchen«, sagte Reinhold in gespielt munterem Tonfall. »Maja, rate mal, welchen Film ich gekauft habe. Den, den du letztes Jahr im Kino verpasst hast!« Er zog die DVD hervor, die er hinter dem Rücken versteckt hielt.

Maja legte ihr Tablet zur Seite. »*Der Hobbit*? Du hast den Hobbit gekauft?« Früher wäre Maja ihrem Vater um den Hals gefallen, aber immerhin hatten ihre Wangen etwas Farbe bekommen.

»*Eine unerwartete Reise.* Und den schauen wir uns jetzt in aller Ruhe an, was?« Er steckte die DVD in den Player.

Kerstin lächelte. Ihr Groll gegen ihren Mann war verpufft. So wie Vater und Tochter es sich jetzt gemeinsam auf dem Sofa gemütlich machten, um den Film zu schauen, hätte man meinen können, es sei nichts passiert. Ein ganz normaler Abend in einer ganz normalen Familie. Und womöglich war das der beste Weg, um mit dem Grauen umzugehen – kleine Freuden, kleine Ablenkungen, kleine Inseln in ihrem Meer von Traurigkeit. Kerstin holte eine Tüte Cracker aus der Küche, füllte sie in ein Schälchen und stellte sie auf den Couchtisch. Die beiden wirkten schon ganz vertieft in *Die unerwartete Reise.*

Ihr fiel die Wärmflasche ein. Im Badezimmer im ersten Stock, das sie zusammen mit Reinhold nutzte, fand sie das Ding nicht. Dann war es vielleicht oben unterm Dach im großen Bad ihrer Kinder. Sie stieg die Treppe hoch. Die Tür zum Bad stand auf und gab den Blick frei auf einen Kleiderhaufen, der mitten auf den Fliesen lag. Seufzend sammelte Kerstin die dreckige Jeans, den String-Tanga und den Pullover auf und packte die Sachen in den Wäschekorb. Elsbeth hatte nicht ganz unrecht mit ihrer Dauerklage, Maja benehme sich, als wäre sie im Hotel.

Sie zog die Schubladen der Badkommode auf, schob Handtücherstapel, Schminkutensilien, Duschgel und Bodylotion beiseite. Als sie sich wieder aufrichtete, fiel ihr Blick auf die Wand neben der Kommode, wo die Wärmflasche halb unter Majas weißem Frotteebademantel verborgen an einer Hakenleiste hing. Sie wollte die oberste Schublade gerade wieder zudrücken, als sie einen länglichen, weißen Gegenstand unter den Handtüchern entdeckte. Wie oft hatte sie Maja schon gesagt, dass Sachen wie Fieberthermometer in die Hausapotheke und nicht in irgendeine Kommode gehörten! Aber … sie hielt inne. War das überhaupt ein Thermometer?

Sie zog das längliche Ding aus weißem Plastik unter den Handtüchern hervor. Auf einer Seite gab es einen Aufdruck: *pregnant,* daneben zwei Streifen und *non-pregnant,* daneben ein Streifen. Im Sichtfenster waren zwei rosafarbene Streifen zu sehen. Sie starrte die Streifen so lange an, bis sie unscharf wurden. Maja war schwanger! Deshalb hatte sie sich übergeben müssen. Mit einem Mal sah sie wieder die blutige Babypuppe vor sich, hörte das Geschrei … Kerstin stützte sich schwer auf die Kommode. Wieso hatte Maja das verschwiegen? Was hatte das überhaupt zu bedeuten? Vor allem: Wer war der Vater?

Sie würden Maja zur Rede stellen müssen. Als Kerstin die Treppe hinunterging, hörte sie die Geräusche des Films. Ihr fiel ein, dass sie die Wärmflasche vergessen hatte, aber das schien nicht wichtig zu sein: Reinhold und Maja saßen einträchtig nebeneinander, knabberten Cracker und verfolgten gebannt den Film. Kerstin setzte sich dazu, sie brachte es nicht übers Herz, den beiden die Freude zu vermiesen. Sie nahm kaum auf, was sich auf dem Bildschirm abspielte. Ihre Gedanken kreisten um die Frage, ob Majas Schwangerschaft und der Babypuppenterror in irgendeiner Form zusammenhingen. Sie drehten sich im Kreis. Endlich fand der Film ein Ende.

Reinhold reckte sich. »Und der nächste Teil ist gerade im Kino angelaufen.«

»Gehen wir rein, Papa?« Maja gab ihm einen Kuss auf die Wange.

»Na klar, und jetzt …«

»Kann ich dich kurz sprechen, Reinhold?«

»Sicher doch.« Er lächelte sie an.

»Allein.«

Er hob die Brauen. »Natürlich. Gehen wir in die Küche. Gute Nacht, Maja.«

Als sie in der Küche waren, zeigte Kerstin ihm den Schwangerschaftstest.

»Schatz, du bist wieder schwanger?« Er wirkte wie vom Donner gerührt. »Nicht ich, Reinhold.«

Seine Miene gefror. »Was?«

»Ich habe den Test oben in Majas Badkommode gefunden …«

»Das darf jetzt nicht wahr sein!« Sein Gesicht rötete sich. »Ich gehe hoch zu ihr …«

»Warte, Reinhold, lass mich das machen, ich frage sie, okay?« Sie legte ihm die Hand auf den Arm. »So von Frau zu Frau, ja?«

Er stieß einen Schwall Luft aus. »Hoffentlich ist es noch nicht zu spät.«

»Wofür?«

»Wofür wohl? Für eine Abtreibung natürlich! Oder soll sie sich ihre Zukunft versauen, bevor ihr Leben richtig begonnen hat?« An seiner Schläfe pochte eine Ader.

»Aber Reinhold, sollten wir nicht erst mal warten, was Maja uns zu sagen hat?«

Er hob abwehrend die Hände. »Geh hoch, frag sie, wer der Vater ist.« Er stieß sich von der Anrichte ab. »Ich glaube, ich brauche jetzt was zu trinken.«

Kerstin fand ihre Tochter oben im Bad. Maja putzte sich gerade die Zähne.

»Maja, Liebling, ich habe vorhin die Wärmflasche gesucht und das hier gefunden.«

Maja spülte sich den Mund aus und nahm den Test entgegen. Sie biss sich auf die Lippen, Tränen traten in ihre Augen.

»Dein Vater und ich sind besorgt, wie du dir denken kannst. Natürlich unterstützen wir dich, egal wie du dich entscheidest, aber … wir wüssten gerne, wer der Vater ist.«

Maja verzog den Mund. »Das ist doch egal.«

»Nein, das ist es ganz und gar nicht! Zumal … diese Babypuppe, Maja, wer weiß noch, dass du schwanger bist?«

Maja verschränkte die Arme. »Niemand!«

»Das ist kein Grund, patzig zu werden. Maja, denk doch mal nach, mit wem hast du über die Schwangerschaft gesprochen? Mit dem Vater des Kindes? Mit einer Freundin? Kann das jemand mitgehört haben, Elsbeth vielleicht …«

»Ich weiß es doch nicht!«

»Ein bisschen Entgegenkommen können dein Vater und ich schon von dir erwarten. Noch sind wir für dich verantwortlich und …«

»Wer?« ertönte Reinholds Stimme hinter Kerstin. Sie hatte ihren Mann gar nicht kommen hören. Er hielt ein halbleeres Longdrink-Glas in der Hand. Sein Atem roch nach Gin. »Du sagst uns jetzt auf der Stelle, wer der Vater ist!«

Maja begann zu weinen. Kerstin nahm sie in die Arme. »Maja, Liebes, wir können dir nicht helfen, wenn du uns nichts sagst.«

»Es geht um deine Zukunft, Maja, ist dir das klar?! In der wievielten Woche bist du?« Reinholds Stimme zitterte vor Wut.

Maja weinte lauter. Dann riss sie sich aus Kerstins Umarmung los und wollte aus dem Bad stürmen. Reinhold packte sie am Oberarm. »Du sagst uns jetzt sofort ...«

»Aua, Papa, das tut weh!«

Er ließ sie los. Maja massierte sich den Arm. »Lasst mich einfach in Ruhe!« Sie rannte aus dem Bad.

»Maja?« Das klang drohend. Ihr Mann machte Anstalten, ihr zu folgen.

»Das bringt nichts, Reinhold, wir fragen sie morgen früh noch einmal, wenn sie sich wieder beruhigt hat. Außerdem – wir finden schon eine Lösung. So oder so.«

Mit glasigen Augen starrte Reinhold sie an, durch sie hindurch. Er atmete schwer. »Du hast ja keine Ahnung ...«

»Wovon habe ich keine Ahnung?«

Ohne zu antworten, verließ er das Bad. »Wir sprechen uns noch, Maja!«, rief er auf dem Flur. Dann hörte Kerstin seine schweren Schritte auf der Treppe.

Sie setzte sich auf den Badewannenrand und schüttelte langsam den Kopf. Ein Unglück türmte sich auf das nächste. Eine Teenagerschwangerschaft ihrer Tochter war das Letzte, was sie erwartet hätte. Maja war immer zurückhaltend gewesen, was Jungs anbetraf, fast schon zu brav, zu vernünftig für ihre sechzehn Jahre. Maja traf sich mit ihren Freundinnen zum Tennisspielen, zum Essengehen oder zum Kino. Außerdem ritt sie leidenschaftlich gerne, aber in ihrem Reitverein gab es kaum einen Jungen. Es war noch nie vorgekommen, dass sie abends zu lange weggeblieben oder per Handy nicht mehr erreichbar gewesen wäre. Und früher als Jakob wusste Maja, was sie wollte, nämlich Jura studieren und Anwältin für Medizinrecht werden so wie ihr Vorbild, die bewunderte Irene, Reinholds ältere Schwester, die in Düsseldorf lebte.

Im Grunde verstand Kerstin weder ihre Tochter noch ihren Mann. Warum verschwieg Maja den Vater ihres Kindes so hartnäckig, und warum reagierte Reinhold mit solch einer Wut? Weil bei allen die Nerven blank lagen? Oder steckte etwas anderes dahinter?

* * *

Dominik räumte gerade die Spülmaschine aus, als Frank in die Küche stürmte. »Hey, da draußen ist Betty in so einem fetten Angeber-BMW. Und hintendrauf klebt *Wir haben die Erde nur von unseren Kindern geliehen.* Der hässliche Knabe neben ihr kann nicht nur nicht einparken, sondern ist auch noch ein Heuchler! Sag nicht, dass das Bettys Neuer ist!«

Dominik spähte durchs Küchenfenster. Ein weißer BMW mühte sich ab, sich in eine kleine Parklücke vorm Haus zu quetschen. Es gab eine Veranstaltung in der nahen Gesamtschule Schildesche, deshalb waren ausnahmsweise alle anderen Parkplätze in ihrer Straße belegt.

»Betty hat darauf bestanden, Jens-Thorben zu dem Gespräch mit Robin mitzubringen. Er ist Therapeut.«

»Ach du Scheiße! Sie hat sich einen Psycho-Heini angelacht?«

Dominik warf Frank, der neben ihm stand und das Parkmanöver mit angewiderter Miene beobachtete, einen Blick zu. Frank hatte selbst mal eine Affäre mit Betty gehabt und, wenn Dominik sich nicht irrte, Federn dabei gelassen.

»Dodo, schau dir den Kerl doch mal an. Und für *den* hat sie dich verlassen?«

Betty und ein schlaksiger, großer Mann mit mausfarbenen, schütteren Haaren, Sommersprossen und Nickelbrille stiegen aus dem BMW.

»Es ist etwas komplizierter … wir haben uns einvernehmlich getrennt.«

»Nicht zu fassen, ein Kerl, der ins Solarium geht …«

»Frank, er war vielleicht gerade im Urlaub.«

Die Klingel schrillte mehrmals durchs Haus. Dominik drückte Frank das Geschirrtuch in die Hand und ging zur Tür, um den Gästen zu öffnen. Betty lächelte unsicher und stellte Jens-Thorben Obermeier vor. Ein »hässlicher Knabe« war der Therapeut sicher nicht, aber ein etwas blasser Typ, abgesehen von der Hautfarbe. Dominik führte die beiden ins Wohnzimmer, wo Frank sich bereits auf dem Sofa breitgemacht hatte.

»Hallo, Betty, das ging ja schnell.« Frank übersah Jens-Thorbens ausgestreckte Hand.

»Setzt euch doch erst mal.« Dominik wies auf die beiden Sessel gegenüber dem Sofa.

Betty und Jens-Thorben nahmen Platz.

»Was ging schnell?«, fragte Betty.

»Ach nichts.«

Dominik setzte sich neben Frank. Jens-Thorbens blassblaue Augen wanderten zwischen Dominik und Frank hin und her. Er versuchte sichtlich, sich einen Reim zu machen.

»Ihr … ihr seid ein Paar, oder?«, lautete das Ergebnis seiner Berechnungen.

Frank grinste. »Gell, Dodo-Schatz, wir sind nicht nur ein Paar, sondern ein Traumpaar, das Dreamteam vom KK 11.« Er tätschelte Dominiks Knie.

Betty räusperte sich. »Jens, das ist Dominiks Kollege, habe ich dir nicht von ihm erzählt?«

»Oh … Entschuldigung, ich wusste nicht …«

»Sie wohnen zusammen«, unterbrach Betty. »Wo bleibt eigentlich Robin?«

»Er wollte schon zum Abendessen da sein. Ich habe ihm gesagt, dass ihr kommt.«

Ein unbehagliches Schweigen folgte.

»Möchtet ihr vielleicht etwas trinken?«, begann Dominik. »Kaffee oder …?«

Jens-Thorben lächelte. »Vielen Dank, aber ich vertrage abends keinen Kaffee mehr. Kommt euer Sohn oft zu spät?«

Betty blies die Backen auf. »Öfter – oder, Dominik?«

Dominik holte sein Handy heraus. »Ich rufe ihn an.« Nach ein paar Freizeichen schaltete sich die Mobilbox ein. »Rob, du weißt, dass wir verabredet sind. Betty und Jens … Jens-Thorben sind schon hier. Wir warten!«

»Es könnte natürlich sein, dass euer Sohn Probleme mit seinem Zeitmanagement hat, die Zeit anders wahrnimmt als ihr oder genaue Zeitmessung als Freiheitsbegrenzung auffasst. Wenn …«, begann Jens-Thorben.

»Robin ist groß und kennt auch schon die Uhr«, unterbrach Frank.

»Nun ja, hier treffen zwei Wirklichkeiten aufeinander, die explizite, also die Vereinbarung einer Uhrzeit, und eine unterschwellige, die die Vereinbarung sabotiert. Hier gilt es zu enträtseln, welche Botschaft dahinterstecken könnte«, fuhr Jens-Thorben fort.

Frank zeigte seinen ausgestreckten Mittelfinger. »Fickt euch!«

»Was?« Jens-Thorben blinzelte hinter seiner Brille.

»Na, die Botschaft. Was ist daran rätselhaft? Er hat eben keinen Bock, vors Tribunal zu treten.«

Betty runzelte die Stirn. »Frank, ehrlich gesagt hat niemand von dir verlangt, dabei zu sein.«

»Okay.« Frank hob die Hände. »Ich wollte sowieso mit Jacqueline Tarotkarten legen. Wir wollen doch herausfinden, wer Dominiks nächste Liebe wird.« Er zwinkerte Dominik zu und stemmte sich aus dem Sofa.

Betty verdrehte die Augen. Nachdem Frank gegangen war, herrschte wieder beklommene Stille. Dominik warf einen Blick auf sein Handy. Robin war seit einer halben Stunde überfällig.

»Tribunal«, entfuhr es Jens-Thorben plötzlich. »Womöglich hat Ihr Partner recht: Wir sind immerhin zu dritt, und Robin ist allein. Das ist zu viel für ihn, er empfindet es als Tribunal. Ach übrigens, wir können auch zum Du übergehen, oder?«

Bevor Dominik antworten konnte, klingelte sein Handy. »Robin, das wurde aber auch Zeit!«

»Sorry, Papa. Ich bin aufgehalten worden. Was Wichtiges.«

»Und wann dürfen wir mit unserem vielbeschäftigten Sohn rechnen, den so äußerst wichtige und unaufschiebbare Angelegenheiten in Anspruch nehmen?«

»Sorry, aber das wird heute nix mehr. Ich schätze, ich brauche noch eine ganze Weile, bis ich wieder zu Hause bin …«

»Sag mal, spinnst du jetzt völlig?! Hier sitzen drei Leute und WARTEN AUF DICH!«

Betty machte ihm hektische Zeichen, ihr das Handy zu geben, und er reichte es ihr. Dann schloss er die Augen und wartete darauf, dass sein Atem sich wieder beruhigte.

»Rob … wie schön, dass du anrufst. Wir machen uns Sorgen …«, flötete Betty. »Wie? Ach, das tut mir leid. Morgen?

Sehr gerne. Wir laden dich zum Essen ein, zu GlückundSeligkeit, wie wär's?«

Betty beendete das Gespräch und gab ihm das Handy zurück. »Er ist gerade bei einem Freund, dem es sehr schlecht geht.«

»Nein, Betty, Robin geht es sehr schlecht und er schottet sich ab.«

»Du meinst, er lügt uns an? Aber wenn das so wäre, warum will er dann Jens-Thorben und mich morgen treffen?«

Jens-Thorben beugte sich vor. »Dominik, wenn ich mal was sagen dürfte zu deinem Kommunikationsstil ... ich glaube, es ist wichtig, dass dir das bewusst wird.«

Dominik zwang sich zu einem Lächeln. »Ich höre.«

»Sieh mal, du arbeitest da mit Ironie und herabsetzenden Ausdrücken, also wenn ich ...«

Die Tür flog auf, und Frank trat ins Zimmer. »Hey, Dodo, Jacqueline meint, es sei unerlässlich, dass du selbst die entscheidende Karte ziehst.« Er hielt ihm einen Packen Tarotkarten unter die Nase. »Ich kann sie auch auf dem Tisch ausbreiten, aber das ist alles nicht entscheidend, Hauptsache, du ziehst ...«

»Frank, wir sind hier mitten in einem Gespräch!« Betty presste die Lippen zusammen und funkelte Frank an.

Dominik zog eine Karte aus dem Packen, reichte sie Frank, ohne hinzusehen, und stand auf. Frank verschwand wieder aus dem Wohnzimmer.

»Nun, da Robin so bald nicht kommt ... war nett, Sie kennenzulernen, Jens-Thorben.« Dominik reichte dem Therapeuten die Hand.

Der zögerte, warf Betty einen fragenden Blick zu, erhob sich und schlug ein.

Betty sah ihn mit schmalen Augen an. »Du musst nämlich wissen, Jens-Thorben, unser Sohn Robin ist nicht der Einzige in der Familie, der sich abschottet! Aber ich bin sicher, Robin wird sich morgen Abend öffnen. Ich schätze, das hier ist einfach nicht das richtige Umfeld!« Sie rauschte ab. Jens-Thorben lächelte entschuldigend und folgte ihr.

Dominik brachte sie zur Tür, doch Betty würdigte ihn keines Blickes mehr. Dann ging er in die halbdunkle, nur von Kerzen erhellte Küche, wo Frank und Jacqueline am Tisch über die Karten gebeugt saßen. Ihre Köpfe stießen fast aneinander. Dominik öffnete die Kühlschranktür, um sich ein Bier zu nehmen.

Frank stöhnte auf. »Ach, du bist es. Mann, hast du mich erschreckt!«

»Wer denn sonst, bitte? Jens-Thorben Obermeier?«

Frank zog eine Grimasse. »Jemand sollte Betty klarmachen, dass sie was Besseres verdient hat als diesen Klugscheißer mit den rätselhaften Botschaften.«

»Wer weiß, womöglich hat er bei Robin mehr Erfolg als ich.«

»Das glaubst du doch selbst nicht. Willst du gar nicht wissen, was die Karten uns verraten haben?« Frank und Jacqueline lächelten sich wissend zu.

Dominik öffnete seine Bierflasche. »Dass mein Kommunikationsstil fragwürdig ist?«

»Wir haben neben der Hauptkarte noch weitere gezogen, um zu einer besseren Einschätzung zu kommen, und …«, begann Jacqueline.

»Wir haben uns in deine Situation eingefühlt und Karten für dich gezogen. Wir wussten ja nicht, wie lange du noch Problemgespräche mit dem Psychofritzen führen musst.«

»Ja, genau …«, machte Jacqueline weiter. »Durch Empathie …«

Dominik öffnete die Bierflasche. »Bitte nur ganz kurz. Gleich kommt eine Sendung mit Professor Lesch, in der es um die Entdeckung unserer Galaxie geht, daher …«

»Na gut, ganz kurz: Ich sehe in den Karten eine sehr ungewöhnliche Liebe.« Jacqueline lächelte.

Dominik nahm einen Schluck Bier. »Super. Dann kann ich jetzt zu Leschi?«

»Denk doch mal drüber nach, Dodo, eine sehr ungewöhnliche Liebe ...« Frank hob beziehungsreich die Brauen.

Jacqueline richtete sich auf. »Es könnte sich zum Beispiel um eine Person handeln, die viel jünger oder viel älter ist, oder um jemanden, mit dem Sie nie und nimmer gerechnet haben.«

Dominik nahm noch einen Schluck und tat so, als würde er nachdenken. »Sehr ungewöhnlich ... hm ... jetzt hab ich's: Ich verliebe mich in ein Hochhaus in der Nähe der Endstation Sieker.«

Frank und Jacqueline tauschten einen Blick.

»Oder in ... etwa Baumheide?«

»Ich hab's dir gesagt«, flüsterte Frank. »Er nimmt es nicht ernst!«

Dominik seufzte. »Wenn es euch so ernst ist mit den Karten, wieso legt ihr nicht mal eine Karte aus, die Licht in unseren aktuellen Fall bringt, hm? Das würde uns die Sache doch erheblich erleichtern.«

Jacquelines Augen wurden groß. »Es geht um einen Mordfall ... ja ... wir könnten eine Karte dazu ziehen. Das heißt aber nicht, dass die Karte uns notwendigerweise zeigt, wer der Täter ist.«

»Ach, schade.«

»Dennoch kann sich ein wichtiger Hinweis ergeben.«

»Setz dich, Dodo, du ziehst die Karte!«, befahl Frank.

Dominik setzte sich an den Küchentisch. Jacqueline drehte alle Karten um und breitete sie fächerförmig auf dem Tisch aus. Dominik ließ seine Hand über den Karten schweben und entschied sich für eine. Mit leisem Zischen verlosch eine der Kerzen und es wurde etwas dunkler im Raum.

»Leute, es ist zwar schön weihnachtlich hier, aber ich schalte jetzt mal eine Lampe an.« Dominik machte Anstalten aufzustehen.

»Nein«, kam es unisono zurück.

»Das stört jetzt die Konzentration.« Jacqueline drehte die Karte um und ließ ein leises Ächzen hören. Die Karte zeigte einen brennenden Turm, in den ein Blitz eingeschlagen war und aus dem zwei Gestalten stürzten.

Frank krauste die Nase. »Sieht ungut aus, diese Karte. Zwei Leute, die aus dem Turm stürzen – bedeutet das, dass es noch ein Opfer geben wird?«

»Möglich, aber wichtiger für die Interpretation ist die grundlegende Bedeutung der Karte. Sie steht in der großen Arkana zwischen Teufel und Stern und symbolisiert den Wandel von Hochmut in Demut. Die aus den Wolken zuckenden Blitze stellen den plötzlichen Zusammenbruch von Illusionen dar. Das kann Enttäuschung bedeuten in jedem Sinn des Wortes, aber auch Erschütterung und Zerstörung, ja sogar Ruin.«

Freitag, 20. Dezember 2013

Kerstin saß stocksteif am Esstisch und starrte minutenlang die Überreste des Frühstücks an. Das Feuer der Kerzen des Adventskranzes schwankte sanft hin und her, die Nikolaus-Servietten lagen unbenutzt neben den Tellern. Niemand würde es bemerken, wenn sie all das wegließ, zum Teufel mit Weihnachten! Maja hatte fast nichts gegessen und war nach der heftigen Auseinandersetzung mit ihrem Vater heulend auf ihr Zimmer gerannt. Nachdem sie den Namen des Kindsvaters noch immer nicht verraten wollte, hatte er sie unter Druck gesetzt, das Kind abtreiben zu lassen. Kerstin hatte die ganze Zeit über geschwiegen und ihren Mann beobachtet, als wäre er ein Fremder, der gerade erst in ihr Haus gekommen war, um sich aufzuführen wie ein Berserker.

»Frau Heitbreder?«

Kerstin zuckte zusammen. Sie hatte die Haushaltshilfe nicht kommen hören.

»Kann ich abräumen?«

»Ja, natürlich.«

Mit leisem Klappern räumte Elsbeth die Teller zusammen. Kerstin war sicher, dass sie mitbekommen hatte, worum es in dem lautstarken Streit gegangen war. Auch jetzt drang Reinholds erregte Stimme aus dem Flur. Jedes Wort war zu verstehen, denn er wurde immer lauter. »Wie bitte? Es ist ja wohl klar, dass das völlig unmöglich ist!«

Kerstin erhob sich und ging in den Flur, um Reinhold zu bitten, leise zu sprechen. Er stand mit dem Rücken zu ihr und hielt sein Handy ans Ohr. »Du verstehst einfach nicht den Ernst der Lage!« Er wandte sich um und begegnete Kerstins Blick. »Ich muss Schluss machen.« Er drückte das Gespräch weg. »Was gibt's?« Das klang ungehalten.

»Ich wollte nur darauf hinweisen, dass Elsbeth nicht alles mitkriegen muss, was hier läuft. Mit wem hast du überhaupt telefoniert?«

»Mit …« Er zögerte. »Mit einer Sprechstundenhilfe. Sie will ausgerechnet jetzt Urlaub, wo sich zwei Kolleginnen krankgemeldet haben.«

»Ach wirklich?« Kerstin konnte sich nicht vorstellen, dass er so mit seinen Angestellten sprach.

»Ich muss jetzt in die Praxis … oh nein!«

Kerstin folgte seinem Blick durch das große Flurfenster. Seine Schwester Sarah trippelte über den Bürgersteig, ihr Mantel bauschte sich im Wind.

»Das fehlte gerade noch!«, entfuhr es Reinhold. »Ich rufe nachher Sarahs gesetzlichen Betreuer an, so kann das nicht weitergehen.«

»Elsbeth?«, rief Kerstin, und die füllige Frau erschien in der Tür. In diesem Moment schellte es Sturm. »Würden Sie bitte aufmachen?«

Die Haushaltshilfe schlurfte zur Tür.

»Komm bitte mal mit«, sagte Kerstin, und ihr Mann folgte ihr in die Küche. »Reinhold, ist dir schon aufgefallen, dass Maja total dichtmacht, wenn du sie derart angehst?«

»Schatz, sie wird es ihr Leben lang bereuen ...«

»Und was, wenn sie eine Abtreibung ihr Leben lang bereut? Das ist doch eine wichtige Entscheidung, das sollte sie sich doch selbst in Ruhe überlegen dürfen, ohne dass ...«

»Kerstin, die Zeit läuft. Bald könnte es dafür zu spät sein!«

Mit einem Mal flog die Tür auf, und Sarah starrte die beiden aus ihren tiefliegenden Augen an, die langen Haare fielen ihr wirr ins Gesicht, und ihr zu weiter Mantel schlug Falten um ihre dürre Gestalt. Ihre dunklen Augen flackerten. »Majas Baby stammt aus einer unheiligen Verbindung, das weißt du hoffentlich, Kerstin!«

»Ah ja?« Reinhold holte tief Luft. »Und du, woher weißt du überhaupt von Majas Schwangerschaft?«

»Von Elsbeth natürlich, und nachher wird Elsbeth es wieder abstreiten«, sagte Kerstin.

Reinhold machte einen Schritt auf seine Schwester zu. »Sarah, sag die Wahrheit, hast du deine Medikamente genommen?«

Sarah zog die Mundwinkel nach unten. »Du willst nicht, dass es herauskommt. Es gibt mächtige Kräfte, Kerstin, mächtige Kräfte, die nicht wollen, dass die Wahrheit ans Licht kommt. Mein Bruder ist mit diesen Kräften im Bunde, er ...«

»Es reicht jetzt, Sarah!«, brüllte Reinhold, stieß einen Schwall Luft aus und fuhr dann leiser fort: »Wenn du deine Medikamente nicht nimmst, kommst du wieder in die Psychiatrie. Willst du das wirklich?«

»N...nein«, wimmerte Sarah und wich zurück.

»Wir fahren jetzt zu dir, und du nimmst deine Medikamente unter meiner Aufsicht, in Ordnung? Ehrlich gesagt, ich frage mich, was der ambulante Dienst, der sich um dich kümmern soll, eigentlich beruflich macht!«, fügte er hinzu.

Kerstin verließ die Küche. Als es damals in Reinholds Familie darum gegangen war, wer die gesetzliche Betreuung seiner Schwester übernimmt, hatten weder er noch seine andere Schwester Irene noch seine Eltern Lust gehabt, sich diese undankbare Aufgabe ans Bein zu binden. Also wurde die Betreuung des »schwarzen Schafes« einem Profi überlassen. Ihrem Mann, der Sarah in der Öffentlichkeit immer verteidigte, war seine Schwester in Wahrheit mehr als lästig, er wollte so wenig wie möglich mit ihr zu tun haben. Dummerweise konnte auch der gesetzliche Betreuer nicht verhindern, dass Sarah aufkreuzte, wann immer es ihr passte, um Chaos in ihr Leben zu bringen. Dabei brauchten sie gerade jetzt Ruhe, sie hatten wahrlich genug andere Probleme. Maja, zum Beispiel.

Kerstin wollte gerade hochgehen, um ihre Tochter zu trösten, als aus dem Wohnzimmer das Geräusch eines Staubsaugers kam. Sie stürmte ins Wohnzimmer, um Elsbeth zur Rede zu stellen, dafür, dass sie ihre Arbeitgeber offenbar belauschte und das mit der Schwangerschaft zu allem Überfluss ausgerechnet Sarah auf die Nase gebunden hatte.

Die drehte sich mit fragendem Blick um und schaltete den Staubsauger aus. »Möchten Sie etwas, Frau Heitbreder?«, fragte sie, als Kerstin zögerte.

Kerstin überlegte. Sollte sie die ungewollte Schwangerschaft ihrer Tochter Elsbeth gegenüber überhaupt erwähnen? Sie hatte das dumpfe Gefühl, die Frau würde die Situation genießen. Wenn Elsbeth im Haus war, mussten sie mit dem, worüber sie sich unterhielten, einfach besser aufpassen.

»Soll ich heute hier gründlich Staub putzen oder lieber die Küche machen?«, fuhr Elsbeth fort.

Kerstin ließ ihren Blick über das Ledersofa und die Kommode mit den afrikanischen Holzskulpturen wandern, die wahre Staubfänger waren. »Ja, Staubputzen wäre gut, Elsbeth.«

Elsbeth nickte und schaltete ihren Staubsauger wieder ein. Kerstin wollte sich umwenden, hielt dann inne, um einen erneuten Blick auf die Holzskulpturen zu werfen. Zwischen der Büste einer Massai-Frau und der Figur eines sitzenden Kriegers stand eine dünne, hohe Frauenfigur aus Keramik, die sie noch nie gesehen hatte. Sie trug ein farbenfrohes, langes Kleid, doch an den Stellen der Figur, die das Kleid freiließ, waren weiße Knochen zu sehen, unter dem ausladenden, bunten Hut grinste ein Totenschädel.

»Elsbeth!«, schrie Kerstin.

»Ja, was denn? Ich bin doch nicht schwerhörig.« Elsbeth schaltete den Staubsauger aus.

»Diese Figur da, haben Sie die schon mal dort gesehen?«

Elsbeth trat näher heran und kratzte sich den fleischigen Nacken. »Also, als ich das letzte Mal sauber gemacht habe … nein, habe ich noch nie gesehen. Und geputzt werden muss die auch nicht. Da … hat da nicht vorher eine Elefantenfigur gestanden?«

Elsbeth hatte recht: Anders als auf den anderen Skulpturen lag kein Stäubchen auf der Totenfigur. Und die Elefantenfigur war fort!

* * *

Dominik trank seinen Kaffee in der kleinen, im bayrischen Stil gehaltenen Teeküche auf seiner Büroetage und gähnte. Er hatte nicht schlafen können, bis Robin gegen halb zwei endlich nach Hause gekommen war. Vom Flur her drangen Stimmen, das dröhnende Lachen von Bella Schnathorst, der Leiterin des Erkennungsdienstes, darauf Bents dunkle Stimme, die Glastür klappte zu, dann herrschte Stille.

Kurz darauf öffnete Bent die Tür. »Du musst dich nicht mehr in der Teeküche verstecken, Bella ist schon gegangen.«

Dominik grinste.

Bent lächelte. »Aber sie hat uns jede Menge Ergebnisse mitgebracht.«

Dominik wurde etwas wacher. »Ja und?«

»Das Blut auf dem Stein, der in der Nähe des Tatorts gefunden wurde, gehört Jakob Heitbreder.«

»Wenig überraschend, oder?«

»Stimmt. Aber das Labor hat auch schon sämtliche DNA-Spuren ausgewertet, die von diesen Wiedergängern …«

»Waldgängern.«

»Richtig.« Bent ließ sich auf einen Stuhl fallen. »Negativ, keine Übereinstimmung mit der DNA, die am Tatort gefunden wurde.«

»Dann müssen wir zumindest die Raucher unter ihnen ausschließen. Schade, aber … auch eine Erkenntnis.«

»Tja, ein Alibi besitzen sie auch. Weber ist zu diesem Vereinsheim gefahren und hat die sechzehn Mitglieder des Vereins befragt. Alle seien in der fraglichen Zeit bei dieser Veranstaltung gewesen, bei der österreichische Mitglieder der Identitären-Bewegung zu Gast waren. Das scheint etwas Besonderes in diesen Kreisen zu sein: hoher Besuch aus Österreich. Ich habe die österreichische Polizei um Amtshilfe gebeten: Alle Alibis wurden von den Identitären bestätigt.«

Dominik stützte das Kinn in die Hand. »Ist das glaubhaft? Ich meine, kooperiert man in diesen Kreisen mit der Polizei?«

»Ist davon abhängig wobei, denke ich. Nur kommen wir nicht so ohne Weiteres an die DNA aller Mitglieder.«

»Und was ist mit Lukas Dreesbeimdieke?«

»Schön … ja, die Probe ist ebenfalls negativ ausgefallen.«

»Das Blut auf dieser Babypuppe?«

»Und auch das an den Wänden: Kunstblut. Kann man bei Amazon bestellen.«

»Bent, du raubst mir sämtliche Hoffnungen.«

Bent lächelte. »Wenn wir diesen Fall abschließen, lade ich dich zum Essen ein.«

Was war denn in den Mordkommissionsleiter gefahren? »Danke, Bent.« Dominik erwiderte das Lächeln »Dann hoffen wir mal, dass der Fall nicht eines Tages von der Soko Altfälle bearbeitet werden muss.«

»Da ist noch etwas, Dominik. Bei diesem allerersten Einbruch, von dem Kerstin Heitbreder berichtet hat, sind natürlich auch Spuren gesichert worden. Wie bei dem zweiten Einbruch gibt es keine fremden Fingerabdrücke, und es gibt keinen Hinweis darauf, dass der Täter gewaltsam ins Haus eingedrungen ist. Sie haben nur einen halben Sohlenabdruck gefunden. Bella hat inzwischen alles verglichen, den Sohlenabdruck vom Tatort des Mordes und die Sohlenabdrücke, die die Spusi bei den Einbrüchen sichergestellt hat …«

»Ein Täter?«

»Bella sagt ja. Schön … ja … wie aussagekräftig ist ein halber Sohlenabdruck? Ihrer Meinung nach sind die Abnutzungsspuren aber so charakteristisch, dass sie diese Aussage wagt.«

Dominik entfuhr ein leises Stöhnen. »Das bedeutet, dass dem Täter ein Mord nicht reicht. Er bedroht und terrorisiert die gesamte Familie weiter. Frau Heitbreder hatte recht. Es ist noch nicht vorbei, Bent!«

Bent nickte und stand auf. »Die Babypuppe deutet jedenfalls auf die Mosers. Ach ja, Helene Bollhorst … kannst du die übernehmen?«

»Das ist diese Frau, deren WhatsApp-Nachrichten Jakob blockiert hat?«

»Genau die.«

* * *

Dreieinhalb Stunden später – Dominik war gerade vom Mittagessen in sein Büro zurückgekehrt – stürmte Frank zur Tür herein. »Das ist vielleicht ein Mistwetter.« Mit spitzen Fingern zog er seine tropfnasse Jacke aus und hängte sie an den Garderobenhaken.

»Und? Hat einer der Spiritisten ausgepackt?«

»Nö.« Frank begutachtete seine nassen Haare vor dem Spiegel, rubbelte sie mit seinem Schal trocken, woraufhin sie nach allen Seiten abstanden. »Alle waren angeblich mit dem Ehepaar Moser bei dieser beknackten Séance.«

»Weißt du eigentlich, was du da sagst? Das heißt, wir sind in einer Sackgasse gelandet, keine einzige Spur!« Dominik warf seinen Füllfederhalter auf den Schreibtisch. »Wir können wieder bei null anfangen! Ich habe diese Helene Bollhorst aufgesucht ...«

Vor Dominiks innerem Auge tauchte die hübsche, junge Frau im grauen Businesskostüm auf, der es sichtlich unangenehm war, bei ihrer Arbeitsstelle von einem Kripobeamten behelligt zu werden. Obwohl er ihr und auch ihrem Chef, einem Steuerberater, versicherte, dass es nur um eine Zeugenaussage gehe, zwirbelte sie am Ende ihres Zopfes herum, wippte beständig mit ihrem übergeschlagenen Bein und lächelte nervös, während sie seine Fragen beantwortete.

Frank setzte sich auf Dominiks Schreibtisch. »Und?«

»Na ja, angeblich waren sie und Jakob eine Zeit lang in derselben Clique und haben sich später zerstritten. Es sei um Schulkram gegangen – irgendeine Klassenarbeit, bei der sie ihn habe abschreiben lassen. Er habe sich jedoch nicht revanchiert, als es darauf ankam. Etwas in der Art.«

»Ich dachte immer, Jakob Heitbreder wäre der Mega-Überflieger gewesen. Jedenfalls klang es so, als ich neulich den Herrn Doktor am Apparat hatte. Der erzählte von Jakobs tollem Abitur und dem Medizinstudienplatz, den er bereits in der Tasche gehabt hätte. Als ob das den Mord noch schlimmer machen würde.«

»Vielleicht war er ja so ehrgeizig, dass er gemogelt hat, nur um an das erwünschte Ergebnis zu kommen. Bollhorst hat außerdem ein Alibi: Den ganzen Sonntag hat sie zusammen mit zwei Kolleginnen bei einer Fortbildung in Paderborn verbracht. Habe ich schon überprüft.« Er seufzte. »Robin dagegen scheint überhaupt keinen Ehrgeiz mehr zu haben, obwohl er kurz vorm Abi steht.«

»Für Soziologie reicht's vielleicht.«

»Frank! Erstens will er Politikwissenschaften studieren …«

»Dafür auch.«

Dominik stöhnte. »Was weißt du denn davon? Gerade jetzt wäre es wichtig, dass Robin Gas gibt!« Er zog eine Grimasse. »Frank, ich bin ein mieser Vater. Warum habe ich mich überhaupt für diese Ermittlung entschieden? Ich müsste mich viel mehr um Robin kümmern!«

»Das tust du doch schon. Robin entzieht sich eben zurzeit gerne.«

»Jens-Thorben wäre vermutlich der bessere Vater.«

»So ein Blödsinn! Du bist erschöpft, Dodo.« Frank stand auf und legte seine Hand auf Dominiks Schulter. »Hey, das wird schon … und unser Fall … da ist zum Beispiel diese Haushaltshilfe, die weiß mehr, wetten? Hat Bent auch gesagt. Irgendwer muss den Türcode ja verraten haben. Die knöpfen wir uns jetzt noch mal vor.«

»Haben wir überhaupt ihre Nummer?«

»Ruf die Heitbreder an, die kann sie dir mit Sicherheit sagen.«

Dominik nahm das Telefon und tippte Kerstin Heitbreders Nummer ein.

Die meldete sich nach dem zweiten Klingeln, es sprudelte nur so aus ihr heraus: »Herr Domeyer, gut, dass Sie anrufen, ich habe noch etwas entdeckt zwischen unseren afrikanischen Skulpturen, etwas, das uns nicht gehört! Eine Keramikfigur, ein Skelett im Kleid.«

»Ein Skelett?«

»Aus Keramik, ja. Ich habe gegoogelt, was das sein könnte. Es handelt sich um eine La-Catrina-Figur, ein Totensymbol, das am mexikanischen Tag der Toten verwendet wird. Und noch etwas, ich zitiere ... Moment ... hier ist es, aus Wikipedia: *›Catrina‹ ist im Spanischen ein Ausdruck für eine wohlhabende oder reiche Person, allerdings mit abwertendem und sarkastischem Unterton.* Was halten Sie davon? Ist das eine Drohung?«

Dominik wusste nicht, was er antworten sollte. »Fassen Sie die Figur nicht an, ich schicke jemanden von der Spurensicherung vorbei.«

»Und die Elefantenfigur, die vorher an der Stelle gestanden hat, fehlt. Der Täter geht hier ein und aus, anders ist das doch nicht mehr zu erklären!«

»Wissen Sie, wie lange die Figur dort schon steht?«

»Das kann noch nicht so lange sein, vor einer Woche hat Elsbeth dort Staub geputzt, angeblich hätte sie die Figur da noch nicht wahrgenommen.«

»Außer Ihrer Familie kennt nur Frau Schröder den Türcode, oder?«

»Richtig.«

Er ließ sich von ihr die Handynummer der Haushaltshilfe geben.

* * *

Dunkelgraue Wolken ballten sich am Himmel. Das Wetter ließ die schwärzliche Fassade des Mehrfamilienhauses in der Ziegelstraße noch düsterer wirken. Immerhin regnete es nicht mehr, als

Dominik und Frank aus dem Dienstwagen stiegen, um Elisabeth Schröder einen Besuch abzustatten. Als sie klingelten, wurde eine Spitzengardine in einem Erdgeschossfenster beiseitegeschoben, und das runde Gesicht von Frau Schröder tauchte über der pinkfarbenen Orchideenpracht aus Kunststoff auf. Nachdem sie sich vergewissert hatte, wer vor ihrer Tür stand, wurden sie eingelassen. Im engen Hausflur, in dem es nach angebranntem Kohl roch, schoben sie sich an einem Kinderwagen vorbei.

Frau Schröder winkte sie herein, führte sie in ein Wohnzimmer, das von einer dunkelbraunen Schrankwand aus Eichenimitat dominiert wurde, und wies auf das Sofa. Sie nahmen zwischen exakt in der Mitte eingedellten Brokatkissen Platz. Frau Schröder strich einige Strähnen zurück, die sich aus der mit reichlich Haarspray fixierten Bobfrisur gelöst hatten, goss Kaffee aus einer Kanne in zwei Tassen auf dem Couchtisch und deutete auf einen Teller mit Lebkuchen. »Bitte bedienen Sie sich doch.« Sie setzte sich in einen Seniorensessel.

»Vielen Dank.« Der Kaffee war etwas zu stark geraten. Dominik stellte seine Tasse wieder ab und beschloss, direkt zur Sache zu kommen. »Frau Schröder, Sie sind die Einzige, die außer den Heitbreders den Türcode zu deren Haus besitzt. Haben Sie diesen Türcode jemals jemandem außerhalb der Familie verraten?«

Frau Schröders durch die dicke Brille stark verkleinerte Augen funkelten. »Nein, warum sollte ich? Was denken Sie sich eigentlich?«

»Dass jemand den Türcode weitergegeben haben *muss.*« Dominik nahm sich einen Lebkuchenstern. »Das könnte auch aus Versehen passiert sein. Überlegen Sie doch noch mal …«

»Das muss ich nicht, Herr Kommissar. Fragen Sie Maja, Teenager sind ja so unbedarft.« Sie lächelte.

»Kennen Sie ein Paar namens Moser?«

»Auch da kann ich Ihnen leider nicht weiterhelfen.«

»Als wir Sie das erste Mal befragt haben, sagten Sie aus, dass Sie bei Jakobs Party nichts von einem jungen Mann namens Lukas mitbekommen hätten. Aber Lukas Dreesbeimdieke hat uns erzählt, dass sie ihn sogar nach Hause gefahren haben«, sagte Dominik.

»Ich kannte seinen Namen ja nicht. Der junge Mann tat mir leid, seine Freunde oder früheren Freunde haben den einfach rausgeworfen, obwohl der sturzbetrunken war. Und die Nacht war sehr kalt. Ihn nicht mitzunehmen, wäre doch schon unterlassene Hilfeleistung gewesen, oder sehe ich das falsch?« Beifall heischend schaute sie von einem zum anderen.

»Sie sollen ihm gesagt haben, er hätte ja keine Ahnung, was sich hinter den Mauern der Familie Heitbreder abspielt. Was haben Sie damit gemeint?«

Frau Schröder spitzte ihren Mund. »Nun … sie geben sich so liberal und progressiv, aber hinter der Fassade der harmonischen Familie sieht es dann doch etwas anders aus, wenn Sie verstehen, was ich meine.«

Frank kaute an einem Lebkuchen. »Verstehen wir nicht. Woher sollen wir wissen, was sich da abspielt, wenn Sie es uns nicht verraten?«

»Nun gut …« Sie rückte ein Platzdeckchen auf dem Couchtisch gerade. »Die Tochter hat sich im zarten Alter von gerade mal 16 Jahren schwängern lassen, und ihr Vater gebärdet sich …« Wieder spitzte sie ihren Mund. »Nun … eine Teenagerschwangerschaft löst nicht immer Freude aus, aber dass sie sofort abtreiben soll … Darf er das überhaupt – sie dazu drängen?«

»Woher wissen Sie das?«, fragte Frank.

»Es gab einen fürchterlichen Streit, es wurde laut, es war nicht zu überhören. Sie glauben doch wohl nicht, dass die Rücksicht auf mich nehmen.« Sie kniff den Mund zusammen.

Bedauerte sie mitzubekommen, was zwischen den Heitbreders vor sich ging? Dominik bezweifelte das. »Was glauben Sie, warum will Dr. Heitbreder, dass sie das Kind abtreibt?«

Elisabeth Schröder lächelte. »Nun … Maja hatte ein intimes Verhältnis mit ihrem Nachhilfelehrer. Ich putze den ersten Stock des Hauses immer donnerstagsnachmittags, wenn auch Manuel kam. Die beiden jungen Leute haben nicht viel Zeit verschwendet. Ich nehme an, Manuel ist als Kindsvater einfach nicht standesgemäß.«

»Dann kennt dieser Manuel doch sicher den Türcode, oder?« Frank putzte sich mit einem Taschentuch Schokolade von den Fingern.

»Ach, der war schon länger nicht mehr da, und die haben den Code ja seit den Einbrüchen schon zweimal ändern lassen.«

Dominik fiel die blutige Babypuppe ein. »Wer außer ihren Eltern weiß noch von der Schwangerschaft? Manuel Buck vielleicht?«

Sie zuckte mit den Achseln.

»Weiß ihr Vater denn von dem Verhältnis zwischen ihr und Manuel?«, machte Dominik weiter. »Von wegen: ›nicht standesgemäß‹.«

»Also ich …«, sie legte sich die Hand auf den Ausschnitt, »ich habe nichts verraten. Ich finde, Maja hat das Recht, sich ihren Freund selbst auszusuchen. Aber Dr. Heitbreder muss etwas geahnt haben: Warum hätte er Manuel sonst achtkant rauswerfen sollen?«

* * *

Dominik und Frank brachten den Dienstwagen zurück ins Präsidium, um in ihre Privatautos umzusteigen. In einem Büro ihrer Etage brannte noch Licht – in dem von Nina Tschöke.

Gähnend öffnete Frank die Fahrertür seines Hondas. »Dodo, willst du Wurzeln auf dem Parkplatz schlagen?«

»Ich geh noch mal kurz hoch zu Nina, um sie auf den neusten Stand zu bringen.«

»Das ist Einsatz. Bye-bye, das Sofa ruft.« Frank winkte kurz und stieg in sein Auto.

Dominik fand Nina in ihrem Büro über der Fallakte Jakob Heitbreder. »Hallo, Nina, wolltest du heute nicht früher nach Hause, weil Stefan für dich kocht?«

Sie lächelte. »Das ist morgen. Setz dich doch. Möchtest du Lebkuchen?«

Er nahm ihr gegenüber Platz. »Nein, das Zeug kommt mir allmählich aus den Ohren raus.« Er erzählte ihr, was sie von der Haushaltshilfe der Heitbreders erfahren hatten.

»Interessant ...« Nina hob die Arme und reckte sich. »Das bedeutet, die blutige Babypuppe könnte also mit Majas Schwangerschaft in Verbindung stehen und nicht mit dem Ehepaar Moser und dem Tod ihres Babys.«

»Genau. Aber welches Motiv sollte dieser Manuel haben, die Heitbreders damit zu erschrecken?«

»Er ist sauer auf Reinhold Heitbreder, weil der ihm den Umgang mit seiner Tochter verbietet. Aber deshalb dieser Terror?«

»Immerhin arbeitet Heitbreder darauf hin, dass seine Tochter das Kind von ihm abtreibt.« Dominik fegte ein paar trockene Nadeln, die von einem Adventsgesteck stammten, vom Tisch. »Dann der frühere Einbruch, bei dem sehr persönliche Dinge gestohlen wurden und ein Familienfoto zerfetzt wurde: Ist das zu einer Zeit geschehen, als Manuel schon rausgeworfen worden war?«

Nina gähnte, stand auf und stellte ein Fenster schräg. »Ich brauche Sauerstoff. Wenn wir aufgrund von Bellas Analysen der Sohlenabdrücke von einem Täter ausgehen, der die Einbrüche *und* den Mord zu verantworten hat, dann muss es jemand sein, der die ganze Familie hasst.«

»Frau Schröder kennt den Türcode, und den Terror traue ich ihr zu, zumal sie immer gut im Bilde ist, was da in der Familie abläuft. Aber dieser Mord? Außerdem hat sie ein Alibi.«

»Warum sollte Manuel Buck Majas Bruder umbringen, wenn er doch sauer auf ihren Vater ist?« Nina setzte sich wieder, verschränkte die Hände hinter ihrem Kopf und stöhnte. »Wer hat überhaupt ein echtes Motiv für diesen Mord?«

»Warte.« Dominik rief Kerstin Heitbreder auf ihrem Handy an. Es dauerte eine Weile, bis sie das Gespräch endlich annahm. Im Hintergrund waren aufgebrachte Stimmen zu hören. »Es passt jetzt gerade nicht so gut, Herr Domeyer.«

Er stellte das Telefon auf laut. »Frau Heitbreder, nur ganz kurz, wann genau ist damals bei Ihnen eingebrochen worden?«

»Das ist etwa eineinhalb Monate her.«

»Und dieser Nachhilfelehrer namens Manuel ... hat der zu der Zeit Ihrer Tochter noch Unterricht gegeben?«

»Manuel Buck, ja ... Hm, da muss ich nachdenken. Er ist vor sechs Wochen oder so entlassen worden, es können auch sieben sein, so genau weiß ich das nicht mehr.«

»Haben Sie seine Nummer noch?«

»Augenblick. Ich gehe kurz in den Flur.« Nach einer Weile nannte sie ihm eine Handynummer.

»Danke vielmals.« Dominik beendete das Telefonat und tippte die Handynummer von Manuel Buck ein. Nach ein paar Freizeichen meldete sich eine Jungmännerstimme. »Manuel Flores. Was gibt's?«

»Manuel Flores oder Manuel Buck?«

»Wer sind Sie? Hier steht *unbekannt.*« Er fluchte und drückte das Gespräch weg.

Dominik versuchte es noch einmal. Eine Automatenstimme teilte ihm mit, der Teilnehmer sei vorübergehend nicht erreichbar. Er ließ das Handy sinken. »Der Junge hat unter falschem Namen als Nachhilfelehrer gearbeitet. Er heißt Flores mit Nachnamen.«

»Eine Minute …« Nina tippte etwas in ihren Rechner. »In Bielefeld gibt es nur einen Eintrag im Telefonbuch für Flores – eine Maria Flores. Aber ob sie was mit diesem Manuel zu tun hat … das lässt sich leicht überprüfen.« Sie nannte ihm die Nummer.

Nach sechs Freizeichen meldete sich eine Frau. Ihre Stimme klang müde und verwaschen. »Maria Flores.«

Er ließ Nina wieder mithören. »Domeyer, Kripo Bielefeld. Frau Flores, wir würden gerne mit Manuel Flores sprechen.«

»Kripo? Wieso das denn? Mein Sohn ist nicht da«, nuschelte sie.

Nina streckte den Daumen in die Höhe, Dominik lächelte. »Wissen Sie, wo er ist?«

»Nein, aber er kommt sicher gleich. Ist schon spät, oder?«

»Stimmt. Wäre es Ihnen recht, wenn wir bei Ihnen auf Ihren Sohn warten?«

Einen Moment lang herrschte Stille. »Was hat er denn jetzt wieder angestellt?«

»Nichts, wir würden nur gerne mit Ihnen und Ihrem Sohn sprechen. Es geht um ein Tötungsdelikt in Manuels Bekanntschaft, und wir reden mit allen aus dem Umfeld des Toten. Reine Routine.«

Die Frau am anderen Ende rülpste. »'tschuldigung. Von mir aus … kommen Sie.« Sie nannte ihm eine Adresse in der Altstadt.

»Die Lady ist hackedicht, habe ich recht, Dodo?«

Dominik schürzte die Lippen. »In vino veritas.«

Auf dem Weg in die Altstadt erklärte ihm Nina, dass ihr der Name Maria Flores bekannt vorkomme. »Da gab es mal so eine Szenekneipe in der Nähe vom Klosterplatz. Das Buena Vista, und das gehörte, wenn ich mich recht erinnere, einer Maria Flores. Vor ungefähr zwei Jahren wurde die Bar geschlossen.«

Statt einer Antwort musste Dominik husten. Da Robin heute Abend mit Betty und Jens-Thorben essen ging, war es nicht erforderlich, früh zu Hause zu sein. Aber seine Erkältung machte ihm noch zu schaffen, und er sehnte sich nach einem ruhigen Abend.

* * *

Wie sich herausstellte, führte sie die Adresse in die Altstadt zum Klosterplatz. Nachdem sie ausgestiegen waren, begutachtete Nina das schmale Altbauhaus. »Hier war das Buena Vista.« Sie deutete auf ein großes Fenster im Erdgeschoss, hinter dem ein leeres Ladenlokal zu sehen war. »Ich verstehe nicht, dass das Lokal noch nicht anderweitig genutzt wird. In dieser Lage sind solche Räumlichkeiten doch begehrt.«

Die Haustür war nur angelehnt.

»Es gab nicht nur alle möglichen Spirituosen, sondern auch kleine Gerichte«, fuhr Nina fort, während sie die Treppe in den ersten Stock hochstiefelten. »Ich habe mich eine Zeit lang dort öfter mit Freundinnen getroffen. Die Bar wurde von Lateinamerikanern, Spaniern und Deutschen frequentiert, und Maria stand im Mittelpunkt des Ganzen hinter dem Tresen. Alles scharte sich um sie, und es ging lebhaft zu.« Sie erinnerte sich vor allem an das Lachen der sinnlichen Frau, das oft vom Tresen her erklang.

»Na, dann wollen wir mal.« Dominik drückte auf die Klingel neben der Tür im ersten Stock. Als nichts passierte, drückte er ein zweites Mal. Nach einiger Zeit hörte Nina ein Schlurfen hinter der Tür, dann wurde sie einen Spaltbreit geöffnet, und ein gerötetes, aufgedunsenes Gesicht erschien im Spalt. Nina ließ sich ihre Bestürzung nicht anmerken. War das wirklich … ja, das war Maria Flores, doch eine sehr veränderte Maria. Von der temperamentvollen, sinnlichen Schönheit war nichts übrig: Leichte Tränensäcke wölbten sich unter ihren Augen, ihre Lippen waren aufgesprungen, Strähnen der nachlässig zurückgesteckten, fettigen, dunklen Haare fielen ihr wirr in die Stirn.

»Wir hatten telefoniert, Frau Flores«, erklärte Dominik.

Sie schaute ihn aus trüben Augen an, dann schien es zu dämmern. »Manuel ist immer noch nicht da. Aber … bitte, kommen Sie rein.«

Als die Frau die Tür ganz öffnete, sah Nina, dass sie stark zugenommen hatte. Maria hatte schon immer Rundungen an den richtigen Stellen besessen, doch jetzt wirkte die ehemalige Barbesitzerin, die Nina auf Ende dreißig oder Anfang vierzig schätzte, korpulent. Wie war es möglich, dass ein Mensch sich in so kurzer Zeit derart veränderte?

Maria Flores führte sie mit unsicherem Gang durch einen engen Flur in eine große, geschmackvoll mit antiken Möbeln eingerichtete Altbauküche. Ein rotes Sofa mit geschwungener Rückenlehne dominierte den Raum. Auf dem Tisch stand eine Vase mit einem Weihnachtsstrauß. Alles wirkte sauber und aufgeräumt. Nur in der Spüle entdeckte Nina eine fast leere Weinflasche, vermutlich der Grund für Marias Zustand. Nina, die erwartet hatte, dass sich die Verwahrlosung Marias ebenso in ihrer Wohnung zeigen würde, war positiv überrascht. Es roch nach Kaffee und Pfefferminze. Frau Flores hatte offenbar den Versuch unternommen, etwas nüchterner zu werden oder zumindest zu erscheinen.

Über dem Sofa hingen zahlreiche gerahmte Fotos, die eine Maria aus glücklicheren Tagen zeigten: Maria lachend hinter dem Zapfhahn, Maria mit zwei Kindern am Strand, Maria mit einer alten Dame, die vermutlich ihre Mutter war, dann Fotos von zwei Teenagern, einem Jungen und einem Mädchen – anscheinend Geschwister: Die Ähnlichkeit zwischen den beiden war unverkennbar.

»Ist das Manuel?« Dominik zeigte auf eines der Bilder.

Frau Flores nickte.

Nina trat näher heran. Auf dem Bild saß Manuel auf einem Moped – ein kräftig gebauter, gut aussehender, junger Mann mit einem gewinnenden Lächeln. »Und eine Tochter haben Sie auch?«

»Ja, zum Glück«, gab Frau Flores zurück. »Setzen Sie sich doch.«

Sie nahmen auf dem Sofa Platz, Frau Flores ließ sich in einen Korbstuhl fallen.

»Zum Glück?«

»Meine Tochter Carmen macht mir keinen Kummer. Im Gegenteil, sie unterstützt mich finanziell.« Sie lächelte dünn. »Durch meine Insolvenz habe ich Schulden …« Ihr Blick verlor sich in den Tannenzweigen auf dem Tisch.

»Sie haben eine Bar besessen, richtig?«

»Ja, aber nach dem Brand in der Küche … die Versicherung wollte nicht zahlen, wegen irgendwelcher Kleinigkeiten. Es war alles verrußt, auch der Barraum, dabei hatte ich kurz vorher noch aufwendig renoviert, und das alles auf Kredit: neues Styling, neue Möbel, um mithalten zu können, denn zwei Häuser weiter hatte gerade eine schicke Bar aufgemacht.« Sie zuckte mit den Achseln. »Das war's dann, ich bin pleite gegangen.« Sie warf einen Blick auf die Weinflasche in der Spüle, als hätte sie am liebsten noch den letzten Rest ausgetrunken.

»Ich hätte nur etwas Zeit gebraucht, noch einen Kredit, um die Spuren des Brands zu beseitigen. Meine Stammkunden wären wiedergekommen, das weiß ich. Ich habe überall Klinken geputzt, aber die Banken haben gemauert.«

»Das tut mir leid«, sagte Nina. »Und Manuel – macht er Ihnen Kummer?«

Ihr Blick wurde glasig. »Manuel glaubt, dass ihm mehr zustünde, als hart arbeiten zu müssen, um sich eine Zukunft aufzubauen. Aber das müssen wir doch alle, oder? Jedenfalls die meisten von uns.« Sie fuhr sich durchs Gesicht. »Ich bin müde. Kommen Sie doch ein anderes Mal wieder.«

»Frau Flores, können Sie etwas konkreter werden?«, fragte Dominik.

»Na ja, er hilft mir nicht so wie Carmen. Ich fürchte, es ist ihm egal, ob ich die Bar wieder eröffnen kann oder nicht.«

Nina schüttelte den Kopf. Glaubte Maria Flores tatsächlich daran, die Bar wieder aufmachen zu können? Die Frau wirkte wie eine Alkoholikerin.

»Unmöglich, nicht? Den Jungen interessiert das alles nicht.« Frau Flores hatte Ninas Kopfschütteln offenbar fehlgedeutet. »Noch dazu dieser Ärger, vor ein paar Monaten hat er im Mediamarkt was mitgehen lassen, ist zu Sozialstunden verdonnert worden. Das kann ich wirklich nicht gebrauchen! Meine Tochter hat neben der Schule immer kleine Jobs gehabt, nicht so Manuel, er ...«

»Moment mal, er hat doch als Englisch-Nachhilfelehrer gearbeitet«, warf Dominik ein.

»Was?«

»Ja, bei den Heitbreders. Wussten Sie das nicht?«

»Oh ...« Ihr Mund stand einen Moment lang offen. »Bei ... den ... Heitbreders? «, sagte Frau Flores gedehnt. »Aber wieso ...?« Ihr Gesicht war um eine Spur dunkler geworden.

Dann starrte sie ihre Hände an, die auf dem Tisch lagen. »Wieso hat er mir nichts davon erzählt?« Sie griff sich an den Hals. »Englisch ist das einzige Fach, in dem er gut ist. Dabei müsste er sich nur ein bisschen anstrengen«, fügte sie geistesabwesend hinzu.

»Wir ermitteln im Mordfall Jakob Heitbreder …«

»Oh nein!« Heftig schüttelte sie den Kopf. »Manuel hat nichts damit zu tun!«

»Kennen Sie Jakob Heitbreder? Oder die Familie?«

Sie runzelte die Stirn. »Ich habe nur in der Zeitung darüber gelesen. Was wollen Sie denn von meinem Sohn? Lassen Sie ihn in Ruhe.« Sie verzog das Gesicht, als würde sie gleich weinen.

»Wir wollen ihn nur befragen. Wie gesagt, das ist Routine«, erklärte Dominik. »Ihr Sohn hat Maja Heitbreder Nachhilfe in Englisch gegeben. Er hatte möglicherweise eine engere Verbindung zu ihr. Damit meine ich … nun, sie ist schwanger und …«

»Das ist eine gottverdammte Lüge!«, brüllte Maria Flores mit hochrotem Kopf. »Das kann gar nicht sein! So etwas tut mein Sohn nicht!«

Nina und Dominik tauschten einen Blick. Dominik schien ebenso überrascht von der Heftigkeit ihres Ausbruchs wie sie.

Frau Flores atmete schwer. Nina gab ihr Gelegenheit, sich zu fassen, bevor sie in sanftem Ton fragte. »Hat Manuel mit Ihnen darüber gesprochen?«

»Hat er nicht«, antwortete sie leise.

»Jemand anderer?«, fragte Dominik.

Frau Flores zögerte. Schließlich sagte sie: »Ich bin wirklich müde. Bitte gehen Sie jetzt.«

»Dürfte ich mir vorher Manuels Zimmer anschauen? Nur ganz kurz?« Nina lächelte.

Frau Flores vergrub den Kopf in den Händen.

»Frau Flores? Dürfte ich …«

»Tun Sie, was Sie nicht lassen können. Die erste Tür links vom Flur aus.« Sie wirkte, als wäre sie zu erschöpft, um noch Widerstand zu leisten.

In Manuels Zimmer fiel Nina als Erstes die Unordnung ins Auge. Ein ungemachtes, schmales Bett, ein Bücherregal mit Schul- und Kinderbüchern. Zwischen den Postern von Cadillacs in allen Formen und Farben und der New-York-Skyline hing ein Poster, das etwas anachronistisch wirkte: Madonna in jüngeren Jahren. Als Nina sich über Manuels Schreibtisch beugte, um die Schubladen zu untersuchen, stieß sie mit dem Kopf an ein Modellflugzeug, sie brachte den Mini-Kampfjet zum Schaukeln. Hefte, Bleistifte, Druckerpapier, Klebstoff, eine Baseballkappe von den *New York Yankees* – sie fand nichts von Belang. Die Schreibtischunterlage zeigte eine Karte der USA, auf einem Haufen von Schulheften thronte ein pinkfarbenes Cadillac-Modell. Der Junge schien ein Faible für die Vereinigten Staaten zu haben.

In einem offenen Schuhregal standen zwei Paar Nike-Sneakers und ein Paar Doc Martens. Der Sohlenabdruck, den die Spusi am Tatort gesichert hatte, war laut Bella Schnathorst inzwischen einem Fabrikat zugeordnet worden: Nike-Sneakers! Nina fotografierte die Sohlenmuster der beiden Nike-Paare mit ihrem Handy.

»Frau Kommissarin …« Nina wandte sich um und begegnete Maria Flores' müdem Blick. »Ich möchte, dass Sie jetzt gehen. Mein Sohn hat nichts getan. Solche Sachen … nein, dazu ist er gar nicht fähig. Das habe ich Ihrem Kollegen schon gesagt. Bitte gehen Sie jetzt!«

»Natürlich.« Nina schaute sich noch einmal um. Irgendetwas passte hier nicht, aber was?

»Frau Kommissarin …«

»Ja … ich … sofort … Ihr Sohn hat übrigens schöne Modelle.« Ihr Versuch, die Frau abzulenken, misslang. Dann tauchte Dominik hinter Frau Flores auf. »Nina, ich denke, wir sollten gehen.«

Plötzlich entdeckte sie das, was sie wohl unbewusst bereits wahrgenommen hatte: Zwischen Modellen von Hummvees und amerikanischen Militärhubschraubern, die das obere Brett des Bücherregals einnahmen, lugte eine Holzskulptur in Form eines Elefanten hervor. Ähnliche Skulpturen hatte Nina bei den Heitbreders gesehen. Und hatte Frau Heitbreder nicht davon gesprochen, dass eine Elefantenfigur fehlte? Genau an der Stelle, wo jemand diese Catrina-Figur platziert hatte …?

* * *

Maria konnte es kaum erwarten, dass sich die Tür hinter den beiden schloss. Nachdem die Kripo-Leute gegangen waren, wankte sie in die Küche und trank den Rest Wein direkt aus der Flasche, entkorkte eine neue und goss sich ein Glas ein. Sie nahm Flasche und Glas mit ins Wohnzimmer, wo sie sich aufs Sofa sinken ließ. Das Gespräch hatte sie angestrengt, obwohl sie einen gewissen Pegel Alkohol gewöhnt war. Man musste bei der Polizei immer aufpassen, was man sagte. Sie hatte erst nach und nach begriffen, dass die Manuel einen Mord anhängen wollten!

Tränen liefen ihr über das Gesicht. Es ging immer weiter bergab. Wenn sie glaubte, die Talsohle erreicht zu haben, kam noch etwas hinzu, das ihr deutlich machte, dass es noch schlimmer ging … Sie schenkte sich Wein nach, stieß dann das halbvolle Glas mit einer fahrigen Bewegung vom Tisch.

Sie wollte sich danach bücken, aber das war viel zu mühsam, zumal sie die Augen kaum noch offen halten konnte.

Sie erwachte von der Stimme ihrer Tochter. »Mama, du bist wieder betrunken!«

»Nein«, nuschelte sie. »Ich habe nur ein Gläschen Wein …«

»Und das liegt auf dem Teppich. Der Rotwein ist schon trocken, den kriegen wir nie wieder raus!« Carmen hob das Glas auf. »Mama, ich versuche, diese Wohnung in Ordnung zu halten, aber du machst es mir nicht gerade leichter.«

»Bitte, ich will nur ein bisschen schlafen.«

»Ich bring dich gleich ins Bett, oder willst du, dass Manuel dich so findet?«

»Du hast recht, Kind. Du hast … hast du eingekauft?« Sie deutete auf die zwei prallen Taschen, die Carmen auf dem Boden abgestellt hatte.

»Klar, außer Wein und Schnaps war ja nichts mehr im Haus. Und ich habe einen Adventskranz besorgt.«

Maria lächelte. »Wie schön. Weihnachten machen wir es uns schön. Und einen Tannenbaum kaufen wir uns auch …«

Ihre Tochter schwieg, und Marias Lächeln erstarb. »Oder keinen Baum. Geht auch ohne.« Maria war im letzten Jahr betrunken in den Weihnachtsbaum gefallen.

»Hör mal, Mama, ich bringe dich jetzt ins Bett, und wenn du geschlafen hast, gibt es was zu essen. Wie klingt das?«

»Hast du gewusst, dass Manuel bei den Heitbreders Nachhilfe gegeben hat?«

»Du wolltest doch immer, dass er jobbt. Und wir brauchen das Geld, oder nicht?«

Mühsam setzte Maria sich auf. In ihrem Kopf drehte sich alles. »Aber wieso denn ausgerechnet bei denen?«

Carmen setzte sich neben sie aufs Sofa. »Das mit dem Nachhilfeunterricht war meine Idee. Er ist doch gut in Englisch, und ich habe das Inserat in der Zeitung gesehen. Ich dachte, wenn er mal mitbekommt, wie andere Leute leben, entwickelt er mehr Ehrgeiz. Du hast doch selbst gesagt: Entweder man ist mit einem silbernen Löffel im Maul geboren, oder man muss sich sein Leben lang abstrampeln, und wenn man das nicht tut …«, sie senkte den Daumen, »dann ist man irgendwann voll am Arsch, nicht wahr, Mama?«

»Was für Ausdrücke du hast! Aber ausgerechnet die Heitbreders …«

»Oder man ist sowieso am Arsch, von vorneherein. Du hast dich weiß Gott abgestrampelt mit der Bar, und dann ging trotzdem alles den Bach runter. Du hattest nie eine Chance, Mama, von Anfang an nicht!« Carmen klang verbittert. Ihre Lippen wurden zu einem Strich. Mit einem Mal standen Tränen in ihren Augen.

»Kind, du bist noch jung! Und man darf die Hoffnung nie aufgeben. Die Räume der Bar sind noch nicht wieder vermietet worden …«

»Du glaubst doch nicht im Ernst, dass es das Buena Vista jemals wieder geben wird?«

»Vielleicht finde ich doch noch eine Bank, die …«

»Mama! Selbst wenn du das Geld bekämst, was nicht zu erwarten ist: Du bist doch gar nicht mehr fähig, eine Bar zu betreiben!«

Maria verzog die Lippen und griff nach dem Arm ihrer Tochter. »Carmen, von dir hätte ich das jetzt nicht erwartet! Wie kannst du so was sagen?«

»Lass das!« Sie entzog Maria den Arm. »Ja, was meinst du, wie komme ich wohl darauf?«

Maria fühlte sich zu erschöpft, um zu streiten. Wenn Carmen sarkastisch wurde, hatte das ohnehin keinen Sinn. Sie schien nicht zu begreifen, dass Maria auf Hoffnung angewiesen war, um die Kraft zu haben, den Alkohol wegzulassen. Hoffnung auf einen neuen Anfang, auf etwas, für das es sich zu kämpfen lohnte …

Carmens Stimme riss sie aus ihren Gedanken. »Woher weißt du das mit der Nachhilfe überhaupt?«

»Die Polizei war hier. Wegen dem Tod von diesem Jakob Heitbreder.«

»Was hast du gesagt?« Ihre Tochter starrte sie mit gerunzelter Stirn an.

»Kind, wo ist Manuel? Er ist in schlechte Gesellschaft geraten, stimmt's? Ich habe ein Beutelchen mit weißen Kristallen bei ihm gefunden. Ich weiß nicht, was das für eine Droge ist, aber das wird ihn ruinieren. Kannst du nichts dagegen tun?«

Ihre Tochter stöhnte. »Das sagt die Richtige.«

»Ich weiß, ich bin kein Vorbild. Ich war zu sehr mit der Bar beschäftigt, mit der Pleite, all dem … Aber nun heißt es, die Kleine von den Heitbreders sei schwanger, und Manuel wäre der Vater … das kann doch nicht sein! Das glaube ich einfach nicht! Wie kann das nur …«

»Mama, beruhige dich! Alles wird gut. Das Mädchen wird bestimmt abtreiben. Und wovon soll er auch Unterhalt zahlen?«

»Als wenn es nur darum ginge. Überleg doch mal …«

»Mama, was hast du der Polizei gesagt?« Carmen krallte die Finger in die gepolsterte Lehne des Sofas.

»Die Frau hat sich Manuels Zimmer angeschaut, und der Mann hat mich währenddessen ausgefragt, wo Manuel am Sonntagnachmittag gewesen ist. Ich habe ihm gesagt, ich erinnere mich nicht. Aber erinnere mich doch: Manuel war nicht zu Hause, Carmen, das weißt du doch auch.«

»Woher denn, ich hatte Spätdienst am Sonntag. Du musst die Polizei anrufen und sagen, dass es dir wieder eingefallen ist! Am besten, wenn du nüchtern bist. Du musst ihnen sagen, dass er den ganzen Nachmittag zu Hause war, Mama!«

»Aber er hat doch nichts mit dem Tod von dem Sohn der Heitbreders zu tun. Das werden die schnell feststellen.«

»Das ist naiv! Was meinst du, was die für einen Druck haben, einen Schuldigen zu präsentieren. Es geht hier immerhin um eine angesehene Arztfamilie. Und jemandem wie Manuel kann man doch leicht was unterschieben.«

»Also gut, ich rufe da an. Aber versprich mir, dass du Manuel suchst!«

»Klar, Mama. Der wird bei seinen Freunden sein.«

»Nehmen die auch das weiße Zeugs?«

Carmen erhob sich und half ihr aufzustehen. »Komm, ich bring dich ins Bett.«

* * *

Antonia gähnte unterdrückt, während sie sich im Kinosessel zurücklehnte. Ein Filmtrailer nach dem anderen ging über die Leinwand, doch sie konnte sich kaum darauf konzentrieren. Sie hatte in der letzten Nacht schlecht geschlafen, war immer wieder hochgeschreckt, um mit klopfendem Herzen den Geräuschen der Nacht zu lauschen. Zwar hatte sie sich vorm Zubettgehen mehrfach vergewissert, dass sämtliche Türen und Fenster verschlossen waren, doch das Wissen darum, ganz allein in dem großen Haus zu schlafen, bereitete ihr Unbehagen. Ihre Mutter hatte das Haus schon am Nachmittag Richtung Dresden verlassen, um ihre Schwester zu besuchen, und würde erst am Sonntagabend wiederkommen.

Und dann dieser Brief ohne Absender, der gestern in ihrem Kasten gelegen hatte. *Wir kriegen dich!* in ausgeschnittenen Buchstaben. Sie hatte ihrer Mutter nichts davon erzählt, die würde sich nur Sorgen machen. *Mörderin* … Antonia kannte niemanden, der sie für Jakobs Tod verantwortlich machte, ebenso wenig hatte Maxi eine Idee dazu. Emma schlug vor, es könnte Maja gewesen sein. Sie wusste, dass Antonia und Maja sich nicht sonderlich gut verstanden. Trotzdem konnte Antonia sich das nicht vorstellen. Sie seufzte. Auch wenn sie nach wie vor wenig Begeisterung verspürte, für drei Tage zu ihrer Freundin Nadine nach München zu fahren: So würde sie die übernächsten Nächte zumindest nicht allein verbringen müssen. Der süße Duft von Popcorn riss sie aus ihren Gedanken. Emma hielt ihr den Becher unter die Nase.

»Nein danke.«

Emma schüttelte auffordernd den Becher. »Kind, du musst was essen.«

Maxi, die neben ihr auf der anderen Seite saß, schaute hoch und griff hinein. »Du hast abgenommen, Toni, stimmt's?«

»Sie wird immer dünner.« Emma warf sich eine Handvoll Popcorn in dem Mund. »Übrigens, Phillip wollte eigentlich mit in den Film gehen, aber dann kam ihm doch was dazwischen.«

Antonia riss die Augen auf. »Du hast diesen blöden Phillip gefragt, ob er mit in den Film will?«

Maxi lächelte. »Toni, die will dich nur ärgern.«

Antonia schaute Emma an, die sich grinsend Popcorn in den Mund schob, und rollte mit den Augen.

»Hey, der Film fängt an!« Maxi zog ihr Handy aus ihrer Jeans und schaltete es aus. Emma tat es ihr nach. Antonia suchte in ihren Jackentaschen und Hosentaschen nach ihrem Handy. Vor ihrem inneren Auge sah sie es auf dem Küchentisch liegen. Sie hatte es einstecken wollen und dann wohl vergessen. Egal. Sie trank den Kaffee aus, den sie sich gekauft hatte, bevor sie in den Kinosaal gegangen waren, und bemühte sich, in den Film einzutauchen. Eine Zeit lang schaffte sie es, an gar nichts mehr zu denken, nicht mehr an Jakobs Tod, nicht mehr an den oder diejenigen Unbekannten, die sie offenbar hassten, nicht mehr daran, dass sie eine weitere einsame Nacht in dem verwaisten Haus vor sich hatte.

Am Ende des Films war sie dann so müde, dass sie sich am liebsten direkt in ihr Bett gebeamt hätte.

»Wir wollen noch ins Mexim's, was essen. Wenn du schon nicht mit ins Elephant kommst …«, begann Emma, während sie aufstanden und sich ihre Jacken anzogen.

»Nee, lass mal, ich muss wirklich nach Hause.« Antonia lächelte entschuldigend. Im Foyer des großen Kinos verabschiedete sie sich von den beiden und reihte sich in die Schlange vor der Damentoilette ein. Als sie das Kino verließ, kamen ihr bereits die Kinogänger für die nächste Vorstellung entgegen. An einem Freitagabend war hier im Bahnhofsviertel zum Glück immer gut was los. Sie kramte die Parkkarte aus ihrer Handtasche, überquerte den Platz zwischen Kino, Disco, Fitnesscenter, Bars und Restaurants und stieg die Treppe zum Eingang des Parkhauses hinunter. Sie wartete, bis das in bunten, ausgeleierten Wollklamotten gekleidete Paar mit den blonden Dreadlocks am Kassenautomaten bezahlt hatte, und bezahlte dann selbst. Ganz schön teuer, so ein Abend, dachte Antonia und drückte den Aufzugsknopf. Es dauerte eine Weile, bis der leere Aufzug kam, sie stieg hinein. Kurz bevor sich die Türen schlossen, sah sie drei Leute mit Anonymous-Masken den Kassenraum betreten.

Sie war froh, als der Aufzug endlich hochfuhr. Anonymous-Masken? Vermutlich hatte es am Bahnhof irgendeine Demo der Linken gegeben, aber Leute mit Masken bereiteten ihr ein ungutes Gefühl.

Auf der siebten Etage stieg sie aus. Eine Gruppe von Mädchen und Jungen in ihrem Alter kam ihr entgegen, um den

Aufzug nach unten zu nehmen, danach wurde es wieder still. Nur das Klackern ihrer Absätze auf dem Betonboden begleitete sie, während sie zu ihrem Smart lief. Rasch stieg sie ein und verriegelte den Wagen von innen. Sie würgte den Smart zweimal ab, schaffte es dann, ihn zu starten, fuhr los und wollte gerade links in die Abfahrt einbiegen, als sie einen dunklen SUV bemerkte, der auf der nächstunteren Ebene die Abfahrt blockierte. Der Fahrer wandte den Kopf, und hinter der Seitenscheibe wurde eine Anonymous-Maske sichtbar, er winkte ihr zu, machte keine Anstalten weiterzufahren! Auf der Beifahrerseite stieg jetzt jemand aus, auch er mit Maske.

Wir kriegen dich! Antonia stöhnte auf, ihr Herz schlug hart in ihrer Brust, sie fuhr an der Abfahrt vorbei, parkte das Auto nachlässig in der Nähe der Tür zum Treppenhaus, verließ es und sprintete zur Treppe. Sie wagte nicht, den Aufzug zu nehmen, denn es dauerte viel zu lange, bis er kam. Kurzerhand sprang sie die Treppe hinunter, nahm immer zwei Stufen auf einmal. Draußen würde es sicherer sein. Sie würde ins Mexim's flüchten und Emma und Maxi bitten, sie nach Hause zu begleiten. Im Treppenhaus begegnete ihr niemand mehr. Sie stürmte aus dem Parkhaus und wollte schnell die Treppe hinauflaufen, also sie oben auf der Treppe einen Typen mit Maske entdeckte. Wie war das möglich? Es gab noch einen anderen Parkhaus-Ausgang, fiel ihr ein. Also die andere Richtung, zur Stadtbahn!

Im Bahnhofstunnel waren Gruppen von Leuten unterwegs, meist jüngere Leute so wie sie, doch leider keine Polizisten, wie man sie gelegentlich dort sah. Ein Schulterblick verriet ihr, dass der Anonymous-Kerl ihr folgte. Von einer Seitentreppe strömten jetzt zahlreiche Leute mit Gepäck, die wohl gerade aus dem Zug gestiegen waren, nach unten in den Tunnel, darunter ein braun gebranntes, älteres Paar mit Rollkoffern.

Sie sprach die beiden an. »Entschuldigung, ich werde verfolgt von so einem Typen mit Maske, könnten Sie für mich die Polizei anrufen?«

Das Paar tauschte einen Blick. Die Frau runzelte die Stirn. »Ganz sicher? Jemand mit einer Maske? Wo ist er denn?«

Antonia blickte zurück, um ihnen den Kerl zu zeigen. Es herrschte mittlerweile Gedränge im Tunnel, offenbar waren mehrere Züge gleichzeitig angekommen. Sie konnte ihn nirgends entdecken. »Vielleicht hat er die Maske ja auch gerade abgesetzt, ich meine, dann … ich weiß nicht, wie er aussieht, also …«

»Was will er denn von Ihnen?«

»Das weiß ich auch nicht!« Ihre Stimme klang schrill.

Der Mann sah sie forschend an. »Geht es Ihnen gut?«

»Ich … wie soll's mir gut gehen, wenn ich verfolgt werde?« Tränen traten in ihre Augen. »Verdammt, kapieren Sie denn nicht? Jemand ist hinter mir her! Bitte rufen Sie jetzt die Polizei!«

Die beiden starrten sie an. Der Mann blies die Backen auf. »Wir können doch nicht einfach … Wir sehen gerade keinen maskierten Übeltäter. Sie müssen uns schon ein bisschen helfen. Also, junge Frau: Wo ist er, hm?«

Er sprach mit ihr wie mit einem zurückgebliebenen Kind. »Ach, Scheiße, vergessen Sie's einfach!« Antonia ließ die beiden stehen und schob sich mit der Masse vorwärts, stiefelte die Treppe hoch zur Eingangshalle des Bahnhofs. Sie schaute sich immer wieder um, ohne den Mann mit der Maske ausmachen zu können. Allmählich ließ das Herzklopfen nach. Was sollte ihr in der Menschenmenge schon passieren? Der Geruch eines aufdringlichen Parfüms mischte sich mit Zigarettenrauch, als sie die Bahnhofshalle verließ. Sie blieb kurz stehen und verschaffte sich einen Überblick über den Bahnhofsvorplatz. Zahlreiche Leute waren unterwegs, Reisende, die zum Zug wollten oder zur Stadtbahn, oder junge Leute, die ins neue Bahnhofsviertel oder die Innenstadt strömten, um sich zu amüsieren. Freitagabend eben.

Sollte sie wieder zurück ins Parkhaus gehen und ihr Auto holen? Zu riskant, entschied sie und ging mit dem Strom der Passanten Richtung »Tüte«, wie die Bielefelder den unterirdischen Stadtbahn-Bahnhof wegen der Überdachung seines Aufgangs nannten. Wie immer lungerten Junkies am Eingang herum, und wie immer schaute sie an ihnen vorbei, während sie die Rollbahn nach unten betrat. Sie überholte die Stehenden, lief bis zum Ende der Rollbahn und bestieg die Rolltreppe abwärts hinter dem Kiosk. Die von der Decke hängenden Formen, die vermutlich dem Schallschutz dienten, verliehen der mehrstöckigen U-Bahn-Station etwas Höhlenartiges.

Die Rolltreppe endete auf der Plattform von Gleis 1, wo die mit rotem Licht beleuchtete Stahlplattendekoration an der Tunnelwand aussah wie eine Fieberkurve. Sie nahm die Geräusche überdeutlich wahr, das hohe Zischen einer einfahrenden Bahn, das Stimmengewirr, Gelächter, das Hallen ihrer Stiefelabsätze auf dem Schachbrettmuster der Bodenfliesen. Sie warf einen Blick zurück. Auf der Rolltreppe zum Gleis 1 bahnte sich ein Typ, der die Kapuze seines schwarzen Hoodies tief ins Gesicht gezogen hatte, seinen Weg an den Stehenden vorbei. Bestimmt hatte ihr Verfolger die auffällige Maske inzwischen abgesetzt. Antonia beschleunigte ihre Schritte, rannte dann auf die Treppen zu, die hinunter zu Gleis 4 führten, von wo ihre Bahn abfuhr. Sie wagte es nicht, sich umzudrehen, hörte aber, noch bevor sie die zweite Treppe geschafft hatte, das Quietschen von Gummisohlen hinter sich.

Sie hielt inne. Kurz darauf bog der Typ mit dem Hoodie um die Ecke. Er hielt den Kopf gesenkt, sodass sie sein Gesicht nicht erkennen konnte. Über dem Hoodie trug er eine grüne Bomberjacke, dazu eine Camouflagehose und Springerstiefel. Antonia hastete weiter. Sollte sie einfach durchstarten und auf der anderen Seite des Gleises die Rolltreppe nach oben nehmen? Viel war nicht los auf Gleis 4. Ein Junge mit schwarzen Haaren und Undercutfrisur trat gegen einen Papierkorb, zwei andere, ähnlich aussehende Jungs, die neben ihm standen, lachten.

In diesem Moment fuhr die Bahn nach Senne ein, und Antonia durchströmte eine Welle der Erleichterung. Während sie einstieg, beobachtete sie zu ihrem Entsetzen, dass der Kerl mit dem Hoodie in den Nebenwagen stieg. Ein Piepen zeigte das Schließen der Türen an, kurz entschlossen zwängte sich Antonia durch die sich schließende Tür wieder nach draußen und rannte am Aufzug vorbei zur Rolltreppe nach oben. Das konnte der Typ nicht geschafft haben. Vielleicht war er aber auch nur so schnell gelaufen, um seine Bahn noch zu kriegen.

Rasch stieg sie die leere Rolltreppe hoch. Auf Gleis 3 fuhr gerade die Bahn zum Lohmannshof ein. Im selben Moment öffneten sich die Aufzugstüren gegenüber. Antonia erschrak, als sie sah, wer ausstieg. Das konnte kein Zufall mehr sein! Sie rannte in die entgegengesetzte Richtung mit dem Ziel, in den ersten Wagen einzusteigen, um sich notfalls an den Fahrer wenden zu können, doch die Bahn drohte, ohne sie abzufahren, und sie schaffte es nur in den dritten Wagen von vorne.

Ob es ihrem Verfolger gelungen war, die Bahn zu nehmen, konnte sie nicht erkennen. Sie ging bis zu den Enden ihres Wagens. Jedenfalls schien er sich nicht in den beiden Nachbarwaggons aufzuhalten. Antonias Knie zitterten, sie setzte sich. Was sollte sie tun? Irgendwo aussteigen? Unbemerkt, wenn das überhaupt möglich war? Oder einfach sitzen bleiben, bis die Bahn zurückfuhr? Und dann?

»Siegfriedplatz«, verkündete eine Automatenstimme. Sie ließ ihren Blick über die Leute in ihrem Wagen wandern: ein junges Pärchen, das gerade gemeinsam irgendetwas Lustiges auf einem Handy verfolgte, ein älterer Mann mit dunklen Bartstoppeln, angetan mit Kappe und langem Mantel, der eine Gebetskette durch die Finger gleiten ließ und lautlos die Lippen bewegte, zwei ältere Frauen, die unterschiedlicher nicht sein konnten – die eine in elegantem, beigefarbenem Wollmantel, der ihre schlanke Figur betonte, mit kurzen, hellgrauen Haaren, Designerbrille und rot geschminkten Lippen, die andere in einer formlosen, für die Jahreszeit zu dünnen Strickjacke, einer halb herausgewachsenen Dauerwelle in ihren in grellem Rot gefärbten Haaren, bei denen die weißen Ansätze deutlich zu sehen waren, und Wasser in den Beinen.

Antonia wandte den Kopf und fuhr zusammen. Im Wagen hinter ihrem saß jemand mit Hoodie-Kapuze, der den Blick auf sein Handy gesenkt hatte. Sie konnte nur Nasenspitze und Kinnpartie erkennen, das Übrige wurde von der Kapuze verdeckt, aber sie wusste ja auch nicht so genau, wie der Kerl aussah. Wieder die Automatenstimme: »Rudolph-Oetker-Halle.« Der Junge stand auf und ging zur Tür, um auszusteigen. Über seinem schwarzen Hoodie trug er keine grüne Bomberjacke, sondern eine dicke, rot karierte Wolljacke. Er würdigte sie keines Blickes, während er an ihrem Fenster vorbei über den Bahnsteig schlenderte. Antonia atmete aus. Kurz bevor sie sich auf ihrem Platz zurücklehnte, sah sie jemanden über den Bahnsteig sprinten. War er das? Oder nur jemand, der die Bahn noch kriegen wollte? Der Moment war zu kurz, um das zu sagen. Dann musste er eingestiegen sein, denn die Bahn fuhr los, und der leere Bahnsteig glitt an ihr vorbei.

Mittlerweile saß nur noch die alte Frau mit ihren schlecht gefärbten Haaren in ihrem Waggon. Am Freitagabend strömte alles in die Stadt, nicht in die Gegenrichtung. Auf einem Plakat warb das *Johanneswerk* um Fachkräfte in der Pflege, *männlich, weiblich, divers*. Am Bültmannshof humpelte die alte Frau zur Tür hinaus, und Antonia begegnete ihrem eigenen ängstlichen Gesicht in der Scheibe eines Fensters. Sie stand auf, um sich noch einmal einen Überblick zu verschaffen. Im Wagen vor ihrem schien auch niemand mehr zu sein, im Wagen hinter dem ihrem hielt sich eine Gruppe junger Leute auf, die sich – den Gesten nach zu urteilen – lebhaft unterhielt.

»Universität.«

Die jungen Leute verließen den Wagen, und Antonia entschied, das ebenfalls zu tun. Vermutlich hatte sie ihren Verfolger abgeschüttelt. Trotzdem war es besser, in der Nähe von Menschen zu bleiben. Sie stieg vor ihnen die Treppe zu der überdachten Brücke von den Parkhäusern zur Uni hoch. Rechter Hand ging es über eine Treppe hinunter zu einem Park, sie bog links ein, in den Weg zur Uni. Vermutlich waren das Studies, die vielleicht noch im griechischen Restaurant in der Uni was essen oder die Uni durchqueren wollten, um zu einem Studentenwohnheim an der Morgenbreede zu gelangen. Von einer Infowoche für Studieninteressierte wusste sie, dass man das riesige Gebäude der Campus-Uni auf der Rückseite wieder verlassen konnte. Ein Blick über die Schulter verriet, dass die Gruppe ihr wie erwartet folgte.

Das griechische Restaurant, genau! Dort könnte sie darum bitten, dass man ihr ein Taxi bestellte. Sollte sie sich zum Parkhaus bringen lassen, um ihr Auto abzuholen? Mit der Parkkarte würde sie nicht mehr durch die Schranke kommen. Sie würde irgendwen anrufen müssen, der dieses Parkhaus betrieb. Doch nach all der Aufregung wollte sie nur noch eins: nach Hause, ins Bett fallen und sich die Decke über den Kopf ziehen. Und das am besten mit einer Wärmflasche, denn mittlerweile war ihr kalt, vor allem ihre Füße in den eleganten, nicht sonderlich warmen hochhackigen Halbstiefeln fühlten sich wie zwei Eisklumpen an. Auf das Glas der Überdachung des Wegs zur Uni pladderte Schneeregen. Sie vergrub die Hände in den Taschen ihrer Daunenjacke und ging schneller.

In der Uni war es wärmer. Sie stieg die Treppe des Haupteingangs hoch, vorbei an unzähligen Anschlägen und Zettelchen. Das Klappen einer der Eingangstüren und die Stimmen sagten ihr, dass die Gruppe ihr noch immer folgte. Sie betrat die riesige zentrale Unihalle, und ihre Schritte wurden zögerlich. Es gab hier verschiedene Geschäfte, Biobäcker, Sparkasse, Lebensmittelladen, die um diese Zeit geschlossen hatten, aber wo war noch mal das Restaurant? Und wen konnte sie fragen? In einiger Entfernung bewegten sich zwei Leute durch die Halle, ansonsten war nichts los.

Die Gruppe von Studies hatte jetzt ebenfalls die Ebene der Halle erreicht und bog um die Ecke. Die würden es wissen. Sie wollte gerade auf die Leute zugehen, als sie ihn bemerkte: Kapuze über den gesenkten Kopf gezogen, olivgrüne Bomberjacke, Camouflage-Hose. Ihr Herzschlag beschleunigte sich. Er schlich hinter den anderen her, schaute nicht zu ihr rüber. Womöglich hatte er sie noch nicht gesehen. Antonia stolperte ein paar Schritte zurück und verbarg sich hinter einem rot lackierten Pfeiler einer der Brücken, die sich quer durch die Halle zogen und Zugang zur Galerie und der Bibliothek im ersten Stock boten.

Gehörte die Gruppe zu ihm? Waren die alle hinter ihr her? Aber das konnte nicht sein, die hätten sie mühelos eingeholt. Vielleicht versteckte er sich in dieser Gruppe, tat so, als ob er dazugehörte. Vielleicht war sie aber auch paranoid und wurde allmählich verrückt. Die Gruppe ging Richtung Westend, verschwand hinter einer der Treppen zur nächsten Brücke, über der *M, C, D* stand. Jeder Treppenturm, der von der zentralen Halle abging, war mit einem eigenen Buchstaben bezeichnet, das wusste sie noch von der Infowoche. Aber was zur Hölle sollte sie jetzt tun? Einfach wieder rausgehen, zurück zur Stadtbahn? Zu gefährlich!

Eine Bewegung an der Treppe riss sie aus ihren Gedanken. Etwas Weißes blitzte auf, eine Anonymous-Maske! Unwillkürlich entfuhr ihr ein unartikulierter Laut. Der Kerl wandte den Kopf in ihre Richtung und näherte sich jetzt dem Pfeiler. Nach einer Schrecksekunde löste sie sich von dem Pfeiler und stürmte auf eine der Doppeltüren zu, die aus der Halle in die Treppentürme führten. Sie las *T ,L, U,* womöglich war das wichtig, die Campus-Uni kam ihr vor wie ein riesiges Labyrinth.

Sie stieß die Tür auf, rannte an zwei Aufzügen und der Treppe vorbei, vermutlich würde es zu lange dauern, bis einer der Aufzüge kam, also bog sie dahinter in einen Gang nach rechts ab. Eine Tür klappte hinter ihr, sie verfluchte ihre klackernden Sohlen, deren Geräusch selbst auf dem Kunststoffboden noch zu hören war. Sie sprintete an einer Reihe von Schließfächern vorbei, schlug einen Haken nach links in einen von weiteren Schließfächern gesäumten, kurzen Gang. Sie konnte seine Schritte hören, ein leises Quietschen seiner Sohlen, das ihr in schnellem Takt folgte. Sie registrierte ein *U* am Ende des Gangs, wo es wieder Aufzüge gab, die sie erneut mied.

Stattdessen lief sie zwei Treppen hoch, sah sich im nächsten Stock mit Aufzügen und zwei gegenüberliegenden Brandschutztüren konfrontiert und riss die Tür linker Hand auf. Dahinter lag eine Glastür, an der sie vergeblich rüttelte, ein großes Schild an der Tür: *Bibliothek, Eingang nur von der Halle aus*, machte ihr klar, dass es sinnlos war. Fluchend rannte sie zurück, doch auch die andere Brandschutztür erwies sich als verschlossen. Von der Treppe her kam schon sein Keuchen, das war's dann, sie würde ihm auf der Treppe nicht mehr entkommen. Hektisch hämmerte sie auf den Aufzugsknopf ein, und zu ihrer Überraschung öffneten sich die Türen sofort.

Bestimmt dachte er, sie würde bis ganz nach oben fahren, aber sie entschied sich für den neunten Stock. Plötzlich erschien die grinsende Maske zwischen den sich schließenden Türen, Antonia schrie auf, doch er konnte sich nicht mehr reindrängeln. Sie lehnte sich an die Aufzugswand und verschnaufte. Als sich nach kurzer Zeit die Türen zum neunten Stockwerk öffneten, stieg sie aus und nahm den Gang nach rechts. Während sie eine Glastür aufzog, hörte sie das Geräusch des Fahrstuhls. Hatte er mitbekommen, in welches Stockwerk sie gefahren war?

Ohne sich umzusehen, nahm sie einen engen Gang, der links abzweigte, rannte an Bürotüren vorbei. Einen Moment lang glaubte sie, jemand laufe ihr entgegen, doch es war nur ihr eigenes Bild, das sich in einer Glastür in einiger Entfernung spiegelte. Einen Augenblick später veränderte sich ihre Kontur ins Amorphe, bevor sie begriff, dass es sein Spiegelbild war: Er war hinter ihr. Sie beschleunigte ihre Schritte, ignorierte ihre Seitenstiche und ihre schmerzenden Füße in den engen Schuhen und bog dann kurzerhand nach rechts ab, zum Treppenhaus.

Sie sprang zwei Treppen hinunter, hielt sich danach rechts, *U 8*, dann links, ein enger, dunkler Gang, im Vorbeirennen registrierte sie ein Schild: *Institut für Anwalts- und Notarrecht*. Sie wusste schon längst nicht mehr, wo sie war, nur dass sie es nicht mehr lange durchhalten würde, sie konnte nicht ewig panisch Haken schlagen wie ein Hase. Irgendwo hinter ihr schlug eine Glastür zu, und es war sicher kein Dozent für Notarrecht, der das Geräusch verursacht hatte. Der nächste Quergang führte wieder zu den Aufzügen, seine Gummisohlen quietschten jetzt lauter, ein heller, schriller Ton, als bremste er kurz ab, wie ein Auto, das mit quietschenden Reifen abbiegt.

Am Aufzug wählte sie die Ebene 0, die Halle, wo sich eher Menschen aufhielten als hier in den verwaisten Büroetagen. Die Türen öffneten und schlossen sich für ihr Gefühl viel zu langsam, doch endlich ging es nach unten. Die Zeit im Aufzug war zu kurz, um wieder zu Atem zu kommen. *U 0* jetzt, an einer Wand fiel ihr ein Schild auf: *Zum Damen- und Behinderten-WC* und ein Pfeil. Sie hielt sich die Seiten, sie konnte einfach nicht mehr, sie würde sich in der Toilette verstecken. Der Pfeil führte sie durch einen weiteren Gang mit Schließfächern.

War sie schon hier gewesen? Alles sah so gleich aus. Ihre Stiefel hämmerten auf den Boden, der Gang kam ihr endlos vor, wo war die verdammte Toilette? Schließlich entdeckte sie das Damen-WC, eine rote Tür mit einem runden Fenster wie ein Bullauge, dahinter war es dunkel. Als sie in den Raum stürmte, ging das Licht automatisch an und erhellte einen grauen Vorraum mit Waschbecken, dahinter lange Reihen von weinroten Kabinen, sie nahm eine der hinteren, verriegelte die Tür und ließ sich auf den Toilettensitz sinken.

Hatte sie ihn abgehängt? Sie hatte nur noch ihr eigenes Japsen gehört und das Klackern ihrer dämlichen Stiefel, das so laut war, als wollten sie rufen: Hier läuft die lang, die du suchst! Wieso hatte sie sie nicht einfach ausgezogen? In den Scheißdingern konnte man sowieso nicht laufen. Allmählich beruhigte sich ihr Atem etwas. Er würde schon die Tür aufbrechen müssen, wenn er sie hier rausholen wollte! Mit einem Mal wurde ihr bewusst, wie sehr ihr die Füße wehtaten. Sie zog ihre Stiefel aus und massierte sie. Wer zur Hölle waren dieser Typ und seine Kumpanen? Und was wollten die von ihr? Sie konnte keinen klaren Gedanken fassen außer einem: Was, wenn das Jakobs Mörder waren?!

Und jetzt bin ich dran …

Sie begann zu zittern.

Plötzlich hörte sie eine Tür klappen. Leise zog sie sich die Stiefel wieder an und stieg auf den Toilettendeckel. Sie hörte ein Quietschen und drückte sich eng an die Wand. Die Kabinentüren waren recht hoch, aber unten gab es einen Spalt. Außerdem – fiel ihr ein – konnte man vermutlich von außen sehen, dass die Kabinentür verriegelt worden war. Die Tür klappte noch einmal. Hatte er aufgegeben und den Toilettenraum verlassen? Sie hörte ein Plätschern, dann wurde es still.

Kurz darauf ließ ein Klirren sie so zusammenfahren, dass sie fast das Gleichgewicht verloren hätte und von der Toilette gestürzt wäre. Es folgten Geräusche, die sie nicht einordnen konnte, darunter ein Schaben. Bewegte er sich durch den Raum? Sie atmete möglichst flach. Wieder ein leises Schaben ganz in der Nähe. Im nächsten Augenblick erkannte sie die Quelle des Geräuschs: Eine spitz zulaufende Spiegelscherbe schob sich unter ihrer Tür hindurch. Sie hielt den Atem an, presste sich enger an die Wand. Dann verschwand die Spiegelscherbe wieder. Hatte er sie gesehen?

Einen Moment lang herrschte vollkommene Stille. Ihr Herz klopfte jetzt so heftig, dass es ihr vorkam, also ob jeder im Raum es pochen hören müsste. Mit einem Mal rauschte Wasser durch die Toilette. War sie versehentlich an die Spülung gekommen? Oder kam das von einer anderen Toilette? Plötzlich hörte sie einen Wutschrei, dann wurde, dem Geräusch nach zu urteilen, eine Kabinentür in ihrer Nähe aufgestoßen. »Du perverses Arschloch!« Eine erboste Frauenstimme. Eine andere Frau, zum Glück! Schnelle Schritte, Quietschen von

Sohlen. »Bleib stehen, Arschloch, ich mach ein Foto von dir, für Instagram!« Türenklappen. Stille.

Antonia stieg von ihrem Toilettensitz und öffnete behutsam die Kabinentür. Niemand hielt sich mehr im Toilettenraum auf, auch der Vorraum mit den Waschbecken war verwaist, Scherben bedeckten den Boden, einer der Spiegel war zertrümmert worden. Die Frau musste ihm hinterhergerannt sein, in der Annahme, dass der Typ ein Spanner war. Verrückt, ein verfolgter Verfolger. Aber was, wenn er wiederkam? Sie musste raus hier, solange es noch ging!

Sie huschte durch den Raum, zog die Tür einen Spaltbreit auf und lugte hindurch. Auch hier am Zugang zum Treppenturm *T:* niemand. Bei *T 0* hatte sie einen Hinterausgang gesehen, der hoffentlich offen war. Also zurück, sie ging auf Zehenspitzen, bog rechts ab in einen weiteren Gang, an dessen Ende eine Brandschutztür lag. Sollte sie ihre Schuhe ausziehen? Aber draußen würde sie sie brauchen, und es kostete zu viel Zeit, sie aus- und wieder anzuziehen. Bloß raus hier, bevor er sie fand!

Antonia konnte sich nicht mehr beherrschen und rannte los. Das Knallen ihrer Stiefel kam ihr unglaublich laut vor. Kurz bevor sie die Brandschutztür aufzog, hörte sie ein Quietschen irgendwo hinter sich. Ein Schauer überfuhr sie, und sie stürmte hinaus, sah im nächsten Augenblick den Ausgang mit den doppelten Glastüren, warf sich gegen die erste Tür, drückte dann die zweite auf. Eisige Luft kam ihr entgegen, am dunklen Nachthimmel trudelten Schneeflocken.

Sie sprintete an den Bänken und der weiß bepuderten Rasenfläche vorbei über einen Querweg auf die beleuchtete Parallelstraße zu, das musste die Morgenbreede oder ihre Verlängerung sein. Ein Auto stand dort, Gott sei Dank! Die Scheinwerfer beleuchteten den Schneefall. Sie konnte es schaffen, es waren vielleicht hundert Meter, die sie noch von der Straße trennten. Es durfte nur nicht wegfahren, bitte fahr nicht weg! Sie mobilisierte ihre letzten Reserven, stolperte über eine Kante des Pflasters, fing sich wieder, warf einen Blick zurück und sah die grinsende Maske an der Tür stehen. Er beobachtete sie, er hatte das Auto auch bemerkt.

»Hallo!« schrie sie und wedelte mit den Armen.

Eine Frau stieg aus, sie war kaum zu erkennen, die Scheinwerfer blendeten Antonia, sie kniff die Lider zusammen. »Hey!«, rief sie. »Bitte helfen Sie mir, da ist jemand hinter mir her. Dieser Typ mit der *Guy-Fawkes*-Maske, er steht dort hinten am Uniausgang, nehmen Sie mich mit, bitte!«

»Kein Problem, steig ein.«

Antonia lief um den Wagen herum, es war ein SUV. Sie hielt inne. Hatte sie nicht genau so ein Wagen im Parkhaus gestoppt? Aber es hatte keine Frau darin gesessen, soweit sie sich erinnerte. Sie kletterte auf den leeren Beifahrersitz, die Frau stieg ebenfalls ein und fuhr zu ihrer Erleichterung sofort los.

»Vielen Dank!« Sie keuchte.

Die Fahrerin wandte ihr kurz das Gesicht zu, das von langen, unnatürlich glänzenden, schwarzen Haaren umrahmt war, und lächelte. Zu Antonias Überraschung trug sie eine ausladende Sonnenbrille. Sie war jung, etwa in Antonias Alter.

»Ich … ich weiß nicht, wer der Typ ist, der hinter mir her ist, aber am besten … falls das möglich ist … könntest du mich zur Polizei bringen? Die sind doch gleich an der Werther Ecke Kurt-Schumacher-Straße … also … keine drei Minuten weit weg …«

»Möglich ist vieles.« Ihre Stimme klang etwas quäkend. War das ein Ja? Vermutlich, denn sie fuhr Richtung Wertherstraße, wenn auch langsam. Sie war ganz in Schwarz gekleidet und trug etliche Silberringe an den Fingern.

Antonia entspannte sich etwas. »Ich heiße übrigens Antonia.«

Die junge Frau nickte. Antonia wartete, dass sie ihren Namen nannte, aber es kam nichts.

»Sag mal, ist das nicht ziemlich dunkel, nachts mit einer Sonnenbrille?«

Mit leisem Klacken fuhren die Verriegelungsknöpfchen nach unten. Hatte das Mädel etwa Angst, dass ihr Verfolger das Auto einholen könnte – oder was sollte das? Antonia setzte an, um sie zu fragen, als direkt hinter ihr ein Räuspern ertönte.

»Bieg doch einfach links ab auf diesen Parallelweg, dann hat er's nicht so weit.« Eine Männerstimme.

Antonia drehte sich um und starrte direkt in eine grinsende Anonymous-Maske …

* * *

Als Dominik nach Hause kam, schnarchte Frank vor dem Fernseher vor sich hin. Dominik wärmte sich das Nudelgericht vom Vortag auf und spülte es mit einem Glas Apfelschorle hinunter. Der Besuch bei Maria Flores hatte ihn deprimiert. Er musste an eine Sendung von Prof. Lesch denken, bei der es um Supernovae gegangen war – und ihren Kollaps, bei der der Stern nicht immer zu einem kompakten Objekt wie einem Neutronenstern in sich zusammenfiel, sondern manchmal vollständig zerrissen wurde. Maria Flores wirkte, als arbeitete sie an der letzten Variante. Und das alles nur, weil sie mit ihrer Bar pleite gegangen war? Nina und er waren sich einig gewesen, dass sie seltsam reagiert hatte, als die Rede auf Manuels Nachhilfe bei den Heitbreders gekommen war.

Und dann diese Elefantenfigur … zurzeit gingen sie davon aus, dass Jakobs Mörder auch derjenige war, der den Heitbreders das Leben mit Totenfiguren und Babypuppen zur Hölle machte, ein Terror, der möglicherweise Manuels Rachegelüsten entsprang. Trotzdem gab es da etwas, das er nicht verstand: Manuel traf mit diesem Psychoterror auch Maja. Es sei denn, sie war eingeweiht. Aber das konnte nicht sein – oder doch? Maja trauerte um ihren Bruder, zumindest hatte er diesen Eindruck bei seinem ersten Besuch gewonnen.

Er räumte das Geschirr in die Spülmaschine und warf einen Blick auf die Küchenuhr: 22:31 Uhr, eigentlich musste Robin schon zurück sein. Sein Sohn hatte sich bereits um 18:30 Uhr mit Betty und Jens-Thorben im Restaurant getroffen. Er stieg die Treppe in den ersten Stock hoch, um in Robins Zimmer nachzusehen. Kein Robin weit und breit. Dann setzte er sich auf Robins Bett und rief Betty an.

Die teilte ihm mit, dass sie das GlückundSeligkeit gegen 21:30 Uhr verlassen hatten, und schwärmte ihm von dem Ambiente des in einer ehemaligen Kirche untergebrachten Restaurants vor. Er stoppte ihren Redefluss mit der Bemerkung, dass sie ja auch schon mit der ganzen Familie dort gewesen seien.

»Oh«, machte Betty. »Ich erinnere mich …«

»Und – ist Robin jetzt glücklich und selig?«

»Wir hatten ein sehr gutes Gespräch. Kein Wunder, dass der Junge es nicht bei dir aushält, Dominik!«

Dominik holte tief Luft. »Ach ja, mein Kommunikationsstil …«

»Ganz recht. Jens-Thorben meint, der sei wenig wertschätzend. Mit Robin ist alles in Ordnung, nur die zunehmenden Belastungen im Zusammenhang mit den Abi-Prüfungen machen ihm zu schaffen. Und wie gesagt, dein …«

»Jaja.«

»Du solltest das ernster nehmen, Dominik. Jens-Thorben würde sich gerne mal mit dir unterhalten. Er findet, dass du zu defizitorientiert bist, und vor allem, dass du dir mehr Zeit nehmen musst, um einen besseren Zugang zu Robin zu bekommen. Du solltest dir mal überlegen, wo deine Prioritäten liegen.«

»Ich sollte …«

»Du hast schon verstanden. Und ich sehe das genauso.«

»Wie schön, dass ihr einen Schuldigen gefunden habt. Gute Nacht.« Er drückte das Gespräch weg.

Robin hatte nie davon gesprochen, dass ihn seine Abi-Prüfungen belasteten. Das war ja eins der Probleme – sie schienen ihm völlig schnuppe zu sein. Was war ihm überhaupt noch wichtig? Dominik holte das Fläschchen mit den Nasentropfen aus seiner Hosentasche und erhob sich mit einem Gähnen von Robins Bett. Die Verschlusskappe fiel zu Boden und rollte unter das Bett. Er bückte sich, um sie aufzuheben, doch er fand sie nicht auf Anhieb, also kniete er sich auf den Teppich und zog eine staubige Unterbettkommode unter dem Bett hervor. Statt der Kappe entdeckte er einige Internetausdrucke ohne Staubschicht. Er räumte sie beiseite. Dann stutzte er. *Was* hatte er da gerade gelesen? Er griff nach dem obersten Blatt, es zitterte in seiner Hand. »Meine Güte, Robin … was zum Teufel?« Er überprüfte das Datum: Der Ausdruck war erst vor wenigen Tagen erstellt worden! Kopfschüttelnd überflog er die anderen Ausdrucke. Es ging bei allen um dasselbe Thema. Und Robin hatte sie unter dem Bett versteckt. Aus gutem Grund …

Samstag, 21. Dezember 2013

Das Erste, was Maria wahrnahm, war der Kopfschmerz. Dann der miese Geschmack im Mund und die eiskalten Füße, weil die Decke halb vom Bett gerutscht war. Stöhnend wälzte sie sich auf die andere Seite. Vom Flur her drangen die Stimmen ihrer Kinder in ihr Schlafzimmer. Dann Gelächter. Wenigstens verstanden sich die beiden gut. Und Manuel war Gott sei Dank wieder da. Wie spät war es bloß? Ein Blick durchs Fenster in den eintönig grauen Winterhimmel gab keinen Aufschluss. Spät vermutlich. Es kostete sie einige Anstrengung aufzustehen, ihren Anblick im Spiegel zu ertragen, unter die Dusche zu gehen, die wenigen Sachen zusammenzusuchen, die ihr noch halbwegs passten, und ihren fülligen Körper hineinzuzwängen.

Sie trank gerade ihren ersten Kaffee, als das schrille Klingeln an der Wohnungstür in ihren schmerzenden Kopf stach. »Manuel, machst du auf?«

Ein Geräusch im Flur verriet ihr, dass Manuel sie gehört haben musste. Kurz darauf polterte jemand die Treppe hinunter. Wieder klingelte es. »Manuel?! Mach doch endlich …« Wieder ein Poltern auf der Treppe. War Manuel gegangen? Sie rief nach ihrer Tochter. Doch niemand antwortete.

»Wer kann das sein?« Sie trat ans Fenster, gerade noch rechtzeitig, um ihren Sohn im Hinterhof aufs Moped steigen und wegfahren zu sehen. Besuch bekam sie schon lange nicht mehr. Ihre sogenannten Freunde – zum großen Teil Stammkunden ihrer Bar – hatten sich nach und nach verabschiedet. Wen wundert's, dachte sie, statt einer gut gelaunten Maria, die bei jeder Gesellschaft im Mittelpunkt stand, gab es nur noch eine jammernde, ausgebrannte Frau, die immer dieselbe Platte spielte.

»Mama, ich muss zur Arbeit.«

Maria wandte sich um. Carmen hob zum Abschied die Hand.

»Kind, sei so lieb und mach auf.«

»Das sind die Bullen. Vor der Tür steht ein Polizeiwagen. Mit denen will ich nichts zu tun haben. Nachher wollen die mir tausend Fragen stellen, und dann komme ich zu spät zur Arbeit, ich bin sowieso schon spät dran.«

»Polizei? Ist Manuel deshalb weg?«

»Willst du, dass er Ärger kriegt?«

»Aber Kind ...«

»Ich muss jetzt. Tschau.« Auch ihre Tochter verschwand. Die Wohnungstür fiel hinter Carmen ins Schloss.

Nach einer Weile schrillte die Klingel noch einmal. Die waren hartnäckig. Maria fluchte und ging zur Tür, um zu öffnen. Die beiden neugierigen Schnüffler von gestern kamen die Treppe hoch. Der Hübsche, der so um die fünfzig sein mochte, und die sportlich und etwas burschikos wirkende Frau in ihrem Alter.

»Mein Sohn ist nicht da«, sagte Maria zur Begrüßung. »Und mir ist noch eingefallen: Er war an dem besagten Sonntag den gesamten Nachmittag zu Hause.«

»Dürfen wir reinkommen?« Der Hübsche lächelte. Er dachte wohl, er könne sie mit seinem Charme manipulieren.

»Wie gesagt: Er ist nicht da.« Sie hob ihren Kaffeebecher. »Und ich habe noch nicht mal gefrühstückt.«

Die beiden schwiegen, machten aber auch keine Anstalten zu gehen.

Maria seufzte. »Also gut, gehen wir ins Wohnzimmer.«

Sie folgten ihr und nahmen auf ihren Wink hin auf dem Sofa Platz. Maria lehnte sich an die Fensterbank. Unten auf der Straße versuchte ein grauer Mercedes, in die enge Parklücke hinter ihrem alten Polo einzuparken.

»Wissen Sie, wo Ihr Sohn sich aufhält oder wann er wiederkommt?«, fragte der Hübsche.

»Er hat gerade erst das Haus verlassen. Keine Ahnung, wo er hinwill.«

Der Bulle lächelte. »Frau Flores, wir benötigen ein aktuelles Foto von Ihrem Sohn, und wenn Sie die Namen und Adressen enger Freunde von Manuel für uns hätten, wäre das sehr hilfreich.«

»Ein Foto?« Marias Augen wurden schmal. Kein Zweifel, der Kerl setzte sein gutes Aussehen ein, um sie einzulullen und unvorsichtig werden zu lassen. »Wozu?«

»Wir müssen ihn dringend sprechen. Und wir brauchen ein Foto, weil wir Ihren Sohn leider noch nicht kennengelernt haben.« Der Bulle schaute sie aus seinen schönen, großen, braunen Augen treuherzig an. Aber das zog bei ihr nicht.

»Er hat keine Freunde«, gab sie zurück, und im selben Moment fiel ihr ein, dass das unglaubwürdig klang. »Na, einen vielleicht, ich schreibe Ihnen seinen Namen auf. Und ein Foto …« Sie ging zur Kommode, stellte ihren Becher ab und wühlte in einer Schublade, bis sie aus den vielen Fotos eines gefunden hatte, auf dem Manuel gut zu erkennen war. Sie hatte sich nie die Zeit genommen, all diese Fotos zu sortieren und einzuheften. Fotos aus einer besseren Vergangenheit … Die Polizistin stand auf, um das Foto entgegenzunehmen.

Aber dieser graue Mercedes von vorhin ... natürlich fuhren viele Leute so ein Auto, und das war doch nicht möglich, oder? Maria griff nach ihrem Becher, trat zum Fenster und blickte hinaus. Der, der da gerade aus dem großen Wagen stieg ... der Becher rutschte aus ihrer Hand und zerschellte auf dem Boden. Was zur Hölle wollte der denn hier? Sie starrte auf die Scherben, dann wieder aus dem Fenster. Er stand unschlüssig auf dem Bürgersteig und sah zu dem Polizeiwagen auf der anderen Straßenseite hinüber.

»Frau Flores? Alles in Ordnung?«

Die Frau war neben sie getreten und folgte ihrem Blick aus dem Fenster. In diesem Moment drehte Dr. Heitbreder auf dem Absatz um und stieg wieder in seinen Wagen.

Ihre Brauen hoben sich. »Frau Flores, kennen Sie Reinhold Heitbreder?«

»Er ist der Vater des Mädchens, bei dem Manuel Nachhilfe gegeben hat.« Maria bückte sich, um die Scherben vom Boden zu sammeln.

»Kennen Sie ihn persönlich?«

»Das nicht. Eine Freundin, die in seine Praxis geht, hat ihn mir mal in der Fußgängerzone gezeigt.«

»Was denken Sie, was wollte er vor Ihrem Haus?«

Mühsam richtete Maria sich wieder auf. Seitdem sie so stark zugenommen hatte, war alles viel anstrengender geworden. »Vielleicht will er in der Altstadt einkaufen. Das ist doch das, was die Reichen samstags gern tun. «

* * *

Als Dominik zwanzig Minuten später sein Büro betrat, stieß Frank, der auf seinem Drehstuhl in der Nähe des Fensters balancierte und einen Teil einer Girlande mit Lichterkette in

Knallfarben und mit künstlichem Tannengrün in den Händen hielt, einen erschreckten Laut aus.

»Dodo, du bist es!« Der Stuhl drehte sich hin und her.

»Wer sonst. Übrigens: Die meisten Unfälle passieren im Haushalt. Der Rest im Büro.« Dominik eilte zum Fenster und hielt den Stuhl fest.

»Ich versuche nur, ein bisschen was Weihnachtliches …«

»Frank, komm da runter, du brichst dir noch die Knochen. Woher hast du das kitsch… wunderschöne Teil überhaupt?«

»Das hatten meine Eltern noch in ihrem Keller.« Seufzend ging Frank in die Knie und kletterte vom Stuhl. Die Girlande, die halb über dem Fenster hing, löste sich und fiel herab. »Na toll! Ich habe Jacqueline versprochen, ihr mal unseren Arbeitsplatz zu zeigen. Aber so, wie es hier aussieht …« Frank machte eine ausholende Geste, die das Durcheinander aus Papierbergen, Aktenordnern, Stiften und leeren Brötchentüten umfasste.

»Wie wäre es, wenn du damit anfängst, deine Kippen in den Müll zu bringen, statt die Dinger in halb vollen Kaffeetassen zu versenken …«

»Wie wäre es, wenn du … ach, Dodo, mir fällt ein, Bent will dich sprechen.«

Dominik verließ sein Büro. Hatte Bent noch einen Arbeitsauftrag für ihn? Heute war Samstag, er hoffte, etwas früher gehen zu können. Als er am Morgen nachgeschaut hatte, ob Robin nach Hause gekommen war, hatte er nur ein leeres Bett vorgefunden. Ans Handy ging Robin auch nicht. Wo trieb der sich die ganze Zeit herum? Und vor allem: Was hatte sein Sohn vor? Und wenn er alle von Robins Freunden abtelefonieren musste, Hauptsache, er erreichte ihn endlich! Er klopfte an Bents Tür.

»Herein. Dominik …« Bent saß am Schreibtisch und lächelte. »Setz dich doch, was kann ich für dich tun?«

Frank hatte gelogen, um ihn loszuwerden. Nach einem Moment der Irritation erwiderte Dominik das Lächeln und nahm auf dem Besucherstuhl Platz. Aus unerfindlichen Gründen verhielt sich der Mordkommissionsleiter inzwischen viel netter zu ihm als früher. Vielleicht hatte der ernste und überkorrekte Bent auch einfach nur gute Laune – und das ebenfalls aus unerfindlichen Gründen, denn Dominik wusste so gut wie nichts über ihn, obwohl er schon ein Jahr lang mit ihm zusammenarbeitete. Bent war mindestens ebenso verschlossen wie Robin.

»Ich wollte nur kurz berichten. Wir haben Manuel Flores nicht angetroffen. Nina sucht gerade einen Freund von ihm auf, der uns eventuell sagen kann, wo er sich aufhält. Und wir haben Grund zur Annahme, dass Maria Flores Dr. Heitbreder kennt.« Er dachte daran, wie Frau Flores die Kaffeetasse aus der Hand gerutscht war. Ganz so oberflächlich wie behauptet schien ihre Bekanntschaft mit Heitbreder nicht zu sein. Auch Nina war der Meinung, dass die Frau diesbezüglich gelogen hatte.

»Welche Art von Beziehung haben die beiden?« Bent verschränkte die Arme hinter dem Kopf. Das Hemd spannte sich über seiner breiten Brust.

»Gute Frage. Sie hält sich bedeckt. Eines steht allerdings fest: Dieser Manuel Flores läuft vor uns davon. Und es ist ziemlich merkwürdig, dass er unter falschem Namen als Nachhilfelehrer bei den Heitbreders gearbeitet hat.«

»In der Tat. Die Spurensicherung hat übrigens diese *La-Catrina*-Figur untersucht. Es finden sich überhaupt keine Fingerabdrücke. Die Figur ist offensichtlich sorgfältig gereinigt worden.«

»In Manuels Zimmer haben wir eine Elefantenfigur entdeckt. Frau Heitbreder erwähnte, die habe vorher dort gestanden, wo in ihrem Wohnzimmer die Catrina-Figur platziert wurde – als Drohung, nehme ich an.«

Bent starrte vor sich hin, zupfte an seiner Unterlippe, dann blickte er auf. »Der Mörder von Jakob Heitbreder hat bewiesen, dass er nicht nur droht. Habt ihr diese Elefantenfigur mitgenommen?«

»Nein, Maria Flores wollte uns loswerden, aber Nina hat schnell noch ein Foto von der Figur geschossen.«

»Gut.« Bent nickte. »Die Heitbreders müssen das Foto sehen. Ich werde ihr Haus observieren lassen. Ich versuche, noch heute Nachmittag ein Team zusammenzubekommen. Ich fürchte, früher oder später wird wieder etwas passieren.« Bent beugte sich vor und stützte die Ellbogen auf seinen Schreibtisch. »Soll ich dir einen Kaffee holen, Dominik? Du siehst erschöpft aus.«

»Danke, nein. Ich bin immer noch erkältet und …«

»Machst dir Sorgen um deinen Sohn?«

»Ja … also, was soll ich sagen?« Der neue, einfühlsame Bent wurde ihm allmählich unheimlich.

»Raus damit.« Bent lächelte.

»Du kannst Gedanken lesen.« Der Mordkommissionleiter war eigentlich der letzte Mensch, mit dem er über seine persönlichen Probleme sprechen wollte. Bei ihrem ersten gemeinsamen Fall war es um den Mord an Robins Freundin gegangen. Alles, was Bent damals dazu einfiel, war, ihn auf schroffe Art wegen Befangenheit aus der Mordkommission zu werfen.

»Möchtest du darüber reden?« Bent wirkte ehrlich interessiert.

»Ich … nun … Robin ist … er lässt kurz vorm Abi die Schule schleifen, wird unzuverlässig … aber das ist es nicht allein. Ich glaube, es gibt etwas, das ihn bedrückt, was er aber nicht erzählt und … du musst wissen, Robin ist emotional …« Dominik rieb sein Kinn, »… unreif, ja, das trifft es. Er reagiert sehr impulsiv, und alles ist entweder schwarz oder weiß, im Zweifel ist immer das kapitalistische Schweinesystem schuld.« Dominik räusperte sich. »Er tendiert ins Linksextreme.«

Bent hob die Brauen.

»Vielleicht hätte ich das jetzt nicht sagen sollen.«

»Nichts, was du mir mitteilst, verlässt diesen Raum, okay?«

»Okay. Ich habe Angst, dass er etwas Dummes macht, sich damit seine Zukunft versaut. Etwas, das nicht mehr zu reparieren ist, etwas, das er sein Leben lang bereuen könnte. Aber ich komme einfach nicht an ihn ran!« Dominik sank tiefer in den Besucherstuhl. Er sah nicht nur erschöpft aus. »Ich bin mit meinem Latein am Ende.«

»Etwas Dummes … hast du einen konkreten Verdacht?«

Dominik zögerte. Es tat seltsamerweise gut, mit Bent darüber zu sprechen. Mit Betty dagegen schien es unmöglich zu sein, es endete jedes Mal im Streit. Aber sollte er Bent wirklich von der Anleitung zum Bombenbau erzählen, die er in Robins Zimmer gefunden hatte? *Nichts, was du mir mitteilst, verlässt diesen Raum …* Er rückte mit seinem Stuhl näher an Bents Schreibtisch heran und holte tief Luft. Auch Bent beugte sich noch ein Stück vor.

»Klopf, klopf.«

Beide fuhren auseinander. Bents Augen wurden groß. Ein mittelgroßer, mittelalter, schlanker Mann mit Brille, Knollnase und kurzem Goatie, der seiner Glatzenbildung mit der Flucht nach vorne zuvorgekommen war, indem er die verbliebenen Haare raspelkurz getrimmt hatte, stand in der Tür und musterte Dominik von oben bis unten. Ein Strasssteinchen funkelte in seinem Ohr, ein paar Schneeflocken schmolzen auf seiner Daunenjacke. Dominik hatte den Mann, eine Mischung aus Hipster und Erdkundelehrer, noch nie gesehen. Der lächelte

Bent zu und stellte einen Präsentkorb auf dessen Schreibtisch ab. »Ich hoffe, ich störe nicht. Ich habe auch schon an der Tür geklopft, aber keine Antwort erhalten.«

»Hallo, Joe. Das liegt wohl daran, dass wir gerade in einer Besprechung sind.«

»Eine Besprechung also ...« Joes Blick wanderte zwischen Dominik und Bent hin und her, als wollte er ergründen, um welche Art von Besprechung es sich wohl handelte. »Ich habe dir eine Kleinigkeit mitgebracht. Ich dachte, bei der vielen Arbeit kommst du sicher kaum zum Einkaufen, und du kochst doch gerne italienisch, oder?«

»Schön ... äh ... ja, vielen Dank, Joe.« Bents Lächeln wirkte gezwungen.

Joe zeigte auf den gut gefüllten Korb. »Es gibt natürlich verschiedene Sorten Pasta, Wein, dazu diverse Saucen, Pesto, Espresso, Amarettini und ...«

»Das ist sehr lieb von dir«, unterbrach Bent die Aufzählung. Dann kam nichts mehr. Peinliche Stille breitete sich aus. Bent spielte mit seinem Brieföffner.

Dominik wollte gerade einwerfen, dass er ohnehin gehen wollte, als Joe ihm zuvorkam. »Ich ... ja gut, ihr habt eine Besprechung, dann will ich mal nicht länger stören. Wir sehen uns.«

Er strahlte Bent an und warf ihm zum Abschied – hatte Dominik das richtig gesehen? – einen *Luftkuss* zu!

Bent hob mit einer sparsamen Geste die Hand, und im nächsten Moment war Joe zur Tür hinaus.

»Bent, hast du etwa Geburtstag? Herzlichen ...«

»Ich habe erst im Januar Geburtstag, also ähm ... das war nur ein Freund.« Bents Wangen bekamen Farbe.

Dominik hatte sich Bents Freunde ähnlich steif und korrekt vorgestellt. Unvorstellbar, dass der Mordkommissionsleiter irgendwem einen Luftkuss zuwerfen würde.

Dominik grinste. »Komisch, Frank schenkt mir nie einen Präsentkorb, er kauft nicht mal ein. Dafür werde ich Opfer seiner«, er malte Anführungszeichen in die Luft, »Kochkunst aus Resten.«

Bent stützte den Kopf auf die gefalteten Hände und lächelte. »Eure Männer-WG, hm?« Dann wurde er wieder ernst. »Hat Frank denn Zugang zu Robin?«

»Nicht mehr als ich. Ich wollte dich fragen, ob ich heute etwas eher nach Hause fahren kann. Ich muss unbedingt mit meinem Sohn reden. Es zumindest versuchen.«

»Natürlich. Und Dominik – viel Erfolg dabei!«

»Danke, Bent.« Er stand auf. »Danke für dein Verständnis.«

Auf dem Weg nach draußen schaute Dominik noch einmal in seinem Büro vorbei. Frank stemmte gerade die Fäuste in die Hüften und begutachtete sein Werk: Über dem Fenster prangte das künstliche Tannengrün, die knallbunte Lichterkette darin blinkte hektisch.

»Seltsam, Bent wollte mich gar nicht dringend sprechen.«

Frank wandte sich um. »Dafür warst du aber lange in seinem Büro, Dodo. Was wollte denn die Schwuppe von Bent?«

»Wer?«

»Na, der Typ, der vorhin mit einem Präsentkorb Kurs auf Bents Büro genommen hat.«

»Du immer mit deinen Klischees. Nur, weil er ein Strasssteinchen im Ohr trägt …«

»Dodo, ich erkenne Schwuletten auf den ersten Blick. Es ist das Gesamtkunstwerk, nicht das Steinchen im Ohr.«

* * *

Mit einem Schmatzen löste sich Antonias Zunge vom Gaumen. Die letzten Reste des Traumes, in dem sie Jakob auf einem sonnendurchfluteten Flughafen in Brasilien wiederbegegnet war, lösten sich auf. Sie stöhnte, während ihr bewusst wurde, dass sie sich in dem Kellerloch befand, in das die sie geschleppt hatten. Dabei ahnte sie nicht einmal, wo dieser dreckige Keller lag, denn auf dem Weg dahin hatten sie ihr einen dunklen Sack über den Kopf gestülpt. Sie waren eine ganze Zeit lang gefahren, bevor sie sie aus dem Auto gezerrt hatten. Sie hätte nicht sagen können, in welchem Teil Bielefelds oder einer Nachbarstadt sie gefangen gehalten wurde.

Sie bewegte ihre schmerzenden Arme, die vor ihrem Bauch an den Handgelenken mit einem dicken Seil gefesselt waren, wälzte sich herum und stöhnte noch einmal. Alles an ihrem Körper fühlte sich steif und kalt an, sie fror trotz ihrer Daunenjacke, und sie hatte Durst. Gleichzeitig musste sie dringend pinkeln. In der Nähe der fleckigen Matratze, auf der sie lag, rasselte ein vorsintflutlicher Heizstrahler, der warme Luft ausstieß – die einzige Wärmequelle in dem schimmelig riechenden, feuchtkalten Keller. In dem Schnarren des Museumsstücks machte sie leise Stimmen aus, die offenbar aus dem Raum über ihr kamen.

Ein schmutzstarrendes, schmales Kellerfenster ließ fahles Winterlicht herein, das eine alte Kommode, einen Werkzeugkasten, Kisten mit Nägeln und anderes Gerümpel beleuchtete. Der Putz bildete stellenweise vor Feuchtigkeit Blasen und war teilweise abgefallen. Das Muster, das er an der Wand bildete, ließ sie an schwärende Wunden denken. In einer Ecke des kleinen, niedrigen Raums stapelten sich Getränkekisten mit Bier, aber auch Mineralwasser. Wie in der letzten Nacht versuchte sie noch einmal, ihre Hände von dem Seil zu befreien, das mehrfach und eng um ihre Handgelenke gewickelt war. Sie bemühte sich, die dicken Knoten mit den Zähnen aufzuziehen, vergeblich. Sie wusste nicht einmal, wer ihre Peiniger waren und was sie von ihr wollten! Sie hatte versucht, mit denen zu reden, aber außer kurzen Befehlen wie »Steig aus« oder »Schneller« war nichts gekommen.

Dass ihre Mutter gerade zu Besuch in Dresden war, machte die Sache nicht besser. Mama würde ihr vermutlich WhatsApp-Nachrichten und Fotos von Unternehmungen mit Antonias Tante in Dresden schicken und dann feststellen, dass sie sie nicht abrief. Sie konnte sich vorstellen, was sie dachte: Antonia macht in München zusammen mit ihrer Freundin einen drauf und ist viel zu beschäftigt, um sich Mamas Nachrichten anzusehen. Und Sonntagabend, wenn sie aus Dresden zurückkehrte, würde sie denken, ach, da liegt ja Tonis Handy, sie hat es vergessen, deshalb kann ich sie nicht erreichen, klar. Erst wenn am Montagnachmittag am Hauptbahnhof keine Antonia aus dem Zug stieg, würde sie sie vermissen und zur Polizei gehen. Ganz großartig! Und welche Chance hatte die Polizei, sie zu finden? Ob es Zeugen gab? In dem Parkhaus existierten sicher Kameras, aber vielleicht nicht überall.

Antonia setzte sich mühsam auf. Es musste doch irgendeinen Anhaltspunkt geben, wer diese Leute waren. Die hatten ihr aufgelauert. Die mussten sie schon eine Weile lang beobachtet haben, die wussten, wo sie wohnte, in welches Fitnessstudio sie ging, hatten ihr den anonymen Brief in den Kasten geworfen … *Du hast diesen blöden Phillip gefragt, ob er mit in den Film will? … Toni, die will dich nur ärgern …* Und wenn nicht? Was, wenn Emma es Phillip erzählt hatte? Wir gehen mit Antonia am Freitagabend ins Kino in die und die Vorstellung. Sie hatten sie gleich in dem großen Parkhaus kriegen wollen. Es war nicht geplant gewesen, dass sie entkam. Und Phillip oder einer seiner Freunde hatte die anderen, die noch im Auto saßen, per Handy verständigt, wohin sie mit der Bahn unterwegs war.

Ihre Blase drückte immer stärker. Es gab nicht einmal einen Blecheimer, in den sie sich hätte erleichtern können. Allmählich quälte sie auch der Durst. Sie rappelte sich hoch, tat zwei Schritte, bis ein Ruck an ihrem rechten Bein sie hinderte weiterzugehen. »Verdammte Scheiße!« Das hatte sie völlig vergessen. In der Nacht hatten die ihr Fußgelenk mit einem Nylonseil an einem Haken in der Wand befestigt. Sie ließ sich wieder auf die Matratze fallen, versuchte den Mehrfachknoten zu lösen. Als das nicht funktionierte, zerrte sie eine Weile an dem Seil, aber der Haken bewegte sich nicht, es hatte nicht den Anschein, als würde er nachgeben.

Erschöpft gab sie auf, lag eine Zeit lang ganz still auf der Matratze und beobachtete eine schwarze Spinne, die sich in einer Ecke bewegte, in der tote Asseln und ein Tausendfüßler lagen. Ob die irgendwann wiederkamen? Ihr was zu trinken gaben und ihr zur Toilette halfen? Sie begann zu schreien: »Hallo? Ist da jemand? Ich muss aufs Klo, wieso kommt denn keiner?! Hört mich denn keiner? Hallo?« Sie schrie ihre Wut hinaus, immer wieder, bis sie heiser war. Wenn sie deren Stimmen aus dem Raum über dem Keller hörte, mussten die sie doch auch hören! Es war ganz einfach so: Es ging denen komplett am Arsch vorbei, dass sie sich hier die Seele aus dem Leib schrie!

Dass dieses Milchgesicht Phillip zu so einer Aktion fähig war, hätte sie nicht gedacht. Sie weinte lautlos, zog die Nase hoch und schloss die Augen, war nahe daran einzunicken, aber ihre Blase ließ ihr keine Ruhe. Eine Weile lang widerstand sie dem Druck, bis sie es nicht mehr aushielt. Ihre Hose wurde nass und warm, nach einiger Zeit klamm und kalt. Sie brachte ihren Unterleib so nahe an das Heizding, wie das Seil um ihr Fußgelenk es zuließ. Schließlich rollte sie sich auf der Matratze ein und dämmerte vor sich hin.

Ein Geräusch ließ sie hochschrecken. Im nächsten Moment wurde sie vom grellen Licht einer Taschenlampe geblendet. Undeutlich erkannte sie drei Anonymous-Masken über sich.

»Was habe ich euch getan? Ich hab schrecklichen Durst!« Ihre Stimme klang wie ein Wimmern.

»Gib ihr Wasser.« Die quäkende Stimme der Frau aus dem Auto. Jetzt trug sie eine Maske, und Antonia bemerkte einen blonden Zopf, der über ihre Schulter fiel. Im SUV hatte sie offenbar eine Perücke getragen. »Damit sie uns nicht abkackt, bevor wir mit ihr fertig sind.«

Die anderen beiden waren Männer. Einer der beiden, der mit der Camouflagehose, holte eine Flasche Wasser aus einer der Getränkekisten, schraubte sie auf und schüttete ihr das Wasser ins Gesicht. Sie öffnete gierig den Mund, das Wasser floss ihr kalt über das Kinn, lief unter ihre Jacke, aber das war egal, sie trank, was sie bekommen konnte, bevor es viel zu schnell wieder vorbei war. »Mehr! Bitte!«

Er lachte. »Damit du dich wieder einpissen kannst?«

War das Phillips Stimme? Sie konnte es nicht sagen, sie hatte schon lange kein Wort mehr mit dem Idioten gewechselt.

»Wieso bin ich hier? Was soll das alles? Was …?«

»Ja, wieso?«, quäkte das blonde Mädel hinter der Maske. »Fragen wir uns auch. Wieso ist jemand wie du hier statt in dem *shithole country*, aus dem du kommst? Leute wie du zerstören unser Land, unsere Kultur, unsere Familien!«

»Ich bin hier geboren, genau wie du.«

»Aber deine Eltern nicht.«

»Meine Mutter schon, genau wie deine!« Was bildeten sich diese Arschgeigen eigentlich ein?

»Pech für die Schlampe, dass sie sich mit so einem eingelassen hat. Du gehörst einfach nicht hierher, sieh das doch ein.«

Es hatte keinen Sinn, für Argumente waren die nicht zugänglich. »Was soll jetzt passieren? Soll ich hier in diesem Keller verrecken, oder was?«

»Sagen wir so: Das hier wird eine Lektion für dich, damit du lernst, dass eine wie du sich nicht an weiße Jungs ranmacht. Du hättest die Griffel von Jakob lassen sollen. Es hätte so viel aus ihm werden können, stimmt's, Jungs?«

Ein zustimmendes Gemurmel war die Antwort.

Antonia kam ein schrecklicher Verdacht. »*Ihr* wart das, ihr habt ihn umgebracht, nur weil …« Ein schneller Schlag ins Gesicht ließ ihren Kopf zur Seite fliegen. Ihre Wange brannte, sie konnte nicht verhindern, dass Tränen in ihre Augen traten.

»Schau doch mal in den Spiegel! Geh ins Asylbewerberheim, da findest du die, die zu dir passen. Ficki-Ficki-Fachkräfte aus dem pharmazeutischen Gewerbe, sprich Dealer, die die Leben von Deutschen mit ihren Drogen zerstören!«

Die Männer lachten.

»Oder, Jungs? Wollt ihr euch noch ein bisschen mit der Schlampe vergnügen?«

Antonia schluckte.

Einer der beiden stieß einen Laut des Ekels aus.

»Nee, lass mal, Leni«, sagte der andere. »Die gehört dir. Nachher kriegen wir noch Aids oder so was.«

Antonia verbarg ihre Erleichterung. Die Frau, die der andere Leni genannt hatte, gab den beiden einen Wink, und die drei Masken zogen sich zurück. Die Tür zum Keller knarrte.

»Hey, was wollt ihr denn bloß von mir? Ihr könnt mich doch hier nicht einfach …« Sie brach ab. Das dumpfe Geräusch, mit dem die Kellertür zugeschlagen wurde, war Antwort genug. Von jenseits der Kellertür drangen Stimmen an ihr Ohr. Die drei schienen sich zu streiten. Womöglich wussten sie selbst nicht, was sie mit ihr tun würden. Auf jeden Fall wollten sie nicht erkannt werden, und solange keiner die Maske abnahm, ließen sie sie vielleicht am Leben. Doch einer hatte einen Fehler gemacht: »Leni«, deshalb wohl auch der Streit. Aber wer sollte das sein? *Leni* sagte ihr nichts. Sie grub in ihrem Gedächtnis …

* * *

Als Dominik zu Hause ankam, fand er einen Brief von Herrn Neumann in seinem Briefkasten. Er öffnete ihn noch im Flur, eine Rechnung von einer Autowerkstatt fiel heraus, fast 600 Euro für vier neue Ganzjahresreifen für einen Volvo. Dazu eine kurze Notiz: *Ich bitte um zeitnahe Erledigung. Andernfalls sehe ich mich gezwungen, eine Anzeige zu erstatten, zumal Ihr Sohn mich angegriffen hat, wofür es Zeugen gibt!* Viel Geld für seinen Jüngsten. Sollte er selbst das überweisen? Er seufzte. Robin musste lernen, Verantwortung zu übernehmen. Dominik steckte die Rechnung wieder ins Kuvert und stieg die Treppe hoch. Robins Zimmertür war unverschlossen. In dem leeren Zimmer roch es wie immer nach kaltem Rauch. Er legte das Kuvert auf das zerwühlte Bett, räumte ein paar Kleidungsstücke von einem Korbsessel, setzte sich hinein und rief Robin an, den er wider Erwarten sofort erreichte.

Nachdem er ihm von Neumanns Brief erzählt hatte, schrie Robin auf. »600 Oschen?! Ich fass es nicht! Sind die neuen Reifen vergoldet, oder was? Woher soll ich so viel Geld nehmen? Der Typ hat sie doch nicht mehr alle!«

»Möchtest du eine Anzeige riskieren? Wieso hast du das überhaupt getan? Ist das dein neues Hobby: Reifenaufschlitzen?«

»Nein, ich … das war dumm, ich weiß. Könntest du mir das Geld leihen? Ich zahle es dir in Raten zurück.«

»Unter zwei Bedingungen: Erstens, versprich mir, nie wieder so einen Blödsinn zu machen!«

»Klar, Paps, geht klar …«

»Zweitens, sag mir die Wahrheit: Wieso googelst du den Bau von Rohrbomben?«

»Woher … warst du etwa an meinem Rechner?«

»Ich habe etwas unter deinem Bett verloren, und du ahnst, was ich dort noch gefunden habe. Und jetzt will ich eine Antwort, Robin, verdammt noch mal!«

Robin atmete schwer.

»Robin?«

»Ich … das heißt wir … ähm … wir nehmen das gerade in Chemie durch. Wie man Schwarzpulver herstellt, die chemische Reaktion und so weiter.«

»Aha? Und wieso versteckst du die Ausdrucke unter deinem Bett?«

»Tja, was glaubst du wohl? Vielleicht, weil ich wusste, dass du genau so reagieren würdest, wenn du sie findest?«

Dominik überlegte. War das glaubwürdig?

»Du bist eben ein Cop, also triggert dich das«, machte Robin weiter. »Ich wollte einfach keine unnötigen Diskussionen wie die, die wir jetzt führen. Ach und Papa, warte nicht mit dem Abendessen auf mich, ich komme ein bisschen später.«

»Na gut, es ist Samstagabend. Wo bist du überhaupt, Robin? Ich … hallo? Robin, bist du noch dran?«

Stille. Die Gegenstände in Robins Zimmer lösten sich im Halbdunkel auf. Er ging zum Fenster und öffnete es. Eisige, frische Luft strömte herein. Ein rötlicher Streifen am Himmel kündigte die Abenddämmerung an. Musste er sich daran gewöhnen, dass sein Sohn ihn nicht mehr an seinem Leben teilhaben ließ? Gehörte das nicht zum Erwachsenwerden dazu, dass man auch mal auf die Nase fiel und sich ohne Papa und Mama wieder aufrappeln musste? Wenn er an seine eigene Jugend in verschiedenen Pflegefamilien dachte, an das, was er damals erlebt hatte, an das, was er getan und tief in sich vergraben hatte … die kalte Luft kroch durch die Schichten seiner Kleidung, fröstelnd wich er ein Stück vom Fenster zurück. Robin war viel behüteter aufgewachsen. Aber irgendetwas hatte ihn nachhaltig aus dem Lot gebracht.

War es der Abistress, wie Betty behauptete? Dominik rieb sich die Arme und wanderte auf und ab. Die Vorhänge bauschten sich, Schneeregen wehte herein, die großen Flocken schmolzen auf der Fensterbank. War er wirklich der emotionale Analphabet, wie Betty ihn einmal genannt hatte, unfähig zu verstehen, was Robin, das sensibelste seiner drei Kinder, umtrieb? Hatte er zu wenig Vertrauen in seinen Sohn? Er hielt sein Gesicht eine Weile in den Regen, rammte dann das Fenster zu. Vielleicht war er das, ein Mängelwesen, auf irreversible Weise beschädigt – und so wie es aussah, noch dazu ein Kontrollfreak. Doch es war das Einzige, was ihm einfiel.

Er setzte sich aufs Bett und holte sein Handy heraus. Robins Chemielehrer war nicht erreichbar, und er hinterließ eine dringende Bitte um Rückruf auf der Mobilbox von Herrn Mönkemöller. Dann rief er Robins Freundin an. Wieso hatte er das nicht längst getan? Weil er Robin nicht hatte hinterherspionieren wollen, gab er sich selbst die Antwort.

»Jasmin Krumpholz«, meldete sich eine helle Stimme nach dem fünften Freizeichen.

»Hallo, Jasmin, hier ist Robins Vater … ich …« Er beschloss, gleich zur Sache zu kommen. »Ich mache mir Sorgen um Robin. Er ist in letzter Zeit … anders als sonst und … womöglich ist dir das auch aufgefallen.«

»Herr Domeyer, wir sind nicht mehr zusammen. Das heißt, ich … ich habe Schluss gemacht.«

»Das … oh! Weil er sich seltsam benimmt in letzter Zeit, oder …?«

»Weil ich jemand anderen kennengelernt habe. Ich bin nicht stolz darauf, wie ich Robin … ich hätte es ihm früher sagen sollen, aber ich wollte erst sicher sein. Und dann hat uns ein Freund von Robin gesehen und dann … na ja … Robin und ich haben uns danach total gestritten und … jetzt haben wir keinen Kontakt mehr.«

»Da gibt es einen Herrn Neumann, dem Robin die Reifen zerstochen hat. Kennst du den zufällig?«

»Das ist mein neuer Freund, ja. Er ist etwas älter als Robin.«

»Dieser Streit mit Robin, die Trennung, wann war das?«

»Letzten Sonntagabend. Aber ich glaube, Robin hatte schon vorher eine Ahnung. Er wollte immer wieder eine Aussprache, ich bin ihm ausgewichen. Tut mir leid, Herr Domeyer, ich wollte Robin nicht verletzen.«

»Na, das hat ja gut geklappt«, entfuhr es ihm. Er stieß einen Schwall Luft aus. »Entschuldigung, Jasmin. Solche Dinge kommen vor, und da muss er jetzt durch.« Er beendete das Gespräch.

Robin würde es schaffen, er hatte es schon einmal geschafft … aber um welchen Preis?

Sonntag, 22. Dezember 2013

Eine Putzfrau öffnete Dominik und Nina. In Reinhold Heitbreders Praxis war von der Düsternis des Tages, der nicht richtig hell werden wollte, nichts zu spüren. Das Licht der vier elektrischen Wachskerzen, die auf dem Adventskranz auf dem Tresen brannten, war im Schein unzähliger Deckenleuchten kaum zu erkennen. Die Wände strahlten in Reinweiß und Hellgrün, einige Zimmerpalmen in Hydrokulturtöpfen lockerten den sterilen Eindruck etwas auf. Während sie auf Dr. Heitbreder warteten, betrachtete Dominik die großformatigen, abstrakten Gemälde an den Wänden, die von keinem bekannten Künstler stammten, soweit er das beurteilen konnte. Als er genauer hinsah, entdeckte er eine Signatur von Kerstin Heitbreder. Er hatte nicht gewusst, dass sie malte.

Nina nahm ihre Designer-Hornbrille ab, um sie zu putzen. »Findest du es nicht auch komisch, dass er den vierten Advent in seiner Praxis verbringt?«

»Er flüchtet vermutlich. Zu Hause erinnert ihn alles an Jakob. Außerdem warten da noch eine trauernde und verängstigte Ehefrau und eine schwangere Teenager-Tochter auf ihn.«

Nina setzte ihre Brille wieder auf. »Seine Familie braucht ihn jetzt, meinst du nicht?«

»Jeder trauert anders.«

»Stimmt wohl. Und das ist wohl der Grund, warum viele Ehen nach so einem Drama in die Brüche gehen.«

»Guten Morgen, die Herrschaften.«

Nina fuhr herum. Auch Dominik hatte Reinhold Heitbreder nicht kommen hören.

Der Arzt breitete einladend die Arme aus, doch sein Lächeln wirkte künstlich. »Gehen wir doch in mein Büro.«

Das Büro wirkte nicht weniger steril als der Eingangsbereich: helle Möbel und Regale mit Fachbüchern, ein in kühlen Farben gehaltenes abstraktes Werk an der Wand und vereinzelt Grünpflanzen. Dr. Heitbreder nahm hinter einem breiten Schreibtisch Platz, Dominik und Nina setzten sich auf die Besucherstühle. Er hüstelte und wies auf den Papierberg auf seinem Schreibtisch. »Am Sonntag habe ich mehr Ruhe, mich um den Bürokram zu kümmern. Gibt es etwas Neues zum Tod meines Sohnes? Deshalb sind Sie doch hier, oder?«

»Leider nein, aber wir haben ein paar Fragen an Sie.« Nina legte das Foto auf den Schreibtisch, das sie von der Elefantenfigur in Manuels Zimmer geschossen hatte. »Haben Sie diese Figur schon einmal gesehen?«

Dr. Heitbreder setzte eine Lesebrille auf und betrachtete es. »Natürlich! Die gehört uns. Wo haben Sie die Figur gefunden?«

Nina steckte das Foto wieder ein. »Warum sind Sie am Samstag vor dem Haus aufgetaucht, in dem Manuel Flores wohnt?«

Heitbreders Blick huschte zwischen ihnen hin und her, dann betrachtete er angelegentlich seinen Füllfederhalter, nahm ihn auf und begann, damit zu spielen.

»Und dann bemerkten Sie den Polizeiwagen und sind wieder umgedreht. Ich habe zufällig am Fenster gestanden und das beobachtet«, fügte Nina hinzu.

Heitbreder legte seinen Füllfederhalter beiseite und kratzte sich das unrasierte Kinn. »Ich wollte mit Manuel sprechen. Ich wollte ihm klarmachen, dass er meine Tochter gefälligst in Ruhe lassen soll.«

»Und woher haben Sie seine Adresse?«

»Oh ... die ... Maja ... also er hat sie wohl mal Maja gegeben, und ... ja ... von ihr habe ich die Adresse.«

»Ach ja?« Dominik runzelte die Stirn. »Ihre Tochter kennt also Manuels richtigen Nachnamen.«

Dr. Heitbreder räusperte sich. »Offenbar.«

Ninas Brauen ruckten kurz nach oben. »Warum sollte Manuel Ihre Tochter denn in Ruhe lassen?«

»Können Sie sich das nicht vorstellen? Ich möchte nicht, dass meine Tochter sich ihr Leben versaut mit einem Kerl, der ihr nichts bieten kann. Noch dazu ...«, er zögerte, atmete schwer, »wie es aussieht, hat er sie geschwängert. Dabei ist sie gerade erst sechzehn! Erwarten Sie, dass mich das begeistert?« Seine fahlen Wangen hatten Farbe bekommen. »Er hätte nie ihr Nachhilfelehrer werden dürfen, aber meine Frau ...« Er griff wieder nach dem Füllerfederhalter, drehte ihn zwischen den Fingern. »Sie ist manchmal etwas naiv. Ich habe es erst mitbekommen, als es schon zu spät war. Dann hat er meiner Frau gegenüber auch noch einen falschen Namen angegeben. So was tut man nur, wenn man etwas im Schilde führt.«

»Hat Manuel noch Kontakt zu Ihrer Tochter?«, fragte Dominik.

»Er traut sich wohl nicht mehr ins Haus. Aber das muss ja nichts heißen. Ich habe ihn rausgeworfen und ihm gesagt, dass er sich nie wieder blicken lassen soll bei uns. Aber jetzt diese Schwangerschaft …« Er presste die Lippen zusammen. »Ich werde nicht zulassen, dass er Maja auf diese Weise an sich bindet und einen Keil in unsere Familie treibt! Maja ist ein intelligentes Mädchen, sie wird Medizin studieren. Glauben Sie, das schafft man mit einem Kleinkind am Rockzipfel und einem Kerl, den man mit durchziehen muss?«

»Kennen Sie eigentlich Maria Flores, seine Mutter?«, fragte Nina.

Heitbreder lehnte sich zurück und fuhr sich mit beiden Händen durch die dichten, grauen Haare. »Maria Flores …«, murmelte er, als müsste er nachdenken. »Ich glaube, die hatte mal eine Bar in der Altstadt. Ich war vielleicht ein- oder zweimal dort, habe ein paar Worte mit ihr gewechselt, aber sonst …« Er schüttelte den Kopf. »Bedaure, da kann ich Ihnen nicht mehr zu sagen.«

»Glauben Sie, dass Manuel sich an Ihnen dafür rächen wollte, dass Sie ihm den Umgang mit Maja verboten haben?«, fragte Dominik.

»Sie meinen, er wollte mich treffen, indem er Jakob umbringt?«

Laut ausgesprochen klang diese Möglichkeit wenig wahrscheinlich. Aber wovor lief Manuel weg? Nina hatte ihm erzählt, dass dieser Freund von Manuel, den sie am Vortag aufgesucht hatte, auch nicht sagen konnte, wo der Junge sich aufhielt.

»Wäre das möglich? Kannte Manuel Jakob überhaupt?«, fragte Nina.

»Möglich, aber … nein, keine Ahnung.« Heitbreder klang müde. »Zum Glück gibt jetzt eine junge Frau Maja Nachhilfe, eine Verena Scholl, die ich zwar auch nicht kenne, aber Verwicklungen dieser Art sind da wohl ausgeschlossen.« Er stieß ein freudloses Lachen aus.

Dominik erhob sich. »Danke, dass Sie sich Zeit genommen haben.« Er wollte noch *einen schönen vierten Advent* wünschen, ließ es dann aber. In dieser Situation machte Weihnachten vermutlich alles nur noch schlimmer.

Als sie bereits im Treppenhaus des Ärztezentrums auf dem Weg nach unten waren, hielt Nina inne. »Ich glaube nicht, dass Dr. Heitbreder und Maria Fremde sind, dafür hat sie zu merkwürdig reagiert, als sie ihn durchs Fenster sah. Und er … ich hatte das Gefühl, er wollte Zeit gewinnen, um zu überlegen, was er auf diese Frage hin zugibt.«

* * *

Es war so still, dass Kerstin Heitbreder das Zischen der Thermoskanne auf dem Küchentisch, die ihre Luft entließ, laut vorkam. Mal wieder war sie ganz allein in dem großen Haus. Sie setzte sich an den Tisch, klappte ihren Laptop auf und googelte *Einladung zur Trauerfeier*. Jakob sollte kurz nach Silvester beerdigt werden, die Polizei hatte seinen Leichnam inzwischen freigegeben. Es gab so viele Möglichkeiten, die Einladungskarten zu gestalten. Sie klickte sich durch, ohne sich entscheiden zu können. Reinhold wollte, dass sie die Einladung formulierte, darin sei sie doch gut. Aber hätte das nicht auch der Bestatter übernehmen können? Stattdessen überließ Reinhold alles ihr und versteckte sich hinter seiner Arbeit. Den Sarg sollte sie aussuchen, ebenso den Termin beim Pastor wahrnehmen, sie habe schließlich viel mehr Zeit als er. Traueranzeige, Einladungen, Sarg, Pastor, Feier – ihr war alles zu viel.

Kerstin vergrub ihr Gesicht in den Händen. Nachts grübelte sie stundenlang darüber, wer Jakob das angetan haben könnte. Am Tag bereitete ihr das Aufstehen Mühe, ganz zu schweigen von Alltagsaktivitäten. Elsbeth war ihr auch keine große Hilfe, gerade jetzt, wo sie sie mehr brauchte denn je. Wegen ihres kranken Manns weigerte Elsbeth sich, ein paar Überstunden zu machen. Also musste Kerstin notgedrungen das Haus verlassen, um einkaufen zu fahren, die mitleidigen Blicke der Nachbarn ertragen, ihre Beileidsbekundungen entgegennehmen, höfliche Konversation betreiben, anstatt sich einfach zu verkriechen und nie wieder hervorzukommen.

Maja war der Grund, warum sie überhaupt noch aufstand. Auch wenn ihre Tochter sich zurzeit sehr an ihre Nachhilfelehrerin hielt, vieles offenbar mit Verena besprach, so war sie doch ihre Mutter und musste Maja zeigen, dass das Leben weiterging. Auch jetzt traf sich Maja mit Verena, und Kerstin war dankbar, dass Verena ein offenes Ohr für die Nöte ihrer Tochter hatte. Das Schrillen der Klingel ließ sie zusammenzucken. Sie stemmte sich hoch und machte sich auf den Weg zur Haustür. Die Klingel schrillte wieder und wieder. Jemand vom Paketdienst, der es supereilig hatte? »Ich komme ja schon!«, rief Kerstin. Durch die Scheibe der Haustür war verschwommen eine schmale Gestalt zu erkennen, die Sturm klingelte.

Als Kerstin öffnete, drängte Reinholds Schwester in den Flur. Die fehlte gerade noch!

»Reinhold ist nicht da«, sagte Kerstin rasch, doch Sarah umklammerte bereits ihren Arm. Der Griff ihrer dünnen Finger war erstaunlich fest.

»Wie geht es Maja? So eine Schwangerschaft ist gefährlich, Kerstin! Zumal – du weißt ja, das Kind ist vom Vernichterengel, er geht hier ein und aus …«

»Sarah!« Kerstin befreite sich mit einem Ruck, ihr wurde heiß. »Verschwinde! Lass uns in Ruhe! Raus aus meinem Haus!« Sie schob Sarah durch die noch nicht geschlossene Haustür und knallte sie hinter sich zu. Draußen begann Sarah, zu schimpfen, Kerstin verstand nur Bruchstücke, *Teufel … Satan … Vernichterengel … warnen …* Dann schrillte wieder die Klingel. Kerstin floh durch den Flur zurück in die Küche und hielt sich die Ohren zu. *Schatz, es gibt nun mal keine gesetzliche Handhabe, sie fernzuhalten* – das war die Standardausrede ihres Mannes. Aber irgendetwas musste man doch tun können! Sarah schlich in letzter Zeit ständig hier herum!

Kerstin sank auf einen Stuhl, nach einer Weile hörte das Schrillen auf. Vielleicht hätte sie Sarah nicht einfach aus dem Haus werfen dürfen. Vielleicht hätte sie … Sie seufzte, holte ihr Handy aus der Hosentasche und versuchte, Reinhold zu erreichen, sprach dann auf die Mobilbox: »Hör zu, Reinhold, Sarah geht es nicht gut, sie taucht hier auf und redet wirres Zeug! Unternimm bitte etwas!«

Dann starrte sie den Laptop an, ohne etwas zu sehen, schließlich klappte sie ihn zu. Es war noch nicht allzu lange her, dass sie geglaubt hatte, eine gute Ehe zu führen. Reinhold hatte auch früher schon viel gearbeitet, an etlichen Abenden war es spät geworden, aber die Wochenenden hatten immer der Familie gehört. Und dann hatte es da diese Momente gegeben, in denen er ein Handygespräch abbrach und wegdrückte, sobald sie das Zimmer betrat. *Die Arbeit, Schatz, ich versuche, Arbeit und Privatleben zu trennen, aber das gelingt mir nicht immer…*

Eine Arzthelferin? Sie ging die jungen und weniger jungen Frauen in Gedanken durch, aber konnte es wirklich sein, dass er etwas mit einer hatte? Eine, bei der er sich ausheulen konnte, wenn es ihm schlecht ging, so wie jetzt? So wie Maja Verena in Anspruch nahm. Eine, die ihm Trost spendete, die nicht selbst trauerte, nicht selbst aufgerichtet werden musste … Womöglich entspannte er sich gerade beim Sex mit ihr, während sie sich mit Sarah und der Beerdigung ihres Sohnes herumschlug. Welchen Grund sollte es sonst geben, an einem vierten Advent in seine Praxis zu fahren? Angeblich, korrigierte sie sich, angeblich in die Praxis zu fahren. Ein Bellen riss sie aus ihren Gedanken.

Lucky! Den hatte sie ganz vergessen! Der Golden Retriever tappte in die Küche. »Komm her, mein Guter, ich weiß, du willst raus, na komm, es geht in den Garten.«

Lucky folgte ihr zur Hintertür. Sie ließ ihn hinaus, er stand einen Moment lang da und blickte sie aus seinen großen Hundeaugen an, als wollte er fragen: kein Spaziergang? »Lucky, wir gehen heute Abend, ja?« Sie lächelte schuldbewusst und schloss die Tür. Sie wollte nicht raus, womöglich lauerte Sarah noch immer irgendwo da draußen und wartete nur darauf, sie abzupassen. *Nothing compares, nothing compares to you …* dudelte es aus ihrer Hosentasche. Das Lied von Sinéad O'Connor war damals Reinhold und ihr Lied gewesen. Vielleicht sollte sie den Klingelton ändern.

»Reinhold, gut, dass du zurückrufst, Sarah stand vorhin …«

»Mama, ich bin's, kannst du mich abholen? Ich war mit Verena im Kino, der nächste Bus kommt erst in einer halben Stunde, und Verena fährt jetzt mit ihrem Rad nach Hause, ihrer Mutter helfen oder so.«

Kerstin kehrte mit ihrem Handy zurück in die Küche. »Maja, Liebes, sicher, das kann ich tun. Wo …?«

Ihre Tochter erklärte ihr, wo sie sich treffen würden, und erzählte dann begeistert über den Film, den sie gesehen hatten. Der soundsovielte Teil von *Der Hobbit*. Hatte sie da nicht mit ihrem Vater reingehen wollen? Egal, sie klang ungewohnt munter. Die Ablenkung tat ihr gut, Verena offenbar auch.

»Ach, Mama, sag mal, weißt du, wo meine Opalkette geblieben ist? Ich habe heute überall danach gesucht.«

»Tut mir leid, Liebes, das weiß ich auch nicht. Falls ich sie sehe, sag ich dir Bescheid. Bis gleich.«

Kerstin holte ihren Mantel und schnappte sich den Autoschlüssel vom Schlüsselbrett. Für Maja würde sie sich überwinden rauszugehen. Maja brauchte ein funktionierendes Zuhause, das Gefühl, dass ihre Eltern noch immer für sie da waren. Sie ging nach draußen, zur Garage, fuhr das Tor hoch. Sie saß bereits im Wagen, als ihr Lucky einfiel. Es war viel zu kalt, um das Tier die ganze Zeit im Garten zu lassen.

Also stieg sie wieder aus und ging ums Haus herum zum Garten. Die Lichterketten mit Timerfunktion hatten sich bereits eingeschaltet. Kurz vor dem ersten Advent hatte sie alles festlich geschmückt, bei den Nachbarn funkelte und blinkte es schon früher. Das war in einem anderen Leben gewesen, als solche Dinge noch Bedeutung besaßen. Was hätte sie dafür gegeben, dieses andere Leben zurückzubekommen …

»Lucky?«

Im Dämmerlicht machte sie die Umrisse des Gartenschuppens und der ausladenden Rhododendronbüsche aus. Unter ihren Schuhen knirschte eine dünne Schneeschicht. »Lucky, komm her.« Hatte der Golden Retriever irgendetwas entdeckt? Einen Igel vielleicht? Trotzdem, Lucky war gut erzogen und kam in der Regel sofort, wenn sie ihn rief.

»Lucky, wo bist du?« Ihre Stimme klang hoch und dünn.

Sie schritt den Garten ab, der schwach von den weihnachtlichen Lichterketten erhellt wurde. Hatte Lucky eine Lücke im Zaun gefunden? Sie spähte unter die Büsche, umrundete den zugefrorenen Gartenteich und mied den Schuppen, den sie seit der Sache mit der Babypuppe nicht mehr betreten hatte. Der Wind ließ die kahlen Zweige der Eiche am Rande des Gartens schwanken. Ein kalter Tropfen traf sie im Nacken und ließ sie schaudern. Sie wickelte ihren Schal fester, gab sich einen Ruck und ging auf den Schuppen zu. Die Tür war verschlossen. Nichts deutete darauf hin, dass jemand sich an dem Vorhängeschloss zu schaffen gemacht hatte.

Monster konnten durch verschlossene Türen gehen, oder nicht? ... *Er geht hier ein und aus ...*

Sie schloss die Tür auf. Leichter Modergeruch schlug ihr entgegen. »Lucky?«, sagte sie leise und ahnte, dass er nicht antworten würde. Nichts regte sich zwischen all dem Gerümpel, das nur noch schemenhaft zu sehen war. Lucky war fort, vom *Vernichterengel* geholt ... ein Vernichterengel mit Namen Sarah? Eine Verrückte, die sich für den Rauswurf gerächt hatte? Kerstin kramte in der Schublade einer alten Kommode in dem Gartenhaus, fasste in Spinnweben, überwand sich und tastete weiter, bis sie fand, was sie suchte. Und tatsächlich – die Taschenlampe hatte wider Erwarten noch Saft. Der Strahl fuhr über altbekannte Gegenstände und wanderte weiter über ihre eigenen Schuhspuren im Schnee. Es gab nur noch einen Ort, an dem sie noch nicht gesucht hatte, also ging sie um den Schuppen herum zum überdachten Holzstapel dahinter.

Luckys helles Fell war von Pulverschnee überzuckert. Er lag auf der Seite, seine Augen starrten ins Leere. Die dunkelrote Lache unter seinem Kopf stand im scharfen Kontrast zu dem Weiß des Schnees. »Lucky!« Sie kniete sich zu ihm, rüttelte an ihm, obwohl sie wusste, dass es keinen Sinn hatte. Jemand hatte dem Tier die Kehle durchgeschnitten!

»Oh mein Gott, Lucky!«

All das Blut ... Sie keuchte, ließ die Taschenlampe fallen und schlug die Hände vor den Mund. Sie schmeckte etwas Saures, stand auf, stolperte ein paar Schritte über den Rasen und erbrach sich mit einem Schwall in einen Rhododendronbusch.

Eine Weile lang stand sie einfach nur so da und atmete ein paarmal tief ein und aus. Dann ging sie mit weichen Knien zu

Lucky zurück, um ihre Taschenlampe aufzuheben. Sie holte ihr Handy aus der Manteltasche und rief ihre Tochter an.

»Maja, meine Liebe, du musst doch den Bus nehmen …«

»Du klingst so komisch. Was ist denn los, Mama?«

Kerstin zögerte. Maja würde es noch früh genug erfahren. »Ich glaube, die Batterie ist zu schwach, der Wagen will nicht anspringen.« Sie beendete das Gespräch. Ihre Augen wurden feucht. Das arme Tier. Lucky hatte nie einer Menschenseele auch nur ein Haar gekrümmt.

Sie wischte sich Tränen von der Wange, zog die Nase hoch und straffte sich. Sarah! Jeder wusste, dass Leute mit paranoider Schizophrenie gefährlich waren, nur Reinhold wollte das nicht wahrhaben! Kerstin presste die Lippen aufeinander und schüttelte den Kopf. Dann stiefelte sie zur Tür des Gartenhauses, holte die Axt heraus, die ihr Mann zum Holzspalten benutzte, und wanderte einmal ums Haus herum, bereit, Reinholds Schwester zu konfrontieren, aber Sarah hatte das Grundstück offenbar schon verlassen. Als sie wieder im Garten stand, hörte sie ein leises Quietschen. Der Wind bewegte die hintere Tür, die vom Haus in den Garten führte.

Ihr fiel ein, dass sie den Garten nach dem Telefonat mit ihrer Tochter von außen betreten hatte. Die hintere Tür sollte verschlossen sein. Mit klopfendem Herzen näherte sie sich der Tür, die auf- und zuschlug, dahinter war nichts als Dunkelheit. Die Axt lag schwer in ihrer Hand.

Sie leuchtete hinein, der Strahl der Taschenlampe fuhr über Waschmaschine und Trockner, Wäschekörbe und Getränkekisten.

»Hallo? Ist da jemand?« Sie stieß die Tür auf, die protestierend quietschte. Ein kleines Tier huschte quer durch den Wirtschaftsraum, und Kerstin schrie auf. Nur eine Maus, beruhigte sie sich selbst. Ein Schweißtropfen rann ihre Schläfe hinunter. »Sarah?« Zögernd betrat sie den Raum. Ärger wallte in ihr auf. So weit war es schon gekommen: Wie ein Dieb schlich sie sich mit einer Taschenlampe ins eigene Haus! Sie schaltete das Licht ein. Alles sah aus wie immer. Aber jemand war ins Haus eingedrungen – jemand, der einen Schlüssel besaß … Vor ihrem geistigen Auge stürmte Sarah mit irrem Blick in den Wirtschaftsraum, um sie anzugreifen.

Aber war Sarah in der Lage, einem Tier die Kehle aufzuschlitzen? Und wenn es gar nicht ihre bedauernswerte Schwägerin war, die das angerichtet hatte? Sondern etwas Gesichtsloses, schwer Greifbares und deutlich Furchterregenderes als die kranke Sarah? Sie holte tief Luft. In Filmen war das immer der Moment, in dem alle Zuschauer dachten: Nein, tu es nicht, geh da nicht rein, kehr bloß um und mach, dass du wegkommst! Aber der Held tut es trotzdem und rennt in sein Unglück. Aber sollte es immer so weitergehen? Dass jemand ihr Leben stahl? Einfach so, weil er es konnte? Sie in zitternde, angsterfüllte Bündel verwandeln durfte, niedergedrückt von Trauer? Ihnen das Liebste nehmen durfte, *einfach so*? Kerstin hob die Axt und trat in den Wirtschaftsraum. Durch die offene Tür in den Flur sah sie nur Dunkelheit, kein Geräusch war zu hören.

Plötzlich durchbrach das Schrillen der Türklingel die Stille. Es war, als wäre ein Bann gebrochen, Kerstin ließ die Axt sinken, machte Licht im angrenzenden Flur und eilte zur Tür, um sie aufzureißen. Ihre Nachbarin Frau Böttcher, rotbäckig und schwergewichtig, lächelte sie unsicher an, ihr klaffender Daunenmantel enthüllte eine Küchenschürze, auf ihren Händen balancierte sie ein Backblech mit Plätzchen. »Hallo, Frau Heitbreder, ich habe gerade Weihnachtsplätzchen gebacken, ganz frisch, und ich dachte, vielleicht mögen Sie … also ich dachte, ich bringe Ihnen mal ein Blech rüber?«

Die Leute waren hilflos, wussten nicht, wie sie mit dem Paar, das den einzigen Sohn verloren hatte, umgehen sollten. Manche mieden sie seitdem, andere dachten, sie müssten ihnen irgendwie unter die Arme greifen.

»Das ist aber nett. Die probieren wir gleich, ich mach uns einen frischen Tee.«

»Ach ähm, aber nur, wenn es passt.« Frau Böttchers Blick wanderte zu der Axt in Kerstins Hand und ihr Lächeln verrutschte.

»Bin gerade mit Holzhacken fertig geworden. Reinhold muss so viel arbeiten, wissen Sie.« Kerstin stellte die Axt ab. Es passte nie besser. Während ihre Nachbarin bei ihr war, würde sie das Haus inspizieren. Einen Zeugen würde das Monster kaum gebrauchen können. Oder Frau Böttcher war ebenfalls fällig. Sie kicherte.

»Alles in Ordnung, Frau Heitbreder?«

»Klar, kommen Sie rein! Gehen Sie doch schon vor ins Wohnzimmer, ich setzte nur schnell Tee in der Küche auf. Mögen Sie Earl Grey?«

»Aber sehr gerne.« Frau Böttcher, die den schwankenden Gang eines Seemanns hatte, wankte herein. »Die Plätzchen sind noch ganz warm, deshalb …«

»Gehen Sie schon vor, ich bringe einen Teller aus der Küche mit.« Die Tür zum Wohnzimmer stand einen Spalt offen, Kerstin griff durch den Spalt um die Ecke und drückte den Schalter für die Deckenleuchte.

Während Frau Böttcher mit ihrem Backblech ins Wohnzimmer wackelte, ging Kerstin in die Küche und griff nach dem Wasserkocher, um ihn zu befüllen, als sie einen Schrei und ein lautes Scheppern hörte. Hatte sich der Vernichterengel die Nachbarin geholt?! Sie stand eine Weile wie erstarrt, mit dem Wasserkocher in der Hand, die andere am Griff des Wasserhahns. Sie spürte, wie aus der Tiefe ihrer Kehle ein hysterisches Lachen anrollte, setzte den Wasserkocher ab und hielt sich die Hände vor den Mund. Dann schaute sie sich in der Küche nach einer Möglichkeit um, sich zu verstecken.

Die Speisekammer, natürlich! Sie huschte in die Kammer, schloss behutsam die Tür hinter sich, achtete sorgfältig darauf, nicht an die Regale zu stoßen, die ihr wenig Platz ließen. Nicht, dass noch irgendeine Konservendose hinunterpurzelte und sie verriet. Leider gab es keinen Schlüssel, um die Kammer abzuschließen. Sie überlegte gerade, ob sie die Klinke mit irgendeinem Gegenstand verkeilen konnte, als sie ein Keuchen und schwere Schritte hörte. Ihre Kehle wurde eng, sie hatte das Gefühl, kaum noch Luft mehr zu bekommen. Mit klopfendem Herzen nahm sie einen Besen vom Haken. Besser als nichts, wenn sie sich verteidigen musste.

»Frau Heitbreder?« Frau Böttchers ängstliche Stimme.

Kerstin stöhnte vor Erleichterung, hängte den Besen zurück und trat aus der Kammer. »Hier bin ich.«

Frau Böttchers Gesicht hatte alle Farbe verloren. »Frau Heitbreder, das da in Ihrem Wohnzimmer …«

»Was meinen Sie?«

»Dann haben Sie es noch nicht gesehen? Das … das müssen Sie sich anschauen!«

* * *

Antonia starrte an die Decke, dorthin, wo eine große Spinne ihr Netz webte. Von oben drangen immer noch leise Stimmen. Es klang nach mehr als den drei Masken. Als sie aufgewacht war, hatte sie ihr Entsetzen, ihre Wut, ihre Angst noch einmal hinausgeschrien, bis sie nicht mehr konnte. Auf jeden Fall wussten die Leute, die sich da oben durch den Raum bewegten, dass sie in diesem Kellerloch vegetierte. Der Keller lag im Halbdunkel. War es Morgen oder Abend? Wie lange lag sie schon hier? Jedenfalls hatte sie das Gefühl, dass ihre Glieder noch steifer geworden waren, obwohl der Heizlüfter tapfer gegen die klamme Kälte anrasselte, die langsam in ihren Körper kroch. Sie setzte sich auf und kam mit einem Ächzen auf die Beine, tat einen Schritt, dann einen Schritt zurück, vor und zurück, setzte sich wieder, kam wieder auf die Beine. Sie musste sich bewegen, wenn sie nicht total abbauen wollte.

Das Kellertür knarrte. »Na, hältst du dich fit?« Der Kerl hinter der Maske lachte.

»Mir ist kalt.« Sie hasste den kläglichen Klang ihrer Stimme.

»Tja, der deutsche Winter ist wohl nichts für dich. Warum gehst du nicht zurück nach Afrika, wo du herkommst? Da ist es richtig schön warm.«

Sie bemühte sich um eine festere Stimme. »Meine Mutter hat sicher schon die Polizei verständigt, die suchen jetzt nach mir. Ich habe eure Gesichter nicht gesehen, ich weiß nicht, wer ihr seid. Wenn du mich jetzt gehen lässt, dann verrate ich euch nicht! Ich kann euch ja auch gar nicht verraten, hörst du? Bitte lass mich gehen!«

»Und was, wenn ich meine Maske abnehme?« Er griff nach der Maske.

Antonia presste die Lider zusammen. »Ich sehe gar nichts.«

»Leg dich hin!« Er stieß sie grob auf die Matratze.

Sie hielt die Augen weiter geschlossen, spürte, dass er ihren Gürtel löste, an ihrer Hose zerrte, hörte, dass er schneller atmete.

»Tu das nicht«, wimmerte sie.

Er lachte leise. »Jetzt trägst du die Nase nicht mehr so hoch, was, Toni?«

War das Phillip? Sie war sich nicht sicher. Aber wer wusste, dass ihre Freunde sie Toni nannten? Sollte sie ihn als Phillip ansprechen? Versuchen, mit ihm zu reden? Aber würden die sie jemals gehen lassen, wenn sie einen von ihnen identifiziert hatte? Er zerrte weiter an ihrer Hose, und sie zog die Beine an, um ihn daran zu hindern, sie ihr auszuziehen.

»Lass das, Schlampe!« Er schlug ihr ins Gesicht.

Die Tür knarrte, und er ließ von ihr ab. Sie öffnete die Augen wieder und sah, dass er rasch aufstand und den Reißverschluss seiner Hose zuzog, er trug seine Maske noch immer. Eine weitere Maske kam in den Keller, noch ein Mann, Antonia zitterte.

»Hast du ihr Wasser gegeben?« fragte der, der hereingekommen war.

»Gleich.«

»Du weißt doch, sie hat gesagt, wir sollen ihr Wasser geben.«

»Klar doch.« Kurz darauf ließ er Wasser aus einer Flasche in ihr Gesicht pladdern. Es ging noch mehr daneben als beim ersten Mal. Vermutlich war er wütend, gestört worden zu sein.

Nachdem die beiden Masken das Kellerloch ohne ein weiteres Wort verlassen hatten, kauerte sich Antonia in einer Ecke zusammen, zog die Knie dicht an den Körper. Der obere Teil der Daunenjacke und ihres Pullovers war durchweicht, und sie fror erbärmlich. Fürs Erste war sie sicher. Fürs Erste …

Wenn dir kalt ist, mach dir warme Gedanken, wieder so eine wunderbare Weisheit ihrer Mutter. Aber vielleicht war da was dran: Wenn sie das hier überstehen wollte, ohne durchzudrehen, musste sie sich ablenken, sich stärken mit schönen Erinnerungen, aufrufen, was in ihrem Leben gut und richtig war. Antonia schloss die Augen: Sie dachte an ihre Urlaube zurück, viele mit ihrer Mutter, einen davon mit Jakob. Bilder stiegen in ihr auf vom Meer und von Palmen, die sich im Wind wiegten, von bunten Cocktails an einem sonnendurchglühten Strand auf Teneriffa, wo sie im letzten Jahr die Herbstferien mit Maxi und Emma und Emmas Familie verbracht hatte.

Sie dachte an die Winterabende, wenn ihre Mutter ausnahmsweise früher von der Arbeit nach Hause zurückgekehrt war, sie sich Pizza kommen ließen und anschließend vorm Kamin saßen, um zu quatschen und zu lachen, und es ihr vorkam, als säße nicht ihre Mutter, sondern eine gute Freundin neben ihr. Mama war jünger als andere Mütter, nicht so gesetzt, das war wohl einer der Gründe. Dann Mamas feste Umarmung, ihr süßes Parfüm, das Kitzeln ihrer gegelten Haare an Antonias Wange, nachdem die Abiturzeugnisse bekannt gegeben wurden. *Ich bin so stolz auf dich, mein Schatz! Die bist die Erste in der Familie, die Abitur macht, wer hätte das gedacht! Und das auch noch mit einer Eins, ich fass es nicht!*

Ein anderes Bild tauchte auf: Jakob am Trondheimfjord in Norwegen … Nein, sie durfte jetzt nicht an Jakob denken! Sie versuchte, die Bilder zu verdrängen, die in ihr aufflackerten, holte ältere herbei, Kindheitserinnerungen: der Reitstall, der eine Zeit lang ihr zweites Zuhause gewesen war, der Spaß, den sie mit anderen beim Toben im Schwimmbad hatte, die Gute-Nacht-Geschichten am Bett, die ihre Mutter ihr vorlas, bis sie zwölf war, *Harry Potter*, aber auch Klassiker wie *Tom Sawyers Abenteuer*, später Geschichten von Wilhelm Busch, *Die fromme Helene* …

Antonia riss die Augen auf. Helene … aber ja! Jakob hatte ihr einmal von seiner Ex-Freundin erzählt, die nicht nur komisch sei, sondern auch einen antiquierten Namen habe: Helene. Er hatte nur nicht verraten, dass sie *Leni* genannt wurde …

* * *

Dominiks Schreibtisch erstrahlte abwechselnd in Pink, giftigem Grün, Neonblau und grellem Gelb. »Frank, mach bitte dieses Kirmes-Geblinke aus! Du kannst die Lichterkette ja anschalten, sobald Jacqueline hier auftaucht.«

Frank, der sich gerade eins von Ninas Weihnachtsplätzchen in den Mund gesteckt hatte, hustete Krümel über seinen Schreibtisch. »Und wie soll dann jemals weihnachtliche Stimmung aufkommen?«

Das Klingeln seines Telefons enthob Dominik einer Antwort. Es war Betty.

»Jens-Thorben möchte dich sprechen.« Es klang frostig.

Ich ihn aber nicht, wollte Dominik gerade sagen, als Jens-Thorbens weiche Stimme aus dem Telefon drang. »Herr Domeyer, äh, Dominik, es tut mir leid, es dir so direkt sagen zu müssen, aber dein Sohn möchte lieber bei uns wohnen.«

»Und wieso sagt er mir das nicht selbst?«

»Das wird er sicher bald tun. Wir haben uns heute Mittag zum Brunch im Seekrug getroffen, und Robin hat von einem unglaublichen Vertrauensbruch berichtet!« Jens-Thorbens Stimme vibrierte.

Das Farbspiel hörte auf. Frank hatte den Stecker gezogen und blickte ihn fragend an. Dominiks Lippen formten *Jens-Thorben*. Frank öffnete den Mund und deutete mit dem Finger hinein.

Dominik ahnte, worum es bei dem »unglaublichen Vertrauensbruch« ging, und schwieg. Eine bewährte Taktik in Vernehmungen, um das Gegenüber zu verunsichern.

»Äh … ähm … also … bist du noch dran?«

»Sicher.«

»Robin hat uns berichtet, dass du sein Zimmer durchsucht hast. Ich habe versucht, deinem Sohn klarzumachen, dass das deine Art ist, mit der Situation umzugehen, aber natürlich ist viel Geschirr zerschlagen worden – sinnbildlich gesprochen. Ich habe den Eindruck, dass du aus deiner Rolle als Ermittler nicht herausfindest, und das ist sehr bedauerlich, denn die Vaterrolle …«

»Geben Sie mir bitte Betty.«

»Ähm …« Im Hintergrund war leise ein Disput zu hören, Dominik verstand nur: *macht dicht*.

»Du willst mich sprechen?« Bettys kühle Stimme.

»Falls es dich interessiert: Robins Freundin hat ihn vor Kurzem verlassen, und er druckt Anleitungen für den Bau von Rohrbomben aus! Hat Robin euch das auch erzählt?«

»Fakt ist: Du bist nicht für ihn da! Du verbringst selbst die Sonntage im Präsidium, heute ist der vierte Advent!«

»Weil wir gerade mitten in einer Mordermittlung …«

»Du hast immer irgendeine Ausrede! Und alles, was dir einfällt, ist, ihm hinterherzuschnüffeln, statt vernünftig mit ihm zu reden! Und weißt du auch, warum wir ihn in den Seekrug eingeladen haben? Bei euch sei fast nichts mehr im Kühlschrank. Es gäbe nur noch seltsames Essen aus Resten!«

»Ja, rate mal, wer gestern mit Einkaufen dran gewesen wäre.«

»Das glaube ich jetzt nicht!«

»Er ist kein Kind mehr, Betty. Es geht um Verantwortung.«

»Ach, und die lernt er ausgerechnet von dir? Morgen Abend packt er seine Sachen zusammen und zieht zu uns. Und dass er das will, wundert mich ehrlich gesagt gar nicht!«

»Mich auch nicht: Er kann dann völlig unbehelligt irgendeinen Unsinn treiben, den er später bereuen wird!«

»Was zur Hölle stimmt nicht mit dir? Jens-Thorben meint …«

Dominik drückte das Gespräch weg.

Frank grub in der Plätzchendose, sah dann auf. »Dodo, wie guckst du denn aus der Wäsche?«

»Robin will zu Betty ziehen – und zu Jens-Thorben.«

»Ach du Scheiße. Ich wette, das dauert nicht lang, bis ihm das Gelaber von diesem Oberschlaumeier dermaßen auf den Sack …«

Frank wurde vom erneuten Klingeln des Telefons unterbrochen. Dieses Mal rief eine völlig aufgelöste Kerstin Heitbreder an.

* * *

Blitzlicht erhellte die Szenerie im Wohnzimmer der Heitbreders. Ein Fotograf machte Aufnahmen von allen Seiten des altarähnlichen Aufbaus. Immer wieder leuchtete das Familienfoto der Heitbreders auf der Anrichte auf. Jemand hatte ihre Gesichter mit einem dicken roten Filzstift ausgekreuzt und ein Grablicht vor das Bild gestellt. Zur Abrundung lehnte ein Beerdigungskranz mit einer Schleife an der Anrichte: *Letzter Gruß an die Familie Heitbreder.*

Sascha Sudhölter von der Spurensicherung nickte Dominik zu und begann, das Foto mit einem Pinsel mit Grafitpulver zu bearbeiten, um mögliche Fingerabdrücke sichtbar zu machen. Von seinem Gesicht war wegen der Kapuze seines Overalls nur noch ein kleiner Ausschnitt zu sehen. Am Kamin stand Reinhold Heitbreder, der die Arme um seine Frau und seine weinende Tochter legte. Bent Andersens große Gestalt schob sich vor Dominiks Blick auf den grausigen Altar. Der Overall, den er ebenso wie Dominik hatte anziehen müssen, spannte um seinen breiten Rücken.

»Dodo-Schätzeken«, dröhnte plötzlich Bella Schnathorsts tiefe Stimme dicht neben seinem Ohr. »Du machst dich immer so rar in letzter Zeit.« Sie lachte, was die Dezibelzahl noch einmal merklich ansteigen ließ.

»Eigentlich nicht«, gab Dominik zurück. »Ich bin immer genau dort, wo gerade was Schlimmes passiert.«

»Warum so deprimiert?« Sie schlug ihm auf den Rücken und flüsterte dann so laut, dass alle Umstehenden es hören mussten: »Wir beide sollten unbedingt mal was trinken gehen, damit du bessere Laune bekommst.«

Dr. Heitbreder warf ihnen einen indignierten Blick zu.

Dominik räusperte sich. »Unbedingt. Ist die Tatwaffe gefunden worden?«

»Leider nicht.«

Sascha trat auf die Leiterin des Erkennungsdienstes zu, um ihr etwas zu erklären, und Bella ließ zu Dominiks Erleichterung von ihm ab.

Dr. Heitbreders Stimme gellte durch den Raum. »Was muss eigentlich noch alles geschehen, damit Sie den Mörder unseres Sohnes endlich dingfest machen?«

Bent fuhr herum und ging auf die Heitbreders zu. »Hatten Sie den Türcode geändert, wie wir es Ihnen geraten haben?«

»Allerdings«, erwiderte Dr. Heitbreder kühl.

»Dann werden Sie das noch einmal tun müssen. Kennt den nach wie vor nur Ihre Haushaltshilfe, niemand sonst?«

Kerstin Heitbreder nickte. »Außer uns nur Elsbeth. Wir haben sie angerufen. Sie kommt gleich vorbei.«

»Und der ehemalige Nachhilfelehrer?« Dominik wandte sich an Maja. »Kann es sein, dass Sie Manuel Flores den Türcode gegeben haben?«

Maja wischte sich die Tränen aus dem Gesicht und verzog den Mund. »Sind Sie verrückt geworden? Manuel soll Lucky umgebracht haben? Mit einem *Messer*? Er hat ihn geliebt, genau wie ich! Lucky hat sich immer total gefreut, wenn Manuel kam, er …«

»Schatz, das ist wichtig!« Der Arm ihres Vaters lag noch immer um ihre Schultern, er drückte sie fester. »Hast du Manuel den Türcode gegeben?«

»Nein!« Sie machte sich los. »Habe ich nicht! Ihr spinnt doch alle!« Sie stürmte aus dem Wohnzimmer.

»Es ist schwer für Maja.« Frau Heitbreder lächelte entschuldigend.

»Es muss jemand gewesen sein, den der Hund kannte, oder? Ich meine, wer würde so nah an ihn rankommen, um das tun zu können?«, fragte Dominik.

Sie zuckte mit den Achseln. »Lucky war ein freundliches Tier, das auf jeden zuging.«

»Es muss sehr schnell gegangen sein, sonst hätte der Hund sich gewehrt und …« Bent brach ab. Durch das große Wohnzimmerfenster war ein alter Fiat Panda zu sehen, der direkt vor dem Haus geparkt wurde.

Frau Heitbreder folgte seinem Blick. »Elsbeth ist da. Fragen Sie sie. Sie kennt den Türcode. Irgendwo muss doch eine undichte Stelle sein. Ich kann mir das anders nicht mehr erklären!«

Kurz darauf saß Elisabeth Schröder mit ihrer Handtasche auf den Knien und beschlagener Brille in der Küche. Dominik und Bent zogen es vor zu stehen. Zwischendurch strich sie sich über ihren Haarhelm, bei dem kein Härchen an der falschen Stelle lag, obwohl sie unentwegt den Kopf schüttelte, während sie abstritt, einen Schlüssel für die Tür zum Garten oder den Türcode weitergegeben zu haben. Rote Flecken breiteten sich auf ihrem Gesicht aus. »Habe ich das richtig verstanden, Sie verdächtigen also mich? Wissen Sie eigentlich, woher ich gerade komme? Fragen Sie mal in Gilead nach, ich war bei meinem Mann auf der Schlaganfallstation! Vom Liegen hat der übrigens inzwischen eine Lungenentzündung bekommen! Als mich Frau Heitbreder vorhin anrief, saß ich noch an seinem Bett und hielt seine Hand. Ich habe ihr gesagt, wie schlecht es ihm geht. Aber egal, sie zitiert mich wie eine Verbrecherin hierher! Sie knetete den Griff ihrer Handtasche. »Unglaublich, was man sich hier gefallen las…«

»Es ist ganz einfach, Frau Schröder.« Bent verschränkt die Arme vor der breiten Brust. »Da die Spurensicherung keine Einbruchsspuren gefunden hat, muss hier jemand lügen.«

* * *

Ihre Mutter rumorte nebenan in der Küche. Betrunken, wie immer. Sie hatte gar nicht mitbekommen, dass Carmen wiedergekommen war, genauso wenig, wie sie mitbekommen hatte, dass ihre Tochter frühmorgens das Haus verlassen hatte, um in Dunkelheit und im Schneeregen zum Frühdienst ins Altenheim zu radeln. Zwei Kolleginnen vom Spätdienst hatten sich krankgemeldet, und so hatte sie länger bleiben müssen, bis Ersatz gefunden wurde. Es gab mehr als genug zu tun. Carmen fand kaum Zeit, zwischendurch zur Toilette zu gehen oder mal einen Schluck Wasser zu trinken. Mehrmals klingelte ihr Handy, doch sie schaute nicht mal aufs Display, weil sie so eingespannt war.

Carmen stellte die Heizung im Schlafzimmer ihrer Mutter höher und setzte sich an den Schreibtisch, der neben dem Bett stand. Sie gähnte und rieb ihre Arme. Von der Fahrt nach Hause war sie noch immer durchgefroren. Dann stemmte sie sich die Hände ins Kreuz. Ihr Rücken fühlte sich an, als würde er in zwei Teile brechen. Vermutlich lag es daran, dass sie in letzter Zeit häufig Überstunden gemacht hatte. Am liebsten hätte sie sich sofort aufs Sofa gelegt, aber sie musste vorher noch etwas erledigen: Sie hatte es sich aus gutem Grund zur Gewohnheit gemacht, die Post ihrer Mutter durchzugehen.

Sie öffnete die Umschläge der Briefe, die sie gerade aus dem Kasten geholt hatte, und fand wie erwartet Rechnungen und Mahnungen. Mittlerweile sprach sie ihre Mutter nicht mehr auf die Rechnungen an, sondern überwies das Geld direkt von ihrem Konto. Maria wunderte sich offenbar nicht darüber, dass die Rechnungen sich nicht mehr ungeöffnet auf ihrem Schreibtisch stapelten. Ihre Mutter schien ohnehin zu erwarten, dass sich ihre Lage wie von Zauberhand verbessern würde – so wie sie noch immer von der Wiedereröffnung der Bar träumte.

Carmen las das Schreiben, das sie gerade aus einem Umschlag geholt hatte: Die Bank teilte mit, dass der Lastschrifteinzug der Stadtwerke nicht durchgeführt werden konnte, weil das Konto wie so oft in den Miesen war. Das kostete jedes Mal unnötige Gebühren und außerdem Wucherzinsen. Vielleicht sollte sie den Einzug für Strom, Wasser und Heizung einfach gleich auf ihr eigenes Konto umstellen lassen. Denn wenn sie ihrer Mutter Geld überwies, konnte es sein, dass die es sofort abhob. Und dass ihnen der Strom abgestellt wurde, fehlte gerade noch. Carmen seufzte. Es war nicht möglich, mit Mama darüber zu sprechen, weil dann eine Tirade über die Ungerechtigkeit der Welt folgte. Und danach kam nichts mehr. Vielleicht lag es am Alkohol, dass ihre Mutter in der Lage war, ihre Situation komplett auszublenden. Lustlos öffnete Carmen noch zwei Schreiben, nahm dann den letzten Umschlag in Angriff.

Kündigung … Mietrückstand … Fristen versäumt … Räumungsklage … rechtskräftiges Versäumnisurteil … Gerichtsvollzieher – Carmen klappte der Mund auf, die Wörter verschwammen vor ihren Augen. Die Kündigung und später die Räumungsklage mussten demnach schon längst zugestellt worden sein. Hatte ihre Mutter die Schreiben abgefangen, bevor sie sie entdecken konnte? Dass der Strom abgestellt werden könnte, war ihr geringstes Problem, sie würden bald auf der Straße stehen! Sie stöhnte laut. Wut durchfuhr sie wie eine heiße Welle. Sie würde nach ihrer anstrengenden Arbeit also irgendwie das Geld zusammenkratzen müssen, um den Mietrückstand auszugleichen.

Sie sprang auf. Sie würde ihre Mutter zur Rede stellen, sie schütteln, sie anschreien … Sie musste doch irgendwann aufwachen! Carmen atmete ein paarmal tief durch, stützte sich auf die Lehne des Stuhls, ihre Schultern sackten nach unten, sie ließ den Kopf hängen. Ihre Mutter war ein Wrack, kein Gegenüber. Man trat niemanden, der sowieso schon am Boden lag. Maria lebte in einer Traumwelt. Dass sie sich ruinierte, war kaum zu ertragen. Carmen konnte nichts dagegen tun, außer stark sein und sich darum kümmern, dass ihnen eine Art Zuhause blieb. Wenn es nicht sowieso schon zu spät war!

Sie warf sich aufs Bett ihrer Mutter, rollte sich in die Decke ein und starrte vor sich hin. Sie war bereits um halb fünf aufgestanden und brauchte dringend eine Mütze voll Schlaf, aber die Gedanken kreisten unaufhörlich in ihrem Kopf. Die Karten waren von Anfang an gezinkt gewesen. Und ganz gleich, wie sehr sie sich bemühte, sie würden nie auf einen grünen Zweig kommen, weder Manuel noch sie selbst und schon gar nicht ihre Mutter. Es hatte eine Zeit gegeben, so mit vierzehn, fünfzehn, da hatte sie noch davon geträumt, etwas Besonderes zu sein, etwas Besonderes zu leisten, wieso auch nicht, sie war doch die Beste in ihrer Klasse, sie würde ein super Abi hinlegen. Und natürlich würde sie studieren, die Welt sehen, interessante Menschen treffen …

Waren ihre Träume nicht ebenso hoffnungslos und realitätsfern wie die ihrer Mutter? »Träume sind Schäume«, murmelte Carmen vor sich hin. Bitte hundertmal an die Tafel schreiben. Aber das musste sie gar nicht, sie dachte kaum noch an ihre einstigen Ziele und Sehnsüchte, war mittlerweile zu erschöpft, zu leer, zu stumpf. Der Anfang der 5. Sinfonie von Beethoven ertönte – der Klingelton ihres Handys, den ihre Kolleginnen schräg und bombastisch fanden. Nun, sie wurde immerhin gebraucht, ta ta ta taaaa, ta ta ta taaaa, sehr sogar, von den Alten und den Beladenen, die all ihre Energie aufsaugten …

Doch manchmal half die Arbeit ihr auch. Die Pflegedienstleitung hatte schon gefragt, ob eine aus dem Team über die Feiertage einspringen könnte. Zu arbeiten wäre vielleicht weniger deprimierend, als ihre Mutter zu beobachten, wie sie Weihnachten simulierte. Außerdem gab es Feiertagszuschläge. Carmen zog ihr Handy aus der Hosentasche: tatsächlich, die Arbeit. Nachdem sie versprochen hatte, Weihnachten zu arbeiten, beendete sie das Gespräch und rief die Nummer ihres Vermieters an.

»Herr Schumacher? Carmen Flores hier, ich will nicht stören, nur … wissen Sie, meine Mutter ist sehr krank und hat offenbar versäumt, ihre Mietschulden zu begleichen. Ich überweise Ihnen das Geld noch heute …«

»Damit kommen Sie leider zu spät und ändern nicht das Geringste«, kam es kühl zurück. »Ihre Mutter war in den letzten zwei Jahren schon einmal mit der Miete im Rückstand. Und jetzt wieder, dabei zahlt Ihre Mutter für die Toplage, in der Sie wohnen, einen ziemlich überschaubaren Betrag. Ich hatte sowieso vor, die Wohnung zu modernisieren. Dann steigt auch die Miete, und wenn sie die jetzt schon nicht bezahlen kann …«

Carmen hörte nicht mehr zu. Daher wehte also der Wind. Der Mann war froh, sie loszuwerden, um die Wohnung teurer vermieten zu können. Kein Problem, die Altstadtlage war begehrt. Eine höhere Miete konnten sie sich auch mit Carmens Gehalt nicht leisten.

Sein letzter Satz lautete: »Anfang nächsten Jahres müssen Sie raus sein!«

»Du mich auch«, sagte sie leise und drückte das Gespräch weg. Sie würden einen Anwalt brauchen, den sie nicht bezahlen konnten. Und wahrscheinlich war es sowieso aussichtslos, ihre Mutter hatte einfach den Kopf in den Sand gesteckt und wichtige Fristen versäumt! Ta ta ta taaaa … Sollte sie jetzt auch noch Silvester arbeiten? Sie schaute aufs Display. Aber nein, dieses Mal war es nicht die Arbeit, sondern Maja – die höhere Tochter, die glaubte, Probleme zu haben. Andererseits – Maja war tatsächlich in Schwierigkeiten, und zwar in weit Größeren, als sie annahm …

* * *

Maria stützte sich schwer am Fensterbrett ab. Die Menschen schlenderten in Grüppchen über den Klosterplatz Richtung Fußgängerzone zum Weihnachtsmarkt. Allmählich wurde es dunkel. Die Kerzen auf dem Adventskranz, den ihre Tochter besorgt hatte, warfen ein unruhiges Licht auf die Fotoalben auf dem Tisch. Vierter Advent und keines ihrer Kinder hatte den Tag mit ihr verbracht! Manuel war gerade erst von wo auch immer zurückgekommen und wortlos in seinem Zimmer verschwunden. Maria taumelte zum Tisch und ließ sich auf einen Stuhl fallen, um weiter in den Alben zu blättern. Früher – da waren sie noch eine Familie gewesen!

Fast alle Fotos zeigten sie und die Kinder, aber auf einem davon war auch der Vater der Kleinen zu sehen. Er lächelte etwas verkniffen in die Kamera, weil er es hasste, fotografiert zu werden, neben ihm zwei lachende Kinder unterm Weihnachtsbaum, Manuels Mund war mit Schokolade verschmiert. Damals war er ein paar Mal in ihre Wohnung gekommen, später trafen sie sich nur noch außerhalb.

Doch einmal hatten sie auf Marias beharrliches Drängen hin sogar eine Woche lang Urlaub miteinander verbracht. Sie blätterte weiter, da war es auch schon, das Urlaubsfoto vom Strand an der Algarveküste. Maria hatte darauf bestanden und einen anderen Urlauber gebeten, sie endlich mal zusammen zu fotografieren: Es zeigte sie selbst braun gebrannt mit großem Sonnenhut. Zu der Zeit hatte sie noch die perfekte Bikinifigur besessen. Die Kinder waren noch klein, Manuel trug eine dicke Windelhose und zeigte mit seiner Plastikschaufel lachend in die Kamera, Carmen saß vor einer Sandburg, die sie gebaut hatte, und lächelte schüchtern, daneben ihr Vater, der sich gerade mit Sonnenmilch einrieb. Damals hatte sie gerade erst ihre Bar eröffnet, die Welt war noch in Ordnung gewesen. Schade, dass es keine Zeitmaschine gab. Später hatte er sie im Stich gelassen, als sie ihn am nötigsten gebraucht hätte. Nach all den Jahren hatte er sie fallen lassen. Die Mutter seiner Kinder war nutzlos geworden, eine lästige Bittstellerin.

Maria stemmte sich mühsam hoch. Plötzlich stand Manuel in der Tür. Sie hatte ihn nicht kommen hören.

»Du schaust dir Fotos an, Mama? Von der rundum glücklichen Familie?«

»Wieso denn nicht?«, lallte sie. »Und warum sagst du das mit diesem Unterton? War ich euch keine gute Mutter?«

»Du kapierst es wohl nie, was, Mama?«

»Was soll das denn heißen?«

»Du solltest erst mal nüchtern werden, dann reden wir weiter.«

»Ich habe ein Gläschen getrunken, ja, aber ich bin nicht blöd«, nuschelte sie. »Glaubst du, ich habe nicht mitgekriegt, dass du deiner Schwester Geld gestohlen hast?«

»Blödsinn. Seit wann hat sie denn Geld?«

»Sie hat was von dem Geld gespart, das sie als Pflegefachfrau verdient, denke ich mir. Vielleicht für die Bar.«

»Welche Bar? Es gibt keine Bar! Und überlass das Denken anderen, Mama.«

»Und woher hast du dann das viele Geld?« Sie hielt sich am Stuhl fest.

»Super, du warst also in meinem Zimmer.«

»Deine Schwester ist ein gutes Kind, Manuel, sie will mich immer unterstützen, aber du arbeitest dagegen!«

»Mama, eigentlich musst du doch uns unterstützen und nicht umkehrt, du bist unsere Mutter und nicht unser Kind!« Er sprach es so laut aus, dass Speicheltropfen ihr Gesicht trafen.

»Werd nicht frech!« Sie machte eine fahrige Handbewegung, und ein Fotoalbum fiel vom Küchentisch, die Fotos rutschten aus ihrer Fassung. Sie bückte sich, um die Fotos aufzuheben, und verlor das Gleichgewicht, zog sich mühsam an der Tischkante hoch. »Wenn du das Geld nicht gestohlen hast, stammt's bestimmt aus irgendwelchen Drogengeschäften, oder?« Eine der Adventskerzen verlosch mit leisem Zischen. »Manuel?«

Ihr Sohn hatte die Küche bereits verlassen. Er dealte. Es konnte nicht anders sein, denn eines Tages hatte sie in seinem Zimmer Tütchen mit weißem Pulver gefunden. Sie hatte ihn damit nicht konfrontiert, denn wenn sie ehrlich war, verspürte sie manchmal Angst vor ihm. Dabei war er nie aufbrausend, eher sarkastisch und bitter und ließ sich nicht in die Karten schauen. Nur seine Schwester fand Zugang zu ihm. Er hing sehr an ihr. Das beruhigte Maria etwas, denn obwohl Carmen nur drei Jahre älter war, wirkte sie deutlich reifer, umgänglicher. Sie kümmerte sich schon früher viel um ihren Bruder, als Maria alle Hände voll zu tun hatte, um sich mit ihrer kleinen Bar am Markt zu behaupten. Maria mühte sich lange Zeit auch für ihre Kinder ab, in der Hoffnung, dass die Bar zum Selbstläufer und den beiden einen finanziell gut ausgestatteten Start ins Leben ermöglichen würde, vielleicht sogar ein Studium. Carmen hätte jedenfalls das Zeug dazu gehabt. Der Traum vom guten Leben …

Nein, sie war ihren Kindern kein Vorbild. Sie musste es irgendwie schaffen, vom Alkohol loszukommen. Geld auftreiben, die Bar neu eröffnen … Morgen, ja, sie würde schon morgen damit anfangen, den Wein weggießen, alles, was sie im Haus hatte, so schwer es auch fiel … Carmen sprach öfter von einer Selbsthilfegruppe, keine schlechte Idee. Sie brauchte Hilfe, um das Ruder wieder herumzureißen, wieder die zu werden, der ihre Kinder sich anvertrauten, vor der sie Achtung hatten … Die nächste Kerze verlosch, und es wurde noch etwas dunkler in der Küche. Maria machte einen Schritt und trat auf das Fotoalbum, machte einen weiteren vergeblichen Versuch, die Fotos aufzuheben, gab auf. »Manuel? Kannst du mir helfen?«, rief sie.

Es kam keine Antwort. Wo war der Junge schon wieder hin? Und dass die Polizei hier ständig auftauchte und nach ihm fragte … Maria wankte aus der Küche. Und was zum Teufel hatte er überhaupt bei den Heitbreders zu suchen gehabt? »Manuel! Ich muss mit dir reden!« Die Tür zu seinem Zimmer war geschlossen, sie klopfte dagegen. »Manuel, bist du da drin?« Keine Reaktion. Dann öffnete sie die Tür. Ein leichter Benzingeruch entströmte dem Zimmer, das schwach von einer Straßenlaterne beleuchtet wurde. »Manuel, nie bist du da, wenn man dich braucht«, nuschelte sie.

Aber wieso Benzin? Lagerte er hier Benzin für sein Moped? Sie machte einen unsicheren Schritt ins Zimmer und stolperte über einen Rucksack, der auf einem Läufer stand, der durch ihr Stolpern ins Rutschen geriet. Sie ruderte mit den Armen, verlor den Halt und knallte mit dem Nacken gegen die Kommode, ein scharfer Schmerz durchzuckte ihren Rücken.

Als sie wieder zu sich kam, war eine dunkle Gestalt über ihr. »Bist du der Tod? Kommst du mich holen?«

»Mama, was ist mit dir?!« Das war Manuels zitternde Stimme. Er klang wieder wie ein kleiner Junge. Eine Träne fiel auf ihr Gesicht.

»Nicht weinen, Manuel, mir geht es gut.«

»Nein, tut es nicht! Du musst ins Krankenhaus! Kannst du aufstehen?« Er zerrte an ihrem Arm. »Bitte, Mama!«

Sie versuchte, sich aufzurichten, aber sie spürte ihre Beine nicht mehr.

Montag, 23. Dezember 2013

Noch vor dem Frühstück erledigte Dominik einen Großeinkauf im Supermarkt. So kurz vor Weihnachten war es rappelvoll dort, und es dauerte eine Weile, bis er wieder zu Hause ankam. Während er die Lebensmittel im Kühlschrank verstaute, schlurfte Frank im Morgenmantel in die Küche.

»Hast du auch Brötchen mitgebracht?«

»Klar.« Dominik hielt ihm die Tüte unter die Nase.

»Dein Sohn pennt noch. Muss er nicht zur Schule?«

»Weihnachtsferien. Morgen ist Weihnachten, schon vergessen?«

»Wie könnte ich.« Frank deckte den Küchentisch. »Meine Eltern erwarten mich morgen Nachmittag pünktlich zum Kaffee in Lage. Ach, Dodo … wie blöd … wann zieht Robin denn aus?«

»Heute.« Dominik würde den Heiligabend allein verbringen, das erste Mal seit Ewigkeiten.

Frank setzte Kaffee auf. »Weißt du was, ich komme Heiligabend schon am Abend wieder, meine Eltern gehen sowieso früh zu Bett. Außerdem wäre es wieder ein Erlebnis der krassen Art, in meinem Jugendzimmer zu übernachten. Meine Eltern haben das Zimmer praktisch konserviert mit dem ganzen alten, peinlichen Krempel darin. Ich glaube, ich muss selbst mal Hand anlegen, das Bravo-Hefte-Archiv samt Starschnitten vernichten und …«

»Schon gut, Frank. Ich werde mir eine TK-Lasagne in den Ofen schieben und mit Nils und Lissa skypen. Mach dir keine Gedanken.«

»Soll ich mal mit Robin reden?«

»Meinst du, du richtest mehr bei ihm aus?« Dominik setzte sich an den Tisch und schnappte sich ein Brötchen. »Sag mir lieber, was ich ihm zu Weihnachten schenken soll. Ich habe immer noch kein Geschenk für ihn.«

»Da du ihn Weihnachten wohl nicht sehen wirst, hat das doch Zeit.«

»Stimmt auch wieder. Trotzdem ist das armselig, oder? Ich muss der Wahrheit ins Auge blicken: Ich bin ein Rabenvater.«

»Ach, Blödsinn. Ich hoffe, wir haben heute mehr Erfolg, nach dem Flop in Gilead gestern.« Frank nahm sich ein Brötchen und belegte es mit Käse.

»Hast du erwartet, dass Elisabeth Schröder uns bei einer so leicht nachzuprüfenden Sache anlügt?«

»Okay, das ist ein Punkt. Aber irgendwie ist diese Frau nicht echt. Entweder sie lügt oder das Töchterchen. Eine von beiden muss den Türcode weitergegeben haben. Aber jetzt sind die Heitbreders ja in Sicherheit. Kein Terror mehr, keine toten Köter …« Krachend biss Frank in sein Brötchen.

Bent, der das Haus der Familie ohnehin ab Montag unter Polizeischutz hatte stellen wollen, hatte nach den Ereignissen des gestrigen Tages schon am Sonntagabend zwei Kollegen dafür abgestellt.

Dominiks Handy summte in seiner Hosentasche. Er stellte seinen Kaffeebecher ab und nahm den Anruf an.

»Guten Morgen, Herr Domeyer, hier Mönkemöller. Sie wollten mich sprechen?«

»Schön, dass Sie zurückrufen, ich habe nur eine kurze Frage. Sie unterrichten meinen Sohn Robin in Chemie, und ich wüsste gerne, ob das Thema Sprengstoffe im weitesten Sinne zurzeit in seinem Chemieunterricht behandelt wird.«

Frank ließ von seinem Brötchen ab und sah auf.

»Nein, das ist nicht Gegenstand des Unterrichts, wir beschäftigen uns gerade mit dem Thema Autoprotolyse, also …«

»Danke, Herr Mönkemöller. Und erholsame Feiertage wünsche ich Ihnen.«

Frank runzelte die Stirn. »Sprengstoffe?«

»Robin hat die Anleitung für den Bau einer Rohrbombe aus dem Netz gezogen und behauptet, das wäre für den Chemieunterricht. Er hat mich angelogen und er wird weiter lügen, weil er nicht möchte, dass ich dahinterkomme, was er vorhat. Betty und Jens-Thorben kann er leichter an der Nase herumführen.«

»Was soll ich sagen, Dodo? So gern ich Robin mag, dein Junge ist linksradikal.«

»Und wenn ich ihn jetzt wecke und versuche, mit ihm zu reden, kommen wieder dieselben Ausflüchte und Nebelkerzen.«

»Du weißt doch: *All cops are bastards.*« Frank kaute langsam, hielt dann inne. »Hey, da fällt mir was ein. Ich hatte doch mal eine Katze namens Ruby, erinnerst du dich? Wenn Rubylein nicht gerade mein Sofa mit ihren Krallen ruinierte, büxte sie gerne mal Richtung Schrottplatz aus. Und dann habe ich mir einen GPS-Tracker besorgt …«

* * *

Dominik, Frank und Nina machten sich einzeln auf den Weg, um herauszufinden, wer den Kranz mit der Schleifenaufschrift *Letzter Gruß an die Familie Heitbreder* in Auftrag gegeben hatte. Über dem Aufsuchen aller Friedhofsgärtnereien in Bielefeld und Umgebung verging ein Großteil des Tages. Es dämmerte bereits, und die Scheibenwischer von Dominiks Dienstwagen kamen kaum gegen die Schneeregenschauer an, während er auf dem Weg zur Friedhofsgärtnerei am Sennefriedhof war. Er konnte nicht anders, als vor roten Ampeln immer mal wieder die GPS-App auf dem Handy zu inspizieren, das Frank, der zwar keine Katze mehr, dafür aber immer noch ein Abo zur Nachverfolgung besaß, ihm netterweise überlassen hatte. Für Jens-Thorben vermutlich der ultimative Vertrauensbruch …

Kurz bevor er das Haus verließ, war Dominik Robin noch auf der Treppe begegnet. Er bot seinem Sohn an, über die Trennung von Jasmin zu reden. Der lehnte ab, tat cool, als wäre das Schnee von gestern. Die geröteten Augen in seinem blassen Gesicht straften seine Worte Lügen. Daraufhin konfrontierte Dominik ihn mit dem, was sein Chemielehrer ihm mitgeteilt hatte. Robin druckste herum, gab schließlich zu, dass er gelogen hatte, um seinen Vater zu beruhigen. Aber das mit der Anleitung zum Bombenbau wäre reine Neugier gewesen. Er hätte neulich einen Film über den Una-Bomber gesehen und einfach mal wissen wollen, wie der Typ solche Bomben in seiner Blockhütte hatte bauen können. Dummerweise glaubte er Robin nicht mehr.

Dominik parkte vor der Gärtnerei und warf einen letzten Blick aufs Handy: Robin hielt sich immer noch zu Hause auf, ohne zu ahnen, dass in einer Innentasche seiner Winterjacke ein Katzenhalsband mit GPS-Tracker steckte.

Dominik stieg aus. Im Verkaufsraum der Gärtnerei brannte noch Licht. Als er eintrat, schaute eine ältere Dame, die hinter dem Tresen saß, von dem Gesteck auf, das sie zusammenband. Er stellte sich vor und zeigte ihr ein Foto von dem Beerdigungskranz, den Kerstin Heitbreder in ihrem Wohnzimmer gefunden hatte. Die Dame setzte sich eine Brille auf und nickte. »Ja, den Kranz haben wir gebunden. Familie Heitbreder, genau. Warum fragen Sie?«

Bingo!, dachte Dominik. »Wer hat diesen Kranz in Auftrag gegeben und abgeholt?«

»Oh, das war ein junger Mann, wenn ich mich recht erinnere. Seinen Namen kenne ich aber nicht, denn er hat vorab und in bar bezahlt.«

»Vielleicht dieser?« Er zog eine Kopie der Aufnahme von Manuel Flores hervor, die seine Mutter ihnen überlassen hatte.

Sie studierte das Foto. »Ja, ganz recht. Was ist mit ihm?«

Als Dominik wieder im Dienstwagen saß, überkam ihn Müdigkeit. Sie näherten sich der Auflösung des Falls, aber er hatte sich selten so erschöpft gefühlt. Er schaltete das Radio ein, aus dem ihm ein munteres *Santa Claus is coming to town* entgegenschallte. Er stellte das Radio wieder ab. Vielleicht lag es an der frühen Dunkelheit oder daran, dass er Robin nicht mehr vertraute ... Er vergewisserte sich, dass sein Sohn noch immer zu Hause war und rief dann Bent an, um ihm die Neuigkeit mitzuteilen. Er endete mit den Worten: »Wir brauchen einen Durchsuchungsbeschluss für die Wohnung von Maria Flores.«

»Schön ... ja ... ich kümmere mich darum. Gut gemacht, Dominik!«

Dominik konnte zwar nicht erkennen, dass er eine besondere Leistung erbracht hatte, aber Bent wollte wohl nett sein. Der neue Bent, korrigierte er sich, der, der ihn nicht mehr mied wie früher. Vielleicht hatte Bent einfach begriffen, dass sie nun einmal zusammenarbeiten mussten, und es inzwischen akzeptiert.

»Am besten, du triffst dich mit Nina im Präsidium, und ihr fahrt gemeinsam zu dieser Wohnung«, fuhr Bent fort. »Hoffentlich habt ihr dieses Mal Glück und erwischt diesen Manuel Flores. Wenn nicht, müssen wir auch dieses Haus observieren lassen. Ach ja, es gibt noch etwas, das ich dir sagen muss …«

»Ich höre.«

Bent holte vernehmlich Luft. »Jakobs Freundin Antonia Brüggesieker wird seit Freitag vermisst. Ihre Mutter hat angerufen. Antonia wollte das Wochenende bei einer Freundin in München verbringen und ist heute Vormittag nicht wie verabredet aus dem Zug gestiegen.«

»Hat sie bei Antonias Freundin in München angerufen?«

»Ja. Antonia ist nie in München angekommen. Sie wurde das letzte Mal am Freitagabend von zwei Freundinnen gesehen.«

»Also noch eine Baustelle.« Dominik stöhnte. »Ob die beiden Fälle zusammenhängen?«

»Gute Frage. Weber hat mit den besagten Freundinnen von Antonia gesprochen: Antonia hat ihr Auto Freitagabend im Parkhaus des neuen Bahnhofsviertels abgestellt. Wir gehen gerade die Videoaufzeichnungen des Parkhausbetreibers durch.«

»Dann viel Glück, Bent.«

Dominik beendete das Gespräch, telefonierte kurz mit Nina und machte sich danach auf den Weg zur Kurt-Schumacher-Straße. Er war gerade auf den Parkplatz des Präsidiums eingebogen, als sein Handy klingelte.

»Dodo, ich bin's«, meldete sich ein atemloser Frank. »Ich bin vorhin nach Hause gekommen und habe zufällig ein Telefonat von Robin mitgehört. Da war von einer Bombe die Rede und dann von einer Uhrzeit …«

»Wie bitte? Eine Uhrzeit, zu der sie hochgehen soll?«

»Das weiß ich nicht genau, aber …«

»Und wann?«

»Es war von heute 20:45 Uhr die Rede.«

»*Heute*? Herrje … und wo?«

»Keine Ahnung.«

* * *

Dominik zog den Reißverschluss seiner Daunenjacke bis unters Kinn. Ein eisiger Wind pfiff um die Ecken der Altstadt, während er mit Nina vor dem Haus wartete, in dem Maria Flores mit ihren beiden Kindern wohnte. Der Regen hatte sich wieder in Schnee verwandelt. Nina klingelte Sturm, aber es tat sich nichts. Dominik grub Franks Handy aus seiner Jackentasche und checkte zum wiederholten Mal seine GPS-App. Robin war noch immer zu Hause, dachte offenbar aber nicht daran, seine Mobilbox abzuhören, auf der Dominik um dringenden Rückruf gebeten hatte.

»Ich glaube, das hat keinen Sinn hier.« Nina warf sich das Ende ihres langen Schals über die Schulter.

»Eine Minute.« Dominik entfernte sich ein paar Schritte und rief noch einmal Robin an. Wieder nur die Mobilbox. »Robin, ich weiß, dass du irgendetwas mit einer Bombe vorhast! Lass mich dir erklären, wie absolut verrückt das ist. Wenn das wahr ist und jemand zu Schaden kommt …« *Piep*. Na super!

Als er sich umwandte, sah er Nina mit einer alten Dame sprechen, die eine Hand auf die Klinke der halb offenen Haustür gelegt hatte, in der anderen eine Hundeleine hielt. Ein zitternder Rehpinscher drückte sich so tief es ging in die Nische der Haustür. Dominik trat näher.

»Gestern ist sie von einem Krankenwagen abgeholt worden. Es ist traurig, aber seit sie die Bar nicht mehr hat …« Die Frau schüttelte den Kopf. »Wissen Sie, ich konnte früher gut mit Frau Flores. Nun ja, sie war auch früher schon temperamentvoll, aber dann … kurz nachdem die Bar dichtgemacht hat, hat es einen furchtbaren Streit mit einem Mann gegeben, so laut, dass das ganze Haus mithörte. Es muss um Geld gegangen sein. Irgendwann polterte er dann die Treppe runter, und sie hat ihm noch was hinterhergeworfen, ich habe die Scherben von dem Blumentopf später aufgekehrt.«

»Wissen Sie, wer das war?«, fragte Nina.

»Nein, aber ganz jung war der nicht mehr, hat sich allerdings gut gehalten, trotz der grauen Haare. Vielleicht ein Teilhaber?«

»Wir suchen Manuel Flores, hätten Sie eine Idee, wo er sein könnte?«

»Der ist mir vorhin noch auf der Treppe begegnet mit einer Tasche, er müsste seiner Mutter Sachen nach Gilead I bringen. Die ist wohl gestern gestürzt und hat sich verletzt.«

»Gilead I …« Nina lächelte. »Vielen Dank, Sie haben uns sehr geholfen!«

Ein Blick auf sein Handy zeigte Dominik, dass Robin sich Richtung Innenstadt bewegte. Betty und ihr neuer Lebensgefährte wohnten in Heepen. Hoffentlich war er auf dem Weg dorthin. Wenn nicht …

»Dodo? Worauf wartest du? Wir müssen nach Gilead I, hast du doch gehört.«

»Bitte setz mich am Präsidium ab und nimm Frank mit, okay?«

»Eigentlich nicht, wir sollten uns beeilen.«

»Ich würde dich nicht darum bitten, wenn es nicht wichtig wäre. Ich erklär's dir später, ja?«

»Na gut.« Ihr Blick wurde weich. »Aber wenn Bent fragt …«
»Hab ich's verbockt, ganz klar.«

* * *

Maria fror unter dem Laken, das man hastig über sie geworfen hatte, bevor ein Pfleger sie auf einer Liege durch das halbe Krankenhaus schob in eine Art Warteraum. Sie starrte an die Decke, das grelle kalte Licht der Deckenlampe blendete sie, bis sie den Kopf zur Seite drehte, aber auch aus dieser Perspektive war der Anblick trostlos: ein herrenloser Rollstuhl neben einem hellgrauen Plastikvorhang, daneben ein Durchgang mit Blick auf den Flur, über den Weißkittel und Krankenpflegekräfte mit Gesundheitslatschen hasteten. Gleich würde man sie ins MRT schieben, um eine Aufnahme ihrer Wirbelsäule zu machen. Aber sie ahnte schon, dass sie ihre Beine nie wieder gebrauchen können würde. Ein Pflegefall mit Anfang vierzig …

Sie versuchte sich vorzustellen, was für eine Art von Leben das wäre, aber ihre Fantasie reichte nicht aus. Es gab nicht einmal jemanden, den sie verantwortlich machen konnte – außer einen vielleicht … Doch was würde das ändern? Sie hatte vor zwanzig Jahren eine falsche Entscheidung getroffen und damit eine Kette von Ereignissen in Gang gesetzt, die in dieser trostlosen Situation gipfelten. Sie hatte sich für stark und unverwundbar gehalten, geglaubt, alles schaffen, als alleinerziehende Mutter die Selbstständigkeit meistern zu können – und war weder ihren Kindern noch ihrem Geschäft gerecht geworden. Als sie sich schließlich eingestand, Hilfe zu brauchen, hatte derjenige, der für das Schlamassel mitverantwortlich war, sie sitzen lassen. Sie kniff die Augenlider zusammen. Das Kreisen um dieses Unrecht wurde allmählich verdrängt von einem noch stärkeren Anliegen: Was würde sie jetzt geben für eine Flasche Rotwein? Oder auch nur ein Gläschen? Ob es Alkohol im Krankenhaus-Bistro gab?

»Mama?«

Sie öffnete die Augen. »Manuel, wie schön …«

Er drückte ihre Hand »Ich habe dir Sachen gebracht, aufs Zimmer, aber die sagten mir, dass du hier aufs MRT wartest.«

»Danke, mein Junge. Hast du einen Schlafanzug mitgebracht und die Kulturtasche?«

»Alles, Mama. Zahnbürste und Duschgel und so. Ich … Moment mal … Frau Schröder?«

Die ältere Frau, die auf dem Flur stehen geblieben war, um in ihrer Handtasche zu kramen, blickte auf. Sie sah verheult aus, zog ein Papiertaschentuch aus der Tasche und schnäuzte ihre Nase. »Manuel, was machst du denn hier?«

»Entschuldige, Mama, bin gleich wieder bei dir.« Manuel machte ein paar Schritte auf den Gang hinaus.

»Meine Mutter ist gefallen und muss ins MRT«, hörte Maria Manuel sagen. »Und bei Ihnen?«

Statt einer Antwort schluchzte Frau Schröder auf, nach einer Weile hatte sie sich wieder in der Gewalt. »Ich komme gerade von der *stroke unit*. Mein Mann ist vor einer Stunde gestorben. Sie konnten nichts mehr … nichts mehr für ihn …« Der Rest ging in neuerlichem Schluchzen unter.

»Das tut mir sehr leid!« Manuel klang aufrichtig.

Guter Junge. Maria hatte sich oft über ihn geärgert, ihn kritisiert, während Carmen ihren Bruder verteidigte. Aber jetzt war er hier und kümmerte sich um sie.

Diese Frau Schröder sprach nun so leise, dass Maria sie nicht mehr verstehen konnte. Sie zog einen Block aus ihrer Tasche und notierte etwas, riss den Zettel ab, und Manuel nahm ihn an sich.

»Manuel?« Ihre Stimme klang schwach, doch ihr Sohn schaute sie an. Ob sie ihn bitten konnte, etwas aus dem Bistro für sie zu holen? Und wenn es nur ein Likörfläschchen war? Die beiden gaben sich die Hand. So höflich kannte sie Manuel gar nicht. Unscheinbare, dickliche, ältere Frauen waren normalerweise Luft für ihn. Frau Schröder putzte sich noch einmal die Nase und ging dann weiter, Manuel trat wieder zu ihr.

»Wer war das?«

»Frau Schröder.«

»Wer … lass dir die Würmer nicht aus der Nase ziehen.«

»Die ist Haushaltshilfe bei den Heitbreders.«

»Was hast du denn mit der zu tun? Was steht auf dem Zettel?«

»Zahlen.« Manuel lächelte. »Nur Zahlen, Mama. Oh, ich glaube, du bist dran.«

»Was für Zahlen? Was willst …«

»Frau Flores, jetzt geht es ins MRT.« Der Pfleger, der die verbliebenen langen Strähnen auf seinem rasierten Kopf zum Knoten gebunden trug, sprach langsam zu ihr wie zu einem Kind. Dann lächelte er sie an, als hätte er eine besondere Überraschung für sie im Angebot. »Keine Angst, es tut nicht weh.«

»Ich warte hier auf dich«, rief Manuel ihr nach, während sie von dem Pfleger in Richtung einer Tür mit der Aufschrift *MRT* geschoben wurde. Aus den Augenwinkeln bemerkte sie, dass eine junge Frau den Vorraum betrat, und erkannte ihre Tochter. Manuel umarmte Carmen. Das war das Letzte, was sie sah, bevor sich die Tür hinter ihr schloss.

Manuel war so ein guter Junge, wie hatte sie jemals an ihm zweifeln können?

* * *

Dominik wartete in seinem Citroën an der Ampel am Klösterchen und nutzte die Gelegenheit, das GPS zu überprüfen. Leider bestätigte sich seine Befürchtung: Robin war nicht auf dem Weg zu Betty, sondern bewegte sich schnell Richtung Süden. Vielleicht war er in die Straßenbahn Richtung Brackwede gestiegen. Dominik schaltete die Scheibenwischer eine Stufe höher, die Sicht wurde im Schneeregen zunehmend schlechter. Im Radio kamen gerade die 20-Uhr-Nachrichten. Also hatte er noch eine Dreiviertelstunde bis … zur Detonation? Die Vorstellung hatte etwas Surreales. Was würde Jens-Thorben dazu sagen? Zu einer intakten Vater-Sohn-Beziehung gehörte Vertrauen, dass sein Sohn schon das Richtige tat. Was gäbe er darum, in einer Jens-Thorben-Welt zu leben, in der man alles lösen konnte mit etwas gutem Willen und dem nötigen Feingefühl.

Und wenn er sich irrte? Womöglich war er wirklich die Dumpfbacke, für die Betty ihn hielt, und unfähig, seinen Sohn zu verstehen. Vielleicht war alles nur ein großes Missverständnis, über das man später zusammen lachen würde. *Weißt du noch, als du für einen Augenblick wirklich geglaubt hast, dass Robin imstande wäre, irgendwo eine Bombe zu zünden? Du hättest mal dein Gesicht sehen sollen …*

Aus dem Radio tropfte *I'm dreaming of a white christmas …* wie Sirup, und er musste an die Ereignisse auf Sylt zur Weihnachtszeit im letzten Jahr denken, als Robin seinen Bruder Nils und dessen Freundin bedroht hatte. Kaum zu glauben, dass seitdem erst ein Jahr vergangen war. Auch damals war er Robin hinterhergereist, und seine schlimmsten Befürchtungen hatten sich bewahrheitet …

Zu allem Überfluss herrschte auf der Artur-Ladebeck-Straße Stop-and-go-Verkehr. Doch auch Robin schien nicht mehr so schnell voranzukommen, der Abstand zu ihm verringerte sich, Robin befand sich nun auf der Hauptstraße in Brackwede. Dann ging es weiter zur Brackweder Straße, schließlich hoch zur Osningstraße. Als Dominik schließlich auf die Osningstraße abbog, geriet er wieder in einen Stau. Hier lag Schneematsch und die Autos krochen den Berg hoch. Er warf einen Blick auf die Uhr: 20:21 Uhr. Fluchend schlug er aufs Lenkrad. Warum hatte er nicht einen Dienstwagen genommen, bei dem er notfalls mit Blaulicht fahren konnte? Wie es aussah, war gerade ein Lastwagen am Berg liegen geblieben.

Nach einer gefühlten Ewigkeit erreichte er die Abbiegung zum Senner Hellweg. Robin bewegte sich jetzt auf dem Zwergenweg. Er musste ebenfalls mit einem Auto unterwegs sein und war offenbar nicht allein, denn Robin besaß kein Auto. *Zwergenweg* … hatte er das nicht vor Kurzem schon mal gehört? Die Adresse stand in irgendeinem Zusammenhang mit ihren Ermittlungen zum Fall Heitbreder. Aber er war noch nie dort gewesen, also mussten die anderen dorthin gefahren sein.

Auf dem Senner Hellweg beschleunigte er, Schneematsch spritzte zu beiden Seiten des Wagens hoch, dann wurde der Untergrund uneben. Er wählte Franks Nummer, der sich über die Freisprechanlage meldete. »Frank, sagt dir Zwergenweg in Senne etwas?«

»Hallo, Dodo, wo bist du? Wir sind hier gerade in Gilead I, um diesen Manuel …«

»Zwergenweg! Bitte, Frank, ich brauche das schnell, es geht um Robin!«

»Klar sagt mir das was … es geht um Robin? Puh … dann, oje, dann ahne ich, was er vorhat! Er meint's ernst, Dodo!«

Der Schneematsch hatte sich in Schnee verwandelt, und Dominiks Wagen schlingerte. »Sag schon, Frank!« Durch den dichten Schneefall sah er ein Schild mit der Aufschrift *War-*

nung: Das Betreten des Schießstandes ist verboten, Lebensgefahr! Er bremste ab, und der Wagen schleuderte kurz bevor er in einem Graben landete, der Motor erstarb.

»Dodo, hallo?«

Dominik atmete schwer, betätigte dann den Anlasser, der Wagen sprang an, aber als er versuchte, aus dem Graben zu fahren, drehten die Räder durch. Die Uhr zeigte 20:31 Uhr.

»Dodo?«, tönte es aus der Freisprechanlage. »Du musst das unbedingt verhindern! In diesem Vereinshaus sind Menschen!«

* * *

Maria Flores lag wie aufgebahrt in ihrem Krankenzimmer, die Decke bis unters Kinn gezogen. Sie sah blass und bekümmert aus. »Er war eben noch hier, aber plötzlich meinte er, er müsse dringend etwas erledigen, und bevor ich fragen konnte, was, war er schon weg. Immerhin hat er vorher auf mich gewartet, ich musste ins MRT, wissen Sie, und da … Hat er … hat er irgendetwas angestellt?«

»Danke, Frau Flores.« Nina versuchte ein Lächeln. »Wir müssen los … vielleicht erwischen wir ihn ja noch.«

Frank telefonierte in aller Seelenruhe auf dem Flur. Nina zog ihn am Ärmel. »Los jetzt, wir müssen uns beeilen!«

»… Benzin.« Das war Marias tonlose Stimme, die aus der halb geöffneten Tür in den Flur drang.

Nina eilte noch einmal zurück. »Was haben Sie gesagt?«

»In seinem Zimmer roch es nach Benzin.«

Sie verzichteten auf den Aufzug und sprinteten die Treppe hinunter. Da sie nicht planten, sich lange im Krankenhaus aufzuhalten, hatten sie den Dienstwagen in dem Rondell vorm Haupteingang geparkt, das für Krankenwagen reserviert war.

Nina schaute sich um. Außer einem Mann im Rollstuhl, der draußen rauchte, und einer Familie mit Kindern, die ins Krankenhaus strebte, entdeckte sie niemanden.

»Da!«, rief Frank, »da ist er!«

Sie folgte seinem ausgestreckten Arm und erkannte den jungen Mann von dem Foto auf dem oberen Parkplatz der Klinik. Er saß auf einem Moped und wartete hinter einem Auto, das die Schranke gerade passiert hatte. Die Schranke senkte sich wieder. »Wir verstellen ihm den Weg!«, rief Frank.

Beide hasteten zum Dienstwagen, und Manuel Flores wandte den Kopf. Er hatte sie bemerkt! Schnell löste er sein Ticket, und die Schranke ging hoch. Sie schafften es nicht mehr, ihm auf der Zufahrt zuvorzukommen, doch Frank folgte ihm und schaltete das Blaulicht ein. Manuel schaute sich nach ihnen um, hinter der kurvigen Zufahrt bog er rechts ab, beschleunigte, fuhr dann rechts auf die Gadderbaumer Straße. Frank stieß wilde Flüche aus, als sie in der engen Gadderbaumer Straße auf ein entgegenkommendes Auto warten mussten. Der Fahrer schien vom Blaulicht paralysiert zu sein, wusste nicht, ob er vor- oder zurückfahren sollte. Bis er schließlich zurücksetzte, war wertvolle Zeit vergangen. Nina sah gerade noch, wie Manuel mit seinem Moped auf die Kreuzstraße abbog.

Bald war er wieder vor ihnen, schaute sich um und fuhr dann schneller. In hohem Tempo schlängelte er sich an den Autos auf der zweispurigen Straße vorbei, und sie hatten trotz des Blaulichts Probleme dranzubleiben, zumal ein Schneeschauer die Sicht erschwerte.

»Sag mal, Nina, das kann doch nicht wahr sein, der Junge hat sein Moped frisiert!«

Manuel fuhr weiter geradeaus auf die Detmolder Straße, in halsbrecherischem Tempo überholte er die Straßenbahn rechts und zog auf die linke Spur.

»Das ist jetzt das geringste seiner Probleme. Was hat er bloß vor? Wir kriegen ihn doch sowieso«, murmelte Nina.

»Na super! Das glaubst auch nur du, La Niña!«

Vor ihnen zuckelte ein Wagen mit Anhänger, auf dem Tannenbäume auf- und niederhüpften, neben ihnen fuhr die Straßenbahn. Frank setzte sich hinter die Straßenbahn und überholte die Tannenbäume links, bevor er wieder auf die rechte Spur wechselte. Inzwischen herrschte dichtes Schneetreiben. Auf der Höhe der Teutoburger Straße sprang gerade eine Ampel auf Gelb, dann auf Rot. Das Moped wurde etwas langsamer. Frank und Nina holten auf. Manuel blickte noch einmal über seine Schulter und schoss dann mit seinem Moped über die rote Ampel. In diesem Moment tauchte aus der Teutoburger Straße ein weißer Sprinter auf.

* * *

Keuchend joggte Dominik den Waldweg entlang, der vom Senner Hellweg abzweigte. Gestapelte Baumstämme säumten den Weg, dann ging es steiler bergauf bis zu einer Kreuzung, an der Wanderwege ausgewiesen waren. *Eiserner Anton,* hatte Frank ihm eingeschärft, aber es gab zwei Richtungen, die zum Eisernen Anton führten! Er entschied sich für die linke Abzweigung und rannte den Weg einhundertfünfzig Meter bergab, verschnaufte dann kurz, um die GPS-Anzeige auf Franks Handy zu überprüfen. Hatte er sich genähert oder entfernt? Robin bewegte sich noch immer, und es war schwer auszumachen, ob Dominik auf dem richtigen Weg war.

Durch das Schneegestöber entdeckte er in einiger Entfernung etwas Orangefarbenes und lief darauf zu. Es entpuppte sich als ein orangefarbener Renault Twingo, der in der Nähe einer Abzweigung zu einem Privatweg parkte. Möglicherweise war Robin ja mit diesem Auto gekommen und dann ausgestiegen, um zu Fuß weiterzugehen?! Auf der anderen Seite führte ein engerer Weg rechts in den Wald hinein. Schon von Weitem konnte er erkennen, dass ein umgekippter Baumstamm diesen Pfad versperrte. Dominik schaute auf seine Uhr: 20:42 Uhr! Wenn sie die Bombe mit einem Zeitzünder versehen hatten, gab es kaum noch eine Chance, das Ganze zu verhindern!

In welche Richtung sollte er sich denn nun wenden? Ein Blick auf die GPS-Anzeige verriet ihm, dass es der rechte Weg mit dem Baumstamm sein musste. Der Schnee knirschte unter seinen Schuhen, während er den engen Weg durch den Wald entlanghastete. Als er über den Baumstamm stieg, blieb er an einem Ast hängen, stolperte und knickte um. Er rappelte sich hoch und stiefelte weiter. Ein eisiger Wind brannte auf seinem Gesicht und stach in seiner Nase, während er seine Reserven mobilisierte. Der Wald um ihn lichtete sich gerade, als er einen donnernden Knall hörte. Dominik lief aus und hielt sich die Seiten. Er war zu spät gekommen! Er stützte die Hände auf die Knie, senkte den Kopf und stöhnte. Am liebsten würde er die Zeit zurückdrehen.

Er richtete sich wieder auf. Irgendwo vor ihm im Schneetreiben war Feuer zu sehen. Dann gab er sich einen Ruck, sprintete auf das Feuer zu, roch Rauch, sah, dass es sich um ein brennendes Auto handelte, drei dunkel gekleidete Leute standen fluchend und gestikulierend daneben. Nur ein Auto? Oder saß jemand drin? Plötzlich gab es noch eine Explosion, eine riesige, schwarze Rauchwolke stieg auf, die drei wichen zurück. Er erkannte Robin! Robin stand dort und stritt sich mit seinen Kumpels, aber er war am Leben! Dominiks Schultern entspannten sich, erst jetzt wurde ihm bewusst, wie angespannt er gewesen war.

Dominik identifizierte den jungen Mann mit dem Flaumbart und den rotblonden Locken als Robins Freund Jonas, den dritten jungen Mann kannte er nicht. Am Rand der Lichtung entdeckte er ein Jagdhaus, die Fenster erschienen, soweit zu erkennen, dunkel, einige waren zerbrochen, wohl durch die Druckwelle. Die drei waren so mit sich beschäftigt, dass sie ihn erst bemerkten, als er direkt neben ihnen stand.

»So ein verdammter Mist!«, fluchte Robin. »Ich habe gleich gesagt, wir müssen ...« Er brach ab, seine Augen wurden groß. »Papa? Was machst *du* denn hier?«

Die drei starrten ihn an.

»Robin, du hast doch wohl nichts ...«, begann Jonas.

»Natürlich nicht!«, zischte Robin.

»Ist jemand in dem Wagen?«, herrschte Dominik ihn an.

»Nein, da sitzt niemand drin, aber wie... wieso bist du hier?«

Dominik unterdrückte einen Seufzer der Erleichterung. »Ach, ich habe gedacht, ich mache mal einen schönen Winterspaziergang im Teuto.« Er wich einer Rauchwolke aus. »Habt ihr schon die Feuerwehr verständigt?«

»Nein, Papa, aber ...«, begann Robin.

»Worauf zum Teufel wartest du dann noch?!«

Robins Blick huschte zwischen seinen beiden Kompagnons hin und her. »Ich ... was soll ich denen denn sagen?«

»Was wohl? Dass ihr ein Auto in die Luft gejagt habt? Oder erst mal, dass hier ein Wagen ausbrennt.«

Während Robin die Feuerwehr verständigte, wandte Dominik sich an Jonas. »Wem gehört der Wagen?«

Jonas verzog das Gesicht. »Mir.« Rauch trieb in seine Richtung, und er musste husten. »So eine Scheiße!«

»Und nun schön der Reihe nach: Was ist passiert?«

»Wir sind so im Wald rumgefahren, und plötzlich schießt da eine Flamme aus der Kühlerhaube«, begann Jonas, der andere junge Mann nickte eifrig.

»So wird das nichts. Aber ich kann auch eine Brandermittlung anregen, die werden die Rohrbombe in eurem Auto mit Leichtigkeit finden.«

Jonas trat von einem Bein aufs andere. »Das müssen Sie doch nicht, Herr Domeyer! Wir erzählen Ihnen ...«

»Die werden in ein paar Minuten da sein«, unterbrach Robin, der sein Gespräch beendet hatte und zu ihnen getreten war.

»Jemand muss zur Straße gehen, die Feuerwehr einweisen.« Dominik öffnete seine Daunenjacke. Das Feuer, das in dem Auto vor sich hin brannte, strahlte eine enorme Hitze ab.

»Bin schon unterwegs.« Der junge Mann, den Dominik nicht kannte, machte sich auf den Weg. Er schien froh zu sein, den Ort des Desasters verlassen zu können.

»Robin, ich habe nicht die ganze Nacht Zeit: Was in aller Welt hat euch geritten?«

»Wir wollten den Faschos einen Denkzettel verpassen«, sagte Jonas an Robins Stelle und zeigte auf das Jagdhaus. »Das Blockhaus dahinten, das wird von Neonazis genutzt. ›Waldgänger‹ nennen die sich. Das sind solche, die ...«

»Ich weiß, was Neonazis sind.«

»Ja, ähm ... okay, die sind jedenfalls ... egal, die haben heute so ein Fascho-Treffen in der Nähe von Detmold, darüber haben sie sich bei Facebook ausgetauscht, und wir dachten ...«

»Und ihr dachtet, ihr könntet das Haus derweil mal in Brand setzen? Ich bin kein Jurist, aber Brandstiftung ist eine schwere Straftat. Minimum ein Jahr Freiheitsstrafe.«

»Wir wollten ja keine Menschen verletztten«, protestierte Robin.

»Wollten wir nicht«, beteuerte Jonas. »Ich meine, wenn uns so einer in die Quere kommt, gibt's was aufs Maul, klar, aber ...«

»Jonas!« Robin warf ihm einen bösen Blick zu. »Wir wollten keinen verletzen, nicht mal einen Na...«

»Aber sicher sein kann man nicht, oder? Dafür müsste man dieses Haus vorher durchsuchen. Nun ja, wie ich sehe, habt ihr euch zum Glück dafür entschieden, stattdessen euer Auto abzufackeln.«

Jonas stöhnte auf. »Das war, weil wir … der Zeitzünder war auf 20:45 Uhr eingestellt, und wir kamen nicht voran, weil auf der Osningstraße so ein blöder Laster am Berg hing und …«

»Wir sind zu spät losgekommen«, unterbrach Robin. »Wir hätten einen größeren Puffer einbauen müssen. Wir wussten auch nicht, wie man das Ding wieder deaktiviert, weil das ein Freund gebaut hat …«

»Egal, als wir dann ankamen, war es schon 20:44 Uhr, wir haben uns nicht mehr getraut, die Bombe vor das Jagdhaus zu tragen, wir sind also schnell raus aus dem Wagen, und wummm!« Jonas warf die Arme hoch. »Mein schöner Kombi! Der hatte noch ein halbes Jahr TÜV!«

»Die alte Schrottkiste«, gab Robin zurück. »Zuerst sprang das Ding nicht an, weil die Batterie zu schwach war, und wir mussten noch jemanden bitten, uns mit einem Überbrückungskabel Saft zu geben. Komplett unprofessionell!«

»Und – Robin, wärst du lieber ein professioneller Krimineller? Ist das die Art von Karriere, die du anstrebst?!« Dominik schüttelte den Kopf.

Robin schwieg und starrte finster in die Flammen.

»Herr Domeyer …« Jonas klang kleinlaut. »Werden Sie uns anzeigen? Das mit der Rohrbombe meine ich …«

»Überleg ich mir noch.«

»Papa!« Robin machte ein entsetztes Gesicht. »Das kannst du doch nicht machen!«

»Ach nein? Ich habe nicht den Eindruck, dass ihr die Tragweite dieser Geschichte auch nur im Ansatz überblickt!« Dominik wich einem Funkenregen aus. »Wie muss man eigentlich ticken, dass man in Kauf nimmt, Menschenleben zu gefährden?! Für einen ...« er deutete Anführungszeichen an, »›Denkzettel‹. Ihr spielt im wahrsten Sinne des Wortes mit dem Feuer!«

Von Weitem kam der Klang eines Feuerwehrsignals, das rasch lauter zu hören war.

»Bestenfalls hieße das, ein Jahr in den Bau zu gehen, statt in der Weltgeschichte herumzureisen oder ein Studium anzufangen«, fuhr Dominik fort. »Und schlimmstenfalls hätte das Ding auch hochgehen können, während ihr noch im Auto wart, bei der leisesten Erschütterung auf der Holperstrecke durch den Wald zum Beispiel! Jetzt mal ehrlich: Ist es das wert? Für einen ›Denkzettel‹ zu *sterben*?«

Robin starrte auf die Spitzen seiner Doc Martens. Jonas biss sich auf die Lippen. »Nein, ist es nicht.«

Fast hätte Dominik das Klingeln seines Handys überhört. Er entfernte sich ein paar Schritte.

»Dodo?« Ninas Stimme zitterte. »Es ist was Schreckliches passiert ...«

* * *

Es kam Antonia vor, als wäre sie vom Klappern ihrer Zähne wach geworden. Ihr war so kalt wie noch nie in ihrem Leben. Mit dem Aufwachen wurde ihr das von grauem Zwielicht beleuchtete Elend abermals bewusst, und am liebsten wäre sie wieder eingeschlafen. Zumal die Kopfschmerzen, unter denen sie seit geraumer Zeit litt, stärker geworden waren. Aber etwas im Raum erschien ihr anders als vorher, es roch leicht verbrannt und war ungewöhnlich still. Der Heizlüfter, dessen Gitter geschwärzt war, hatte aufgehört, warme Luft zu produzieren – vermutlich ein Kurzschluss! Es war jetzt eiskalt in dem Kellerloch. Antonia versuchte aufzustehen, schaffte es erst beim zweiten Mal und stampfte mit den tauben Füßen auf den Boden. Aber um nicht zu erfrieren, würde sie hier unaufhörlich stampfen müssen!

Sie stampfte immer weiter und begann zu schreien, dieses Mal um Hilfe und anhaltend, bis ihr die Stimme versagte. Niemand reagierte, der winzige Funken Hoffnung erlosch. Sie trampelte bis zur Erschöpfung auf dem Boden herum, sank dann auf die Matratze.

Plötzlich wurde ihr klar, dass noch etwas anders war: Das Geräusch der Stimmen im Raum über dem Keller fehlte. Es war niemand mehr da! Die hatten sie einfach ihrem Schicksal überlassen! Sie starrte vor sich hin, zog die Knie an und bemerkte eine schnelle Bewegung in einer Kellerecke. Ein langer, rosa Schwanz verschwand hinter der alten Kommode. Der Größe nach zu urteilen, gehörte er nicht zu einer Maus. Antonia verzog den Mund. Das Viech wartete wohl schon darauf, dass sie abkratzte.

Aber den Gefallen würde sie denen nicht tun. Sie würde sich einen Moment ausruhen und dann weiter bewegen. Sie musste an einen Bergsteigerfilm über die Besteigung des K2 denken, den sie im Kino gesehen hatte, an die Szene, in der der Held im Schnee sitzt und immer apathischer wird. *Du darfst nicht einschlafen.* Nicht einschlafen, wiederholte sie in Gedanken. Und nachdenken, denk nach, Antonia mit dem Einser-Abi! Sie hörte ihre Mutter lachen. *Schlafen kannst du, wenn du tot bist.* Wenn sie nur nicht so müde wäre … nur kurz ausruhen, ganz kurz, bis sie wieder zu Kräften gekommen war, ihre Gedanken zerfaserten, der Kopf sank ihr auf die Brust. Im Halbschlaf nahm sie einen Knall wahr und träumte von einer Explosion, von Rauch und Feuer …

* * *

Mit vereinten Kräften schoben die drei Unglücksraben Dominiks Citroën aus dem Graben, bis die Räder wieder griffen. Robin klopfte gegen die Scheibe, die Dominik herunterfuhr.

»Papa, was sollen wir denn jetzt tun?«

»Die Feuerwehr hat sicher noch Fragen an euch.«

Robin drehte sich zu seinen beiden Freunden um und sagte etwas zu ihnen, das Dominik nicht verstand. Dann wandte er sich wieder an ihn. »Ja, aber … wie sollen wir denn dann nach Hause kommen?«

»Keine Ahnung. Taxi?«

»Papa, nimmst du mich mit?«

»Ich muss zu einem Einsatz.«

»Ist der in der Stadt? Es reicht schon, wenn du mich in der Stadt absetzt, du musst mich nicht nach Hause fahren. Kannst du die anderen auch mitnehmen?«

»Die Polizei wird Fragen haben, und so lange kann ich nicht warten.«

»Ist okay, Robin, wir machen das hier schon. Fahr ruhig mit«, sagte Jonas.

»Danke, dann … bis bald mal.« Robin stieg ein.

Der Schneefall hatte aufgehört. Dominik fuhr vorsichtig, er wollte nicht noch einmal im Graben landen. Allmählich begann sein Knöchel am Fuß, mit dem er umgeknickt war, zu schmerzen. Er war bereits merklich angeschwollen.

»Bis wohin fährst du?«

»Detmolder Straße, Höhe Teutoburger Straße.«

Danach sagte eine Weile lang keiner mehr ein Wort, bis Robin das unbehagliche Schweigen brach. »Willst du wirklich Anzeige erstatten?«

»Ich muss nachdenken, Robin. Ich hab's satt, hinter dir aufzuräumen. Ich habe versucht, mit dir über deine Situation zu reden, aber du ziehst es vor, deinen Frust mit Hilfe einer

Bombe loszuwerden. Wird Zeit, dass du die Konsequenzen deines Handelns mal am eigenen Leibe spürst.« Er bog auf die Osningstraße ab und fuhr langsam den Berg hoch. Nur noch vereinzelt begegneten ihnen Autos, die ebenso schlichen.

Robin knabberte an seiner Lippe. »Ich kann verstehen, dass du sauer bist.«

»Und enttäuscht. Du hast mich belogen, deine Mutter an der Nase rumgeführt. Es ist *dein* Leben, Robin. Du bist fast erwachsen. Am Ende kann ich dich wohl kaum davon abhalten, es zu ruinieren.«

Er stellte die Heizung höher und konzentrierte sich auf eine langgezogene Kurve.

»Ich hätte nicht gedacht, dass das so wehtut«, sagte Robin leise.

»Dass Jasmin sich von dir getrennt hat?«

Robin nickte. Danach herrschte wieder Schweigen. Schließlich ging es wieder bergab, und Dominik bog auf die vielbefahrene Detmolder Straße ein, wo sich der Schnee in Matsch verwandelt hatte. Nachdem sie eine Weile auf der Detmolder gefahren waren, entdeckte Dominik kreiselnde Blaulichter. Ein Krankenwagen, ein Notarztwagen und einige Streifenwagen standen quer auf der Straße. Eine Gruppe von Sanitätern umringte eine Frau, auf deren Jacke *Notarzt* zu lesen war. Der Pulk bewegte sich zum Krankenwagen. Kollegen von der Schupo sicherten den Unfallort und leiteten den Verkehr um.

Robin reckte sich, um mehr zu sehen. »Was ist denn da los?«

Die Autos vor ihnen stauten sich und mussten in eine schmale Seitenstraße ausweichen. Kurz vor der Bandelstraße fuhr Dominik rechts ran.

»Ach du Scheiße, das ist ja …« Robin brach ab und starrte mit aufgerissenen Augen auf die Szenerie auf der Straße.

Ein Moped lag in einer Blutlache auf dem Asphalt, daneben stand ein eingedellter Sprinter, in der Nähe sprach ein fülliger, älterer Mann mit goldener Rettungsdecke um die Schultern mit einem Sanitäter. Die Hecktür zu dem Krankenwagen war geöffnet. Davor beugten sich jetzt mehrere Sanitäter über eine Gestalt auf einer Liege.

»Die Fahrt ist zu Ende, Robin.« Dominik stieg aus.

Ein Streifenbeamter kam auf ihn zu. »Hier dürfen Sie nicht parken.« Sein Atem war eine weiße Wolke.

Dominik zeigte seinen Dienstausweis, und der Kollege winkte ihn durch. Während er sich der Unfallstelle näherte, bemerkte er Nina, die in einem offenen Dienstwagen saß und den Kopf in beide Hände vergraben hatte. Frank umkreiste den Krankenwagen, lief dann zu dem Mann neben dem Sprinter, dann wieder zurück zum Dienstwagen, es wirkte ziellos.

Dominik stoppte ihn. »Frank?«

Frank zuckte zusammen. Schweiß lief über sein Gesicht. »Dodo, du bist es. Ich … wir … also …« Er holte eine Zigarettenpackung aus seiner Manteltasche und zog mit zitternden Fingern eine Zigarette heraus, starrte sie an, als wüsste er nicht mehr, was er mit ihr tun sollte. »Maria Flores hat von Benzin gesprochen. Benzin, hast du gehört?« Frank ließ die Zigarette fallen und packte ihn an den Schultern. »Der brennende Turm, die Zerstörung, Dodo, erinnerst du dich, die Tarotkarte!«

»Äh …«

»Wir wussten doch nicht … Da … da war kein Benzin … das wussten wir doch nicht …«

»Du stehst unter Schock, Frank, du brauchst Ruhe.« Dominik überlegte, machte sich dann sanft von ihm los. Ihm fiel ein, dass er sein Handy im Wagen gelassen hatte. Jacqueline Oehrlein … er würde sie bitten, sich um Frank zu kümmern. »Bin gleich wieder da.« Er lief zu seinem Citroën, riss die Fahrertür auf und hielt inne: Robin saß noch immer im Wagen, er weinte.

»Rob …« Dominik setzte sich neben ihn, nahm seine Hand und drückte sie kurz. »Es ging gar nicht um die Rechten, stimmt's?«

Sein Sohn sah auf. Dominik reichte ihm ein Taschentuch, und er putzte sich die Nase. »Na ja, auf gewisse Weise … stimmt«, sagte er leise.

»Glaubst du wirklich, es geht dir besser, wenn du um dich schlägst?«

Robin zuckte mit den Achseln. »Ich weiß auch nicht, ich war so wütend, auf alles irgendwie.«

»Ich rufe jetzt Jacqueline an, die soll dich und Frank nach Hause bringen. Möchtest du zu deiner Mutter?«

Robin nickte.

Er konnte es sich nicht verkneifen: »Bei Betty hast du keine kritischen Fragen zu befürchten, nicht wahr?«

»Ich muss erst mal über alles nachdenken, Papa. Ich ruf dich an, okay?«

»Tu das.« Er nahm sein Handy von der Ablage. Glücklicherweise meldete sich Jacqueline nach dem zweiten Freizeichen und versprach, so schnell wie möglich zu kommen. Danach wandte er sich wieder an Robin. »Warte lieber hier im Wagen, das da draußen ist nicht erhebend.«

Durch die Windschutzscheibe beobachtete er, wie das hektische Treiben im Innern des Krankenwagens aufhörte. Zwei Sanitäter und die Notärztin stiegen aus. Ein Sanitäter schloss die Heckklappe und stieg vorne ein.

Dominik verließ seinen Citroën und lief auf die Notärztin zu, die im Begriff war, in ihren Wagen zu steigen. Er zeigte ihr seinen Polizeiausweis. »Was ist mit dem Jungen? Konnten Sie ihn stabilisieren?«

Mit einem Mal stand Nina neben ihm. Vermutlich hatte sie dieselbe Frage.

»Wir haben eine ganze Weile lang versucht, ihn wiederzubeleben.« Die Ärztin holte tief Luft. »Aber das ist uns nicht gelungen. Trotz des Helms hat er sehr schwere Kopfverletzungen erlitten … und vielleicht ist das jetzt besser so für ihn.«

»Danke«, brachte Nina heraus.

Die Ärztin nickte und schlug die Wagentür zu.

»Wir haben ihn verfolgt«, fuhr Nina fort. »Um uns zu entkommen, ist er über eine Ampel gefahren, die schon auf Rot gesprungen war. Dann kam dieser Sprinter von links. Manuel musste ausweichen und ist bei dem Ausweichmanöver auf der rutschigen Fahrbahn gestürzt.« Sie nahm ihre Brille ab und massierte sich den Nasenrücken. »Frank hat den Wagen gefahren, er ist völlig von der Rolle.«

»Was für ein beschissener Tag!« Dominik umarmte sie fest.

»Kann nur besser werden.« Sie löste sich und grinste schief. »Wie geht's Robin?« Sie deutete mit dem Kinn in Richtung seines Wagens, wo sein Sohn zusammengesunken auf dem Beifahrersitz saß.

»Nicht gut. Mag sein, dass er wirklich eher einen Therapeuten braucht als einen Vater.«

»Dodo?« Sie sah ihn schräg von unten an, als wollte sie sagen: *Was ist denn in dich gefahren*?

»Ich bin einfach zu nah dran. Ich versuche, ihn vor Schaden zu bewahren, aber ich kann ihm nicht helfen.«

Sie furchte die Stirn. »So schlimm?«

»Schlimm genug, Nina. Mal was anderes: Frank hat irgendetwas von Benzin erzählt …«

»Maria Flores hat davon gesprochen. Im Zimmer ihres Sohnes habe es nach Benzin gerochen. Manuel hatte aber keinen Benzinkanister dabei.«

Ein kirschroter Nissan Micra näherte sich langsam dem abgesperrten Bereich. Die zierliche Jacqueline wirkte hinter dem Steuer wie ein Kind, das Mamas Wagen geklaut hat. Sie reckte ihren Kopf, dann parkte sie kurzerhand hinter dem Citroën und stieg aus. Ihr maigrüner, weiter Wollmantel flatterte im Wind, der ihr die dicken, rotblonden Locken ins Gesicht wehte.

»Kommst du klar, Nina?«

Sie nickte.

»Dann fang Frank ein und übergib ihn der jungen Dame dort hinten. Ich kümmere mich um Robin.«

»Ist das Franks Neue? Sie hat so dicke rote Haare wie …«

»Wie Betty, ich weiß. Frag mich nicht, was da vor sich geht.«

Dominik spürte einen Blick in seinem Rücken und wandte sich um. Bent kam mit einem Lächeln auf ihn zu. Vermutlich galt das Lächeln Nina, doch als er sich umschaute, war die Kollegin schon gegangen.

»Dominik«, Bent berührte ihn kurz an der Schulter. »Wie ist die Lage?«

»Du hier?«

»Ich habe von dem schlimmen Unfall gehört und wollte wissen, wie es Nina und Frank geht.«

Dominik berichtete ihm, was passiert war. Die befürchtete Frage, wo er gewesen war, während Frank und Nina alles taten, um den Hauptverdächtigen aufzuspüren, und was sein Sohn hier am Unfallort in Dominiks Privatwagen zu suchen hatte, kam nicht. Stattdessen teilte Bent ihm mit, dass der Richter ihm telefonisch grünes Licht für eine Durchsuchung der Wohnung von Maria Flores gegeben habe.

»Soll ich mit Nina zu der Wohnung fahren?«

»Geht es ihr gut?«

»Sie ist okay, denke ich.«

»Was ist mit Frank?« Bent blies sich in die Hände. »Was tut er denn dahinten?«

Nina bugsierte Frank gerade in den Nissan. Robin saß bereits auf dem Rücksitz und war, so hoffte Dominik, nicht gut zu erkennen.

»Eine Freundin bringt ihn nach Hause. Er hat einen Schock erlitten.«

Bent zog die Brauen zusammen. »Niemand hat erwartet, dass das so tragisch enden würde. Tja, der Fall ist wohl so gut wie gelöst. Trotzdem sollten wir weiterermitteln, bis wir sicher sind.«

»Du hältst Manuel also für Jakobs Mörder?«

»Nach allem, was wir bisher wissen, ja. Womöglich träumte er von einem Leben mit Maja und seinem Kind und stieß auf die krasse Ablehnung von Reinhold Heitbreder.«

»Aber warum stirbt dann ausgerechnet Jakob? Was hat er damit zu tun?«

»Darüber habe ich mir auch schon den Kopf zerbrochen«, erwiderte Bent. »Die Frage ist: Wie stand Jakob zu Manuels Verbindung mit Maja? Wusste Jakob womöglich etwas über Manuel, das Maja nicht erfahren durfte?«

Dominik nickte. »Das wäre ein mögliches Motiv. Der Mord an Jakob muss auch etwas mit Jakobs Persönlichkeit zu tun haben, denke ich. Und wie passt Antonias Verschwinden da hinein? Gibt's irgendetwas Neues dazu?«

»Man hat ihren Wagen im Parkhaus gefunden. Außerdem zeigt eine der Aufnahmen drei mit Anonymous-Masken getarnte Personen, die einen der Räume mit dem Kassenautomaten betreten, kurz nachdem Antonia ihren Parkschein dort bezahlt hat und aus dem Bereich der Kamera getreten ist, vermutlich in den Fahrstuhl. Ein paar Minuten später taucht sie wieder im Kassenraum auf, den sie fluchtartig Richtung Ausgang verlässt.«

Dominik runzelte die Stirn. »Drei Leute mit *Guy-Fawkes-*Masken? Robin hat auch so eine, er war damit auf einer Occupy-Wall-Street-Demo. Lief an dem Abend eine Demo im Bahnhofsviertel?«

»Daran habe ich auch schon gedacht. An dem Abend gab es aber keine Demo.«

»Manuel könnte also Mittäter haben. Bent, das wird alles immer rätselhafter.«

»Vielleicht bringt die Durchsuchung etwas mehr Licht ins Dunkel.«

»Tja, Manuel Flores kann es nicht mehr.«

»Nein.« Bent schnitt eine Grimasse. »Ich besuche gleich Frau Flores im Krankenhaus.«

Dominik nickte. Er beneidete Bent ganz und gar nicht darum, der Schwerverletzten die Nachricht vom Tod ihres Sohnes zu überbringen.

* * *

Allmählich verwandelte sich die rutschige Detmolder Straße in eine Eispiste. Nina fuhr Dominik langsam mit ihrem Dienstwagen voraus. Er stellte die Heizung in seinem Citroën auf die höchste Stufe, aber er war mittlerweile so durchgefroren, dass ihm trotz der heißen Luft, die ihm ins Gesicht blies, nicht warm wurde. Außerdem tat sein Knöchel weh, und er war hungrig. Was gäbe er für eine heiße Dusche, dafür, danach Essen vom Chinesen kommen zu lassen und den Rest des Abends zusammen mit Frank auf dem Sofa vorm Fernseher zu lümmeln, um sich irgendeinen bewährten Blödsinn wie Franks Lieblingsfilm *The Big Lebowski* reinzuziehen, nur, um nicht mehr denken, nicht mehr fragen, nicht mehr zweifeln zu müssen. Womöglich würde er auch gleich nach dem Essen ins

Bett fallen. Ihm war, als hätte ihn mit der Erleichterung, dass die Rohrbombensache einigermaßen glimpflich ausgegangen war, sämtliche Energie verlassen. Zumal der Fall anscheinend gelöst war. Täter tot, Fall gelöst. Dominik lachte kurz und bitter auf. Er hatte versagt – auf der ganzen Linie.

Als sie den Klosterplatz erreichten, begann es wieder zu schneien. Weiße Weihnacht – so sollte es eigentlich sein. Die letzten Weihnachtsmarktbesucher verloren sich in den Seitenstraßen. Gelächter hallte über den Platz, dann wurde es still. Nina wartete bereits vor Maria Flores' Haustür. Ottfried Weber kletterte umständlich aus einem Dienstwagen, seine Russenmütze fiel dabei in den Schnee, der Kollege bückte sich, wobei ihm seine Plauze im Weg war. Dominik hob sie für ihn auf.

»Danke.« Weber strich sich die langen Strähnen, die dafür da waren, seine Glatze zu kaschieren, wieder zurecht und setzte sich die Russenmütze auf.

Eine Frau mit weiß gefärbter Kurzhaarfrisur – Dominik schätzte sie auf Anfang dreißig – sowie ein älterer Herr stiegen aus dem Dienstwagen.

Weber lächelte. »Darf ich vorstellen, Frau Bolbrinker und Herr Kleinehagenbrock, ihres Zeichens Gemeindebeamte und heute Abend Durchsuchungszeugen.«

Dominik gab den beiden die Hand.

»Bent hat keine Mühen gescheut, um – wie soll ich sagen – trotz abendlicher Stunde alle Kräfte zu mobilisieren, um den Täter zu überführen. Wie ich hörte, ist der Gesuchte allerdings bereits verstorben. Eile scheint an sich also nicht geboten.« Weber seufzte. »Nun ja, ich kann nicht sagen, dass meine Begeisterung hohe Wellen schlüge, zu so später Stunde …«

»Willst du das lieber am Heiligabend erledigen, Ottfried?«, unterbrach ihn Dominik. »Bringen wir's hinter uns.«

»Jep.« Weber zog ein zerknittertes Papier aus seiner Manteltasche, wobei einige Eukalyptusbonbons herausfielen, die Dominik rasch für ihn aufklaubte. »Den Beschluss habe ich mitgebracht. Ist vor Kurzem per Fax gekommen.« Dann stapfte Weber auf Nina zu, die die Fäuste in die Seiten gestemmt hatte und ihren Blick über die dunkle Fassade wandern ließ. Die anderen folgten ihm.

»Hallo zusammen.« Nina nickte den Durchsuchungszeugen zu. »Da scheint wieder niemand zu Hause zu sein. Dabei existiert doch auch eine Tochter, wenn ich das richtig in Erinnerung habe.«

Dominik schellte bei sämtlichen Nachbarn. Im Erdgeschoss wurde ein Fenster geöffnet. Er erkannte die ältere Dame mit den weißen, dauergewellten Haaren wieder. Sie erkannte ihn offensichtlich auch. »Polizei? Ich glaube, da ist niemand bei Flores …«

»Wir haben einen Durchsuchungsbeschluss. Könnten Sie uns als Zeugin begleiten?«

Weber wedelte mit dem Papier.

Die Dame nickte, schloss das Fenster, und nach einer Weile wurde es im Flur hinter der Scheibe der Haustür hell. Wie sich herausstellte, war Elfriede Knoll nur allzu bereit, als weitere Durchsuchungszeugin zu fungieren. Außerdem verwahrte sie einen Schlüssel für Frau Flores' Wohnungstür für den Fall, dass »mal was sein sollte«. Während sie zu sechst die Treppe hochstiefelten, fragte sie: »Was genau suchen Sie denn? Geht es um Manuel? Wird Maria bald wieder aus dem Krankenhaus entlassen?«

»Werte Dame, zu laufenden Ermittlungen können wir leider keine Auskunft geben.« Weber schob sich ein Bonbon in den Mund. »Auch eins?« Er grub in seiner Manteltasche.

»Nein danke«, gab Frau Knoll sichtlich enttäuscht zurück. Dann öffnete sie die Wohnungstür, die den Blick freigab auf einen dunklen Flur. Sie teilten sich auf. Dominik übernahm die Zimmer der beiden Kinder, Weber Schlafzimmer und Bad, Nina Wohnzimmer und Küche. Hinter Dominik betrat Frau Bolbrinker die Tür zu Manuels Zimmer.

Sie rümpfte die Nase. »Riecht wie an der Tanke.«

»Ja, aber was ist die Quelle?« Dominik zog sich Gummihandschuhe an und durchstöberte das Zimmer nach einem Benzinkanister, öffnete Schränke und schaute unter dem Bett nach.

»Vielleicht schraubt er ja in seiner Freizeit an Autos herum. Wegen des Geruchs, meine ich.« Frau Bolbrinker fuhr sich durch die hochgegelten Haare, während sie eins der zahlreichen Cadillac-Poster betrachtete. »Scheint auf Ami-Schlitten zu stehen.«

»Sie denken, er hat hier noch Arbeitsklamotten rumliegen, die nach Benzin stinken?«

Sie zuckte mit den Achseln. »Schauen Sie doch mal im Kleiderschrank nach.«

Dominik öffnete den Schrank, in dem es genauso unordentlich aussah wie im Zimmer. Hemden und Jacken hingen schief an den Bügeln, Hosen und Pullover stapelten sich darunter, aber er hätte nicht sagen können, dass der Geruch hier stärker war. Er durchkämmte die aufgehängten Kleidungsstücke und stutzte.

Frau Bolbrinker trat näher. Er zog ein schwarzes Kostüm aus dem Schrank.

»Schick, ein Halloween-Kostüm«, bemerkte sie.

Ein Skelett mit Totenschädel hob sich weiß vom schwarzen Untergrund ab. Er musste an die Catrina-Figur denken – auch eine Totenfigur. Sein Handy klingelte, und er schob das Kostüm zurück in den Schrank.

»Ja?«

»Hier Bent. Die DNA-Analyse steht noch aus, aber ich hatte Glück und habe Bella Schnathorst höchstpersönlich in ihrem

Büro erwischt. Sie arbeitet heute länger, weil sie morgen frei macht. Sie habe Gäste und müsse das Weihnachtsessen vorbereiten. Na, wer weiß, womöglich bist du ja eingeladen.«

Seit wann interessierte sich Bent dafür, was er Weihnachten unternahm? Oder handelte es sich um einen kleinen Scherz auf seine Kosten? Bent wusste, dass Bella hinter ihm her war. »Leider nicht, für mich gibt's nur Kartoffelsalat mit Würstchen. Aber worauf willst du hinaus?«

»Bella hat die Sohlen der Nike-Sneakers, die Manuel Flores bei dem Unfall getragen hat, mit dem Schuhabdruck vom Tatort verglichen. Das Muster und auch die Abnutzungsspuren stimmen überein. Und wenn die Leiterin des Erkennungsdienstes das sagt …«

»Gibt es keinen Zweifel mehr.«

»So ist es. Das heißt, wir können uns jetzt auf die Feiertage freuen.« Er hörte Bent durch den Hörer atmen. »Ich habe den Polizeischutz für die Heitbreders abziehen lassen. Der Täter lebt nicht mehr, und die Heitbreders wollen an Weihnachten sicherlich mal Ruhe haben vor der Polizei und allem, was damit zusammenhängt. Das wird noch schwer genug für sie.«

Weihnachten … besonders weihnachtlich war ihm nicht zumute. Sein Sohn zog es vor, mit Betty und Jens-Thorben zu feiern. Aber er wollte jetzt nicht an Robin denken …

»Dominik, bist du noch dran?«

»Ja, sicher.«

»Wir sehen uns morgen Vormittag noch mal zur Besprechung … ich … schön … ähm … dann reicht es noch, dir morgen Frohe Weihnachten zu wünschen, und überhaupt – wegen Robin, ach du weißt schon, was ich meine.«

»Äh – na klar. Wir sehen uns morgen.« Dominik starrte sein Handy an, als könnte es ihm Aufschluss darüber geben, was in aller Welt in den steifen, distanzierten Mordkommissionsleiter gefahren war.

Bent räusperte sich. »Also noch viel Erfolg bei der Durchsuchung.«

Dominik bedankte sich. Dann zog er das Totenkostüm wieder aus dem Schrank und schaute es sich genauer an. Da war etwas, das er vorhin wahrgenommen hatte, als das Klingeln seines Handys ihn unterbrochen hatte. Auf dem dunklen Stoff waren die winzigen, rötlichen Spuren nur zu erkennen, wenn er den Stoff in einem bestimmten Winkel ins Licht der Deckenleuchte hielt. Für Bella und ihre Leute würde das kein Problem sein. Womöglich war das Letzte, das Jakob Heitbreder vor seinem Tod gesehen hatte, ein Mann in einem gruseligen Totenkostüm gewesen.

Doch um Jakob schien es am allerwenigsten zu gehen, oder? Es war nicht einfach, sich ein Bild von dem jungen Mann zu machen, dem strebsamen angehenden Medizinstudenten, der als Jugendlicher eine rechtsextreme Phase gehabt hatte und sich später distanzierte. War Jakob die Affäre seiner Schwester mit Manuel verborgen geblieben? Möglicherweise nicht ... und vielleicht war er genau wie sein Vater der Ansicht, dass Manuel nicht der Richtige für Maja war. Hatte es deswegen eine Auseinandersetzung zwischen Jakob und Manuel gegeben? Dominik nahm sich vor, Maja noch einmal danach zu fragen.

»Und? Was gefunden?« Frau Bolbrinker lächelte und trat etwas zu nah an ihn heran. Er roch ihr Parfüm.

»Sieht so aus.« Dominik steckte das Totenkostüm in eine Plastiktüte.

Plötzlich wurde die Tür aufgestoßen. Frau Bolbrinker fuhr zurück, als hätte sie jemand bei etwas Unerlaubtem ertappt.

Nina stand in der Tür. »Dodo, das musst du dir ansehen!« Sie hielt ihm ein aufgeklapptes Fotoalbum hin und tippte auf ein Foto. Es zeigte eine junge Familie am Strand: ein kleiner Junge mit Eimerchen und Schaufel, ein etwas älteres Mädchen mit Zöpfen, das neben einer jungen, hübschen Maria Flores im Sand saß, und ein braun gebrannter Mann in den Vierzigern, der sich eincremte. Eine Strähne seines dichten, dunklen Haars fiel ihm ins Gesicht und über eine verspiegelte Sonnenbrille, ein Dreitagebart rundete das Bild des attraktiven Mannes ab.

Inzwischen hatte er graue Haare ... Reinhold Heitbreder!

»Sie kennen sich offenbar schon lange«, fuhr Nina fort. »Die waren ein Paar, oder sehe ich das falsch?!«

»Und die Kinder ...?« Dominik begegnete Ninas Blick. Vermutlich dachte sie dasselbe wie er. »Ich rufe ihn an«, fuhr Dominik fort und tippte Heitbreders Handynummer ein.

Es dauerte eine Weile, bevor sich Dr. Heitbreder in ungeduldigem Tonfall meldete. »Ja bitte?«

»Ich hoffe, ich störe nicht, Herr Dr. Heitbreder.«

Heitbreder stöhnte. »Wie man's nimmt. Ich muss meiner Tochter gleich die bittere Wahrheit beibringen.«

»Dass Manuel Flores tödlich verunglückt ist?«

Für einen Moment herrschte Stille.

Heitbreder blies ins Telefon. »Das erzähle ich Maja besser später. Sie reagiert sehr emotional, auch wegen der Schwangerschaft. Vor allem wollte ich ihr sagen, was ich diesem Bernd Andersen aus der Nase gezogen habe: dass Manuel ihren Bruder auf dem Gewissen hat! Die haben seinen Sohlenabdruck am Tatort gefunden.«

»In welcher Verbindung stehen Sie mit Manuel? Und erzählen Sie mir jetzt nicht, dass er nur der Nachhilfelehrer Ihrer Tochter war. Wir sind gerade in Maria Flores' Wohnung und schauen uns alte Familienfotos an.«

»Ich ... ähm ... also ...«, stotterte er. »Ähm ... wie geht es Maria? Die Nachricht von Manuels Tod ...«

»In welcher Verbindung stehen Sie zu Manuel?«, unterbrach Dominik ihn.

»Ich kenne Manuel schon von klein auf … na ja, was heißt kennen, ich bin ihm in großen Abständen ein paar Mal begegnet.«

Dominik riss der Geduldsfaden. »Wie wäre es, wenn wir uns ausführlicher unterhielten? Etwa heute Abend im Präsidium. Dort könnten wir dann auch einen Wangentaschenabstrich für einen Vaterschaftstest vornehmen.« Er bluffte. Für einen solchen Test war Heitbreders Einwilligung oder eine richterliche Anordnung nötig.

Heitbreder atmete schwer. »Na gut …« Es schien zu funktionieren …

Dominik wartete, während Nina sich das Totenkostüm in der durchsichtigen Plastiktüte anschaute.

»Manuel ist mein leiblicher Sohn.«

Das erklärte, warum Heitbreder die Beziehung zwischen Maja und Manuel so strikt ablehnte …

»Und das kleine Mädchen auf den Fotos von Maria Flores – ist das Ihre Tochter mit Maria?«

»Carmen, ja.«

»Weiß Ihre Frau davon?«

»Um Gottes willen, nein! Das dürfen Kerstin und Maja auf gar keinen Fall erfahren!«

»Maja weiß also nicht, dass sie von ihrem Halbbruder geschwängert wurde?«

»Nein … aber sie wird das Kind ohnehin abtreiben. Sie ist noch viel zu jung für so was!«

»Manuel ist also der illegitime Sohn und Jakob der legitime. Sie haben die Kinder niemals anerkannt, nicht wahr?«

»Wenn es um Unterhalt geht – ich habe lange genug gezahlt und mehr, als ich musste, das kann ich belegen. Und dass Maria ihr Geld versäuft, ist nicht meine Schuld! Auch nicht, dass ihre Bar unterversichert war. Sie hat mich sogar um Geld angebettelt, um die Bar nach dem Brand wieder zu eröffnen. Die Banken wollten ihr aus gutem Grund keinen Kredit mehr geben. Und ich auch nicht, ich bin doch nicht ihr Goldesel!«

»Wie lange waren Sie und Maria Flores ein Paar?«

»Nun ja … es waren schon etliche Jahre, siebzehn oder achtzehn vielleicht …« Heitbreder räusperte sich. »Wir haben uns, einige Wochen nachdem sie die Bar verloren hatte, getrennt. Sie hat auch früher nicht ins Glas gespuckt, aber dann wurde es immer schlimmer. Sie haben sie ja wohl erlebt. Ich wollte nichts mehr mit ihr zu tun haben.«

»Auch nicht mit den Kindern?«

»Kommen Sie mir jetzt nicht moralisch! Ich habe keine Kinder mit ihr gewollt, aber sie hat zweimal nicht aufgepasst, womöglich hat sie's auch drauf angelegt. Ich habe immer darauf bestanden, dass sie verhütet! Also kann sie sich auch kaum beschweren, dass ich mich zu wenig gekümmert habe.«

»Das Foto täuscht, oder? Sie hatten noch nie viel mit den Kindern zu tun …«

»Maria hat mir damals in den Ohren gelegen, mit ihnen einen Urlaub zu verbringen, und ich habe mich einmal überreden lassen. Das war riskant, ich wollte nicht, dass Kerstin Verdacht schöpft. Außerdem arbeite ich viel, und der Rest meiner Zeit ist für meine Familie reserviert. Ich meine die Familie, die ich immer wollte. Der Tag hat nur 24 Stunden, also, was erwarten Sie? Dass Manuel sich als Nachhilfelehrer bei uns eingeschlichen und sich an Maja rangemacht hat …« Er schnaubte. »Wie krank muss man eigentlich sein, um so was zu tun? Und das Mädchen ist Pflegekraft, habe ich gehört. Da nehmen sie bekanntlich jeden, da kann sie sich nützlich machen. Muss es auch geben, nicht wahr?« Er lachte kurz.

»›Wie krank muss man sein‹? Sagen Sie, wusste Manuel denn, dass Sie sein leiblicher Vater sind?«

»Maria hat es ihren Kindern gesagt. Das war mir gar nicht recht, weil ich ... nun ja, ich habe mich da nicht so in der Vaterrolle gesehen. Als sie klein waren, haben sie mich ›Papa‹ genannt, und ich habe ihnen eingeschärft, dass sie mich Dr. Heitbreder nennen sollen.«

Dominik schüttelte innerlich den Kopf. »›Dr. Heitbreder‹, wirklich?«

»Das hört sich womöglich ... unpassend an, ich weiß, aber ich habe mir vorgestellt, wie es wäre, wenn Kerstin und ich in der Stadt zufällig Maria und ihren Kindern begegnen würden und die mich plötzlich mit ›Papa‹ ansprechen.«

»Klingt anstrengend, das so lange zu verheimlichen ...«

»Später habe ich Maria nur noch getroffen, wenn die beiden in der Schule waren. Vormittags hatte sie ja Zeit, und ich habe meine Praxiszeiten so gelegt, dass ich mich einmal die Woche mit ihr treffen konnte. Ein Arrangement unter Erwachsenen. Maria hätte es jederzeit aufkündigen können.«

»Sie sind nicht gerade traurig, dass Manuel tot ist, oder?«

»Es ist immer traurig, wenn ein junger Mensch so sinnlos stirbt ... aber er hat meinen Sohn umgebracht und uns alle terrorisiert! Nur er ist daran schuld, dass es Maja schlecht geht! Ich trauere um Jakob. Alle trauern um Jakob. Soll ich Ihnen was sagen? Ich bin froh, dass unsere Familie jetzt endlich die Chance hat, zur Ruhe zu kommen. Wir können langsam anfangen, das alles zu verarbeiten ... soweit das möglich ist«, fügte er leise hinzu.

* * *

Maja lag auf dem Wohnzimmer-Sofa und zappte sich lustlos durch das TV-Programm. Fröstelnd zog sie sich die Wolldecke bis unter das Kinn. Dabei war das Feuer im Kamin gerade erst heruntergebrannt. Vielleicht fror sie auch nur, weil sie müde war. Durch die halb offene Tür zum Flur hörte sie die Stimme ihres Vaters. Er telefonierte seit längerer Zeit. Auch im Fernseher wurde geredet, sie war bei einer Talkshow gelandet, konnte sich aber nicht auf das Gequatsche konzentrieren. Sie gab auf und schaltete den Fernseher aus, sodass es im Wohnzimmer dunkler wurde. Nur noch eine Stehlampe mit rotorangefarbenem Lampenschirm tauchte den Raum in schwaches, warmes Licht. Sie fühlte sich erschöpft, aber gleich, wenn sie in ihrem Bett lag, würden ihre Gedanken um den Brief kreisen und darum, ob sie ihn öffnen sollte.

Manuels Brief ... das einzige Lebenszeichen von ihm. Die letzten Male hatte immer sie sich gemeldet, per WhatsApp, oder sie hatte angerufen. Klar, Manuel wollte auf keinen Fall ihrem Vater begegnen. Dabei mussten sie sich doch nicht bei ihr treffen. Aber aus irgendeinem Grund wollte Manuel sie nicht bei sich zu Hause haben. Er blockte sämtliche Vorschläge von ihr ab, die in diese Richtung gingen. Seine Mutter sei krank und brauche Ruhe. Welche Art von Krankheit das war, blieb im Dunkeln. Depressionen etwa? Womöglich war es ihm peinlich, er vertraute ihr wohl noch nicht. Aber wie sollte er lernen, ihr zu vertrauen, wenn sie sich nie sahen? Ein einziges Mal hatten sie sich in einem Café verabredet, und Manuel war ziemlich distanziert gewesen. Daran war einzig und allein ihr Vater schuld!

Dann dieser Brief, den sie gestern Nachmittag plötzlich auf ihrem Bett gefunden hatte. Auf dem Kuvert stand ihr Name mit Manuels Handschrift geschrieben. Wie war der bloß in ihr Zimmer gelangt? Hatte Manuel ihn in den Außenbriefkasten geworfen, und ihre Mutter legte ihn dann auf ihr Bett? Ihre Mutter hatte den Brief nicht erwähnt, aber so musste es gewesen sein. Ihr Vater hätte den Brief vermutlich einfach verschwinden lassen. Und was erwartete sie, wenn sie ihn öffnete? Entschuldigte er sich, weil er so kühl zu ihr gewesen war? Oder machte er Schluss, weil er sie nicht mehr liebte, seitdem er erfahren hatte, dass sie schwanger von ihm war? Es konnte nur eins von beidem sein, und solange sie es nicht wusste, konnte sie sich einreden, dass alles in Ordnung zwischen ihnen war.

»Maja?«

Sie zuckte zusammen. Ihr Vater hatte das Zimmer betreten. »Was liegst du denn hier im Dunkeln herum?«

Maja richtete ihren Oberkörper auf. »Ich wollte gerade ins Bett gehen. Sag mal, mit wem hast du denn so ewig lange telefoniert?«

»Darüber möchte ich mit dir reden.« Ihr Vater setzte sich in einen Sessel und beugte sich vor. Er wirkte ernst. »Ich habe den Mordkommissionsleiter angerufen, weil ich wissen wollte, ob es etwas Neues gibt.«

Maja gähnte. »Und?«

»Sie haben einen dringenden Verdacht, wer deinen Bruder umgebracht hat«, sagte er mit Grabesstimme. »Und das wird nicht leicht für dich sein …«

Sie warf die Decke ab. »Wieso? Das ist doch eine gute Nachricht. Oder war es ein enger Freund von Jakob?«

»Nein. Manuel Flores ist als derjenige identifiziert worden, der den Trauerkranz gekauft hat, der in unserem Wohnzimmer drapiert war. Er hat wohl auch Lucky getötet.«

Maja erstarrte. »Aber wieso sollte er das tun? Ich verstehe das nicht.« Ihr schossen Tränen in die Augen. »Ich glaube das nicht, Papa! Du bist einfach gegen ihn! Das warst du die ganze

Zeit über!« Tränen rollten über ihre Wangen, und sie wischte sie ab.

An den letzten Tagen war das immer die Stelle gewesen, an dem das Ganze eskalierte, doch wider Erwarten reagierte ihr Vater nicht ärgerlich. »Maja …«, sagte er sanft. »Es tut mir sehr leid.«

»Was denn, Papa? Manuel ist unschuldig, das weiß ich einfach, weil … weil …« Sie brach ab und schaute ihren Vater prüfend an. Es irritierte sie, dass er nicht wie sonst anfing, mit ihr zu streiten, sondern ernst und bekümmert wirkte.

Er holte tief Luft. »Die Polizei hat Spuren von Manuel am Tatort gefunden. Ich meine nicht unser Wohnzimmer, sondern den Ort, an dem Jakob gefunden wurde.«

»Jakob? Aber das kann nicht sein!« Maja presste eine Faust vor den Mund und schüttelte dann den Kopf. Ihr Vater schien es ernst zu meinen. Oder war das nur wieder irgendein Trick, um sie voneinander fernzuhalten? »Das glaube ich erst, wenn die Polizei mir das bestätigt.«

»Das wird sie, mein Schatz. Ich erwarte nicht, dass … Maja, du musst ihn vergessen. Glaub mir, es kommen andere. Und es wird eines Tages nicht nur eine Liebschaft sein, sondern echte Liebe.« Er versuchte ein Lächeln.

»Was weißt du denn schon von Liebe?« Es kam verächtlicher heraus als beabsichtigt.

Er wirkte mit einem Mal müde, wie gealtert. »Ich verstehe, dass das ein Schock für dich ist. Am besten, du schläfst erst mal eine Nacht drüber und morgen sprechen wir weiter, ja?«

Maja nickte. Dann fiel ihr ein, dass Manuel sie einmal darum gebeten hatte, ihm den Türcode ihrer Haustür zu verraten. So sei es leichter für ihn, ungesehen ins Haus zu schlüpfen, um sie zu besuchen, ohne dass ihre Eltern es merkten. Das hatte ihr nicht eingeleuchtet, und sie hatte abgelehnt. Sie verständigten sich doch per WhatsApp, und sie ließ ihn hinein, wenn die Luft rein war. Wo also lag das Problem? Es sei denn, es war um etwas anderes gegangen … Der Brief! Gestand er in dem Brief seine Tat? Sie sprang auf, ihr Vater erhob sich ebenfalls. Sie drängelte sich an ihm vorbei.

»Kriege ich keinen Gute-Nacht-Kuss?« Er hielt ihr seine Wange hin, und sie streifte sie flüchtig mit den Lippen. Auf dem Weg über die Treppe hinauf in ihr Zimmer nahm sie zwei Stufen auf einmal. Die Wahrheit, sie musste es erfahren, sie musste wissen, wer Manuel war, ganz gleich, was das bedeutete.

Sie zog die oberste Schublade ihres Nachttischs auf und nahm das Kuvert heraus. Sie riss den Umschlag auf, zerfetzte ihn fast, bevor sie das einzige Blatt, das er enthielt, entfaltete und die wenigen Zeilen überflog, die in Manuels Handschrift verfasst waren.

Hallo Maja,
das mit uns hat keine Zukunft, dein Vater hasst mich, aber ganz ehrlich: Das ist nicht der einzige Grund. Ich will das Baby nicht, es wäre besser, du wirst es los. Ich will auch dich nicht, weil ich nichts für dich empfinde. Du hast dich als genau die verwöhnte, wohlstandsverwahrloste Ego-Prinzessin entpuppt, auf die ich überhaupt keine Lust habe. Versuch nicht, mich zu erreichen, ich will einen Cut!

Manuel

Maja sank aufs Bett, der Bogen in ihrer Hand zitterte. Das war so kalt. Wo war der charmante, liebevolle Manuel geblieben, den sie gekannt hatte? Und dann diese Ausdrücke … *wohlstandsverwahrlost*. So sprach Manuel doch gar nicht. Ob ihr Vater dahintersteckte? Ihn gezwungen hatte, das zu schreiben?

Oder doch nicht? Ihr fiel ein, dass Jakob mal angedeutet hatte, dass Manuel ein Blender sei. Ob sie wisse, aus welchen Hause er kam, wenn sie doch nie bei ihm zu Hause gewesen sei. Sie hatte das als die typische Arroganz ihres Bruders abgetan.

Und wieso überhaupt war sie eine *Ego-Prinzessin*, was hatte sie ihm denn getan? Nichts! Sie zerriss den Brief in kleine Fetzen und warf sie auf den Teppich. In diesem Scheiß-Brief stand nichts drin, nur dass es aus war. So ein Mistkerl! Und vielleicht Schlimmeres. Wieder traten Tränen in ihre Augen. Sie rollte sich wie ein Embryo ein und weinte sich in den Schlaf.

Kurz nach Mitternacht schreckte sie hoch. Sie hatte ein Geräusch gehört. »Papa, bist du das?« Leise quietschend und sehr langsam öffnete sich die Tür zu ihrem Zimmer. Es war ein bisschen wie in einem Horrorfilm. »Papa? Sag doch was! Mama?« Eine Gestalt schälte sich aus der Dunkelheit. Maja tastete nach dem Schalter ihrer Nachttischlampe und drückte ihn. Als das Licht anging, erschrak sie.

* * *

Dominik durchsuchte das letzte Schränkchen in Manuels Zimmer, während Frau Bolbrinker ihm über die Schulter blickte, und förderte einige durchsichtige Plastikbeutel mit länglichen, weißen Kristallen zutage. Er nahm die Tüten mit in die Küche, wo er auf Nina traf. Sie warf einen Blick auf die Beutel. »Sieht aus wie Kandiszucker, aber das würde ich mir nicht in den Tee tun.« Sie grinste. »Zumindest nicht, wenn ich in den nächsten Tagen noch zum Schlafen kommen will.«

»Also Methamphetamin.«

Frau Bolbrinker, die ihm gefolgt war, reckte den Kopf. »So sieht das aus?«

»Sind wir jetzt alle Zimmer durchgegangen?«, fragte Dominik.

»Ich glaube, Weber ist fertig. Das Zimmer der Tochter fehlt noch«, sagte Nina. »Einen Benzinkanister oder so was hast du nicht gefunden?«

»Bisher nicht. Versuchen wir's in ihrem Zimmer.«

Nina folgte ihm in das letzte Zimmer, Frau Bolbrinker dicht auf den Fersen »Ich habe nachgedacht, Dodo. Könnte es sein, dass Manuel eifersüchtig war auf Jakob? Auf den *richtigen* Sohn? Auf die Zuwendung, die er von seinem Vater bekam im Gegensatz zu Manuel?«

Dominik drückte die Tür auf und ließ den Blick über das Zimmer von Marias Tochter wandern. Es wirkte heller und weitaus ordentlicher als das ihres Bruders. Eine weiße Tagesdecke lag über dem Bett, helle IKEA-Regale mit Büchern dominierten die Wände. Es gab einen aufgeräumten Schreibtisch und eine weiße Spiegelkommode, die ebenfalls nach IKEA aussah, an einer Art Mini-Garderobenständer vor dem Spiegel hingen Ketten.

»Gut möglich, Nina. Jakob hatte das, was Manuel fehlte. Nicht nur die Anerkennung seines Vaters, sondern auch die Förderung, all die Möglichkeiten, die man hat, wenn man nicht ständig aufs Geld achten muss. Vermutlich war er eifersüchtig auf Jakobs ganzes Leben.« Dominik öffnete einen Kleiderschrank, der ebenso weiß war wie die meisten Möbel in dem Raum. Ordentlich zusammengefaltete Pullover, gebügelte Blusen, nach Farben sortierte, eingerollte Söckchen.

»Zumal Dr. Heitbreder seiner Geliebten nicht mit Geld aushelfen wollte, als ihre Bar den Bach runterging. Als Facharzt hätte er die finanziellen Mittel dazu gehabt.« Dominik zog eine Schublade der Spiegelkommode auf, wühlte darin. »Und dann, als sie wegen des Verlusts der Bar abstürzt, lässt er sie fallen. Während er alles für seine ›richtige‹ Familie tut, scheint ihm das Schicksal seiner beiden anderen Kinder, die jetzt mit einer depressiven, alkoholkranken Mutter klarkommen müssen, herzlich egal gewesen zu sein.« Er rammte die Schublade wieder zu. »Würdest du so einen Vater nicht auch hassen?«

Nina nickte. »Und diesen Hass überträgt Manuel auf die ganze Familie Heitbreder. Er fühlt sich betrogen.«

»Genau. Warum also sollen seine Halbgeschwister so ein schönes Zuhause haben, während seine und die Situation seiner Schwester durch Marias Alkoholsucht immer desolater wird?« Dominik schob die Kleiderbügel beiseite und nahm die T-Shirt-Stapel auseinander.

»Marias Tochter scheint besser klarzukommen. Hier riecht es gar nicht nach Benzin, sondern nach Parfüm«, sagte Nina.

Beide schauten zur Quelle des Geruchs. Frau Bolbrinker revanchierte sich mit einem strahlenden Lächeln. Vermutlich sollten sie aufhören, Manuels Motiv vor der Durchsuchungszeugin zu erörtern. Aber die neuen Informationen waren einfach zu bahnbrechend, um nicht darüber zu reden.

»Nichts, worüber wir uns hier unterhalten, darf den Raum verlassen, Frau Bolbrinker«, sagte Dominik. »Das ist Ihnen klar, oder?«

»Natürlich. Ich schweige wie ein Grab, Herr Kommissar.« Ihr Lächeln wurde eine Spur kokett.

Dominik wandte sich an Nina. »Was ich nur nicht verstehe: Wieso bewirbt sich Manuel unter falschem Namen als Nachhilfelehrer bei den Heitbreders und geht dann auch noch ein Verhältnis mit Maja ein? Er wusste doch, dass sie seine Halbschwester ist.«

Nina ließ die Ketten auf dem Ständer durch ihre Hand gleiten. »Er wollte dieser Familie – der ›legitimen‹ Familie von Reinhold Heitbreder – aus irgendeinem Grund nahe sein.«

»Um ihre Idylle leichter zerstören zu können?« Dominik tauschte einen Blick mit Nina. »Wir haben immer vermutet, dass es jemand mit Zugang zum Haus sein muss. Ob er Maja nur verführt hat, um seinen Vater zu bestrafen?«

»Aber sein Vater wusste eine Weile lang gar nicht, wer Majas Nachhilfelehrer ist, und hat es nur zufällig erfahren«, wandte Nina ein.

»Richtig, aber er wäre ja nie auch nur in Majas Nähe gelangt, wenn Dr. Heitbreder es von Anfang an mitbekommen hätte. Er musste sich erst mal einschleichen, um sich dann an seinem Vater und seinen Halbgeschwistern, auf die er eifersüchtig war, zu rächen. Eine Sechzehnjährige zu schwängern und dann sitzen zu lassen, gehörte vermutlich zum Plan.«

Nina hielt eine der Ketten hoch. »Jedenfalls besitzt Marias Tochter jede Menge Schmuck. Dodo, was macht die noch mal beruflich?«

»Pflegekraft. Ist das Modeschmuck?« Dominik trat neben Nina, um einen Blick auf den Schmuck zu werfen. Die Silberkette, die von ihrer Hand baumelte, besaß einen silbernen Anhänger in modernem Design. Es konnte sich auch um Weißgold handeln, er war kein Experte. Der Anhänger war rechteckig, ein großer Opalstein darin funkelte im Licht, changierte von Blau zu Grün, während die Kette sich bewegte. Wo hatte er das teuer wirkende Schmuckstück schon einmal gesehen?

»Die könnte ihr Bruder ihr gekauft haben.« Nina übergab ihm die Kette. »Hübsch. Als Meth-Dealer verdient man gut.«

»Maja.«

Nina starrte ihn an. »Wie?«

»Diese Kette habe ich an Maja gesehen, als wir sie das erste Mal befragten.«

»Ach – du denkst, Manuel hat sie Maja gestohlen und seiner Schwester geschenkt?«

»Möglich.« Er ging zu einem der Bücherregale und strich über die Buchrücken von Klassikern wie *Der Fänger im Rog-*

gen von Salinger, über Bücher von Thomas Mann, Charles Dickens, dann Upton Sinclair mit *ÖL*, Bücher von James Baldwin und Toni Morisson. Keine Herzschmerzromane, nichts Triviales. »Wenn ich mich recht erinnere, hat sie laut ihrer Mutter die Schule abgebrochen und eine Ausbildung gemacht, um Maria mit Geld unter die Arme zu greifen.«

»Hat Maria mal den Namen ihrer Tochter erwähnt?« Nina pflückte ein Foto, das mit Klebeband befestigt war, vom Spiegel.

»Warte mal … das war … Carmen, ja genau, Carmen Flores.«

»Stimmt. Das scheint sie zu sein.« Nina hielt das Foto hoch. Es zeigte eine ernste, junge Frau in schwarzem Rollkragenpullover mit kurzen, braunen Haaren und langen Ohrringen. Eine schwarze Hornbrille verlieh ihr einen Hauch von Hipstertum. Die sinnlichen, vollen Lippen, die denen Marias ähnelten, betonte sie mit hellrotem Lippenstift. »Und hier sind noch weitere Fotos, die sie zeigen, teilweise zusammen mit Manuel und Maria.« Nina deutete auf die gerahmten Fotos an der Wand.

»Moment mal.« Er nahm ihr das Foto aus der Hand. »Ich bin ihr bereits begegnet – bei den Heitbreders! Sie wurde mir als Verena Scholl vorgestellt, Majas neue Nachhilfelehrerin!«

Nina runzelte die Stirn. »Also Carmen Flores alias Verena Scholl?«

Dominik nickte. »Manuel hat immerhin seinen richtigen Vornamen angegeben. Carmen ist vorsichtiger vorgegangen.«

»Sie wollte wohl nicht so schnell auffliegen wie ihr Bruder. Ihr Vater wäre bei ihrem Vornamen aufmerksam geworden, nachdem das mit Manuel passiert war.«

Dominik legte die Kette auf die Spiegelkommode. »Schon seltsam, nach ihrem Bruder fängt auch Carmen dort an, gewinnt Majas Vertrauen, geht bei den Heitbreders ein und aus.

Sie hat genauso viel Grund, die Familie Heitbreder zu hassen, wie Manuel.«

»Und wo ist diese Carmen? Bent hat den Polizeischutz abgezogen …«

Dominik begegnete Ninas besorgtem Blick. Sie schien dasselbe zu denken wie er. »Frau Bolbrinker, wir sind hier fertig. Schöne Weihnachten, machen Sie's gut.«

»Aber …«, begann Frau Bolbrinker.

Sie ließen sie stehen und eilten zur Wohnungstür. Sie nahmen sich nicht die Zeit, sich beim Kollegen Weber zu verabschieden.

* * *

Tschakka, du schaffst das! In der Menge erkannte Antonia Emma, die wie wild klatschte, als Antonia über die weiße Ziellinie auf dem roten Untergrund der Rundbahn lief, ihr Körper war ganz leicht, sie schien zu schweben, ihre Haare bewegten sich um ihren Kopf, als liefe sie unter Wasser. Im nächsten Moment sah sie Jakob, und sie befanden sich wieder im Flughafen, er winkte ihr lächelnd auf der Gangway, ihm zu folgen, sie ging ihm nach durch die überdachte Fluggastbrücke, ohne ihn einzuholen. Immer noch lächelnd wandte er sich um, kurz bevor er das Flugzeug bestieg, winkte ihr nachdrücklicher mitzukommen, beeil dich, Antonia! Die Farben blichen aus wie bei einem überbelichteten Foto, gleich würden Jakob und mit ihm das Flugzeug in der Helligkeit verschwinden, die Chance, ihm zu folgen, wäre vertan.

Sie versuchte, schneller zu laufen, um mit ihm das Flugzeug zu besteigen, bevor es zu spät war, doch etwas zerrte an ihrem Arm und hinderte sie daran. Unwillig wollte sie es abstreifen. Sie erkannte, dass ihre Mutter versuchte, sie zurückzuhalten, wie immer war sie zu stark geschminkt, der Kajalstift verlief in den Falten um ihre Augen. Antonia versuchte, ihr den Arm zu entreißen, plötzlich ließ ihre Mutter sie los, und sie stürzte zu Boden. Mama kniete sich neben sie und sah ihr beschwörend in die Augen. *Toni, wer kämpft, kann verlieren, wer nicht kämpft, hat schon verloren.*

Antonia schreckte hoch, *wer kämpft* auf den Lippen und starrte direkt in die schwarzen Augen der Ratte. Sie schrie auf, und die Ratte verschwand ins Dunkel des Kellers. Ein eisiger Wind wehte ihr ins Gesicht. Sie bibberte, es schien noch kälter geworden zu sein, sie konnte ihren Atem sehen. Aber wieso Wind? Überall auf dem Boden glitzerten Scherben. War das Fenster zerbrochen? Antonia richtete sich mühsam auf. Ich muss aufstehen, kämpfen, dachte sie träge. Es dauerte eine Weile, bis sie taumelnd hochkam. »Käm-pfen, kämpfen.« Im Rhythmus ihrer Worte stampfte sie mit tauben Füßen auf den Boden. Durch das zerbrochene Kellerfenster konnte sie die Sterne funkeln sehen. Nur noch einige spitze Scherben, die im Rahmen steckten, waren von der Scheibe übriggeblieben.

Scherben? Aber ja, natürlich, warum war ihr das nicht früher eingefallen?! Sie stellte sich auf die Zehenspitzen, hob die Arme hoch zu dem Fenster, zog die Handgelenke auseinander, so weit es ging. Im Licht des Mondes sah sie die Kontur des mehrfach gewickelten Seiles zwischen ihren Handgelenken, legte das Seil über eine der scharfen Zacken und fing an, es mit Druck über der Zacke hin- und herzuschieben. Es dauerte eine Weile, ihre Arme wurden allmählich lahm, dann gab es einen Ruck, und das Seil war an einer Stelle zerschnitten, es löste sich so weit, dass sie die Hände herausziehen konnte. Sie war frei! Sie massierte ihre steifgefrorenen Finger, ließ sich auf der Matratze nieder, hob eine der Scherben vom Boden auf und zersägte damit das Seil, mit dem ihr Fußgelenk an der Wand festgebunden war.

Danach holte sie Wasser aus einer der Kisten und trank, so viel sie konnte. Sie wankte zur Kellertür und rüttelte an der Klinke, abgeschlossen, natürlich! Wieder wandte sie sich dem Fenster zu, schlug die restlichen Zacken heraus, stapelte die Getränkekisten wie eine Treppe darunter, stieg auf die Kisten und begann, sich durch das Fenster zu zwängen. Ihre Daunenjacke riss an mehreren Stellen, ihre Finger bluteten, aber Antonia achtete nicht darauf, schob sich mit letzter Kraft immer weiter, bis sie auf der anderen Seite war.

Sie schaute sich um, während sie im Schnee lag. Ein einsames Jagdhaus auf einer Lichtung inmitten von schneebedeckten Tannen war ihr Gefängnis gewesen. Mehrere Fensterscheiben waren zerbrochen, dahinter gähnende Dunkelheit. Zitternd kam sie auf die Beine. In der Nähe entdeckte sie einen Polizeiwagen und die Feuerwehr neben etwas Schwarzem, das sich beim Näherkommen als ein ausgebranntes Autowrack entpuppte. Die Feuerwehrleute waren offenbar gerade dabei einzupacken. Ein junger Mann mit rotblonden Haaren redete gestikulierend auf einen Polizisten in Uniform ein, der sich über das beugte, was von den Vordersitzen noch übriggeblieben war, ein anderer Polizist sprach etwas in ein Funkgerät. Antonia schluchzte, während sie auf die Leute zu stolperte.

* * *

Kerstin lag mit offenen Augen im Bett und starrte an die Zimmerdecke. Schwach schimmerte das Licht der Straßenbeleuchtung durch die Ritzen der Rollläden, die sie nicht ganz heruntergelassen hatte. Sie gestand sich ein, dass sie sich vor

Heiligabend ohne Jakob fürchtete. Das letzte Weihnachten hatten sie alle zusammen in Österreich im Skiurlaub verbracht und eine Menge Spaß gehabt. Antonia war mitgefahren, und Kerstin freute sich, dass ihre fast erwachsenen Kinder anders als viele andere Jugendliche noch immer Lust hatten, einen Urlaub mit ihren Eltern zu verbringen.

Vermutlich das letzte Mal, denn die Spannungen zwischen Maja und Reinhold hielten an. Sie verstand ihren Mann nicht mehr, wieso setzte er Maja dermaßen unter Druck? Natürlich war eine Teenagerschwangerschaft problematisch, aber Maja würde alle Unterstützung bekommen, die sie brauchte. Jedenfalls von ihrer Mutter. Ein Leben war zu Ende gegangen, ein neues Leben würde beginnen. Vielleicht würde ihnen ein Enkelkind helfen, über den Verlust ihres Sohnes hinwegzukommen. Das musste sie ihrem Mann klarmachen. Sie versuchte noch einmal einzuschlafen, wälzte sich von einer Seite auf die andere. Dieses blöde Weihnachten …

Trotz allem hatte sie fürs Weihnachtsessen eingekauft. Elsbeth hatte sich krankgemeldet, also würde sie selbst alles zubereiten müssen. Es würde traurig werden, so oder so. Es würde nie wieder werden, wie es einmal war. Das leise Quietschen der Tür ließ sie auffahren.

Es war Reinhold. »Du schläfst noch nicht?«

Sie lächelte schief. »Weihnachten ohne Jakob – das wird nicht leicht.«

»Nein.« Er zog sich im Dunkeln aus, warf die Kleidungsstücke über einen Sessel. »Es gibt Neuigkeiten. Ich habe mit diesem Mordkommissionsleiter telefoniert. Sie wissen jetzt, wer Jakobs Mörder ist.«

»Aha?« Kerstin stemmte sich auf die Ellbogen.

Er streifte sich die Schlafanzughose über. »Sie haben Beweise, dass es Manuel war.«

Sie zog die Luft ein. »Wirklich? Manuel? Sind die sicher?« Und sie hatte den jungen Mann sympathisch gefunden … Was sagte das über ihre Menschenkenntnis aus? Schlimm traf es die arme Maja. Sie schien wirklich verliebt in Manuel zu sein. Elsbeth hatte so etwas angedeutet … Um Gottes willen, hieß das, dass das Baby von Jakobs Mörder war?

»Sie haben Spuren von ihm am Tatort gefunden. Er hat auch diesen Totenkranz gekauft und all das.« Das Bett knarrte, als ihr Mann unter die Decke schlüpfte.

»Aber wieso nur?«

»Ein heftiger Streit mit Jakob? Wir kriegen nicht alles mit, Schatz.« Reinhold streckte einen Arm nach ihr aus und küsste sie auf den Mund. »Wenigstens ist der Terror jetzt vorbei, das haben wir verdient, oder?«

Geistesabwesend nickte Kerstin. »Wolltest du deshalb, dass Maja das Kind abtreibt? Ich meine, hast du irgendetwas gewusst …«

»Sagen wir, ich hatte eine Ahnung. Der Junge kam mir nicht ganz koscher vor. Irgendetwas mit ihm stimmte nicht.« Er drückte ihre Hand. »Nur ein Bauchgefühl, Kerstin, aber ein starkes.«

»Ach so. Und ich …« Sie brach ab. Seine Intuition war so viel besser als ihre. Und jetzt verstand sie auch: Er hatte Maja nur beschützen wollen! Sie seufzte. »Wir müssen es ihr beibringen.«

»Ich habe es ihr schon gesagt, aber sie will es nicht glauben. Am besten, wir gehen alle zusammen ins Präsidium, um es noch einmal direkt von der Polizei zu hören. Dann wird die Wahrheit wohl zu ihr durchdringen.«

»Ob sie dann noch sein Kind zur Welt bringen will? Das arme Würmchen kann doch nichts dafür. Sie muss es selbst entscheiden, Reinhold, wir verlieren sie, wenn wir …«

»Du hast recht, ich habe sie zu sehr bedrängt. Das Wichtigste ist, dass die Familie jetzt zusammenhält. Wir werden das gemeinsam durchstehen. Schlaf jetzt, Schatz.«

»Gute Nacht.« Kerstin umarmte ihren Mann. Sie fühlte sich etwas besser. Vielleicht schafften sie es – nach und nach.

* * *

Das Erste, was Maja sah, war ein Totenkopf. Träumte sie noch? Doch dafür erschien die schwarz gekleidete Gestalt zu real, sie näherte sich dem Bett.

»Wer … was … was soll das?« Ihre Stimme klang belegt, sie atmete schneller, war kurz davor zu schreien. Einen Moment später zog sich die unbekannte Person die Totenkopfmaske vom Kopf. Maja riss die Augen auf. »Verena?! Hast du mich erschreckt! Was tust du hier mitten in der Nacht mit einer *Scheiß-Halloween-Maske*?«

»Überraschung«, sang Verena und lächelte. Sie strich sich die verwuschelten Haare aus der Stirn und stellte den Kanister ab, den sie bei sich trug.

»Hallo? Soll das witzig sein, oder was? Wie bist du überhaupt reingekommen?«

»Ich habe den neuen Code von Manuel, und der hat ihn von eurer Elsbeth, die eigentlich Elisabeth heißt.«

»Warum …?«

»Elisabeths Mann ist tot, und sie ist der Ansicht, dass deine Familie daran schuld ist.« Verena tänzelte durchs Zimmer, ließ sich dann in einen Schwingsessel fallen, der nachfederte.

»Aber sicher doch. Warum hörst du der überhaupt zu? Elsbeth jammert den ganzen Tag rum und macht alle und jeden für ihr Unglück verantwortlich. Nur sie selbst ist nie schuld. Sie beklagt sich, dass ihr der Rücken und die Knie wehtun, dabei schleppt die Frau dreißig oder noch mehr Kilos Übergewicht mit sich herum. Sind wir daran auch schuld? Klar doch, an allem eigentlich!«

»Sie musste bei der Geburtstagsparty deines Bruders länger bleiben und hat nicht mitbekommen, dass ihr Mann einen Schlaganfall hatte. Er ist zu spät gefunden worden.« Verena lächelte, als wäre das eine erfreuliche Tatsache.

Maja richtete sich auf. »Na und? Das hätte auch am nächsten Tag passieren können oder am Tag davor. Und deshalb gibt die fette Wachtel unseren Türcode weiter?«

»Auch deshalb, ja. Sie hatte darum gebeten, bei ihrem kranken Mann bleiben zu dürfen. Aber Jakobs Party war wichtiger als das Leben ihres Mannes. Denk mal auch nur eine Sekunde lang darüber nach, wie es Elisabeth jetzt geht.«

»*Was*? Wieso machst du jetzt plötzlich auf Tante Moralia? So kenne ich dich ja gar nicht. Was ist eigentlich los?«

»Das liegt an Weihnachten. Ich kann das Fest nicht mehr ausstehen, seitdem sich meine Mutter zu Tode säuft.« Verena federte in dem Sessel und lächelte.

»Oh.« Verena hatte noch nie über ihre Familie gesprochen. Und sie musste zugeben, dass sie sie auch nie danach gefragt hatte. In der kurzen Zeit, in der sie Verena kannte, war die zu ihrer Vertrauten geworden. Sie hatte ihren Kummer über den Tod ihres Bruders und über den distanzierten Manuel bei der verständnisvollen Verena loswerden können. Statt Maja Nachhilfe zu geben, hörte Verena ihr aufmerksam zu. Sie wusste inzwischen alles über Majas Probleme, aber umgekehrt war das nicht der Fall. »Das … ähm, tut mir leid, Verena. Aber deshalb musst du mich doch nicht mitten in der Nacht erschrecken.«

»Du willst mit so was nicht behelligt werden, das ist mir klar. Hast selbst genug Sorgen.« Verena sprang auf und ging auf Maja zu, setzte sich neben sie aufs Bett und streichelte ihre Hand. »Arme Maja, das mit Manuel ist nun endgültig aus.«

Das war schon eher die alte Verena, auch wenn da etwas mitschwang, das sie nicht einordnen konnte. »Woher weißt du das?«

»Mir war schon immer klar, dass das nichts wird mit euch beiden. Es gab so viele Anzeichen, Maja. Du hast sie nicht sehen wollen.«

»Stimmt. Er hat mir einen Brief geschrieben.« Maja presste die Lippen aufeinander. Ihr war zum Heulen zumute.

»Er ist mausetot, mein kleines Prinzesschen.«

Prinzesschen? Verena wurde schon wieder so komisch ... Maja entzog ihr ihre Hand. »Manuel ist tot? Woher ...?«

»Mama hat's mir erzählt.« Ihre Stimme zitterte. »Die Polizei hat ihn zu Tode gehetzt.« Mit einem Mal zog ein Schatten über Verenas Gesicht, ihre Augen wurden feucht. Sie setzte ihre Brille ab und wischte sich mit einer unwirschen Bewegung die Tränen von der Wange, bevor sie sie wieder aufsetzte.

»Die Polizei?« Maja fiel ein, was ihr Vater ihr erzählt hatte. »Aber woher kennt deine Mutter denn Manuel?«

Verena straffte sich. Die plötzliche Weichheit von vorhin war verschwunden. Um ihre Mundwinkel lag jetzt ein verächtlicher Zug. »Fragen über Fragen. Ist das nicht zu viel für dein armes Köpfchen?« Ihre Brillengläser reflektierten das Licht der Nachttischlampe, Maja konnte für einen Moment ihre Augen nicht mehr sehen. Was erzählte diese Frau da eigentlich? War das alles nur ein Albtraum, oder hatte Verena sich wirklich so sehr verändert? Und stimmte das überhaupt, dass Manuel tot war? Aber Verena hatte Tränen in den Augen gehabt, als sie das sagte. Manuel war tot ... das war seltsam irreal, Maja konnte das kaum glauben.

»Verena, du bist wegen irgendwas sauer, das merke ich doch. Warum sagst du mir nicht einfach, was los ist?«

»Versuch doch mal, selbst darauf zu kommen. Versetz dich ein einziges Mal in deinem Leben in andere.«

Maja schwieg. Sie hatte Verena zu kennen geglaubt, schon nach kurzer Zeit, wie das mit manchen Menschen so ist. Aber kannte sie sie wirklich? *Diese* Verena war ihr fremd. Und dann dieser Geruch, es roch nach Benzin. Das kam vermutlich von dem Kanister, der auf dem Teppich stand. Aber Verena besaß nicht mal ein Auto, geschweige denn einen Führerschein.

Verena brach das Schweigen. »Wir wollten wissen, wie ihr lebt. Ziemlich gut, würde ich sagen, sehr viel besser als Manuel und ich jedenfalls.«

»Seid ihr ein Paar?« Das erklärte, warum Verena so sauer war – und so traurig über seinen Tod.

Verena legte den Kopf schräg und lächelte dieses unechte Lächeln. »Es war meine Idee, dass er sich an dich ranmachen sollte. Mein Bruder wollte erst gar nicht, du bist so gar nicht sein Typ, Prinzessin.«

»Bruder?« Maja schüttelte den Kopf. Sie verstand gar nichts mehr, sie wusste nur, dass sie keine Lust mehr auf Verena hatte. Das alles hier ging entschieden zu weit! Die neue Verena war nicht ihre Freundin, und sie wollte auch keine Nachhilfe mehr von ihr. »Es ist furchtbar, dass Manuel tot ist«, sagte sie, ohne etwas zu spüren. Sie wusste nicht mehr, was sie glauben sollte. Sie hatte Verena mit irgendetwas verärgert, und die rächte sich nun mit wirren Geschichten. *Es war meine Idee, dass er sich an dich ranmachen sollte*. Das klang nach einem schrägen Komplott. Maja wollte nur noch eins: allein sein und ganz lange schlafen, ausruhen von all dem, was auf sie einprasselte. Sie würde eine wichtige Entscheidung treffen müssen, aber nicht jetzt. Es war einfach alles zu viel. »Ich brauche Ruhe, Verena. Ich denke, es ist besser, wenn du jetzt gehst.«

»Denkst du das?« Verena grinste.

»Mach's nicht noch schlimmer!«

»Aber genau das habe ich doch vor …«

Maja blinzelte. Allmählich wurde es ihr unheimlich. War Verena verrückt geworden? »Was willst du denn von mir?« Ihre Stimme war höher gerutscht. Maja räusperte sich.

»Ich heiße übrigens nicht Verena Scholl, sondern Carmen Flores. Dein Vater ist auch Manuels und mein Vater. Wir sind seine andere Familie, aber er hat dir nie davon erzählt, nicht wahr?«

Majas Kehle schnürte sich zu. Ihr Vater hatte noch eine zweite Familie? Stimmte das? Sie schüttelte den Kopf. »Und wie … wieso hast du dich als Nachhilfelehrerin bei uns bewor…?«

Unvermittelt schlug Carmen ihr kräftig auf die Hand, und Maja brach mit einem Schmerzenslaut ab.

»Hörst du nicht zu? Habe ich eben gesagt, aber du interessierst dich nur für dich selbst, nicht wahr, Prinzesschen?«

Majas Kopf war völlig leer. »Du … du spinnst wohl«, brachte sie heraus. Es sollte selbstbewusst klingen, aber ihre Stimme zitterte.

Carmens Augen wurden schmal. »Für deinen Vater waren wir nicht gut genug. Und Jakob kam ganz nach ihm. Stell dir vor, Jakob hat Manuel Geld angeboten, damit er dich in Ruhe lässt. Dabei wusste Jakob nicht mal, dass ihr Halbgeschwister seid. Er wusste nur, dass Manuel nicht reinpasst in die feine Arztfamilie.«

»Ich … also … ich hatte keine Ahnung, ehrlich.« Maja schluckte.

»Ich fand das aufschlussreich. Und ich habe Manuel geraten, Konsequenzen zu ziehen. Dein Bruder war ein verwöhntes, arrogantes Arschloch, und er schaute auf alle herab, die nicht wie er mit einem goldenen Löffel im Maul geboren waren! Zum Glück hörte mein Bruder auf mich. Stell dir mal vor, Manuel ist tot und Jakob wäre noch am Leben. Wäre das gerecht, Prinzesschen?«

Maja fröstelte. Manuel war also wirklich Jakobs Mörder. Und hier saß seine durchgeknallte Schwester …

»Wir sind die, die im Schatten leben, die keiner sieht«, fuhr Carmen fort. »Wir haben nichts zu verlieren. Weißt du, was das bedeutet?«

Maja würde das Zimmer unter einem Vorwand verlassen und ihre Eltern wecken. Ihr Vater würde schon fertig werden mit der Verrückten. »Ich möchte mal … muss mal kurz zur Toilette, dann können wir weiterreden, okay?«

»Nicht okay, Prinzesschen. Interessiert dich gar nicht, was ich sage?«

»Doch, natürlich, aber ich muss ganz dringend.« Maja wollte ihre Beine aus dem Bett schwingen. Plötzlich warf Carmen sich auf sie.

»Was soll das?«, keuchte Maja und versuchte vergeblich, ihre Handgelenke aus Carmens festem Griff zu befreien. Carmen zog etwas aus ihrem Hosenbund unter ihrem Pullover hervor, und bevor Maja realisierte, was es war, schloss sich eine Handschelle um ihr linkes Handgelenk. Maja zerrte an ihr, doch Carmen hielt dagegen, schloss die andere Handschelle um den Bettpfosten. »Nein!«, schrie Maja. Im nächsten Moment hielt Carmen ihr den Mund zu und stopfte ihr ein Tuch hinein, zog dann eine Rolle silbernes Klebeband aus der Tasche. Maja nutzte den Moment, um sich mit der Rechten das Tuch aus dem Mund zu nehmen. »Hilfe!« Ein kräftiger Schlag ins Gesicht ließ sie verstummen. In diesem Augenblick stieß Carmen das Tuch brutal in ihren Mund. Maja versuchte, den Knebel wieder loszuwerden, und das Ganze ging von vorne los.

Carmen fluchte. »Na, dann schrei doch, blöde Kuh, das wird dir auch nichts nützen.«

Sie sprang auf, nahm den Kanister, schraubte den Deckel ab und leerte das Benzin auf dem Teppich aus.

Ungläubig starrte Maja sie an. »Hör mal ... das kannst du doch nicht ... Was habe ich dir denn getan? Bitte nicht, Carmen!« Sie zog und ruckelte an der fixierten Handschelle. »Nein! Tu das nicht!«

Grinsend warf Carmen den Handschellenschlüssel in eine Ecke des Zimmers, außer Reichweite für Maja. »Rette dich, wenn du kannst, Prinzesschen. Der edle Ritter wird nicht kommen.« Sie riss ein langes Streichholz an und warf das brennende Holz auf den Teppich, der sofort lichterloh brannte. Dann verschwand sie.

Maja schrie um Hilfe, rutschte vom Bett und zerrte an dem Möbelstück. Der Schlüssel war unter ihrem Schreibtisch gelandet, und sie musste ihn erreichen, bevor ... Maja stöhnte und hustete, das Zimmer füllte sich mit Rauch. Der Schweiß lief ihr übers Gesicht. Mit aller Kraft zog sie ihr Bett hinter sich her, während sie über den Boden rutschte.

* * *

Kerstin fuhr hoch. Hatte sie einen Schrei gehört? Da ... da war es noch mal. Das war Maja! Im selben Moment roch sie Rauch. Reinhold lag auf der Seite und schnarchte leise. Sie rüttelte ihn wach.

»Was ist denn?«, nuschelte er schlaftrunken.

»Ich glaube, es brennt! Ich habe Maja schreien gehört!«

»Du hast was?« Reinhold schaltete die Nachttischlampe ein. »Es riecht ... oh Gott!« Er sprang aus dem Bett und öffnete die

Tür zum Flur, schwarzbrauner Rauch quoll ins Zimmer, trübe Wolken sammelten sich unter der Zimmerdecke. Mit einem Mal erlosch das Licht, und es wurde stockfinster.

»Reinhold?« Es klang wie ein Wimmern. »Reinhold, wo bist du?«

Sie hörte das Klappen einer Schublade. Plötzlich fiel der Strahl einer Taschenlampe auf grauschwarze Rauchschwaden. »Ich schaue nach Maja, bin gleich zurück, Schatz.« Der Strahl hüpfte durchs Zimmer und verschwand dann im Dunkel des Flurs.

Kerstins Fluchen ging in ein Husten über. Der Balkon! Ließen sich die elektrischen Rollläden noch hochfahren? Sie stand auf und tastete sich an der Wand entlang, bis sie den Schalter gefunden hatte, und drückte hektisch darauf herum. Nichts! Der Rauch wurde immer dichter.

Plötzlich hörte sie ihn rufen. »Kerstin, wo bist du?«

»Hier!« schrie sie. »Im Schlafzimmer!«

»Wo?«

»Im Schlafzimmer!«

»Wo?«

Sie verstand, dass sie ihn akustisch lotsen musste. »Hier! Hier bin ich. Hier!«

Das Licht der Taschenlampe tauchte wieder auf. Hustend kroch ihr Mann ins Zimmer und trat die Tür hinter sich zu. »Ich komme da nicht durch. Ich konnte nicht mehr atmen. Runter mit dir auf den Boden, da ist der Rauch nicht so dicht!«

»Aber Maja!«

»Runter, Kerstin! Wenn ich ohnmächtig werde, kann ich ihr auch nicht helfen. Wir müssen raus auf die Dachterrasse! Dann die Feuerwehr rufen. Hast du dein Handy hier?!« Er leuchtete ihr.

Kerstin ließ sich auf alle viere nieder, krabbelte zu ihrer Nachttischschublade und wühlte darin herum. »Ich finde es nicht!«, schrie sie. »Die Rollläden gehen nicht hoch. Die Balkontür ist versperrt!«

Der Lichtstrahl schwenkte herum. »Dann hilf mir, komm hierher zur Balkontür. Wir müssen die Rollläden nur so weit hochschieben, dass wir drunter her kriechen können.« Er öffnete die Balkontür, und frische Luft strömte ins Zimmer.

Mit einem Mal hielt Kerstin einen flachen, glatten Gegenstand in den Händen, ihr Handy! Sie nahm es, robbte zu ihrem Mann und half ihm, die Rollläden ein Stück hochzuschieben. Reinhold ächzte. »So müsste es gehen. Kriech durch. Ich halte das Ganze hoch. Raus! Raus jetzt!«

»Aber Maja!«

»Wir kommen nicht durch, Schatz! Komm, raus mit dir!«

Kerstin kroch hindurch, sofort durchdrang eisige Kälte ihr Flanellnachthemd. Einen Moment lang glaubte sie, er würde ihr nicht folgen, sondern weiter nach Maja suchen, aber dann zwängte auch er sich durch die Lücke. Die Rollläden rasselten wieder nach unten.

»Maja!«, schrie Kerstin in die Nacht, doch niemand antwortete.

Stattdessen hörte sie einen Knall. Glas regnete auf den Rasen. Dann folgte ein lauter Schrei.

»Maja!« Sie lehnte sich über das Geländer der Dachterrasse, um einen Blick auf Majas Zimmerfenster zu erhaschen, und wünschte im nächsten Augenblick, sie hätte es nicht getan. Das Glas der Fensterscheibe war geplatzt, und Flammen schlugen heraus, leckten an der Mauerwand. »Maja!« Ihre Stimme überschlug sich. »Mein Gott, Reinhold, wir müssen sie retten!«

»Schatz, gib mir dein Handy!«

Sie gab es ihm, und er drehte sich weg von ihr, tippte etwas ein und hob das Handy ans Ohr. Sie verstand »Feuerwehr«, und ihr Mann nannte ihre Adresse.

»Das ist doch alles viel zu spät! Maja, hörst du mich? Maja?« Als Rauchschwaden sie kurz einhüllten, musste sie husten. Zitternd schlang sie die Arme um ihren Oberkörper. Einen Moment später spürte sie den Arm ihres Mannes um ihre Schultern. »Schatz, die Feuerwehr ist in wenigen Minuten da, die holen Maja mit einer Leiter da raus. Wir können da nicht rein.«

»Maja hat geschrien, also ist sie noch am Leben, oder?« Kerstin bibberte vor Kälte.

»Aber ja, Schatz, das denke ich auch.«

»Meinst du?«, fragte sie zweifelnd und formte ihre Hände zu einem Trichter. »Wir sind hier, Maja. Auf dem Balkon, Liebes! Hörst du uns?«

* * *

Schweiß strömte ihr übers Gesicht, und ihre Augen tränten. Sie hatte es geschafft, das Bett zwischen sich und den brennenden Teppich zu schieben, aber es war nur eine Frage der Zeit, bis das Bettzeug Feuer fing und dann das Holzgestell. Inzwischen erhellte nur noch das Feuer ihr Zimmer. Die Fotos vom letzten Familienurlaub an ihrer Pinnwand wellten sich vor Hitze. Glutflocken trieben im dichten Rauch. Maja zerrte das Bett weiter hinter sich her. Sobald sie sich aufrichtete, musste sie husten, also blieb sie am Boden, den kleinen Schlüssel, der unter der Heizung gelandet war, fest im Blick. Jetzt hatte sie ihn fast, nur noch wenige Zentimeter …

Sie zog an dem Bett, aber ein Stuhl war im Weg, das blöde Ding blockierte alles, also musste sie zurück, den Stuhl beiseiteschieben. Sie strampelte mit den Beinen, versuchte ein paarmal, ihn wegzutreten. Plötzlich zersprang der Glasschirm ihrer Schreibtischlampe. Der Papierkorb neben dem Schreibtisch hatte Feuer gefangen, die Flammen schlugen hoch und erfassten die Papiere auf ihrem Schreibtisch, die sich einrollten und schwarz wurden. Ein Funkenregen ging auf sie nieder, es fühlte sich an, als ob Bienen ihr in Rücken und Arme stachen. Verzweifelt trat sie weiter, jetzt, endlich fiel der Stuhl um, und sie schaffte es, das Bett noch ein Stück hinter sich herzuzerren.

Jetzt war der Schlüssel in Reichweite. Als sie ihn anfasste, schrie sie auf. Sie hatte sich die Finger verbrannt, aber darauf konnte sie jetzt keine Rücksicht nehmen. Mit zusammengebissenen Zähnen schob sie ihn in das Schloss der Handschelle. Zweimal rutschte sie ab, ihre Finger waren glitschig vom Schweiß, dann schaffte sie es, die Handschelle aufzuschließen. Was jetzt?

Das Feuer loderte an den Tapeten hoch, fraß sich durch die Bücher im Regal, ließ das Kunststoffgehäuse der Wanduhr schmelzen und hinuntertropfen wie Honig, wälzte sich brüllend bis zur Decke. An den Vorhängen leckten die Flammen, im nächsten Moment brannten sie wie Fackeln. Aber auch die Tür zum Flur brannte lichterloh, es gab keinen anderen Weg als den durchs Fenster! Sie richtete sich auf und hatte im selben Moment das Gefühl, keine Luft mehr zu kriegen. Sie kauerte sich unter das Bett. Es war hoffnungslos! Außerdem war sie hier im ersten Stock. Sie würde springen müssen und sich die Knochen brechen.

Alles besser, als zu verbrennen! Röchelnd kam sie auf die Beine, hielt die Luft an und stieg auf die hölzerne Wäschetruhe unter dem Fenster. Rauch umhüllte sie, sie hatte keine Zeit zu verlieren. Auf dem Fensterbrett kochte das Wasser in der metallenen Gießkanne, mit einer Bewegung fegte sie die Blumentöpfe und die Kanne vom Fensterbrett. Der Fenstergriff erwies sich als genauso heiß wie der Schlüssel, stöhnend zuckte sie zurück und atmete Rauch ein. Sie zog ihren Ärmel über die Finger und wollte den Griff gerade noch einmal packen, als die Scheibe mit einem Knall auseinanderbarst, im selben Moment fühlte sie einen unbeschreiblichen Schmerz in ihrem Rücken …

* * *

Nina trommelte mit den Fingern auf dem Lenkrad des Dienstwagens herum, während sie ihr Handy ans Ohr hielt. Nach einer Weile ließ sie es sinken.

»Und?«, fragte Dominik, der auf dem Beifahrersitz saß.

»Bei den Heitbreders meldet sich niemand. Mag sein, dass sie einfach tief und fest schlafen, aber …«

»Okay, Nina, lass uns fahren«, unterbrach Dominik sie.

Nina startete den Wagen und bog auf die Wertherstaße ein. Dominik rief Bent an und teilte ihm ihren Verdacht mit, dass Carmen Mittäterin war. »Bei der Nachhilfelehrerin von Maja handelt es sich offenbar um Carmen Flores, die einen falschen Namen benutzt hat – genau wie ihr Bruder.«

»Habt ihr sie in der Wohnung ihrer Mutter angetroffen?«

»Nein, eine Nachbarin hat uns aufgemacht. Auch in dem Krankenhaus, in dem Maria Flores liegt, hält sich Carmen nach Auskunft der Stationsleitung nicht auf. Mit einem Wort: keine Ahnung, wo die Frau jetzt ist. Wir sind gerade auf dem Weg zu den Heitbreders, um nach dem Rechten zu sehen. Am besten, die Familie wird wieder unter Polizeischutz gestellt.«

Bent versprach, eine Streife zu schicken. Der Wagen schlingerte, als Nina in rasantem Tempo am Kreuzkrug in die Kirchdornberger Straße abbog. »Ich habe einfach ein schlechtes Gefühl«, entschuldigte sie sich. »Stell dir vor, Carmen hat womöglich schon erfahren, dass ihr Bruder tot ist. Noch ein Grund, sich zu rächen.«

Sie fuhr jetzt langsamer, denn auf der Kirchdornberger lag anders als auf der Wertherstraße Schnee.

»Nina, pass auf, dahinten kommt eine scharfe Linkskurve.«

Nina bremste ab, nahm die Kurve sanft und bog eine Weile später in moderatem Tempo rechts ab. »Siehst du, ich kann auch anders, wir sind sowieso gleich da ... aber was ... was ist denn das?«

Durch die Fenster des ersten Stocks des Hauses der Familie Heitbreder schlugen Flammen.

Dominik fluchte. »Ruf die Feuerwehr an!« Kaum, dass Nina angehalten hatte, sprang er aus dem Wagen und versuchte es zuerst an der Haustür, die sich als verschlossen erwies. Er ignorierte seinen schmerzenden Knöchel und rannte ums Haus herum. Obwohl das Feuer den Garten leidlich erhellte, wäre er fast über eine am Boden liegende Gestalt gestolpert. Er erkannte eine rußverschmierte Maja, die mit geschlossenen Augen rücklings im Schnee lag. Die hinteren Teile ihres Schlafanzugs schienen verbrannt zu sein, vorne war ihre Bekleidung noch halbwegs intakt. Eine Hälfte ihres Gesichts war stark gerötet, ein Teil der langen Haare versengt.

»Maja?«

Die junge Frau regte sich nicht. Er überprüfte ihren Atem und den Puls an ihrer Halsschlagader, als Nina dazukam. »Lebt sie?«

»Ja, aber sie muss so schnell wie möglich ins Krankenhaus. Ich glaube, sie hat großflächige Verbrennungen erlitten, vor allem am Rücken. Bleibst du bei ihr?«

»Gut, ich rufe den Notarzt.« Nina zog ihre Jacke aus und breitete sie über Maja.

Dominik lief weiter durch den Garten. Rauch erschwerte die Sicht, und auch mit seiner Taschenlampe konnte er nicht viel ausrichten.

»Hallo? Ist da jemand?«, brüllte er in die Nacht. »Hallo?«

Von irgendwo über ihm kam Antwort. »Hallo! Wir sind auf dem Balkon!« Frau Heitbreders Stimme. »Unsere ...« Der Rest ging in einem Hustenanfall unter.

Er ließ den Strahl seiner Lampe hochwandern, und zwischen den Rauchschwaden tauchte Frau Heitbreders verängstigtes Gesicht auf, dahinter Dr. Heitbreder, der »Leiter« brüllte.

»Wo?«, schrie Dominik zurück.

»Im Gartenhaus!«

Dominik hetzte zum Gartenhaus, dessen Tür mit einem Vorhängeschloss gesichert war. Er nahm Anlauf und trat die Tür ein. Die Verankerung des Schlosses fiel zu Boden. Das Licht seiner Taschenlampe traf auf Gartenstühle, einen Rasenmäher und Ähnliches, bis es auf etwas Silbernes fiel: eine Teleskopleiter aus Aluminium. Er schnappte sich das Teil und eilte zurück unter den Balkon. Das Prasseln des Feuers wurde lauter, der Rauch dichter. Er zog die Leiter auf dem Rasen auseinander, stellte sie auf, sicherte sie und betete, dass sie lang genug war.

»Frau Heitbreder!«, rief er, aber sie schien die Leiter schon bemerkt zu haben, denn sie machte Anstalten, über die Brüstung zu klettern. Ihr Mann half ihr, hielt sie noch eine Weile an den Händen fest, bis sie mit einem Fuß die oberste Sprosse erreichte, den anderen Fuß nachzog, die nächste Sprosse nahm, einen Augenblick schwankte, dann den Holm zu fassen bekam und Sprosse für Sprosse abstieg.

Als sie unten war, begann sie zu schluchzen. »Unsere Tochter ...«

Er packte sie an den Armen. »Sie lebt!«

Sie starrte ihn an. Tränen hatten helle Spuren in den Ruß auf ihrem Gesicht gewaschen.

»Hören Sie mich?« Der Lärm sich nähernder Sirenen erschwerte die Verständigung. »Sie liegt hier im Garten. Der Notarzt ist gleich bei ihr!«

Schließlich nickte sie, und er ließ sie los, um seine Jacke auszuziehen und sie ihr über die Schultern zu legen. Danach sicherte er die Leiter für Dr. Heitbreder.

Reinhold Heitbreder hatte es etwas schwerer als seine Frau. Er hielt sich so lange am Balkongeländer fest, bis er die obersten Sprossen erreicht hatte, doch nach kurzem Schwanken schaffte auch er es, sich an der Leiste festzuhalten und abzusteigen. Als er unten war, umklammerte er Dominiks Arm und sah ihn flehentlich an. »Maja! Wo ist sie?«

Die Sirenen waren jetzt ganz nah. Dominik deutete in die Richtung, wo Nina und Kerstin Heitbreder neben Maja knieten. Wortlos eilte Dr. Heitbreder zu seiner Frau. Mit einem Mal verstummten die Sirenen. Nina stand auf, offenbar, um Feuerwehr und Arzt einzuweisen. Kurz darauf rannten Sanitäter mit einer Tragliege herbei. Ein Mann mit Notarztkoffer sprintete hinterher und beugte sich gemeinsam mit Dr. Heitbreder über die Schwerverletzte. Es kam Dominik vor wie ein Déjà-vu. Erst Manuel, jetzt Maja. Er stand einen Moment wie gelähmt da, beobachtete, wie Maja vorsichtig auf die Liege gehoben und zum Krankenwagen transportiert wurde. Derweil brachten Feuerwehrleute einen Schlauch an der Seite des Hauses in Stellung und begannen mit den Löscharbeiten. Vermutlich löschten sie außerdem von vorne, aber an die Rückseite kam kein Löschfahrzeug heran, weil eine hohe Hecke und ein Zaun den Weg versperrten. Mittlerweile hatten sich die Flammen schon zum Dachstuhl vorgefressen und breiteten sich jetzt auch im Erdgeschoss aus.

Die beiden Heitbreders standen genauso orientierungslos herum wie er selbst, zitterten in ihren dünnen Sachen. Ein

Sanitäter ging mit Rettungsdecken auf sie zu, und Dr. Heitbreder wechselte ein paar Worte mit ihm, bevor er die Decke annahm. Seine Frau wandte sich ab, umschlang ihren Oberkörper mit den Armen und wankte mit verzweifelter Miene in den Garten. Stand sie auch unter Schock so wie Frank bei dem tödlichen Unfall von Manuel Flores? Vermutlich hatten Majas Eltern eine Rauchvergiftung und brauchten ebenfalls ärztliche Hilfe. Und obwohl die Hitze des Feuers nun auch draußen spürbar war, wurde Dominik ohne seine Jacke allmählich kalt.

Er löste sich aus seiner Erstarrung. »Frau Heitbreder? Sie werden sich unterkühlen!«

Sie taumelte weiter, schien ihn nicht zu hören.

Er wollte ihr gerade folgen, als er in den Rufen der Feuerwehrleute, dem Prasseln der Flammen, dem Rauschen des Wassers ein Geräusch ausmachte, dass er nicht einordnen konnte. Es klang wie eine verstimmte Geige, eine Art Katzenmusik, die bizarre musikalische Untermalung der Zerstörung. Er spähte in die Richtung der Höllenmusik. Im hinteren Teil des Gartens machte er inmitten der Rauchschwaden eine dürre Person im langen, schwarzen Mantel mit einer Geige aus, die ihm wie der fiedelnde Tod erschien und mit wildem Blick in das Feuer starrte.Er ging auf sie zu, sprach sie an, rüttelte an ihrer Schulter, doch erst, als er ihr den Blick auf das brennende Haus verstellte, nahm sie ihn zur Kenntnis und hörte mit dem grausigen Gefiedel auf. Ob es das irre Grinsen war, die langen, ungepflegten Strähnen, die ihr wirr ins Gesicht fielen, die groteske Situation – ihm war klar, dass es sich um Sarah handeln musste, Dr. Heitbreders kranke Schwester. Hatte sie etwas mit dem Brand zu tun? Vielleicht hatte sie auch etwas gesehen …

Er wollte sich gerade vorstellen, als sie den Finger über den Mund legte und ihm verschwörerisch zulächelte. Dann deutete sie mit ihrem Bogen in Richtung der Rhododendronbüsche, die er vor lauter Rauch kaum erkennen konnte. Er starrte angestrengt dorthin, bis ihm die Augen tränten, ohne etwas zu entdecken, und schüttelte den Kopf. Sarah zerrte ihn am Ärmel ein Stück in diese Richtung und deutete nachdrücklicher auf die Büsche, als er etwas aufblitzen sah, offenbar ein Messer.

Er lief auf das Gebüsch zu. Im nächsten Moment löste sich eine dunkel gekleidete Gestalt aus dem Rhododendron und sprintete zum Gartenhaus.

»Hey, stehen bleiben, Polizei!«

Die Person reagierte nicht, und er stürmte ihr hinterher. Auf der Höhe des Gartenhauses hatte er sie fast erreicht, als unvermittelt Kerstin Heitbreder wie ein Gespenst in ihrem hellen Nachthemd hinter der Hütte auftauchte. Die dunkle Gestalt stürzte sich auf sie, und wieder sah er das Messer aufblitzen – dieses Mal an Kerstins Kehle! Ein grinsender Totenschädel blickte über ihre Schulter.

Die Maskerade erinnerte ihn an das, was er in Manuel Flores' Schrank gefunden hatte. Er zog seine Waffe und entsicherte sie. »Carmen, nicht wahr? Geben Sie auf, Sie haben keine Chance!« Er richtete die Waffe auf sie.

»Lassen Sie mich gehen! Sonst stirbt sie!« Eine Frauenstimme.

Kerstin Heitbreder wimmerte.

»Kapieren Sie doch endlich! Es ist vorbei!«

»Sobald ich sie loslasse, werden Sie mich umbringen, so wie meinen Bruder! Aber die hier geht mit, wenn Sie das tun!«

»Werfen Sie das Messer weg und heben Sie die Hände! Dann wird Ihnen nichts passieren!«

Rauchschwaden erschwerten die Sicht. Im Erdgeschoss barsten zwei Fenster gleichzeitig, Flammen leckten heraus wie die Tentakel eines gefräßigen Ungeheuers.

»Gleich wird es hier von Polizei nur so wimmeln. Dann wird es immer gefährlicher für Sie!«, brüllte er gegen das Prasseln des Feuers an. Dann musste er husten von dem Rauch, der ihn umgab.

Carmen Flores antwortete nicht. Mit einer plötzlichen Bewegung stieß sie Kerstin Heitbreder zu Boden und duckte sich gleichzeitig. Frau Heitbreder schrie und hielt sich das Gesicht.

Für einen Augenblick war er abgelenkt. »Was ...?«, begann er, als ihn etwas Schweres am Kopf traf. Er taumelte, Blut rann ihm in die Augen, wieder musste er husten. Als er wieder sehen konnte, bemerkte er gerade noch, wie Carmen Flores hinter den Tannen am Rand des Grundstücks verschwand.

»Bist du verletzt?« Ninas Stimme.

Ohne sich umzusehen, rief er: »Kümmer dich um Frau Heitbreder!«, und spurtete auf die Tannen zu. Direkt dahinter traf er auf einen hohen Holzzaun, Flores musste hier entlanggelaufen sein, doch in welche Richtung? Er wischte sich das Blut aus den Augen. Wohl kaum zur Straße, wo Feuerwehr und Polizei sie erwarteten. Also Richtung Felder. Das Feuer beleuchtete seinen Weg leidlich, bis er das angrenzende Feld erreichte und Dunkelheit ihn umgab. Schemenhaft erkannte er am Rand des Feldes die fliehende Carmen Flores. Er nahm einen tiefen Zug der jetzt kühlen, frischen Luft und folgte ihr.

Sie tauchte ein in ein Waldstück, verschmolz mit der Nacht. Er stolperte über eine Wurzel, hielt sich an einem Baumstamm fest und wartete, bis der Schwindel, der ihn erfasst hatte, nachließ. Wieder lief ihm etwas die Stirn hinunter. Er fasste sich in die Haare, sie waren feucht, und als er seine Hand herunternahm, war sie voller Blut. Ihm wurde übel, er atmete ein paarmal tief ein und aus, dann rannte er weiter den Waldweg entlang, doch das kurze Innehalten hatte gereicht, um sie zu verlieren.

Schwer atmend zog er seine Taschenlampe heraus und leuchtete seine Umgebung ab. Außer einem verschreckten Eichhörnchen zwischen den Bäumen war nichts zu erkennen. Er ließ die Lampe sinken und stöhnte. Sie würden sie früher oder später sowieso kriegen, so viel stand fest. Sollte er aufgeben? Die Kopfschmerzen, die ihn zunächst kaum merklich überkommen hatten, wurden stärker. Doch zum Stehenbleiben war es zu kalt, und so stapfte er weiter durch den Wald, als er plötzlich das Quietschen von Bremsen hörte. Ganz in der Nähe musste eine Straße sein. Er würde die Kollegen bitten, ihn dort abzuholen.

Er wankte in die Richtung, aus der das Geräusch gekommen war. Dann drang noch etwas an sein Ohr: das Geräusch eines anfahrenden Wagens. Ein Unfall? Oder hatte sie hier ein Auto angehalten? Plötzlich hörte er ein Grunzen und ein Schnauben und hob seine Taschenlampe. Die kleinen Augen eines riesigen Keilers reflektierten das Licht, seine Schnauze war blutverschmiert. Das Tier, das nur wenige Meter entfernt stand, warf den Kopf hin und her und begann, mit den Zähnen zu klappern. Dann setzte es sich in Bewegung, stob auf ihn zu. Er zog seine Waffe aus dem Holster und schoss. Das Tier hielt inne, schwankte für einen Moment, dann stürmte es weiter. Er feuerte noch dreimal, bis der massige Körper des Ebers schwer auf die Seite fiel. Seine Beine zuckten noch einen Augenblick lang, dann lag er still.

Dominik stieß einen Schwall Luft aus, steckte die Pistole wieder ins Holster, ging zu dem Keiler und untersuchte das Tier. Er hatte es in die Brust und in den Kopf getroffen. Ein Jäger hatte ihm mal erzählt, dass Keiler im Winter ihr Revier verteidigten und dann besonders gefährlich seien. Doch auch an der Flanke klaffte eine große Wunde im Fell, vermutlich war das eben ein Wildunfall gewesen, der den Eber noch aggressiver gemacht hatte. Wenn er die Dienstwaffe nicht dabeigehabt hätte … Dominiks Knie zitterten, und er ließ sich kurz auf den Boden nieder. Wieder überkam ihn eine Welle der Übelkeit.

Mit Mühe kam er wieder auf die Beine. Beiläufig registrierte er, dass sein linker Fuß sich in eine Art Elefantenfuß verwandelt hatte, um den das Leder seines Kurzstiefels spannte. Mit einem Mal knackte ein Ast irgendwo über ihm, dann noch einer. Er leuchtete mit seiner Taschenlampe nach oben. Das Erste, was er sah, waren zwei Beine in schwarzen Leggins mit aufgedruckten Knochen, die in der Luft baumelten und nach dem Halt suchten, der gerade verloren gegangen war. Dann ließ sich Carmen Flores ein Stück den Stamm hinunterrutschen, bis sie wieder einen Ast fand, der als Nächster abbrach, bis sie unter Krachen und Bersten den Stamm hinunterrauschte und auf den Waldboden purzelte.

Er ging neben ihr in die Hocke. »Haben Sie sich wehgetan?«

Ihre braunen Augen funkelten ihn durch die Totenkopfmaske an. Dann schüttelte sie den Kopf. Bevor sie sich aufrappeln konnte, rollte er sie auf den Bauch und schloss ihre Hände am Rücken mit Handschellen zusammen. Die schnellen Bewegungen ließen das Puckern in seinem Kopf heftiger werden.

»Komisch, ich wollte gerade sagen, dass Sie sich nicht länger vor dem Eber fürchten müssen und runterkommen können. Das ging ja schneller als gedacht.« Er zog ihr die Maske vom Kopf und leuchtete ihr ins Gesicht. Sie starrte ihn hasserfüllt an. Die Übelkeit überrollte ihn, unvermittelt erbrach er sich auf ihr Totenkostüm.

Sie zog eine Grimasse. »Iiiih, das ist ja ekelig!«

Dominik wischte sich seinen Mund ab, zog sein Funkgerät aus der Tasche und teilte einem Kollegen die Sachlage mit.

»Glauben Sie wirklich, Sie können mich so lange bewachen, bis die anderen Bullenschweine uns gefunden haben? Sie sehen furchtbar aus.«

»Machen Sie sich keine Sorgen um mich. Wir Bullenschweine sind unverwüstlich.« Das fühlte sich gerade zwar ganz und gar nicht so an, aber er kam mit einiger Mühe schwankend auf die Beine.

Mittwoch, 25. Dezember 2013

Dominik fand den künstlichen Weihnachtsbaum auf der neurologischen Station von Gilead I genauso kitschig wie die Girlande, die Frank in ihrem Büro aufgehängt hatte. Aber er war froh, wenigstens heute dank einer Gehschiene und mit Krücken ein paar Schritte über den Flur humpeln zu können. Nicht nur die Gehirnerschütterung machte ihm zu schaffen, sondern auch der Bänderriss, von dem er bei der Verfolgung von Carmen Flores aufgrund des ganzen Adrenalins in seinem Körper kaum etwas gemerkt hatte. Sein linker Unterschenkel und der Fuß waren blau und angeschwollen, aber das Röntgen hatte keinen Bruch nachgewiesen.

Heiligabend hatte er fast nur gelegen, der Tag war wie in einem Nebel an ihm vorübergezogen, abgesehen von zwei Telefonaten: Eines mit seiner Tochter Lissa, die erzählte, dass sie Weihnachten auf der Coromandel-Halbinsel mit der Familie einer Highschool-Freundin mit »Barbecue« am Strand gefeiert habe. Sein ältester Sohn Nils hingegen meldete sich aus dem verschneiten österreichischen Berghotel, in dem er arbeitete. Er klang aufgeräumt, alles sei sehr weihnachtlich, sagte er, und dass er Heiligabend mit der Familie seiner Freundin verbringen werde.

Dominik erzählte den beiden nicht, dass er im Krankenhaus lag, erwähnte auch die Bombe nicht, nur, dass Robin mit Betty und deren neuem Freund feiere, was Lissa empörte: »Ihr seid kaum geschieden, und sie hat jetzt schon einen Neuen? Und Robin feiert mit *denen*?« Nils hingegen stellte neugierige Fragen zu Jens-Thorben. Irgendwann würden die beiden erfahren, was sich abgespielt hatte. Am besten von Robin selbst, entschied Dominik.

Schließlich brachte Frank ihm Bademantel, Schlafanzug, Waschzeug und andere nützliche Dinge vorbei. Dann war ein großer Blumenstrauß in seinem Zimmer aufgetaucht, und den Rest hatte er verschlafen.

Als er von seinem kurzen Spaziergang auf sein Zimmer zurückkehrte, saß Nina neben seinem Bett und lächelte ihm entgegen. »Hallo, Dodo, frohe Weihnachten!« Sie umarmte ihn so vorsichtig, als wäre er aus Glas.

»Dir auch, Nina.« Er stieg wieder ins Bett.

»Wie geht es dir?«

»Besser. Wenn ich Glück habe, werde ich morgen entlassen, das erfahre ich nach der Visite. Natürlich muss ich mich noch schonen.« Er grinste. »Ich schätze, den abschließenden Bericht muss jemand anderer schreiben.«

»Einen Vorteil muss es ja haben, hm?« Sie sah ihn kopfschüttelnd an. »Die Frau hat keinen Stein nach dir geworfen, sondern einen regelrechten Brocken. Und wie du ausgesehen hast … bleich und blutverschmiert, daneben diese Carmen in ihrem Totenkostüm, wie in einem Horrorfilm.«

»Nur eine Gehirnerschütterung und eine Platzwunde, Nina. Sie haben sie genäht, und bald bin ich praktisch wie neu.«

»Und wer hat dir den tollen Weihnachtstrauß vorbeigebracht?« Nina strich über die roten Amaryllis, die zusammen mit Weihnachtskugeln von Kiefernzweigen umrahmt wurden.

»Fleurop, nehme ich an.«

»Da ist ja ein Kärtchen dabei. Hast du das noch nicht gelesen? Von Frank stammt der sicher nicht. Zu geschmackvoll.«

»Dann lies mal das Kärtchen vor.«

»Das ist doch privat, Dodo. Wer weiß, vielleicht hast du ja eine Verehrerin …«

Dominik hatte am Morgen eine Visitenkarte von der Durchsuchungszeugin Frau Bolbrinker in der Tasche seiner Daunenjacke entdeckt, die sie ihm während der Durchsuchung hineingeschmuggelt haben musste. *Sehen wir uns wieder?* hatte sie mit schwungvoller Handschrift quer darübergeschrieben. Doch woher sollte die Frau wissen, dass er im Krankenhaus lag? »Nicht, dass ich wüsste, Nina. Aber was weiß ich denn schon? Frag lieber Jacqueline, unsere Putzfrau, die lässt die Tarotkarten sprechen.«

»Na gut.« Nina schaute sich das Kärtchen an und schürzte die Lippen. »Okay, na ja, gräm dich nicht, die ist nur von Bent, der dir gute Besserung und frohe Weihnachten wünscht.«

»Von Bent? Das ist ja … nett von ihm.«

»Du wirkst überrascht.«

»Na ja, so schwer verletzt bin ich ja nun auch wieder nicht.«

»Jedenfalls ist Bent froh, dass jetzt alles vorbei ist.«

»Tja, Nina, für die Heitbreders sicher nicht. Und auch nicht für die Familie Flores.«

»Wir haben getan, was wir konnten.«

»Und es war zu wenig. Wie geht es Maja?«

»Sie hat schwere Verbrennungen erlitten und ist in eine Spezialklinik nach Dortmund ausgeflogen worden. Soweit ich weiß, ist ihr Zustand stabil.«

»Und ihre Eltern?«, fragte Dominik.

»Die sind wegen einer leichten Rauchvergiftung nur kurz im Krankenhaus gelandet. Kerstin Heitbreder ist heute Morgen aus der Ausweichwohnung, in der sie zusammen mit ihrem Mann untergebracht wurde, ausgezogen. Sie will sich scheiden lassen, hat sie einem Kollegen mitgeteilt.«

»Offenbar hat sie angesichts der Katastrophe von ihrem Mann Antworten verlangt.«

Nina nickte. »Die ihr nicht gefallen haben, das glaube ich auch.«

»Und Maria Flores? Das müssen für sie die schlimmsten Weihnachten ihres Lebens sein – sie selbst inzwischen schwerbehindert, der Sohn tot, die Tochter in Haft.«

»Bent hat mit Maria Flores gesprochen. Es geht ihr sehr schlecht. Sie bekommt Valium, wohl auch wegen des Alkoholentzugs. Aber er sagt, dass er nicht den Eindruck habe, dass sie vom Rachefeldzug ihrer Kinder irgendetwas wusste.«

»Die Ergebnisse der DNA-Analysen kommen vermutlich erst nach Weihnachten oder gar nach Silvester, oder?«, fragte Dominik.

»Dachte ich auch, aber Bent hat reichlich Druck gemacht, und das Labor hat wohl Überstunden geschoben. Manuels DNA ist mit der DNA verglichen worden, die aus der Haarwurzel des schwarzen Haars extrahiert wurde.«

»Das Haar, das die Spusi auf Jakobs Jacke sichergestellt hat?«

»Richtig. Das Haar gehörte zweifelsfrei Manuel. Die Tatwaffe, mit der Jakob die Stichverletzungen beigebracht wurden, ist bisher nicht gefunden worden. Aber bei den winzigen rötlichen Spuren auf dem Totenkostüm, das du in Manuels Schrank gefunden hast, handelt es sich um Jakobs Blut. Und die dunklen Fasern, die auf Jakobs Jacke gefunden wurden, stimmen mit denen von Manuels Totenkostüm überein.«

»Die beiden haben das regelrecht inszeniert und offenbar gut geplant.« Dominik dachte an seine Verfolgungsjagd. »Carmen trug ein ähnliches Kostüm, als ich sie stellen konnte.«

»Bent glaubt, Carmen sei die treibende Kraft gewesen. Maria Flores hat geäußert, dass die beiden ein enges Verhältnis gehabt hätten und er sich an seiner älteren Schwester orientiert habe.«

»Zwei zerstörte Familien! Wir waren einfach zu spät.«

Nina legte kurz ihre Hand auf seinen Arm. »Wir dürfen uns jetzt nicht fertigmachen, Dodo! Außerdem gibt es eine gute Nachricht: Antonia Brüggesieker ist wieder aufgetaucht. Stell dir vor, sie ist im Keller dieses Vereinsheim der ›Waldgänger‹ festgehalten worden. Und es wird skurril: In der Nähe ist ein Auto explodiert und ausgebrannt, das hat die Scheiben in dem Jagdhaus zum Platzen gebracht, und sie konnte sich kurz darauf befreien. Der Besitzer des Autos hat aber keinerlei Verbindungen zu den Waldgängern.«

»Seid ihr sicher?« Dominik tat so, als wäre das alles neu für ihn.

»Oh ja, er war ganz empört, als das auch nur angedeutet wurde. Der junge Mann scheint sich am anderen Ende des politischen Spektrums zu befinden, was natürlich die Frage aufwirft, wieso so ganz zufällig sein Auto in der Nähe des Vereinshauses der Rechten explodiert. Angeblich hätte er sich in dem Schneetreiben verfahren, und dann seien plötzlich Flammen aus der Kühlerhaube geschlagen. Na ja …«

Dominik zupfte an seiner Lippe. Sollte er Nina von der Bombe und Robins Beteiligung an der Sache erzählen? Es würde guttun, mit ihr darüber zu reden, andererseits würde er sie damit in den gleichen Konflikt stürzen, in dem er steckte. Denn natürlich müsste er die Jungs anzeigen.

»Nina … das heißt also, diese Waldgänger haben Antonia entführt?«

»Zurzeit wird eine Helene Bollhorst vernommen, sie gehört zu denen und ist der Freiheitsberaubung dringend tatverdächtig …«

»Jakob Heitbreders Ex-Freundin?«

»Richtig. Eifersucht scheint das Motiv gewesen zu sein. Und Rassismus spielt wohl auch eine Rolle. Das Vereinshaus wird jetzt von der Spurensicherung untersucht. Auch Jakobs früherer Freund Phillip Bökenbrink soll in die Sache verwickelt sein. Wie du weißt, hat es den Waldgängern nicht gefallen, dass Jakob sich einer Afrodeutschen zuwandte und den Kontakt zu der rechtsextremen Gruppe abbrach. Die machen Antonia sogar für seinen Tod verantwortlich, sowohl Bollhorst als auch Bökenbrink, erzählen die Kollegen.«

»Also hängen die Fälle doch nicht zusammen.«

»Nein. Deshalb hat Ernst diese Sache anderen Kollegen übertragen.«

Dominik fragte sich, was der Kommissariatsleiter Ernst Meyer zu Bargholz wohl von ihren Ermittlungen in diesem Fall hielt. »Wir haben uns ja auch nicht gerade mit Ruhm bekleckert.«

»Das ist nicht der Grund. Ich denke, dass wir etwas ruhigere Zeiten verdient haben, und das sieht wohl auch Ernst so, zumal wir mit dem Fall Heitbreder noch genug zu tun haben.«

»Redet Carmen Flores eigentlich?«

»Sie hat einen Anwalt an ihrer Seite und schweigt beharrlich. Aber spätestens, wenn Maja vernehmungsfähig ist, wird Bewegung in die Sache kommen.«

Dominik nickte. »Kann ich mir vorstellen. Carmens Anwalt wird seiner Mandantin sicher raten zu kooperieren.«

»Inzwischen hat der Sachverständige festgestellt, dass der Brand in Majas Zimmer ausgebrochen ist, und es wurde Benzin im Brandschutt gefunden.«

»Nina, was ist eigentlich mit dieser Elisabeth Schröder?« Dominik reckte sich. »Ich schätze, die wollte ihre Arbeitgeber ärgern, indem sie dem geschassten Manuel weiterhin Zugang zu seiner Maja verschaffte.«

»Ich wette, dass Carmen Flores Frau Schröder belasten wird, sofern sie sich Vorteile von ihrer Aussage erhofft. Wir werden uns Frau Schröder nach Weihnachten auch noch einmal vornehmen. Aber dass die Schröder in Manuels und Carmens Rachepläne eingeweiht war ... ich bezweifele das.«

»Ich auch, Nina. Sie hat uns wohl belogen, aber ansonsten keinen Hehl daraus gemacht, dass sie die Heitbreders nicht ausstehen kann. Wenn sie Teil einer Verschwörung gewesen wäre, hätte sie sich sicher bedeckt gehalten.«

Vom Flur her drang das Klappern von Geschirr. Grünkohlgeruch zog durch die nicht ganz geschlossene Tür.

»Mal was anderes, Dodo«, sagte Nina. »Morgen gehen mein Bruder, Stefan und ich zur Weihnachtsmatinee vom Bunker Ulmenwall ... warum kommst du nicht mit? Du magst doch Jazz. Ich meine, falls du dann wieder auf den Beinen bist.«

»Danke für das Angebot ... aber ich glaube, ich bin noch nicht fit genug.«

»Dann will ich mal.« Nina erhob sich. »Ach übrigens ...« Ihr Gesicht hellte sich auf. »Bent hat von Ernst zwei Karten für *Andrea Berg* geschenkt bekommen. So als Ausgleich für den schwierigen und belastenden Fall.«

Dominik grinste. »Ist das gerecht?«

»Ich bin auch schon ganz neidisch. Bent war die Bescheidenheit in Person, das könne er auf keinen Fall annehmen, schließlich sei das ganze Team involviert gewesen, woraufhin Ernst ankündigte, dass es nach Weihnachten Schnittchen für alle gebe.«

»Das Gerücht, dass Bent auf Schlager steht, hält sich wirklich hartnäckig«, sagte Dominik.

»Wer hat es noch mal aufgebracht, Dodo? Du etwa?«

»Ich erinnere mich gar nicht mehr. Du weißt ja, ich habe eins auf den Kopf bekommen.«

»Kai freut sich jedenfalls, dass Bent mit ihm zu *Andrea Berg* geht.« Nina lächelte. Ihr Bruder Kai liebte Schlager und Volksmusik über alles.

Dominik wollte antworten, doch es klopfte an der Tür, und kurz darauf kam ein Krankenpfleger mit einem Essenstablett herein. Nina drückte ihn zum Abschied und wünschte ihm gute Besserung.

Nach dem Mittagessen nickte er ein. Als er wieder aufwachte, fiel das Licht der frühen Abenddämmerung auf das einzige Bild in dem Zimmer, das einen stilisierten Engel auf gelbem Grund zeigte. Das Bild von Paul Klee leuchtete rot auf, so als wohnte eine geheimnisvolle Kraft darin, die nun aktiviert wurde. Dominik sah zu, wie sich das Rot verstärkte, dann allmählich zu Grau verblasste. Er musste an das Weihnachten im letzten Jahr denken, das auch nicht gerade ein Idyll gewesen war, an seine Auseinandersetzungen mit Betty, an die Spannungen zwischen seinen Söhnen, an seine verzweifelte Reise nach Sylt, um das Schlimmste zu verhindern. Auch damals war er am Ende im Krankenhaus gelandet, mit einer Lungenentzündung.

Zu der Zeit hatten sich die ersten tiefen Risse gezeigt, die sich durch seine Familie zogen, und Weihnachten vergrößerte alles wie unter einem Brennglas. Das, was er lange für selbstverständlich gehalten hatte, löste sich auf, und so war eben der Gang der Dinge: Ehen gingen auseinander, Kinder wurden erwachsen, und er sollte endlich akzeptieren, wieder allein zu sein. Weitergehen, in welche Richtung auch immer. Am Morgen hatte er im Radio einen Beitrag zu den längsten Nächten des Jahres gehört: In alter Zeit waren diese Nächte als »Rauhnächte« bekannt gewesen, eine gefährliche Zeit, in der die Grenzen zu anderen Welten fielen und man die bösen Geister austreiben musste. Vielleicht musste auch er die Vergangenheit austreiben, um wieder offen für etwas Neues zu werden …

Dominik schaltete die Nachttischlampe ein, und das warme Licht ließ das Zimmer gleich heimeliger wirken. Auf seinem Nachttisch stand ein Tablett mit Kuchen und Kaffee, das hereingebracht worden sein musste, als er geschlafen hatte. Er probierte den Kaffee, der nur noch lauwarm war, und beschloss, sich frischen vom Kaffeeautomaten auf dem Flur zu besorgen. Er schlug die Decke zurück, um aufzustehen, als es klopfte.

»Ja bitte?«

Robin steckte den Kopf vorsichtig durch die Tür, und Dominik hatte fast so etwas wie ein Déjà-vu – auch im letzten Jahr um diese Zeit hatte ihn sein Jüngster – damals ganz zerknirscht – im Krankenhaus besucht, und Dominik war stinksauer auf ihn gewesen. Und heute? Ihn überkam eher ein Gefühl der Erschöpfung, während er Robin zögernd das Zimmer betreten sah, mit einem verlegenen Lächeln auf dem Gesicht.

»Frohe Weihnachten, Papa.« Es klang eher wie eine Frage.

»Dir auch, Rob. Setz dich.«

Robin stellte einen großen Rucksack auf den Boden, nahm sich den einzigen Besucherstuhl und ließ sich umständlich nieder. Dominik verschränkte die Arme vor der Brust und wartete. Vom Gang her waren Stimmen zu hören, dann verstummten die Geräusche. Robin rutschte auf dem Stuhl hin und her, als suchte er vergeblich eine bequeme Position. Er schien etwas auf dem Herzen zu haben, aber Dominik hatte nicht vor, es ihm leicht zu machen.

»Wie geht's dir denn so?«, brach Robin das Schweigen. »Frank meinte, du hättest eine Gehirnerschütterung.«

»Wieder besser.«

»Ah … ähm … das ist gut.«

»Ja.«

Wieder breitete sich unbehagliches Schweigen aus.

»Ich … ähm … übrigens …«, begann Robin wieder. »Ich habe einen Job bei einer anderen Tankstelle bekommen.«

»Wenn du meinst, dass du den brauchst …«, sagte Dominik gedehnt. »Musst du dich nicht aufs Abi vorbereiten?«

»Doch, natürlich, klar, mache ich auch. Aber wir wollen zusammenlegen, damit Jonas sich wieder ein Auto kaufen kann.«

»Holst du mir einen frischen Kaffee vom Flur? Kannst dir auch einen mitbringen.«

Robin nickte und sprang auf, als könnte er es kaum erwarten, das Zimmer wieder zu verlassen. Kurze Zeit später kam er mit zwei dampfenden Bechern und kleinen Milchpäckchen herein, übergab Dominik einen davon und setzte sich.

Schweigend schlürfte Robin seinen Kaffee. Dann sah er von seinem Becher auf. »Hast du übrigens schon eine Entscheidung getroffen?«

»Eine Entscheidung?«

»Na ja, ob du uns anzeigen wirst wegen des geplanten – du weißt schon, was wir mit dem Faschohaus vorhatten.«

Dominik öffnete zwei Milchpäckchen und schüttete den Inhalt in seinen Becher. »Um ehrlich zu sein, habe ich noch gar nicht darüber nachgedacht.«

Robin beobachtete jede seiner Bewegungen.

»Ist Jonas' Wagen schon verschrottet worden?«, fragte Dominik.

»Ich glaub schon.«

»Und – hat die Polizei Jonas die Geschichte geglaubt? Von wegen, dass er vom Weg abgekommen ist und so weiter?«

Robin zuckte mit den Achseln. »Es gibt auch Autofahrer, die in Straßenbahntunnel reinbrettern. Wenn man das fertigbringt, kann man bei Schneefall auch mal vom Weg abkommen, oder?«

»Okay, Robin. Ich werde dir deine Zukunft nicht verbauen, das schaffst du schon allein.«

Robin schloss kurz die Augen. Dominik konnte den Stein förmlich plumpsen hören.

»Danke! Es kommt nicht wieder vor, Papa, nie wieder.«

»So was hast du letztes Jahr auch gesagt. Das Lied *Alle Jahre wieder* bekommt bei dir eine ganz neue Bedeutung.«

»Ich werde es dir beweisen.«

»Schauen wir mal.« Dominik nahm den Apfelkuchen in Angriff.

»Tut mir leid, dass du Weihnachten in diesem blöden Krankenhaus verbringen musst. Also ich ...« Robin schaute in seinen Becher, ließ dann den Inhalt des Bechers kreisen, bevor er den Rest austrank.

»Wollest du was sagen?«

»Also ehrlich gesagt, Jens-Thorben geht mir tierisch auf die Eier!«

Dominik unterdrückte ein Lächeln. »Er scheint doch ganz nett zu sein, oder etwa nicht?«

»Klar, er ist supernett und sooo verständnisvoll. Man muss sowieso immer alles positiv sehen, jede Krise ist eine Chance zum Wachsen, und man muss lösungsorientiert denken, sich von seinen destruktiven Mustern lösen und blablabla ... Dann hat er mir ein Büchlein mit positiven Affirmationen für alle Lebenslagen in die Hand gedrückt, die soll ich mir jeden Tag vorsagen ... Glaub mir, positiv denken ist ein Fulltime-Job!«

»Ohne Fleiß kein Preis.«

»Dabei ist doch manchmal alles nur total beschissen. Ich meine, was gibt's da zu beschönigen, wenn sich deine Freundin einen anderen angelt? Aber nein, ich darf nicht einfach schlecht drauf sein, ich muss wachsen!« Robin warf die Arme hoch.

»Ich wäre schon zufrieden, wenn du keine Bomben mehr zünden würdest. Aber spirituell gesehen reicht das natürlich nicht.«

Robin verdrehte die Augen. »Ich kann's nicht mehr hören! Du … Paps … kann ich … könnte ich eventuell … ich meine, ich weiß, du bist krass wütend auf mich, und das verstehe …«

»Von mir aus zieh wieder zu Frank und mir. Spirituell sind wir gut aufgestellt: Jacqueline legt uns allen die Tarotkarten, da kommt keiner drum herum.«

»Ach, gegen Jens-Thorben ist die doch harmlos. Ich … ähm … hab alles Wichtige dabei.« Er deutete auf seinen Rucksack. »Wäre es unter Umständen möglich … dass ich heute schon …?«

Donnerstag, 26. Dezember 2013

Nach der Visite und noch vor dem Mittagessen wurde Dominik aus dem Krankenhaus entlassen. Dummerweise hatte er bei all der Aufregung um den Fall Heitbreder völlig vergessen, ein Weihnachtsgeschenk für Robin zu besorgen. Zumal er nicht damit gerechnet hatte, dass Robin so schnell wieder bei ihm einziehen würde. Während er in der fast leeren Straßenbahn nach Hause fuhr, dachte er über dieses Problem nach. Sollte er die Kinogutscheine, die er für Frank besorgt hatte, einfach umwidmen? Kurz vor der Station *Heidegärten* der Linie 1 kam ihm die rettende Idee.

Als er aus der Bahn stieg, wehte ihm ein schneidender Wind entgegen. Die Schneereste an den Rändern der geräumten Wege waren steifgefroren. Dominik beeilte sich, nach Hause zu kommen. Noch bevor er den Schlüssel aus seiner Tasche ziehen konnte, wurde die Haustür geöffnet und ein unrasierter Frank im gestreiften Bademantel grinste ihm entgegen.

»Uups.«

Frank deutete mit zwei Fingern auf seine Augen und dann auf ihn.

»*The dude is watching you*«, folgerte Dominik.

»Genau. Wie wäre es, wenn wir heute zur allgemeinen Erbauung noch mal *The Big Lebowski* gucken? Ach ja, fröhliche Weihnachten, Dodo. Willst du nicht endlich reinkommen, es ist schweinekalt!«

Im Haus duftete es nach Kuchen. Dominik hängte seine Jacke an die Garderobe und folgte Frank in die Küche. Der präsentierte ein Backblech mit Spritzgebäck. »Ja, da staunst du, was?«

»Hat Robin gebacken?«

»Ach Quatsch, der liegt noch im Bett. Ist vermutlich noch immer traumatisiert von der Begegnung mit dem Psycho-Heini. Nein, das hat Jacqueline für uns gebacken. Ansonsten gibt's seit zwei Tagen Kartoffelsalat mit Würstchen.« Er öffnete den Kühlschrank und deutete auf einen transparenten Eimer, in dem in Mayonnaise ertränkte Kartoffelscheiben zu sehen waren. Das obere Fach war mit Bierflaschen zugestellt.

»Wir könnten uns zur Feier des Tages ja auch was kommen lassen, was meinst du, Frank?«

»Magst du keinen Kartoffelsalat? Der ist selbst gekauft.«

»Wenn Robin noch schläft, entschuldige mich, ich muss schnell noch was erledigen.«

Dominik eilte die Treppe hoch, schlich dann an Robins Tür vorbei in Lissas Zimmer, das er als Arbeitszimmer nutzte. Dummerweise besaß er nur einen Schwarz-Weiß-Laserdrucker, sodass der Gutschein des Ticket-Service-Anbieters, den er darauf ausdruckte, nicht viel hermachte. Vielleicht hatte Frank eine Idee, wie man das aufhübschen konnte, auch wenn er nicht gerade als Hüter des guten Geschmacks bekannt war. Dominik stieg die Treppe wieder hinunter.

Aus dem Wohnzimmer dudelte *Feliz Navidad*. Frank kramte in der DVD-Schublade der Wohnzimmerkommode. Sein gestreifter Bademantel klaffte auf und enthüllte einen roten

Frotteeschlafanzug mit aufgesticktem Nikolaus, vermutlich ein Weihnachtsgeschenk seiner Eltern. Aber die größte Überraschung war der perfekt gewachsene und bunt geschmückte Weihnachtsbaum mit einer rhythmisch flackernden Lichterkette. »Hab sie gefunden!« Frank richtete sich auf und wedelte mit einer DVD. »Dann steht dem Männerabend ja nichts mehr im ...«

»Frank, ich kriege gleich einen epileptischen Anfall.« Dominik deute auf die Lichterkette.

»Okay, dann stell ich das anders ein. Aber was sagst du zu unserem tollen Weihnachtsbaum, ha? Habe ich zusammen mit Jacqueline erstanden.«

»Und wann ist eure Hochzeit?«

»Du musst dich grad aus dem Fenster lehnen. Bei dir tut sich ja praktisch gar nichts, während Betty ...«

»Sag mal, kann ich mir wohl ein Zweiglein abschneiden? Ich habe einen Gutschein für Robin ausgedruckt, den wollte ich noch dekorieren.«

»Bist du verrückt? Den Tannenbaum brauchen wir doch noch. Der ist praktisch unzerstörbar, es sei denn, man zerschneidet mutwillig das teure Ding.«

»Ach so, der ist künstlich.«

»Na und? Sollen wir uns etwa mit krumm gewachsenen, nadelnden Bäumen rumärgern, die man nachher auch noch entsorgen muss? Und uns dabei schön den Kofferraum mit Baumharz und Nadeln versauen? Dodo, das ist die ultimative Lösung, der hält ewig, nachhaltiger geht's doch praktisch nicht mehr.«

Ein Klingeln an der Haustür enthob Dominik einer Antwort. Frank nahm ihm den Gutschein aus der Hand. »Geh schon zur Tür, ich schau mal, was ich machen kann. Erst mal brauchen wir einen schicken Umschlag, da klebe ich dir was drauf. Ich habe alte Weihnachtsdeko aus dem Keller meiner Eltern mitgehen lassen.«

»Frank, aber bitte dezent, ja?«

Es klingelte erneut. »Vertrau mir.«

Widerstrebend ging Dominik zur Tür. Ob das seine Nachbarin Frau Horstkötter war? Früher war sie zu Weihnachten immer mit einer Tüte selbst gebackener Plätzchen aufgetaucht, um den neusten Nachbarschaftstratsch zu verbreiten. Bevorzugtes Opfer war allerdings Betty gewesen. Hinter der Glasscheibe der Haustür erkannte er undeutlich eine mittelgroße, schlanke Gestalt. Frau Horstkötter schied also aus. Doch nicht etwa Jens-Thorben, der Robin sprechen wollte? Dominik verzog das Gesicht und riss die Tür auf, bereit zu einer unwirschen Abfuhr.

Seine Augen weiteten sich. Draußen stand der Mann, dem Dominik neulich das erste Mal in Bents Büro begegnet war. Der Hipster-Erdkundelehrer mit dem Präsentkorb.

»Joe Höwekenmeier.« Der Blick des Mannes wanderte zu dem Pflaster auf Dominiks Stirn und seiner Beinschiene. Dann streckte der Kerl ihm die Hand hin.

Zögernd schlug Dominik ein.

»Ich muss Sie sprechen. Können wir uns irgendwo unter vier Augen unterhalten?«

»Worum geht es denn?«

»Um Bent Andersen.«

»Ach …?« War Bent etwa krank? Vielleicht stand ihm auch nur ein runder Geburtstag bevor, aber da tauchte man doch nicht am zweiten Weihnachtstag bei Bents Kollegen auf?!

»Aber … ähm … natürlich, kommen Sie rein.«

Joe Höwekenmeier folgte ihm in den Flur, und sofort beschlugen seine Brillengläser. »Kommen Sie mit ins Wohnzimmer.«

Im Wohnzimmer hockte Frank, noch immer im Bademantel, vorm Fernseher und betätigte die Fernbedienung, um im DVD-Menü des Films *The Big Lebowski* die Sprache Deutsch anzuklicken. Auf dem Couchtisch neben einer Heißklebepistole lag ein mit brauner Pappe beklebter Umschlag, auf dem kleine, grellbunte Weihnachtskugeln befestigt waren. Das Ganze wirkte wie auf die Schnelle zusammengepfuscht. »Dodo, wir können den Film auch jetzt schon gucken. Dafür habe ich doch das genau passende Outfit.« Frank drehte sich um und hob eine Braue. »Oh, wir haben Besuch.«

»Das ist mein Kollege Frank Herbst. Und ähm … Joe Höw…«

»Höwekenmeier.«

Dominik lächelte. »Wenn es um Bent geht, dann wird mein Kollege es sicher auch erfahren wollen.«

Joe Höwekenmeier presste die Lippen aufeinander. »Tut mir leid, aber das geht nur Sie etwas an.«

Das wurde ja immer rätselhafter.

»Kai ist ausgefallen, und du musst mit zu *Andrea Berg*.« Frank feixte.

Höwekenmeier starrte ihn mit verständnisloser Miene an.

»Ich geh ja schon.« Frank zwinkerte Dominik beim Hinausgehen zu, womit klar war, dass er nachher alles brühwarm erzählen musste.

»Setzen wir uns doch.« Dominik wies auf die Sessel und das Sofa. Höwekenmeier nahm Platz in einem Sessel. »Ich hole Wasser, möchten Sie auch etwas?«

»Nein, danke.«

»Bin gleich zurück.« Dominik holte sich ein Glas Wasser aus der Küche und setzte sich aufs Sofa.

Höwekenmeier hatte ein Foto auf den Tisch gelegt. »Schauen Sie sich bitte mal dieses Foto an.«

Dominik nahm das Foto hoch. Es zeigte einen lächelnden Bent, der seinen Arm um einen Mann gelegt hatte, der ebenfalls in die Kamera strahlte. Dominik stutzte. Auf den ersten Blick hätte man meinen können, der Mann wäre er selbst, so ähnlich sah ihm der Kerl auf dem Foto. Aber natürlich konnte er es nicht sein, denn an diese Situation hätte er sich erinnert. Und bei näherem Hinsehen entdeckte er Unterschiede. Dennoch – die Ähnlichkeit war erstaunlich.

Dominik schürzte die Lippen. »Ich habe also einen Doppelgänger.« Er legte das Foto wieder auf den Tisch und nahm einen Schluck Wasser.

»Den haben Sie. Und was für einen. Das ist Bents Ex Andy.«

»Wie … sein Ex?«

»Bent ist schwul, wussten Sie das nicht?«

Dominik klappte der Mund auf. Er dachte an all die kleinen Begebenheiten, die dazu geführt hatten, dass er glaubte, niemals schlau zu werden aus dem steifen und launenhaften Mordkommissionsleiter: Bent, der schroff zu ihm war, ihn mied, wo es ihm möglich war, ihn offenbar nicht leiden konnte, sich dann plötzlich für seine Probleme interessierte und seine berufliche Kompetenz lobte, ein unvorhersehbares Wechselbad. Obwohl – in letzter Zeit herrschte Tauwetter, Bent war netter geworden, überraschend nett … vermutlich erinnerte er Bent an seinen Ex – im Schlechten wie im Guten. Das erklärte einiges. »Tja, darauf wäre ich nicht gekommen.«

»Und Sie sind hetero, nicht wahr?«

Dominik verschränkte die Arme. »Ehrlich gesagt geht Sie das nichts an.«

»Sie haben völlig recht. Aber ich gehe jetzt einfach mal davon aus, dass Sie nichts von Bent wollen, korrigieren Sie mich, wenn das nicht stimmt.«

»Worauf wollen Sie eigentlich hinaus?«

»Bents Ex Andy ist ein sehr attraktiver Mann, Bents Typ, genau wie Sie.«

»Ich verstehe immer noch nicht, was Sie mir sagen wollen.«

»Als ich Sie und Bent neulich das erste Mal zusammen in Bents Büro erlebt habe, die Art, wie er Sie angesehen hat, ist mir eines klar geworden: Bent hat sich in Sie verliebt.«

Dominik, der gerade sein Glas angesetzt hatte, verschluckte sich und begann zu husten. »Steile These«, brachte er hervor.

»Bent hat sich nach viel zu langer Zeit endlich von Andy gelöst, nur um jetzt an Ihnen zu hängen, obwohl vollkommen klar ist, dass ja wohl kaum ein glückliches Paar aus ihm und Ihnen werden wird.«

»Halt, stopp … jetzt sind wir schon ein Paar? Ich komm da nicht mehr mit. Ich glaube kaum …«

»Bent ist auf Sie fixiert, er kann sich nicht so richtig auf jemand anderen einlassen, solange das so bleibt. Ich möchte, dass Sie ihm helfen, diese unglückselige Fixierung zu lösen. Ich möchte, dass Sie ihm klarmachen, dass es nie etwas wird mit Ihnen beiden.«

Dominik stellte sich bildlich vor, ins Büro des hyperkorrekten, förmlichen Mordkommissionsleiters zu marschieren, um ihm das zu verklickern. Eine peinlichere Situation hätte selbst Loriot nicht erfinden können.

»Wenn Sie wirklich glauben, was Sie da sagen, warum teilen Sie ihm das nicht selbst mit?«

»Weil es viel wirkungsvoller ist, wenn es von Ihnen kommt.«

Dominik hob die Hände und kehrte die Handflächen nach oben. »Tja, tut mir leid, aber da kann ich Ihnen nicht weiterhelfen. Warum ist Ihnen das eigentlich so wichtig, dass Sie mich am zweiten Weihnachtstag behelligen, um …«

»Ganz einfach: Ich liebe Bent. Und ich möchte, dass er glücklich wird. Mit Ihnen wird er das sicher nicht!«

»Ähm … davon war auch bisher nie …«

»Wenn Ihnen irgendetwas an ihm liegt, tun Sie's. Denken Sie darüber nach.« Joe Höwekenmeier steckte das Foto wieder ein und stand auf. »Ich werde mich wieder bei Ihnen melden deswegen.« Das klang wie eine Drohung.

Als Dominik einen Ansatz machte, sich zu erheben, fügte er hinzu: »Ich finde selbst hinaus.«

Also blieb Dominik sitzen und trank sein Wasserglas leer. Kurze Zeit später hörte er die Haustür ins Schloss fallen. Dann steckte Frank den Kopf durch die Tür und kam herein. »Mein Weihnachtsgeschenk für dich.« Er warf ein Päckchen in Dominiks Schoß. Es handelte sich um selbst gestrickte, kunterbunte, mit einer Schleife verschnürte Ringelstrümpfe. Bei einer Pippi-Langstrumpf-Motto-Party konnte man damit sicher auftrumpfen. »Danke, auch an Jacqueline fürs Stricken.«

»Ich werd's ihr ausrichten.« Frank ließ sich neben ihm auf dem Sofa nieder.

»Ich habe nur so was für dich.« Er schob Frank die filmrollenähnliche Schmuckdose mit den Kinogutscheinen rüber.

»Das ist doch super, vielen Dank! Sag mal, was wollte *der* denn?«

»Bent wäre schwul, und ich sähe seinem Ex so ähnlich, dass Bent sich in mich verliebt hätte. Und ich soll Bent klarmachen, dass aus uns kein Paar wird.«

»Hä? Das ist ja völlig … komplett … das ist grotesk! Stell dir vor, du steppst bei Bent auf und … das möchte ich mir lieber nicht vorstellen.« Frank kicherte. »Ich meine, dass dieser Höwekendingens-Typ schwul ist, sieht man auf den ersten Blick, aber Bent …« Frank blies die Backen auf. »So ein Blödsinn! Das wüssten wir doch.«

»Woher denn? Du weißt auch nicht alles über mich.«

»Echt jetzt?« Frank schaute ihn mit großen Augen an. »Andererseits: Du hast recht, Dodo. Bei wem ist schon alles so, wie es zu sein scheint? Ich zum Beispiel bin in Wahrheit eine blutjunge, hispanische Lesbe aus, sagen wir … San Diego in Kalifornien, gefangen im Körper eines mittelalten, weißen Mannes aus Lage in Lippe. Kannst du ermessen, was das bedeutet?«

Dominik grinste. Dann fiel ihm das Gedicht ein, das er in seinem Fach gefunden hatte …

Danksagung

An dieser Stelle bedanke ich mich bei allen, die mich beim Schreiben von» Schattenleben« unterstützt haben. Ein großes Dankeschön verdienen meine Testleser und Testleserinnen Michael Colberg-Engemann, Heiko Höflich, Jutta Lorsch und Gisela Schindler für wichtige Anregungen und Hinweise. In Fragen zur Polizeiarbeit hat mir auch dieses Mal die Leiterin der Presse- und Öffentlichkeitsarbeit der Bielefelder Polizei, die Erste Kriminalhauptkommissarin Sonja Rehmert, sehr weitergeholfen, herzlichen Dank dafür. Wie immer habe ich gerne mit meinem Lektor Volker Maria Neumann zusammengearbeitet und bedanke mich für die wertvollen Rückmeldungen und die hilfreiche Kritik. Die umfassende Unterstützung und das Verständnis meines Mannes Willy Koch, der mir als erster Testleser zur Seite stand, hat mich in allen Phasen des Schreibprozesses getragen – dafür möchte ich mich ganz herzlich bedanken.

Heike Rommel

KALTE LIEBE

Taschenbuch, 360 Seiten
ISBN 978-3-95441-540-3
13,00 EURO

Bis das Herz erfriert ...

»Etwas zurückgesetzt stand ein altes Industriegebäude. Wie spitze Zähne umrahmten Reste von Glas die dunklen Fenster. Der Stacheldraht endete an einem Tor, das weit offen stand. Nicht gerade der richtige Ort für ein romantisches Stelldichein.«

Als Kommissarin Nina Tschöke von der Entdeckung eines brutal ermordeten 15-jährigen Mädchens im Teutoburger Wald erfährt, bricht sie kurzerhand ihren Urlaub ab. Zudem ist sie gespannt auf den ehrgeizigen, neuen Kollegen, der das Bielefelder Ermittlerteam verstärken soll.

Von ihren Mitschülern hatte sich die hübsche Charlotte Campmann offenbar zurückgezogen. Doch lag das wirklich nur am Cyber-Mobbing durch den arroganten Vincent und dessen Clique? Und warum besorgt sich das Ehepaar Schoppe, beide Charlottes Lehrer, ein falsches Alibi? Als die Ermittler auf Charlottes Laptop einen Chatverlauf in einem Liebeskummer-Forum untersuchen, machen sie eine schockierende Entdeckung.

Derweil begibt sich die verzweifelte Marianne Campmann, die ihr einziges Kind verloren hat, selbst auf die gefährliche Suche nach dem Mörder ihrer Tochter ...

KBV KRIMINALROMAN

Jörg Czyborra

OCHSENTOUR

Taschenbuch, ca. 220 Seiten
ISBN 978-3-95441-631-8
13,00 EURO

Wenn die Erben ins Sennegras beißen …
Ein schwarzhumoriges Krimidebüt aus dem Lipperland

Die schottischen Hochlandrinder im Naturschutzgroßprojekt Senne lassen sich so schnell nicht aus der Ruhe bringen. Auch dann nicht, wenn der eine oder andere Besucher neben ihnen sein Leben aushaucht.

Als der angesehene Unternehmer Erwin Stolten mit 78 Jahren friedlich dahinscheidet, hinterlässt er seiner mehr lauernden als trauernden Familie ein Testament, in dem er nicht nur mitteilt, dass er bereits größere Vermögensteile an eine Stiftung übertragen hat, sondern er offenbart auch noch die Existenz eines außerehelichen, aber trotzdem erbberechtigten Sohnes. Damit wird Stolten nach seinem Ableben zum Abrissunternehmer diverser, mit seinem Geld geplanter Luftschlösser.

Der Buchhändler Christian Kupery, der nicht nur ein großer Fan von Kriminalromanen ist, sondern auch sein eigenes ermittlerisches Können bereits unter Beweis gestellt hat, soll nun dabei helfen, diesen zusätzlichen Erben zu finden. Doch als der erste der Erben ins Sennegras beißt, ahnt Kupery, dass diese Ermittlung für ihn eine echte Ochsentour werden könnte.

KBV KRIMINALROMAN

Christoph Güsken

DER TOTENSAMMLER

Taschenbuch, 328 Seiten
ISBN 978-3-95441-623-3
14,00 EURO

Eine mörderische Wanderung durch den Teutoburger Wald

In seinem einsamen Haus im Osnabrücker Land wird der ehemals bekannte Horrorschriftsteller Rufus Kolk ermordet aufgefunden. Hat die Tat etwas mit dem jähen Karriere-Ende des Autors zu tun? Oder mit dem Umstand, dass er von der gesamten Dorfgemeinschaft bitter angefeindet wurde?

Auf der Suche nach einem Motiv für das undurchsichtige Verbrechen stolpern der Münsteraner Hauptkommissar Reinbeck und sein Bramscher Kollege Ascher immer wieder über Hinweise auf Kolks Romane, die sich stets mit »dem Bösen« befassten. Kolk schien bizarren Obsessionen verfallen. Offenbar trieb ihn das Gefühl um, in seinem einsamen Haus nicht alleine zu sein. Kannte er seinen Mörder?

Die Ermittler stoßen auf ein Manuskript, das von einer Gruppenwanderung von Tecklenburg zum Großen Freeden berichtet, die in einer Katastrophe endete. Schon bald ahnen sie, dass es sich hierbei nicht etwa um eine erfundene Geschichte handelt, sondern um die Chronologie einer grauenhaften Wirklichkeit …

»Wer Krimis liebt, (…) der kommt um diese packende Story mit Gänsehaut-Effekt nicht drum herum.«
(alles münster - Onlinemagazin zu »Kopflos am Aasee«)